Presunción y Ocultamiento
Una Variación de *Orgullo y Prejuicio*
Abigail Reynolds

White Soup Press

---

1.   http://www.pemberleyvariations.com

Tabla de Contenido

Capítulo 1

Sir William Lucas, con su usualmente jovial rostro sombrío, entró a la sala de estar en Longbourn. "Malas noticias," le dijo al Sr. Bennet sin siquiera detenerse a saludar a las damas primero. "Robinson ha sido arrestado."

Los ojos del Sr. Bennet se abrieron con asombro. "¿Arrestado? ¿Cuál crimen pudo haber cometido el viejo tonto? ¿Perder el camino?"

"Impugnó el plan del Capitán Reynard de requisar su casa. El buen capitán se ha encaprichado con ella y la quiere como su residencia, y no le importa que haya estado en la familia de Robinson por generaciones. Cuando Robinson se opuso a ser desalojado y amenazó con quejarse con el General Desmarais en Londres, el capitán ordenó a sus soldados registrar la casa. Revisaron sus papeles y encontraron una copia de *El Lealista*. Dicen que es traición."

"¿Cuándo se convirtió en traición leer *El Lealista*?" preguntó el Sr. Bennet con suavidad. "Es anti-francés e ilegal, sin duda, pero un pequeño soborno convencerá a los oficiales de ver hacia otro lado. Si leer es traición, tendrán que colgar a la mitad del pueblo."

Elizabeth Bennet levantó la mirada de lo que estaba remendando, incapaz de mantenerse en silencio. "Me imagino que solamente es traición si sucede que eres poseedor de algo que el Capitán Reynard quiere. ¿Qué se está haciendo para ayudar al Sr. Robinson?"

Sir William se enjugó la frente. "Por eso estoy aquí. Bennet, necesito tu ayuda. El Capitán Reynard me ha dado tres días para hacer entrar en razón a Robinson, y si él aún no renuncia a su demanda por la casa, será colgado. Es más probable que Robinson te escuche a ti que a mí. Hay una pequeña casita en Lucas Lodge donde puede vivir hasta que encuentre otra cosa."

Por supuesto que el Capitán Reynard haría lo que se le viniera en gana, la única cuestión era cómo convencer al Sr. Robinson de someterse al yugo. Murmurando en voz baja, Elizabeth dijo, "Si tan solo yo fuera hombre…"

Su hermana Kitty resopló despectivamente. "Si fueras hombre e hicieras todas las cosas que dices, ya te hubieran colgado desde hace mucho."

"¡Tan solo piensa cuánto más fácil sería tu vida con eso!" replicó Elizabeth.

El Sr. Bennet se apretó el puente de la nariz. "Esta situación ya es bastante difícil sin estar como perros y gatos," dijo con amargura.

Elizabeth miró a otro lado. Su padre podía ser capaz de aceptar todo lo que los franceses hacían, pero ella no. Había sido más fácil durante los primeros años después de la invasión francesa cuando ella y Jane vivían en Londres con los Gardiner. Ella casi podía imaginar que nada había cambiado; nada, excepto los uniformes azules tomando el lugar de las casacas rojas y la gente usando ropa de dos temporadas atrás debido a los impuestos de Napoleón para pagar por su guerra. No solo sufrían los ingleses la derrota a manos de los franceses, también tenían que pagar por el privilegio.

En Meryton, ella no podía olvidar la existencia del cuartel francés por más de unas cuantas horas. Los soldados franceses estaban por doquier, molestando a cuanta muchacha veían, cobrando cuotas y multas inexistentes para forrar sus propios bolsillos, y pavoneándose por todos lados como si fueran dueños del pueblo. Era doloroso verlos y no hacer nada, especialmente con todo el sufrimiento que su pobre hermana Jane había soportado.

"¿Me ayudarás a convencer al pobre de Robinson a ceder?" preguntó Sir William.

El Sr. Bennet frunció el cejo. "Supongo que debo hacerlo."

"¡Genial! Te llevaré en mi carruaje." Sir William bajó la voz. "Pasando a cosas más agradables, he conocido al Sr. Bingley, nuestro nuevo vecino en Netherfield. Es joven y soltero… algo bueno para nuestras chicas. Un tipo de lo más amable diría yo."

"¿Es inglés?" preguntó el Sr. Bennet.

"Sí, lo es." El usual buen humor del Sir William parecía haberse restablecido parcialmente hablando de chismes. "Su dinero viene del comercio así que los franceses le han permitido quedarse con él. Tiene dos hermanas a quienes no les interesa dejar el ajetreo social de Londres. Por supuesto, antes de que los franceses vinieran, su cuna no hubiera sido lo suficientemente buena, pero ahora pueden mezclarse con los círculos más altos. No estará solo en Netherfield, sin embargo. Un amigo suyo, un caballero, llegará pronto para quedarse por un buen tiempo."

"¿Su amigo es soltero, también?" preguntó ansiosamente Kitty.

"No es casado, pero su hermana menor lo acompañará. Dicen que es retrasada."

¡Pobre tipo! Era bueno de su parte mantener a su hermana con él en lugar de enviarla a un asilo. "¿También se dedica al comercio?" preguntó Elizabeth.

"Nooo," dijo Sir William, alargando la sílaba como si estuviera renuente a decir más. "Es de una antigua familia con conexiones aristocráticas. Es propietario de una gran hacienda en el norte."

Un traidor, entonces. Los franceses habían tomado venganza sobre la aristocracia inglesa y los nobles terratenientes después de la invasión confiscando todas las grandes haciendas. Las únicas excepciones habían sido para propietarios que acordaban colaborar con los invasores. ¡No había por qué compadecerse del hombre! Pero ella debía asegurarse de no haber entendido mal. "¿Todavía es propietario de su hacienda?"

"Así es." Sir William movió sus cejas significativamente.

El Sr. Bennet se quitó los lentes y los limpió con su pañuelo. "Bueno, todos podemos adivinar el precio que ha pagado por mantenerla. Lizzy, debes tener cuidado si te lo encuentras. Kitty, estoy seguro de que a ti no te importan nada sus ideas políticas mientras él sea rico y use pantalones, pero te urgiría a no confiar en él. Hasta estoy empezando a dudar de este Sr. Bingley por tener tal amigo."

Sir William asintió "Estoy totalmente de acuerdo con tus precauciones, pero me abstendré de juzgar por ahora. Quizá este tipo y Bingley fueron juntos a la escuela. O pudo haber sido su padre quien tomó la decisión y él tan solo la ha heredado."

"Yo no creo que pudiera conservar una Amistad con alguien que aceptara tal arreglo," declaró Elizabeth. "Ya es bastante difícil seguir siendo *hermana* de..."

"¡Lizzy!" espetó el Sr. Bennet.

Kitty echo la cabeza hacia atrás. "Si deseas ser una tonta y desperdiciar tu vida soñando con el pasado, no me permitas detenerte. Algunas de nosotras queremos un futuro, y es obvio donde se encuentra. Puede que no te guste lo que Lydia ha hecho, pero estás bastante contenta de disfrutar los beneficios que nos da."

"Eso no es verdad. Tú sabes perfectamente bien que preferiría irme al exilio a Escocia sin otra cosa que la ropa que tengo puesta que aceptar lujos bajo estas circunstancias." ¡Cómo envidiaba a los afortunados escoceses que no tenían nada que Napoleón quisiera y por lo tanto podían quedarse con su propio país! "Haría más que exiliarme para librarme del gobierno francés."

"Es fácil decir eso mientras todavía tienes una excusa. Solo estás celosa de Lydia porque fue la primera de nosotras en casarse."

"¿Celosa? Puedo asegurarte de que *eso* no estoy. ¿Cuánto tiempo pasará hasta que decidas venderte, Kitty? ¿Estas conservándote para un precio más alto que el de Lydia?"

La Sra. Bennet entró agitada. "¡Oh, tú no tienes consideración de mis nervios! ¡Alegando así donde los sirvientes pueden oírlas! ¿Quieres que nos lancen a la calle, Lizzy? ¡Aléjate de mi vista, muchacha infame!"

Elizabeth reunió su dignidad a su alrededor e ignoró la sonrisa burlona de Kitty. "¡Con mucho gusto!" Se alejó pisando fuerte, con los hombros adoloridos por la tensión.

ELIZABETH LLEVÓ LA charola del té desde la cocina a través del patio, pasando por las vacías caballerizas en los establos al antiguo cuarto de arreos que había sido convertido para uso de Jane. Tocó la puerta tres veces – *rat a tat* – y esperó a que Jane levantara la barra atravesada en la parte interior y abriera la puerta.

"Hora del té," dijo Elizabeth alegremente, llevando la charola a la diminuta sala de estar de Jane. "No es la bazofia que es todo lo que podemos comprar estos días, sino la última manzanilla que recogí y sequé el verano pasado. La tenía escondida en mi cuarto."

El rostro de Jane se iluminó. "¡Dios te bendiga, Lizzy! No me gusta quejarme, pero apenas puedo pasar algo de eso que llaman té. Creo que debe ser alquitrán y aserrín con unas cuantas hojas agregadas para hacernos creer que realmente es té."

"No puedo contradecirte." No tenía sentido decirle a Jane que el té que Lydia servía sabía justo como debía saber el té. Aun así, cada gota que tomaba amenazaba ahogar a Elizabeth cada vez que lo bebía. ¿Cómo podía disfrutar un té comprado por un oficial francés?

El ceño de Jane se frunció. "¿Qué sucede, Lizzy? No hay necesidad de aparentar alegría conmigo."

"Nada de importancia. Discutí con Kitty de nuevo. No debía permitirle que me provoque, lo sé, especialmente ya que nada se compara con lo que tú sufres diariamente. ¡No imagino como lo soportas!"

"No es difícil. Las cosas podrían ser mucho peor. Después de todo, aquí tengo todo lo que necesito." Jane sirvió el té en dos tazas.

"¡Excepto la libertad de salir de estos cuartos!" dijo Elizabeth con sentimiento. "¡Oh, podría matar a ese hombre!"

"No me ayudaría que te ahorcaran por asesinato. Uno de estos días el Capitán Reynard será transferido a otra parte y yo podré volver a mi antigua vida. Mientras tanto, espero tus visitas y las de Charlotte. No es tan malo."

"Desearía que no tuvieras que estar sola tanto tiempo." Elizabeth se forzó a tragarse su rabia. Todo lo que hacía era alterar a Jane, quien ya había sufrido suficiente. "¿Cómo está el té?"

Jane llevó su taza de té a sus labios. "¡Celestial!"

LA SRA. BENNET EXPRESÓ un deseo de pastelillos frescos de la panadería en el pueblo, así que, naturalmente, su hija de en medio, Mary, tenía que mostrar su sentido de caridad ofreciéndose a traerlos. Desafortunadamente, eso significaba que Elizabeth y Kitty estaban obligadas a ir con ella. No era seguro para una mujer caminar sola en estos días, así que por fuerza debían escoltarse una a la otra. No siempre había sido así. Elizabeth podía recordar tomar largas caminatas por el campo sin otra compañía que ella misma, pero eso había sido antes de que llegaran los franceses.

No le importaba la caminata, solo la compañía. Si había algo peor que sufrir el parloteo de Kitty sobre los oficiales, era soportar las constantes amonestaciones de Mary sobe amar a los enemigos. Al menos Mary realmente creía que perdonar a los enemigos era lo correcto. Kitty tan solo quería las ventajas financieras que el enemigo podía proporcionarle. ¿Qué le importaba a Kitty la razón por la que los oficiales estaban en Meryton mientras pudiera coquetear con ellos y aceptar sus pequeños regalos?

Elizabeth prestó poca atención a sus hermanas mientras caminaban, en lugar de eso preparándose para la batalla. No el tipo de batalla que pudiera pelearse abiertamente, sino la dolorosa batalla consigo misma cuando quiera que encontraba a los oficiales con sus elegantes casacas azules. Aún después de todo este tiempo, era una lucha forzarse a sonreírles y conversar placenteramente. Pero sus padres dependían de la buena voluntad de los soldados franceses, y el esposo de Lydia no podía defenderlos él solo si Elizabeth daba señales de resistencia. Aun así, dolía. ¡Cómo dolía!

"¡Señorita Kitty! ¡Señorita Elizabeth!" El Teniente Bessette las saludó mientras entraban al pueblo, con un compañero oficial a su lado.

Kitty, agitando los párpados, dijo, "*Bonjour*, Teniente Bessette, Sub-Teniente Gareau."

"*Bonjour, mesdemoiselles*," dijo el teniente. "¡Qué encantador encontrarse con tan lindas damas! ¿Han oído sobre la *Assemblée*? El Capitán Reynard dice que todas las jóvenes damas deben asistir y bailar toda la noche."

"La esperaré con ansias," dijo Elizabeth, quien no haría nada parecido. El Teniente Bessette podía ser más tolerable que la mayoría de los demás oficiales, pero seguía siendo un soldado francés.

"¡*Merveilleux*!" exclamó el teniente. "¿Me concede el honor del primer baile, Señorita Elizabeth?"

Sus otras elecciones de compañero de baile probablemente serían peores. "Por supuesto. Estaré encantada." Al menos podía contar con que el Teniente Bessette se comportara apropiadamente.

Sonó un redoble de tambor desde la plaza del mercado, y las manos de Elizabeth se apuñaron. El teniente pareció notar el cambio en su semblante y dijo, "No hay necesidad de preocuparse, Señorita Elizabeth. Un subteniente está siendo promovido. Eso es todo."

Eso era mucho mejor que las demás ocasiones para redobles de tambor... una flagelación pública o, aún peor, una ejecución... pero aún sería el problema usual. Se oyó el segundo redoble, seguido por el inevitable coro de "¡*Vive l'Empereur*!"

E igual de inevitable, una voz no muy lejos de Elizabeth exclamó, "¡Dios salve a Su Majestad!" Un jovencito, por como sonaba.

El teniente se dio vuelta para perseguirlo, pero Elizabeth asió su manga con su mano. Cuando se dio vuelta enojado con ella, ella le dirigió su más cálida sonrisa. "Recuerde, Teniente, que usted fue una vez un muchacho y amaba a su país."

Su expresión se suavizó levemente. "*Mais oui*. Los muchachos son siempre muchachos." Pero salió tras él de cualquier modo, aunque a un paso más lento.

No llegó muy lejos. La gente del pueblo empezó a salir a las calles, aparentemente sin hacer más que hablar con sus vecinos, barrer el pavimento, o llevar cubetas al pozo. Y, coincidentemente, forzando a los soldados en persecución a disminuir la velocidad y rodearlos. Los franceses nunca eran engañados por estos trucos, sin importar qué tanto la gente del pueblo negara haber escuchado gritos de traición.

Era tan poco lo que la gente de Meryton podía hacer para resistir a los invasores. Aún este pequeño gesto brindó calor al corazón de Elizabeth.

EL SR. BENNET SE IMPULSÓ para levantarse cuando su huésped entró en la biblioteca. "¡Vaya, Sr. Bingley! ¡Qué amable de su parte devolver mi visita tan pronto! ¿Cómo ha encontrado Netherfield?"

Bingley se sentó frente al Sr. Bennet. "Es muy de mi gusto, y estoy disfrutando conocer a mis vecinos."

"Bien, bien. Entiendo que tiene un huésped que viene a quedarse con usted." El Sr. Bennet lo observó cuidadosamente. "Sí, un viejo amigo. Llegó hace dos días."

Era el momento de probar a quién era leal el Sr. Bingley. El Sr. Bennet sirvió dos vasos de oporto. Le extendió uno a su huésped y luego, con una ceja levantada, elevó su propio vaso como para hacer un brindis.

El Sr. Bingley pareció sorprendido, pero no dudó. Tocó su vaso contra el del Sr. Bennet. "Su Majestad. Dios la Salve." Era el brindis establecido desde la invasión, lo suficientemente ambigua para despistar a los franceses, pero entendida por todos los ingleses leales. Dios Salve a Su Alteza la Princesa Charlotte, la nieta y heredera del rey loco... y la última esperanza de Inglaterra.

"Dios la salve," el Sr. Bennet hizo eco suavemente. Aparentemente el Sr. Bingley era un Leal a pesar de ser el amigo de un simpatizante de los franceses.

"Vengo de una visita con Sir William Lucas. ¡Qué agradable tipo es! Me pidió ayuda con un pequeño asunto, aunque claramente le molestaba hacerlo. Aun así, cuando los tiempos cambian, debemos cambiar con ellos. Su hija ha sido invitada a una asamblea con los oficiales franceses. Rehusarse no es una opción, tengo la impresión, y Sir William dice que los padres no son bienvenidos a asistir."

El Sr. Bennet torció el labio. "Es verdad. Prefieren que nuestras hijas no estén protegidas. Supongo que Sir William está en una posición difícil ahora que su hijo ha sido reclutado en el *Grande Armée* de Napoleón. Él escoltaba a Charlotte en el pasado."

"¡Usted ha percibido su dificultad! Sir William me preguntó si sería tan amable de escoltar a su hija en lugar de su hijo, solo como asunto de su seguridad. Naturalmente estuve encantado de aceptar." Bingley hizo una pausa para tomar un sorbo de oporto. "También insinuó que podría desear hablar con usted sobre el asunto."

En general el Sr. Bennet preferiría que ese problema en particular no existiera. Aun así, si Sir William iba a facilitarle el asunto, lo menos que podía hacer era aceptar. "Me imagino que estaba pensando en mi Lizzy.

Tengo una hija casada, pero su esposo, lamento decir, es él mismo un oficial francés." No valía la pena explicar que Mary no estaba invitada y Kitty no deseaba ser protegida.

"Mi amigo sin duda estará feliz de escoltar a su hija si eso ayuda a mantenerla segura."

El Sr. Bennet levantó una ceja. "Estoy seguro de que tiene buenas intenciones, pero ¿quién protegerá a mi hija de su amigo?"

Frunciendo el ceño, Bingley se inclinó hacia adelante. "Señor, no sé qué haya escuchado, pero lo juzga mal. Darcy nunca se aprovecharía de una joven dama. Él tiene una joven hermana y está muy consciente de los peligros para las damas en estas situaciones."

"¡Suavemente, mi amigo, suavemente! Si usted dice que él es honorable en este aspecto le creo. Entiendo, sin embargo, que su hacienda y fortuna no fueron confiscadas para el Emperador, así que, aparentemente, su honor no se extiende a permanecer leal a Inglaterra."

Bingley dejó su oporto. "He conocido a Darcy por años, y confío en él implícitamente. Si ha estado de acuerdo en colaborar con los franceses, tengo la completa certeza de que fue porque las demás opciones abiertas a él eran aún menos honorables. Todos hemos hecho compromisos con nuestros enemigos, todos los que hemos elegido seguir viviendo en lugar de luchar hasta la muerte. Usted también es dueño de su hacienda. ¿Debo asumir que es desleal?"

El Sr. Bennet resopló. "Cualquiera en Meryton puede decirle el precio que pagué por mantener Longbourn, y muy probablemente ya lo han hecho. Pero en caso de que no sea así, se lo diré yo mismo. Los franceses tomaron esta casa y la usaron como barracas hasta hace un año, cuando me la ofrecieron de regreso al costo de mi hija menor, que afortunadamente estaba bastante ansiosa de ser sacrificada. Pero los franceses saben que no soy su amigo."

"No le estoy criticando, señor, solamente haciendo notar que todos hemos hecho arreglos de este tipo. Los franceses están perfectamente felices de tolerarme mientras mis fábricas sigan produciendo casetones y armones para transportar su artillería, y yo puedo justificarlo ante mí mismo porque protege a hombres ingleses que trabajan en esas fábricas de ser reclutados para luchar en Europa. Pero usted y yo ambos vivimos en casas de cristal, ¡así que no lancemos piedras!"

El Sr. Bennet inclinó la cabeza. No estaba de acuerdo con el Sr. Bingley en este punto, pero Lizzy estaría más segura con un caballero escoltándola, aún uno que había hecho un trato con los franceses en el pasado. "Todos hemos tomado decisiones difíciles. Si usted cree que su amigo es de fiar y estaría dispuesto a proporcionar una escolta para mi hija, estaría obligado con usted y con él."

DARCY NO PODÍA ENCONTRAR falta en Netherfield Park. La casa era espaciosa y agradable. El terreno estaba bien mantenido. Las colinas ondulantes que lo rodeaban mantenían el paisaje interesante. Bingley era un buen anfitrión. Su cocinera producía comidas sabrosas. Y después de dos días, estaba volviendo a Darcy loco lentamente. Había pasado horas calmando la ansiedad de Georgiana acerca de estar en un lugar nuevo. Había caminado con ella por los jardines y la había escuchado practicar su música. La noche anterior se había quedado despierto hasta tarde bebiendo brandy con Bingley, algo que había estado esperando con ansia. Pero en lugar de finalmente poder hablar libremente con su amigo como había esperado, lo había ocultado todo.

Hoy, Bingley había ido a visitar a un vecino, y Darcy estaba demasiado inquieto como para mantener su atención en un libro. La única distracción que pudo encontrar fue trabajar en su juego de billar. Al menos estaba tranquilo en el cuarto de billar aparte del golpear de las bolas y el satisfactorio sonido cuando una caía en un bolsillo.

Bingley apareció en el umbral de la puerta, aparentemente habiendo acabado con sus visitas. "¿Practicando de nuevo? ¡Cómo si lo necesitaras para derrotarme totalmente!"

Inclinándose sobre la mesa, Darcy dirigió la mirada a lo largo de su taco. "Pasa el tiempo."

"Si es tiempo lo que deseas que pase, te he ofrecido como voluntario para unirte a mí en un deber de caridad."

PRESUNCIÓN Y OCULTAMIENTO UNA VARIACIÓN DE ORGULLO Y PREJUICIO

Sin levantar la cabeza, Darcy levantó la mirada hacia Bingley. "¿Por qué sospecho que no me va a gustar esto?"

Bingley se rio. "Es verdad; no te va a gustar. El regimiento local va a tener una asamblea y ha ordenado la presencia de todas las damas jóvenes. Estuve de acuerdo en escoltar a dos de ellas quienes de otra forma estarían desprotegidas."

Darcy dejó caer el taco y se enderezó. "Bingley, lo último que deseo es crear en alguna muchacha local expectativas que nunca voy a poder cumplir."

"No habrá expectativas. Sus padres lo acordaron solamente como asunto de su seguridad. Tantos de los hombres locales han sido reclutados que quedan pocos para proporcionar escoltas, dejando a las damas a merced de los oficiales franceses."

"Supongo, entonces, que debemos hacerlo," dijo Darcy a regañadientes. ¿No había ya dado suficiente por sus compatriotas? Pero la misma respuesta resonaba siempre en su cabeza. Muchos habían sido forzados a dar sus vidas por su país, y él no. Todavía.

Solo iría a este maldito baile porque si se rehusaba y algo les sucedía a esas pobres muchachas, cargaría con esa culpa por siempre... junto con tantas otras. Algunas veces se preguntaba si una muerte limpia en batalla no hubiera sido preferible. Pero Georgiana lo necesitaba, así que esa no era una opción.

Bingley le dio una palmada en el hombro. "¡No hay necesidad de estar tan abatido, viejo! Puede que hasta te diviertas un poco. Por lo que entendí, te toca la joven y bonita. La mía, de acuerdo con su amoroso padre, está casi quedada y "no es lo que yo diría bonita, pero una buena muchacha, una buena muchacha."" Su voz se había profundizado en imitación de la del hombre mayor.

"Muy probablemente la tuya al menos tendrá conversación interesante. ¿Cuál es el nombre de mi insípida señorita?"

"La Señorita Elizabeth Bennet. A su padre ya le caes mal, así que debes estar seguro de expectativas."

"¿Le caigo mal? Ni siquiera conozco al hombre."

Bingley sonrió. "¡Oh, realmente estás de malas hoy! Es la queja usual. No dudé en señalar sus propias fallas en ese aspecto. Pero mira... el sol por fin está mostrando su rostro. Deberías ir a cabalgar y aclarar tu mente."

Él había estado todo el día ansiando hacer exactamente eso. "¿Te quedarás aquí si lo hago? No me gusta dejar a Georgiana sola en un lugar nuevo."

"Por supuesto. Ahora ve. ¡Fuera de aquí!"

Un cuarto de hora más tarde, el jefe del establo miraba a Darcy como si fuera un ser de otro planeta. El personal de Netherfield todavía no se acostumbraba a las excentricidades de sus huéspedes, como la de ensillar y embridar a Hurricane por sí mismo. Pero Hurricane era el único lujo que él había insistido en mantener en un tiempo en el que había renunciado a tanto más. Él había criado y domado al caballo por sí mismo, y Hurricane siempre lo entendía. Darcy odiaba permitir que alguien más lo manejara. Aun el proceso de ensillarlo y el sentir los tibios flancos de Hurricane bajo sus manos le traía algo de paz muy necesaria.

Salieron al trote por el camino y brincaron una cerca antes de galopar a través de una pastura. El sol todavía no había quemado la humedad en el aire primaveral.

Darcy había amado la primavera cuando su madre vivía. Ella le había enseñado los nombres de cada flor de primavera en los jardines de Pemberley, lo había animado a observar cada etapa de las hojas al desenvolverse, había pedido deseos con él sobre las anémonas de madera, y lo había llevado en aventuras en el mágico bosque de campanillas de Pemberley. Ella también había muerto en la primavera, justo cuando las campanillas estaban desapareciendo a la nada. Y luego había llegado la terrible primavera de 1805 que le había costado su padre y más parientes y amigos de los que podía contar, así como su libertad y su país.

La primavera había sido una vez un tiempo de inicios para él. Ahora lo hacía pensar en todo lo que había perdido.

Estos pensamientos no le estaban ayudando a aclarar su cabeza. Puso una mano sobre el cuello de Hurricane, sintiendo la tirantez de sus músculos debajo de su brillante pelaje. Hurricane todavía estaba con él; leal, constante Hurricane.

PRESUNCIÓN Y OCULTAMIENTO UNA VARIACIÓN DE ORGULLO Y PREJUICIO

En Pemberley él podía galopar por millas sobre los vacíos de sales, pero Hertfordshire estaba más asentado. Distinguió un bosquecillo en la distancia y se dirigió hacia él, esperando encontrar alguna semblanza de naturaleza indómita ahí. Bordeó la orilla hasta que encontró un camino que llevaba hacia él, pero antes de aún entrar en el bosquecillo, una familiar esencia de flores lo transportó al pasado. Era un bosque de campanillas.

Por impulso, desmontó y ató las riendas de Hurricane a un árbol. Delante de él las campanillas se mecían en la moteada luz del sol. Caminó hacia ellas mientras su aroma casi de otro mundo lo envolvía, causándole escalofríos en la piel. El primaveral verde del bosque era el marco perfecto para las flores color zafiro. Mágicas, había llamado su madre a las campanillas.

Disminuyó el paso. ¿Cuánto tiempo había pasado desde la última vez que visitó un bosque de campanillas? Ni siquiera podía recordarlo. Las campanillas parecían bailar a su alrededor con un murmullo de risa. Pero no, esa era risa humana, y fue seguida por un grito de dolor.

"¡Eso me dolió, jovencito! O jovencita, si eso es lo que eres." La voz musical de una mujer parecía parte de la magia, atrayéndole hacia ella con un seductor encanto propio. ¿Dónde estaba ella, la mujer de la risa murmurante? Busco un camino lateral a través de las flores. Su madre lo había enseñado a nunca pisotear las campanillas.

Ahí estaba, tan leve que escasamente podía ser llamada vereda, solo pasto dividiendo un mar de campanillas. Con cuidado caminó sobre ella.

Él podía verla ahora. Bucles de oscuro cabello castaño escapaban sus ataduras para alborotarse a través de su largo cuello en exuberantes rizos. Estaba sentada sobre el suelo, con las piernas encogidas hacia ella, y estaba rodeada de... ¿cachorros? Sí, cachorros, subiendo sobre su regazo, mordisqueando sus faldas, y revolcándose para que los acariciara. Ella levantó uno y besó su cabeza. ¡Afortunado cachorro!

Sus labios se curvaron. Un poeta la llamaría Titania, reina de las hadas, en persona. Más magia del bosque. Ella debió escuchar sus pasos, o quizá el ladrido de un cachorro la alertó, porque miró hacia atrás sobre su hombro. Al verle, se dio la vuelta y se hizo hacia atrás.

En la moteada luz del sol, el rostro de su Titania estaba vivo con energía, lleno de hermosos ojos chispeantes y labios besables. Y estaba apuntando una pistola completamente amartillada hacia él.

Él dio un paso hacia atrás y abrió sus manos para mostrar que estaban vacías. "No quiero hacerle daño." El sonido de su propia voz le sorprendió.

"¿Inglés?" Su voz era más severa ahora.

"Si. Estoy de visita desde Derbyshire. O, si lo prefiere, lo diré, *Theophilus Thistle, the thistle sifter, sifted a sieve full of unsifted thistles, thrusting three thousand thistles through the thick of his thumb.*" Era un trabalenguas que ningún francés podía pronunciar, sin importar que tan falto de acento pudiera ser su inglés.

Los labios de ella sonrieron, pero mantuvo la pistola apuntada hacia él. "Bien, Theophilus Thistle de Derbyshire, ¿por qué me está siguiendo?"

"Porque estaba caminando través de un bosque de campanillas encantado cuando escuché los dulces tonos de Titania, reina de las hadas, que hechizan a cualquier mortal." Él le hizo una reverencia digna de la Corte.

Ella soltó una risita. "Encantadoras palabras, pero quizá usted debía evitar movimientos súbitos cuando tengo una pistola apuntándole."

"¿Sabe cómo usarla?"

"Por supuesto. Usted pudiera haber sido un soldado francés que venía a buscar una presa." La desaprobación en su voz le dejó claro que tipo de presa cazaban los soldados por aquí.

"Bien. Entrené a mi hermana para que aprendiera a disparar por la misma razón." Uno de los cachorros empezó a arrastrarse en dirección a él.

"Ah." Ella bajó la pistola, pero no la puso a un lado. "Si soy Titania, quizá mejor le haré un hechizo. Sería mucho menos sangriento."

"Como preferiría no tener la cabeza de un burro, quizá debería dejarla en paz. O al menos en tanta paz como pueda encontrar con todos estos cachorros." Él podía ver ahora a la madre de los cachorros, una Springer Spaniel que yacía en un hueco entre los árboles y amamantaba a otros dos cachorros. "¿Cuál fue el que la mordió?"

Ella señaló al cachorro café que se arrastraba hacia Darcy. "Esa pequeña cosa salvaje."

Él tomó un paso lento hacia adelante y acercó su mano al cachorro, quien la olisqueó ansiosamente. "¿Puedo?" Cuando ella asintió, él levantó al cachorro. La madre del cachorro levantó la cabeza y gruñó.

"No necesitas preocuparte," su Titania le dijo a la perra. "Está usando café, no azul." Ella lo miró de nuevo. "La estoy entrenando para atacar a los soldados que se acercan demasiado a mí."

"Tendré eso en mente." Él volvió al cachorro sobre sus manos y lo examinó. "Si todavía se lo preguntaba, es un jovencito. Definitivamente un jovencito." Él sostuvo al cachorro sobre su hombro y rascó sus orejas. Empujando contra su mano, el cachorro lamió su barbilla. Repetidamente.

Los ojos de ella brillaron cuando se rio. "¡Debí haberlo sabido ya que es un revoltoso!"

Darcy acunó al cachorro por otro minuto, complaciéndose en su calor y la suavidad de su pelaje, y luego, con renuencia, lo bajó. "De regreso con tu ama, joven Puck," le dijo al cachorro con firmeza. "Y ahora la dejaré en paz. Que le vaya bien, orgullosa Titania."

Ella por fin puso a un lado la pistola, recogió al cachorro y agitó una pequeña patita en su dirección. "Theophilus Thistle, le concedo un salvoconducto a través de mi dominio." Ella arrugó la nariz en su dirección.

Él caminó de regreso por el mar de campanillas, sintiendo que sonreía por primera vez en años. Su madre había tenido razón; había magia en un bosque de campanillas. No esperaría tanto tiempo otra vez para revisitar uno.

Quizá traería a Georgiana aquí. Ella tenía más necesidad de una dosis de magia que él.

Capítulo 2

L a mejoría en el ánimo de Darcy duró todo el día siguiente, aun cuando llegó la hora de partir a la asamblea. Se había resignado al prospecto de pasar la noche con una chica tonta, parlanchina. Después de todo, no tenía que escuchar lo que estaba diciendo, ¿o sí?

La Señorita Lucas, a quien recogieron primero, fue una agradable sorpresa, o al menos un alivio. Aunque se apegaba a la descripción de su padre, hablaba con suavidad y parecía sensible y, aún más importante, no mostraba la embarazosa intención de coquetear ni con Bingley ni con Darcy. Era una presencia apacible. Si tenía que pasar la noche escoltando a una mujer, alguien como la Señorita Lucas le sentaría bien.

Estaba menos optimista acerca del prospecto de la Señorita Elizabeth Bennet. La Señorita Lucas la describía como mucho más joven, con un ingenio vivo y una fuerte voluntad. No el tipo de compañía cómoda que él preferiría. Aun así, se las arregló para ser educado a través de su introducción al Sr. Bennet y aún para ignorar la levemente despectiva frialdad de ese caballero.

Entonces apareció un rostro familiar, uno cuyas cejas se elevaron sorprendidas. "¡Theophilus Thistle!" exclamó ella.

Ahora él sonreía como un tonto de nuevo mientras hacía una reverencia. "Orgullosa Titania."

El Sr. Bennet parecía divertido. "Lizzy, te presentaría al Sr. Darcy para que lo conocieras, pero percibo que ya se conocían."

Bingley preguntó, "¿Cómo pudieron conocerse? Darcy escasamente ha salido de Netherfield desde que llegó."

Darcy dijo solemnemente, "Tenemos un conocido en común, un jovencito con afición a crear problemas."

Bingley se veía más desconcertado que nunca. El Sr. Bennet tenía una mirada socarrona.

Titania, no, la Srita. Bennet, tenía un brillo pícaro en sus bellos ojos. "Y una afición a lamer el rostro del Sr. Darcy."

"Eso también," agregó Darcy.

Con una mirada de soslayo hacia su padre, la Srita. Bennet dijo, "Uno de los cachorros de Rose."

El Sr. Bennet empujó sus lentes hacia arriba del puente de su nariz. "¿Los perros llevan a cabo presentaciones estos días? Bastante sorprendente. Quizá están apropiándose de la cortesía que tantos ingleses han abandonado últimamente."

La diversión se borró del rostro de la Srita. Bennet. "Sin duda," dijo fríamente. "Supongo que no debemos hacer esperara a los oficiales franceses, ¿no es así, Sr. Darcy?"

No, No su Titania también, dándole la espalda a causa de su asociación con los malditos franceses. ¿Por qué este pequeño trozo de alegría que había descubierto tenía que ser apagado por esas malditas suposiciones que no podía contradecir? Su estómago se revolvió.

Bueno, que así fuera. Había estado de acuerdo en sacrificarse, y lo haría de nuevo en las mismas circunstancias. Pero algunas veces, simplemente, no era justo.

SIMPLEMENTE, NO ERA justo. Elizabeth no quería que le gustara el Sr. Darcy. ¿Cómo podía gustarle un hombre que anteponía su riqueza y posesiones al amor por su país? Cierto, estaba muy lejos de ser el único hombre en haberlo hecho, pero ella estaba preparada para odiar a todos y cada uno de ellos.

Pero le había gustado Theophilus Thistle. ¿Cuánto tiempo había pasado desde que había tenido la oportunidad de intercambiar ocurrencias con un educado joven inglés? Él había demostrado un sentido del humor y una capacidad de reírse de sí mismo, y era incuestionablemente muy agradable a la vista. Hasta le había gustado acurrucar a los cachorros. ¿Por qué, el mejor prospecto para coquetear que había conocido desde la invasión, tenía que haber resultado ser un simpatizante francés?

¡Oh! ¡Si tan solo pudiera patear el suelo de frustración! Debía haberse dado cuenta de quién era y no haberse permitido pensar tanto en él. No era como si los hombres jóvenes con dinero y educación aparecieran de repente de ningún lado. Pero había sido una interacción tan agradable que nunca le había pasado por la mente que él pudiera ser un traidor a Inglaterra.

Y ahora él estaba siendo de nuevo injusto, no solo platicando juguetonamente con ella, sin además teniendo la desvergüenza de verse herido cuando ella lo trató con la frialdad que merecía. ¿Creería que su riqueza manchada con sangre podría influenciarla? Si se había asociado con el enemigo, lo menos que podía hacer era comportarse como alguien desagradable. Antes de su llegada, ella había estado preparada para tener aversión al desconocido Sr. Darcy, y se la tendría, sin importar si la veía con ojos de cachorrito. Ella ciertamente no le diría que le había puesto al cachorrito travieso por nombre Puck en su honor.

Afortunadamente, tenía mucha práctica siendo fríamente educada.

El Sr. Darcy se negaba a darse por aludido. "Srita. Bennet, ¿me concedería el honor de esta tanda?"

"Me temo que ya la he prometido". Menos mal. Si tenía que pasar media hora cerca de él en ese momento, él podría empezar a parecerse al encantador Theophilus Thistle de nuevo. Eso sería un error.

"¿Quizá la segunda, entonces, o cualquiera que pueda tener libre?"

"Si la segunda tanda es de su agrado, estaré complacida de bailarla con usted."

Una vez en el carruaje, el Sr. Bingley frotó sus manos juntas. "¿Qué debemos esperar de esta asamblea? Como es ofrecida por los oficiales, ¿sobrepasarán los caballeros a las damas?"

Murmurando, Elizabeth le dijo a Charlotte, "Depende de cómo defina "caballeros"".

Charlotte pretendió no escucharla, pero a juzgar por la ceja elevada del Sr. Darcy, él había distinguido sus palabras también.

Discreta, como siempre, Charlotte dijo, "Es probable que sí, aunque no por mucho ya que quedan muy pocos hombres ingleses por aquí. Lizzy y yo seremos la envidia de muchas damas por tener acompañantes ingleses."

El Sr. Bingley pareció algo avergonzado por eso. "¿Serán bailes ingleses o franceses?"

"¿Necesita preguntar?" dijo Elizabeth son una ligereza que no sentía. "Puede que toquen una o dos danzas inglesas como gesto simbólico, pero la mayoría serán valses y cuadrillas. Les gustan particularmente los valses."

"Los bailes en Londres son muy parecidos," confió Bingley. "Aún aquellos dados por ingleses parecen diseñados para complacer a los franceses."

"No me sorprende para nada," dijo Elizabeth.

El Sr. Darcy, por supuesto, no dijo nada.

El primer baile fue, de hecho, un vals, y Elizabeth temía que el segundo fuera más de lo mismo. Para su alivio, los músicos empezaron a tocar una danza inglesa. Esto significaba menor oportunidad de hablar con el Sr. Darcy, menor oportunidad de mirar sus ojos, y no tendría que pasar media hora con sus brazos alrededor de ella. Lástima, ella se había imaginado el placer de bailar un vals con Theophilus Thistle, pero eso había sido antes de descubrir quién era él en verdad.

Cuando alcanzaron el final de la fila y tuvieron que esperar para volver a unirse al baile, él le dijo, "Espero que su primera tanda haya sido placentera."

"¿Bailar el vals con el Teniente Bessette? Fue tolerable, supongo. Sus modales son mejores que los de muchos otros oficiales y nunca intenta aprovecharse de las mujeres, así que no me puedo quejar."

"¿Entonces, él es uno de sus favoritos?"

Ella le lanzó una mirada afilada. "Supongo, de la misma manera en que prefiero las pulgas a los piojos. Aunque eso es injusto; si el teniente simplemente regresara a Francia, creería que es un buen tipo."

Él habló en voz baja. "Entonces, ¿ve usted a todos los franceses en Inglaterra como personas detestables?"

"Sí," dijo ella sin reflexionar. "Y usted no."

"Yo los veo como hombres, algunos buenos, algunos malos, y todavía tengo que conocer tan solo a uno que desee estar aquí. Ellos siguen las órdenes de su Emperador, y le dirán que fuimos nosotros los que empezamos esta guerra." Él miró a su alrededor para ver si alguien pudiera estar escuchando.

¡Hombre detestable! "¡Solo después de que ellos habían invadido a otros países! Pero debí haber sabido que usted se pondría de su parte."

"Si usted cree que considerarlos como individuos enfrentados con una situación no de su elección es ponerse de su parte, entonces sí, lo hago."

Enfadada, ella se volvió a observar a los que bailaban. Sin importar qué tan guapo y entretenido pudiera ser el Sr. Darcy, él era un traidor, puro y simple.

Al final del baile, ella solamente le dio el más breve agradecimiento antes de que el Sr. Bingley viniera a reclamarla para el tercer baile.

El Sr. Bingley le trajo limonada durante el descanso antes del cuarto baile, regresando justo cuando Lydia descendía sobre ellos en toda su gloria, vestida en un vestido de seda a la moda lleno de encaje. Ella dio golpecitos al brazo de Elizabeth con su abanico. "Oye, Lizzy, ¿no es ese el vestido del año pasado?"

"Es de hace tres años, como sabes bien," dijo Elizabeth, pero se mordió la lengua antes de decir cualquier otra cosa sobre la fuente del encantador vestido de Lydia. Sin importar cuanto desaprobara la decisión de Lydia, no podía negar que había hecho más cómoda la vida de su familia. No que a Lydia le importara la comodidad de nadie más aparte de la suya, por supuesto.

Cuando Lydia siguió adelante para pavonear sus extravagantes plumas frente a las esposas de los otros oficiales, Bingley dijo, "¿Entonces esa es su hermana menor?"

"Tristemente, así es. Discúlpeme por no presentarlo. Ella no es completamente respetable."

"Pensé que se había casado con un oficial francés."

Elizabeth se ruborizó y se movió más cerca de él para poder hablar en voz muy baja. "Ella tuvo una ceremonia de matrimonio con él, es verdad, pero él tiene esposa e hijos en Francia. Todo indica que él tiene la intención de volver a su esposa francesa un día, aunque Lydia está segura de que la ama y nunca la dejará."

"Supongo que sus padres no tuvieron más remedio que permitirlo." Bingley sonaba amargado.

"No intentaron detenerlo. Él estaba acuartelado en Longbourn entonces, y Lydia estuvo perfectamente feliz de sucumbir a sus lisonjas."

"Apoderarse de nuestro país ya fue bastante malo, pero ¡cómo se atreven a comportarse como si nuestras mujeres fueran sus juguetes!" dijo Bingley acaloradamente.

"¿Tiene hermanas, Sr. Bingley?"

"Sí, pero se han protegido, al menos tanto como lo desean. Han tenido mucho éxito en los círculos de la sociedad francesa en Londres. No, esto es más bien que odio observar cómo los oficiales franceses se abalanzan sobre la muchacha bonita más cercana y la tratan como su propiedad personal." Su desprecio era lo suficientemente fuerte como para hacer que Elizabeth se preguntara si alguna vez habría tenido sentimientos por una de esas muchachas bonitas.

Justo entonces, el Capitán Reynard empezó a moverse en dirección a Elizabeth. "¡Oh cielos!" dijo ella suavemente al Sr. Bingley. "Esto puede no ser agradable."

LA SEÑORITA BENNET, Darcy iba a tener dificultades para no pensar en ella como Titania, tenía una expresión extraña, rígida cuando el capitán del cuartel le pidió un baile, y no se movía con su suavidad usual cuando empezó la música. Algo no estaba bien. ¿Irían a tener problemas? Darcy observó con detenimiento, por si acaso.

Los problemas empezaron casi de inmediato. El capitán estaba sujetando a la Señorita Bennet demasiado cerca mientras bailaban en vals. Ella se había movido con ligereza cuando bailó con Darcy, pero ahora se veía torpe. Su rostro estaba en sombras, tal vez porque miraba hacia abajo. El capitán hablaba con ella sin cesar, pero las respuestas de ella no parecían ser de más de una o dos palabras.

Entonces el capitán deslizó su mano hacia abajo desde su cintura hasta su cadera. A juzgar por la sonrisa socarrona en su rostro, no era un accidente. Las manos de Darcy querían empuñarse, pero él las forzó a relajarse y en lugar de eso apretó los dientes. Puños obviamente apretados podían despertar sospechas.

Él no podía permitirse llamar la atención hacia sí interrumpiendo el baile, pero dio unos cuantos pasos de manera deliberada hasta que estaba a solo unos cuantos pasos de los que bailaban, dejando en claro que estaba observando. Desafortunadamente, su mera presencia observadora no pareció tener efecto en la conducta del capitán.

La Señorita Bennet estaba prácticamente tropezando con sus propios pies. ¡Maldito hombre! Darcy le daría otro minuto o dos, pero entonces tendría que intervenir, aún si eso llamaba el tipo equivocado de atención.

Entonces ella se tropezó mientras daban la vuelta. Con un grito agudo ella trastabilló hacia atrás intentando no pisar con su pie izquierdo.

"¡Qué torpe soy! Por favor, discúlpeme capitán; parece que me torcí el tobillo." Ella empezó a cojear hacia los asientos cerca de la pared.

El capitán puso su brazo alrededor de ella, su mano traspasando a un punto donde no tenía derecho de estar. "Permíteme asistirte, *ma chérie*."

La furia nubló la vista de Darcy. Sin detenerse a considerar sus acciones, se interpuso entre ellos y levantó a la Srita. Bennet en sus brazos. "Es muy amable de su parte, Capitán, pero estoy seguro de que la Señorita Bennet no desea causarle ningún problema." La llevó en sus brazos hacia la entrada del salón.

Ella siseó, "¡Bájeme! Mi tobillo está bien."

El no disminuyó el paso. "Lo sé. Lo vi todo." Con cuidado la bajó a la silla más cercana a la puerta e hizo una seña a un sirviente. "Haga que traigan mi carruaje a la puerta de inmediato."

El rostro de Elizabeth estaba sonrojado. "No hay necesidad de nada de esto."

Eso no era novedad. ¿Por qué había reaccionado con tanta ira cuando el capitán intentó tomarse libertades? Simplemente haber intervenido diciendo algo pudiera haber sido suficiente para detenerlo, y hubiera llamado mucho menos la atención hacia él. Ahora él bien podía haber hecho un enemigo que no podía costearse, todo porque no había podido tolerar que un hombre tocara a una mujer que Darcy apenas conocía.

No, no era solamente eso. Había sido la mirada de desesperanza medio oculta en los bellos ojos de la Señorita Bennet. Lo había hecho estar dispuesto a hacer cualquier cosa para rescatarla, aún si eso significaba olvidar sus otras responsabilidades que debían tomar precedencia en su mente.

Ahora esos bellos ojos lo miraban brillando de irritación. Muy probablemente ella todavía no se daba cuenta de las consecuencias de lo que él había hecho. Si tenía más suerte de la que se merecía, quizá nunca lo haría. Con una reverencia, él dijo, "Me disculpo si exageré." No podía decir nada más, no con todos esos oídos escuchando todo lo que decía. El baile atrás de él terminó. Un minuto después la Señorita Lucas se les unió, aun respirando agitadamente por el ejercicio. "¿Hay algún problema?"

Darcy habló con su voz más autoritaria. "La Señorita Bennet se ha lastimado el tobillo. Creo que lo mejor sería llevarla directamente a su casa." Por la expresión del oficial más cercano, sus palabras habían sido notadas, como había sido su intención. La Señorita Lucas dijo algo en voz baja al oído de la Señorita Bennet y recibió un asentimiento con la cabeza en respuesta. Sus labios se apretaron. "¿Debo informar al Sr. Bingley?"

"Sospecho que no hay necesidad. Ya viene caminando hacia acá." Por supuesto que venía; nadie se podía haber perdido la escenita que Darcy había hecho.

Después de que Darcy dio una rápida explicación a Bingley, un sirviente le informó que el carruaje estaba afuera. Esta vez Darcy permitió que la Señorita Bennet se apoyara en su brazo mientras cojeaba hacia el carruaje. La ayudó a subir, seguida de la Señorita Lucas.

Con las oscuras cabezas inclinadas juntas, las dos mujeres ya estaban conversando en tonos bajos cuando siguió a Bingley al carruaje. Golpeó con su bastón sobre el techo para avisar al conductor que arrancara.

"Gracias por su asistencia," dijo la Señorita Bennet, como si las palabras le incomodaran. "Era una situación difícil."

"¿Qué sucedió?" preguntó la Señorita Lucas.

"El Capitán Reynard, por supuesto. Me sacó a bailar y por supuesto no podía rehusarme. Fue horrible, lo mismo que le sucedió a Jane. Primero preguntó por Jane y dijo que era una lástima, luego me dijo que yo era casi tan bonita como Jane, pero en esa horrible forma sugestiva que tiene. Dijo que deseaba conocerme mejor, y empezó a... Bueno, ya sabes. Te lo puedes imaginar."

¡Oh Lizzy! Cuánto lo siento." La Señorita Lucas se acercó a su amiga.

La Señorita Bennet dijo en una voz vacilante. "No creo que la historia de la tuberculosis funcione dos veces, pero pensaré en algo."

Bingley se aclaró la garganta. "¿Puedo preguntar quién es Jane?"

Las dos damas se miraron mutuamente. La Señorita Bennet, aparentemente tomando una decisión, dijo, "Jane es mi hermana mayor. Ella es muy hermosa y el capitán decidió perseguirla. No le estaba ofreciendo matrimonio, y amenazó con forzar a nuestra familia a salir de Longbourn si ella no estaba de acuerdo."

"¡Despreciable, completamente despreciable!" exclamó Bingley. "Pero a mí me dijeron que su hermana mayor estaba en las últimas etapas de la tuberculosis."

"Eso es lo que se supone que piense. Ella no deseaba ser su querida, pero tampoco dañar a nuestra familia al rehusarse, así que, en lugar de eso, decidió tener tuberculosis. Tratamos su cabeza y le dijimos a todos que su cabello se había caído, y yo maquillé su rostro para que pareciera como que tenía lesiones por todas partes. Manché algunos pañuelos con sangre de mi brazo, y Jane pretendía toser en ellos. Ahora vive en aislamiento y las únicas personas que la vemos somos mi padre, Charlotte y yo. No puede confiarse en el resto de la familia."

"¡Esa pobre muchacha!" dijo Bingley. En una voz más baja, agregó, "Esa *valiente* muchacha."

"Hemos tenido la esperanza de que lo transfieran a otro lado. Desafortunadamente, no ha sucedido." La voz de ella tembló.

Bingley se inclinó hacia adelante. No se desanime. "Darcy le ha dado algo de tiempo. Es poco probable que el capitán actúe mientras crea que Darcy tiene interés en usted."

"¡El diablo me lleve, Bingley!" estalló Darcy. "Ya basta."

"¿Por qué?" demandó su amigo. "¿Debo dejarla vivir aterrorizada para proteger tu preciosa privacidad? Le has hecho un favor; ahora déjala tener algo de paz."

"¡No es tan simple!" Darcy evitó los ojos de la Señorita Bennet.

Después de un breve silencio, la Señorita Bennet habló en una voz serena, moderada. "Parece que debo agradecerle más de lo que creí. Pero ¿por qué cedería ante usted un capitán en el ejército francés?" Aparentemente, aún en una situación tan desagradable, ella se sentía renuente a estar en deuda con él.

Darcy dijo con desdén, "Es una tontería. Los franceses tienen la impresión de que yo solo estoy evitando la rebelión en Derbyshire."

"Y ¿lo está haciendo?"

"Usted no debe de conocer a personas de Derbyshire si cree que yo o cualquier otro hombre puede convencerlos de no rebelarse si realmente desean hacerlo." Su voz sonó más afilada de lo que él había querido.

"Entonces ¿por qué lo creen los franceses?"

Su temperamento estalló en vista de la obvia incredulidad de ella. "No puedo decirle por qué lo creen, pero puedo decirle esto: yo realmente detendría una rebelión ahí si estuviera en mi poder, y no tiene nada que ver con favorecer a los franceses. Una rebelión sería un esfuerzo inútil, aparte de hacer que los ríos corrieran rojos con sangre cuando los franceses tomaran las inevitables represalias. No quisiera otra masacre como la de Newcastle u otra quemazón como la de Portsmouth en mi conciencia."

"¿Favorece ceder ante nuestros conquistadores para evitar riesgo?" Su voz sonó afilada.

"No. Favorezco evitar que los ingleses desperdicien sus vidas si no hay una oportunidad de vencer," dijo Darcy.

"Lizzy," dijo la Señorita Lucas en voz baja.

La Señorita Bennet se hizo hacia atrás sobre el asiento, tomó varias respiraciones profundas y puso las manos sobre su regazo. "Mis disculpas, Sr. Darcy. Todos hemos encontrado nuestras propias maneras de vivir con los franceses, y no me corresponde criticar las elecciones que otros hayan hecho. Si me ha salvado, aun temporalmente, de una situación insostenible, se lo agradezco." Pero era fácil ver que sus palabras no le salían realmente del corazón.

"No hay necesidad de disculparse por su lealtad." Pero las palabras de él sonaron forzadas. ¡Si tan sólo pudieran volver a la simplicidad que habían encontrado en el bosque de campanillas! Sin reflexionar, él dijo, "¡Creo que me gustaba más cuando yo era Theophilus Thistle y usted me apuntaba con una pistola!"

Los labios de ella suprimieron una sonrisa. "Lamento no poder complacerlo haciéndolo de nuevo, pero la pistola no cabe en mi retícula."

"Si la tuviera, espero que hubiera usado su bala en un objetivo que lo mereciera más en la asamblea."

"¡No me tiente!" Pero ella sonrió cuando lo dijo.

La Señorita Lucas, aparentemente decidiendo que esto era lo más parecido a una tregua que podía esperar, empezó a discutir el clima de forma determinada.

Cuando el carruaje se detuvo enfrente de Longbourn, Darcy dijo, "Señorita Bennet, si fuera mejor para que su familia creyera que realmente se lesionó el tobillo, mi bastón está disponible para que lo emplee cuando entre cojeando." Ella inclinó la cabeza hacia un lado. "Gracias. Realmente sería mejor, y me alegraría tener su apoyo para mi historia."

Él había tenido mucha práctica con historias falsas, después de todo. Alguna vez, cualquier tipo de fingimiento le hubiera sido aberrante. Ahora escasamente podía recordar cuando no había estado fingiendo."

Mientras ayudaba a la Señorita Bennet a salir del carruaje, ella lo miró con seriedad y le dijo, "Theophilus Thistle, usted me intriga sobremanera."

Él elevó su mano enguantada hacia sus labios. "Reina Titania, si alguna vez descubre la respuesta al acertijo, espero que la comparta conmigo."

El perfume de lavanda de ella perduró aún después de que se había ido.

ELIZABETH CONTINUÓ cojeando por el resto de la velada, pero en la mañana declaró que su tobillo estaba mucho mejor. De otra manera su imaginaria lesión pudiera evitar que visitara a Jane, y ella no quería eso.

Todavía estaba en la casa cuando el Sr. Bingley llegó de visita para preguntar por su recuperación. Era una notable muestra de cortesía de su parte, dado que él sabía que no se había lastimado para nada, pero Elizabeth no se sentía inclinada a quejarse. La Sra. Bennet no podía contener su emoción ante esta aparente señal de interés en su hija menos favorita, así que después de la conversación más breve posible, ella sugirió que Elizabeth le mostrara al Sr. Bingley los jardines. Él aceptó con rapidez.

Una vez afuera, Elizabeth dijo, "Me disculpo por lo que asume mi madre. Le ruego esté seguro de que no tengo ninguna expectativa de parte de usted ni de nadie más." ¿Se daría él cuenta de que se estaba refiriendo al Sr. Darcy?

El rio con buen humor. "¿Cómo podría yo tener expectativas cuando establecimos anoche que Darcy ha establecido su derecho sobre usted?"

"¡Ni lo mencione! Es más que embarazoso," exclamó Elizabeth.

"Él hubiera venido hoy conmigo, pero no le gusta dejar a su hermana sola en un lugar que no conoce bien. Despúes de salir anoche, sintió que debía quedarse con ella hoy."

Elizabeth elevó una ceja. "Suena como un hermano de lo más devoto."

"Lo es. Lleva a Georgiana con él a donde quiera que viaja. Ella se siente más segura así."

Elizabeth no estaba de humor para escuchar elogios sobre el Sr. Darcy, pero las palabras del Sr. Bingley le dieron una idea. "Yo también tengo una hermana a la que soy devota. Me pregunto si pudiera aprovecharme de su amabilidad para presentarle a mi hermana Jane. Ella está muy aislada, sabe, y ver un nuevo rostro le daría una inmensa alegría. Yo diría que está bastante harta de Charlotte y de mí."

"No puedo imaginar que eso sea cierto, pero si usted cree que la complacería, estaría más que feliz de proporcionar cualquier forma de distracción posible."

"Se lo agradezco. Iluminará su día. Pero le ruego, no le cuente sobre los eventos de anoche. La alteraría sobremanera."

"Por supuesto que no."

Cuando llegaron a los vacíos establos, Elizabeth de pidió a Bingley esperar a cierta distancia mientras ella tocaba tres veces la puerta.

Jane abrió la puerta con una sonrisa. "¡Buenos días, Lizzy!" Dio un paso atrás para permitir la entrada a su hermana. "De hecho, Jane, te tengo una sorpresa. ¿Te gustaría tener un visitante?"

Jane se tensó. "¿Es alguien en quien confías? ¿Debo prepararme?" Ella pasó sus dedos por su mejilla para indicar ponerse maquillaje.

"No. *Él* sabe la verdad, y sí, confío en él."

Las mejillas de su hermana se sonrojaron. "En ese caso, estaré encantada de conocerle."

Elizabeth hizo una señal al Sr. Bingley. Él avanzó con su acostumbrada sonrisa amable, pero luego su rostro mostró una expresión de asombro lo que dio gran satisfacción a Elizabeth. El cabello de Jane había vuelto a crecer lo suficiente como para enmarcar su rostro con rizos dorados. Le quedaba bien, y en unos cuantos meses sería lo suficientemente largo como para pasar por uno de los cortes de moda populares en Londres. Y nada podía disfrazar la belleza de su rostro y forma.

"Jane, queridísima, ¿te puedo presentar al Sr. Bingley, quien rentó recientemente Netherfield Park? Sr. Bingley, esta es mi hermana."

Él hizo una reverencia. "Es un gran placer conocerla, Señorita Bennet, y un honor. Su hermana me ha contado de su valor."

Elizabeth indicó el camino a la sala de estar de Jane. "El Sr. Bingley, y su amigo, el Sr. Darcy, fueron tan amables de escoltarnos a Charlotte y a mí a la asamblea de anoche. Tuve la astucia de torcerme el tobillo en lugar de bailar con una pareja particularmente desagradable, y, como resultado, averigüé que el Sr. Bingley siente una gran simpatía por las damas de quienes los franceses quieren abusar. Me siento obligada hacia él y hacia su amigo por su ayuda."

Los ojos de Jane adquirieron una mirada cálida "Entonces yo también me siento en deuda con usted, Sr. Bingley. Le agradezco haber ayudado a mi hermana."

El Sr. Bingley bajó la mirada a sus pies. "Darcy merece más crédito que yo. Fue su rápida reacción lo que nos sacó del apuro."

"Entonces le debo también mi gratitud. ¿Le gustaría sentarse? Lamento no tener nada que ofrecerle como refrigerio."

"Eso es mi culpa," dijo Elizabeth. "Debí haber regresado por una bandeja de té, pero no deseaba perder la oportunidad de presentarlos."

"¡Y me alegra que lo hiciera!" declaró el Sr. Bingley.

Fue mucho después de la típica media hora de la visita matutina cuando Elizabeth finalmente escoltó a un renuente Sr. Bingley afuera. Con un dejo de picardía, ella dijo, "Fue muy amable de su parte dar tanto de su tiempo para entretener a Jane."

Él sacudió la cabeza de manera desconcertada. "Estuvo lejos de ser un sacrificio. Su hermana es un ángel. ¡Haber sido forzada a ocultarse y aun así conservar tanta dulzura! No lo hubiera creído posible."

"Jane siempre ha poseído el talento de ver lo mejor en cualquier persona o situación. Le ha sido muy útil últimamente. Creo que yo estoy más enojada que ella por su situación."

"¡Puedo asegurarle que yo también estoy enojado por su situación!" dijo Bingley frunciendo el ceño. "¿No hay otra elección para ella?"

"Ninguna que Jane tomaría en consideración. Si se fuera de Meryton por cualquier razón, el Capitán Reynard castigaría a mi padre, así que ella elige quedarse."

"¿Sería...?" Él dudó, y se enrojecieron sus mejillas. "¿Sería posible que pudiera visitarla de nuevo? Solo si ella quisiera, por supuesto."

"Creo que le gustaría mucho. Estaré complacida de acompañarle a visitarla cuando usted quiera."

"Es usted muy amable."

"Puede usted asignarme esa virtud si lo desea, pero en verdad estoy pensando más en Jane. Sus días son largos y tediosos, y pude ver cuánto mejoró su ánimo por haber tenido un nuevo visitante hoy."

El Sr. Bingley disminuyó el paso. "Si tener visitas le es útil, conozco a alguien que también podría beneficiarse de conocerla."

Por favor, ¡no el Sr. Darcy! "¿De verdad?"

"La hermana de Darcy. Ella también tiene límites sobre las personas que puede conocer."

¿Realmente creía que la hermana lenta del Sr. Darcy sería buena compañía para Jane? Cuidadosamente le preguntó, "¿Tendría mucho en común con mi hermana?"

"Me imagino que bastante." Él debió haber visto algo en su expresión, porque agregó, "¡Oh! ¿Ha oído usted que es lenta?"

Elizabeth volvió la mirada. "Creo que alguien lo mencionó."

"La lentitud de la Señorita Darcy se parece mucho a la tuberculosis de su hermana."

"Pero ¿cómo...? ¡Oh! Ya veo. Sí, me imagino que ella y Jane tendrían mucho en común." También podría explicar por qué el Sr. Darcy parece vigilar tanto a su hermana. ¿De qué la estaba protegiendo? ¿Era de una situación como la de Jane? "Lamento escuchar que ella ha enfrentado similares dificultades."

"No conozco los detalles, pero tuvo una experiencia desafortunada durante la invasión que la ha dejado muy temerosa. La vista de un uniforme francés le causa un ataque de terror, así que nunca sale sin Darcy. Él es el único que puede calmarla. Yo soy una de las pocas personas fuera de su familia que la ha conocido siquiera. Darcy espera que visitarme en Netherfield sea benéfico para ella. Nunca se ha quedado en casa de alguien más por tanto tiempo."

"Pobre jovencita. Quizá Jane sería una buena influencia sobre ella."

"Le contaré a Darcy acerca de ella. Si él no tiene objeción, me encantaría presentarlas." El Sr. Bingley sonrió tan solo de pensarlo.

Elizabeth sospechaba que el Sr. Bingley usaría cualquier excusa para volver a ver a su hermana.

Capítulo 3

Darcy sabía que se arrepentiría de esto. Él mismo se lo había ocasionado con sus acciones en la asamblea, y ahora tenía que dar seguimiento a la apariencia de interés en la Señorita Elizabeth Bennet. Aún si Bingley no hubiera insistido tanto acerca de llevar a Georgiana a conocer a su nuevo ángel, Darcy hubiera tenido que ir a Longbourn de todas maneras.

Pero entonces hubiera podido ir solo, y eso era parte del problema. Elizabeth Bennet trastornaba su paz mental, pero aun así él ansiaba su presencia. No podía costearse este tipo de agitación emocional. Y quería estar solo con Elizabeth, no ser observado por Georgiana.

Había soñado con ella la noche anterior, con su Titania en el bosque de campanillas, pero en su sueño ella no tenía una pistola. En lugar de eso ella le extendía su mano, atrayéndole con esa traviesa sonrisa suya. Y él estaba más que dispuesto a ser atraído.

Era mejor no pensar en el resto de ese sueño, sin embargo, no cuando estaba a punto de estar frente a ella. Si Elizabeth alguna vez descubría el contenido de ese sueño, le daría una cachetada y se rehusaría a verlo de nuevo. Pero, aun así, él no se iría, porque ella era su Titania. ¡Buen Dios! ¡Ahora estaba confundiendo los sueños con la realidad!

Georgiana ya lo estaba observando, sus cejas finamente arqueadas unidas en desconcierto, mientras daba vuelta a un rizo con su dedo. Y no era de extrañar; no se estaba comportando como usualmente lo hacía.

Pero el carruaje estaba llegando al frente de Longbourn, y ahora era demasiado tarde para decir nada. "Georgiana, sugiero que te quedes aquí mientras invito a la Señorita Bennet a venir a caminar con nosotros. Preferiría evitar la aguda mirada de su padre por el momento, y no se puede confiar en su madre."

"Está bien," dijo Georgiana. "Pero si esto te incomoda, quizá debíamos planear no repetir la visita."

"Veamos qué pasa." La parte racional de su mente, la pequeña, abrumada parte racional, consideraba la visita una buena idea. Georgiana había estado sintiéndose irritada este último año, ansiando la compañía de otros jóvenes y frustrada por su aislamiento. Un hermano demasiado serio y solícito que vigilaba todos sus movimientos no era el tipo de compañía que ninguna jovencita desearía. Pero ¿qué más podía hacer? Tenía que mantenerla a salvo.

Quizá conocer a las dos hermanas mayores Bennet era lo que necesitaba. Lo que él necesitaba no importaba. Había renunciado al derecho de considerar sus propias necesidades.

Después de que el carruaje se detuvo, un lacayo abrió la puerta y bajó los escalones. Georgiana cuidadosamente reacomodó su expresión en su bien practicada fachada de estupidez bovina.

Estaba mal que una joven de quince años hubiera aprendido tan bien a usar una máscara. Pero había tan pocas cosas que estaban bien en su mundo. ¿Por qué importaría una cosa más que estuviera mal? Cuando intentaba recordar sus propios días despreocupados antes de la partida de su padre, era como si le hubieran sucedido a alguien más, hacía mucho, mucho tiempo.

Saltó hacia afuera y golpeó con la cabeza de su bastón la puerta de Longbourn. Elizabeth había usado ese bastón la noche de su supuesta lesión, y él ahora no podía olvidar que ella lo había tocado. Cuando un sirviente abrió la puerta, Darcy le entregó una tarjeta y dijo con brusquedad, "Mi hermana y yo deseamos averiguar si la Señorita Elizabeth Bennet nos haría el honor de unirse a nosotros para ir a caminar."

"Preguntaré, señor. ¿Le gustaría pasar?"

"Prefiero el aire fresco." Era descortés, pero no le importó. No podía dejar a Georgiana sola en un lugar extraño.

El sol pareció brillar más cuando la Señorita Bennet apareció usando gorro y bolero con botones. Bien. Ella debía estar planeando unirse a ellos. Pero debía recordar llamarla Señorita Elizabeth, no Señorita Bennet, ya que su hermana mayor era la verdadera Señorita Bennet. Señorita Elizabeth. Le gustaba como sonaba. Y le gustaba demasiado verla. No debía dejar que nadie adivinara cuánto su mera presencia aligeraba su corazón.

"Buenos días, Sr. Darcy." Su sonrisa era cautelosa.

"Gracias por unirse a nosotros. ¿Me permite presentarle a mi hermana? Georgiana, esta es la Señorita Elizabeth Bennet."

Georgiana descendió del carruaje e hizo una torpe caravana. Habló con la extraña, plana voz que usaba cuando representaba a alguien lento. "Es un placer conocerla."

¿No le había él dejado en claro que Bingley ya le había dicho a la Señorita Elizabeth la verdad? Entonces miró hacia atrás sobre su hombro. El sirviente estaba en la puerta observándolos. Georgiana simplemente estaba siendo cuidadosa, justo como él le había enseñado.

Darcy se volvió de nuevo a Elizabeth. "Bingley me contó que usted disfruta largas caminatas pero que con frecuencia no tiene quien le acompañe en ellas. Venimos a ofrecer nuestros servicios a ese respecto. ¿Espero que consentirá en acompañarnos?"

"Estaré muy feliz de hacerlo. En verdad me encanta caminar cuando tengo la oportunidad, lo que no es con tanta frecuencia como me gustaría." Había una extraña melancolía en su voz.

¿Por qué no salía a caminar? "Me complace especialmente, entonces, compartir una de esas raras ocasiones. Como soy nuevo en el área, no conozco los mejores lugares para caminar por aquí. ¿Quizá usted podría recomendar una ruta?"

"Estaré feliz de hacerlo. Una de mis caminatas favoritas empieza por aquí." Ella hizo un gesto hacia una vieja vereda que desaparecía tras una hilera de árboles. Cuando empezaron a caminar juntos, ella agregó en voz baja. "Si el Sr. Bingley los envió, asumo que deben estar aquí para conocer a mi hermana. ¿Estoy en lo correcto?"

"Esperamos conocerla, pero ella está lejos de ser la única atracción aquí." A pesar de los elogios de Bingley sobre la belleza de la misteriosa hermana, Darcy no podía evitar pensar que él prefería a su propia Titania.

La Señorita Elizabeth miró más allá de él hacia Georgiana, que había abandonado su papel de persona lenta.

La rápida negativa con la cabeza de Georgiana mostraba su incredulidad. "¿William? Él nunca coquetea. Nunca."

"¿De verdad? ¡Qué interesante! ¿Qué dice usted, Sr. Darcy?" El brillo burlón en sus ojos era un reto.

Los labios de él temblaron. "Dependería de la dama. Soy bastante selectivo."

"¡Y de esa manera responde mi pregunta! Ahora, si vienen por aquí, las habitaciones de Jane están en la parte de atrás."

Él la siguió a través de una serie de cubículos vacíos. ¿Habían construido un establo nuevo o todos los caballos habían sido tomados por los franceses? Muy probablemente lo último.

Una mujer de cabello dorado abrió la puerta a la que llamó la Señorita Elizabeth. Por una vez Bingley había estado en lo correcto sobre la belleza de la Señorita Bennet, aunque Darcy prefería más vitalidad en la expresión de una mujer. Luchó contra el impulso de descansar su mirada en la Señorita Elizabeth. Debería estar enfocando su atención en Georgiana.

Mientras Elizabeth hacía las presentaciones, su hermana pareció manejar bien la conversación a pesar de su limitada experiencia con extraños. Hasta el año pasado más o menos, no se podía confiar en que ella no dijera repentinamente algo inapropiado o peligroso.

La Señorita Bennet parecía una conocida segura, especialmente ya que no estaba en posición de esparcir chismes. Era casi maternal en su comportamiento hacia Georgiana, animando gentilmente a la joven. Si a Georgiana le caía bien, esto realmente podía ser un paso hacia adelante.

Después de un corto tiempo, Elizabeth dijo. "Sr. Darcy, está usted muy callado. Espero que no le estemos aburriendo." Era un reto, sin duda.

"Para nada. Simplemente prefiero admirar la conversación en lugar de participar en ella."

Georgiana saltó en su silla. "Quiere decir que está muy ocupado cuidándome. ¡Vete de aquí, William! No necesito que estés sobre mí cada momento."

Él no sabía si lo molestaba más su presunción o le complacía verla mostrar algo de vitalidad. Hizo una leve reverencia. "Si lo deseas."

Georgiana se mordió el labio, con una expresión afligida en los ojos. Sin duda se estaba preocupando, como siempre lo hacía, de que alguien se enojara con ella por cualquier pequeño error.

Elizabeth se levantó de su silla con una risa. "Mientras que le agradezco, Señorita Darcy, por enviar fuera a su hermano, porque ahora puedo insistir en que me lleve a esa larga caminata que prometió antes."

Darcy inclinó la cabeza. ¡Con cuánta elegancia le había dado vuelta a la situación! "Será un gran placer para mí. Georgiana, si es aceptable para la Señorita Bennet, volveré más tarde por ti."

Siguió a Elizabeth fuera del establo. "¿Hay algún lugar en particular hacia donde desearía caminar, Señorita Elizabeth?"

Ella lo estudió por un momento. "No debemos irnos por demasiado tiempo, así que no puede ser una caminata muy larga. ¿Podríamos visitar a los cachorros? No he tenido la oportunidad de checarlos por varios días."

El aire a su alrededor pareció aligerarse. "Reina Titania, su humilde siervo estará encantado de escoltarla a su enramada."

ELIZABETH ACARICIÓ la peluda cabeza de Rose mientras las campanillas danzaban alrededor de ellos. "Has estado haciendo un excelente trabajo," le dijo a la perra.

Darcy levantó la mirada desde el cachorro que había entablado con él un feroz juego de estira y afloja con un palo. "¿Es su primera camada?"

"Sí, y no puede ser fácil arreglárselas con tantos cachorros." Ella levantó a un cachorro particularmente pequeño y lo puso a mamar con su madre. "Pero no, me imagino, tan difícil como cuidar de una joven en la edad más difícil. ¿Ha sido usted responsable de su hermana por mucho tiempo?"

"Casi seis años, desde que mi padre se fue. Él había planeado que Georgiana viviera con mis tíos, pero cuando mi tío sufrió una apoplejía, tuve que hacerme cargo. Y ella tiene razón; estoy siempre sobre ella."

¿Hacía seis años? Él debía haber tenido poco más de veinte años. Entonces lo que él había dicho la golpeó. "¿Su padre se fue?"

El Sr. Darcy le dirigió una larga y seria mirada. "Sí. Se fue a Canadá en el año 05."

¿Un gran terrateniente se había mudado a Canadá? No tenía sentido. A menos que... ¿Con *ella*?"

La comisura de su boca se inclinó hacia abajo. "No es ilegal decir su nombre. Sí, él acompañó a la Princesa Charlotte cuando fue sacada del país a Canadá por seguridad, pobre niña."

"Me había preguntado quién había ido con ella. A tan temprana edad, debe haber sido muy difícil para ella dejar a su familia y su país."

"Sí, y ahora la familia que dejó atrás ya no existe. Su abuelo, el Rey George, es un loco prisionero en Francia, reinando solamente en nombre. La princesa hubiera sido ejecutada como su padre, el Príncipe Regente, si se hubiera quedado aquí. Pero aun así perdió su lugar en la sucesión cuando declararon al hermano de Napoleón como heredero al trono en lugar de ella y casaron con él a la hermana más joven del Rey George como una concesión al orgullo inglés." El labio superior de Darcy se enroscó.

"Yo no acepto eso, ni lo hace nadie que yo conozca. De acuerdo con la ley inglesa, la Princesa Charlotte es todavía la heredera al trono."

"Pero ahora no hay ley inglesa, solamente una pequeña asustada a medio mundo de distancia con un país entero esperando que ella los salve cuando ni el rey ni el poderío del ejército o la armada de Inglaterra pudieron hacerlo. Quizá creen que ella doblegará a los franceses aventándoles sus muñecas." Sus palabras sonaban amargas.

¿Era esa su verdadera opinión, o estaba repitiendo las palabras de su padre acerca de la princesa? Ella suponía que Darcy tenía derecho a estar amargado, habiendo sido dejado para criar a su hermana menor él solo y para cuidar de las haciendas de la familia en medio de una invasión. "¿Está su padre todavía en Canadá?"

"Murió el año pasado." Él sonaba indiferente, pero ella ya había aprendido que él tenía profundidades ocultas. "No debí haberle contado nada de eso. Hasta donde el mundo sabe, mi padre murió en la invasión."

"Puede usted estar seguro de que yo no diré nada, pero lamento su pérdida." Ella entendía su deseo de guardar el secreto. Si las acciones de su padre llegaran a oídos de los franceses, tanto Darcy como su hermana correrían grave peligro. Otros habían sido guillotinados por menos. Aun así, era desconcertante. El padre había sido lo suficientemente leal como para irse al exilio en lugar de vivir bajo el gobierno francés, pero su hijo se había convertido en un desertor. No tenía sentido.

"Es mejor que todos crean que él murió hace mucho tiempo. Es más simple de esa forma." Él le ganó la lucha por el palo a Puck, quien de inmediato empezó a ladrar.

Había algo que faltaba en este acertijo, pero Elizabeth ya se había entremetido mucho más de lo que era aceptable. "¡No puedo creer todo lo que han crecido estos cachorros en unos cuantos días! Quisiera poderlos ver todos los días para observar cómo cambian."

"¿Pero no puede?"

Ella levantó a uno de los cachorros y besó su cabeza. "No salgo tan lejos de Longbourn sin la pistola, pero con frecuencia no está a disponible para mí."

Era tan solo una dura realidad. ¿Por qué lo hacía fruncir el ceño tan ferozmente?

DARCY CUIDÓ SU LENGUA mientras él y Elizabeth regresaban al establo. Ya le había dicho demasiado, y tenía que detenerse. No importaba que tan bien intencionada pudiera ser Elizabeth, no tenía el hábito de disfrazar sus sentimientos ni de considerar lo que decía antes de que saliera de su boca. ¡Pero era tan fácil confiar en ella!

¿Cuándo había empezado a pensar en ella como Elizabeth?

Era difícil ver nada al principio cuando entraron a los oscuros establos desde la brillante luz del sol. Elizabeth se detuvo junto a él con una brusca aspiración.

"¿Sucede algo?" preguntó él.

Ella puso un dedo en sus labios e hizo un gesto hacia uno de los cubículos, ocupado ahora por un gran bayo. "Alguien ha estado aquí."

En esto, al menos, él podía tranquilizarla. "Ese es el caballo de Bingley."

Los hombros de ella perdieron algo de tensión. "Ya veo." Pero su voz aún temblaba. Había estado verdaderamente atemorizada. Una ola de ira lo invadió. Ella no debía tener que preocuparse tanto.

Bingley estaba, por supuesto, en la pequeña sala de estar de la Señorita Bennet, y viéndose tan enamorado como Darcy lo hubiera visto. Georgiana parecía estar cómoda. Una buena señal.

Elizabeth se detuvo en el umbral de la puerta. "¡Qué encantador verte con toda esta compañía! Traeré tu bandeja de té."

¿Estaba disgustada de encontrar a Bingley ahí? Él no podía pensar en otra razón por la que ella tratara de irse en el momento en que había llegado. Pero tan solo había tres sillas disponibles en la salita. Quizá estaba siendo discreta.

"¿Puedo acompañarla?" preguntó Darcy.

Ella hizo una pausa en el proceso de salir. "Si lo desea." Pero sonaba extrañada.

"Sí, lo deseo," dijo él con firmeza.

Una vez afuera, ella se volvió hacia él. "Esta es una caminata perfectamente segura. La recorro dos veces al día."

"No tengo ninguna duda. Pero ni Bingley ni Georgiana desean dividir la atención de su hermana conmigo. Esta fue una forma simple de concederles su deseo."

"Oh." Ella sonó satisfecha con su respuesta. "¿Es su opinión que el Sr. Bingley pudiera continuar visitando a mi hermana? No como pretendiente, por supuesto, ¿pero cómo amigo?"

¿No había visto ella la mirada enamorada de Bingley? "Me sorprendería que no lo hiciera."

Ella dudó. "¿Podría darle un mensaje de mi parte?"

"Ciertamente."

Ella se mordió el labio. "No quisiera que se esparciera el rumor de que Jane tiene visitantes regularmente, y se vería sospechoso si el Sr. Bingley es visto regularmente más allá de Longbourn. ¿Podría decirle que si continúa por la vereda al lado de los establos esta se reincorporará al camino sin pasar por la casa? No intento sugerir que él deba visitarla ilícitamente, solo sin fanfarria."

"Se lo diré y le aseguraré que no es un intento de atraparlo."

Ahora ella se veía escandalizada. "¿Cómo podría serlo? Jane no puede casarse. Eso sería tanto como rechazar al Capitán Reynard. Todos sufriríamos por ello."

"¿Todavía está preocupada acerca del Capitán Reynard por usted misma también?"

Ella dudó. "No he sabido nada más de él."

Eso no era lo que él había preguntado. "Si Georgiana desea visitar a su hermana de nuevo, ¿puede pasar el carruaje por la ruta que usted sugirió?"

"Tendría que verificar. Algunas partes tienen mucha vegetación."

"¿Y si ella y yo venimos a invitarla a usted a caminar como lo hicimos hoy?"

"Eso no sería problema, pero podría tomar mucho de su tiempo."

"Se le olvida que estaré visitándola en cualquier caso para mantener las apariencias." Él intentó decirlo con ligereza.

Ella frunció el entrecejo y no dijo nada, pero quizá fue porque habían llegado a la puerta de la cocina de Longbourn. Cuando volvió a salir con la bandeja del té, él la tomó de sus manos. Observarla hacer el trabajo de un sirviente era intolerable.

DESPUÉS DE QUE SE HUBIERON ido los visitantes, Elizabeth le dijo a Jane, "Espero que hayas encontrado divertidos a tus visitantes."

"¡Oh! ¡Muchísimo! El día ha pasado tan rápido. Te estoy muy agradecida por encontrar nuevos amigos para mí."

"Me alegra. ¿Qué te pareció la Señorita Darcy? No tuve mucha oportunidad de observarla."

Jane dudó, pero luego sonrió. "Me cayó muy bien. Parece ser una joven muy dulce, aún si no está acostumbrada a hablar con alguien que apenas conoce. Parece ser por timidez más que por orgullo. ¿Sabías que practica esgrima? Nunca había conocido a una mujer que practicara esgrima."

¡Aparentemente el Sr. Darcy tenía ideas poco usuales sobre la educación de las mujeres! "Es una idea un poco escandalosa, pero no sin su atractivo. Su hermano me dijo que también practica disparar armas."

"También tiene logros de una dama. Habló con tanto entusiasmo acerca de su amor por Mozart y Haydn y sobre cuánto disfruta tocar el pianoforte. El Sr. Bingley dijo que ella tiene poca oportunidad de pasar tiempo con otras damas, y pensó que le ayudaría conocerme. Es un caballero tan amable, considerado."

"Me imaginé que iba a gustarte." Elizabeth intentó no sonar creída.

"¡Oh! ¡Muchísimo! Si tan solo lo hubiera conocido antes de todo esto creo que pudiera estar enamorándome de él."

"¿Después de solamente dos encuentros?" bromeó Elizabeth.

La expresión de Jane se tornó soñadora. "Algunas veces tan solo lo sabes."

ELIZABETH SE PUSO CON rapidez su gorro y guantes en cuanto vio el carruaje de los Darcy aproximándose a Longbourn al día siguiente. Una vez más, ella y el Sr. Darcy escoltaron a Georgiana a las habitaciones de Jane antes de ir a caminar. Charlotte Lucas ya estaba visitando a Jane, así que fue fácil para Elizabeth disculparse para ir a caminar con Darcy. Cuando estuvieron solos, Darcy se aclaró la garganta. "Me encuentro en un dilema. Hay algo que deseo grandemente que usted tenga a su disposición, pero sería impropio que yo le diera un regalo. ¿Estaría usted dispuesta quizá a considerarlo como un tipo de préstamo permanente?"

Elizabeth retrocedió ligeramente. ¡Qué intrigante! Él sonaba muy serio, para nada como si planeara coquetear con ella. "Supongo que dependería de qué es el artículo y de por qué desea que yo lo tenga."

"Me parece justo." El metió la mano en su bolsillo y le entregó una pequeña pistola de bolsillo con un barril grabado. "Creo que usted sabe por qué deseo que la tenga. Por el bien de los cachorros, si no por otra cosa."

Ella le dio vuelta en su mano, admirando el mango de marfil tallado. ¡Era un objeto encantador para ser un arma tan peligrosa! Pero por supuesto el Sr. Darcy tendría lo mejor. "No sé qué decir." Especialmente porque tener pistolas era ilegal, tanto para él como para ella.

"Podría decir que la acepta. Venga, ¿sabe cómo cargarla?"

"¿Qué no se carga por el cañón?"

"No." Él la tomó de su mano y desatornilló el barril del mango. Dando vuelta a la sección del mango para ponerla boca arriba, señaló a la apertura donde había estado el barril. "Pólvora aquí, y luego un tiro. No la apisone; solo atornille de nuevo el barril. Él le demostró cómo, luego señaló a una pequeña apertura debajo del recipiente de ignición. "Un toque más de pólvora aquí y está usted lista para disparar."

¿Qué debía decir una dama cuando recibía como regalo una pistola? *¿Gracias, es encantadora? ¿Gracias, haré mi mejor esfuerzo para solamente disparar a villanos con ella? ¿Gracias, nada me gusta más que un arma mortal? ¿Gracias, prometo no entregarlo por poseer una pistola ilegal?*

Quizá lo más simple era evitar agradecerle del todo. "Estoy segura de que los cachorros le estarán agradecidos."

"¿La aceptará, entonces?"

"¿Está seguro de que no la necesita? No puedo imaginar que tenga pistolas de sobra por ahí esperando para dárselas a desafortunadas damiselas en dificultades."

Él murmuró algo en voz baja. Sonó algo como "Le sorprendería." En voz alta él dijo, "Tengo otras." Le entregó una bolsa de tela y un pequeño frasco repujado. "Pólvora y tiros."

Con ambas manos llenas, ella lo miró traviesamente. "Haré mi mejor esfuerzo para no emplearla."

"Si la necesita, úsela."

Ella le sonrió. "Sé exactamente dónde guardarla, un casillero en los establos. ¡Puede ser difícil explicar su presencia si alguien la encuentra en mi cuarto!"

PARA DELICIA DE LA Sra. Bennet, el Sr. Darcy y su hermana siguieron visitando a Elizabeth en los días en que el clima era clemente.

"Lizzy, ¡no puedo creer que hayas interesado a un caballero inglés soltero con una fortuna! ¡Qué suerte, con tan pocos disponibles! La providencia está velando por ti. ¡Cuánto dinero tendrás para gastos! ¡Qué vestidos! ¡Qué carruajes!"

Era una experiencia novedosa para Elizabeth, quien se había acostumbrado a la constante desaprobación de su madre, pero sus intentos por bajar las expectativas de su madre fallaron. "Creo que viene principalmente porque desea que su hermana tenga compañía femenina, no por su propio placer. Y, aun así, es un agente francés, no hay fortuna que le quite esa mancha de encima."

"¡Tonterías Lizzy, las cosas que dices! ¡Por supuesto que desea que hagas amistad con su hermana antes de ofrecerte matrimonio! ¡Me volveré loca si pienso en ello!"

De hecho, la Señorita Darcy era un tema común de conversación en las caminatas de Elizabeth con el Sr. Darcy. Había tantos temas que debían ser evitados que Elizabeth se aferraba a los pocos que quedaban, y el Sr. Darcy parecía alegrarse de la oportunidad de escuchar el punto de vista de una mujer sobre su hermana.

"Ella ha vivido casi reclusión desde la invasión," le dijo Darcy a Elizabeth. "Tan solo he empezado a presentarle a otras personas desde el año pasado. Ella tuvo un maestro de música, por supuesto, y a una mujer que le enseñó a pintar con acuarelas, pero aún ellos eran difíciles para ella."

"¿Qué hay de los sirvientes? De seguro ella debe haber tratado con ellos."

Darcy miró hacia otro lado. "Ella se siente incómoda con los sirvientes y no confía en ellos. Es por eso por lo que su hermana ha sido un regalo de Dios. Georgiana se siente segura con ella precisamente porque la vida de su hermana está tan restringida como la de ella. Es un paso adelante para ella estar tan cómoda tanto con Bingley como con la Señorita Bennet."

"Parece que usted pasa mucha parte del tiempo en su compañía. Si ella tiene dificultades para estar alrededor de otras personas, ¿no limita eso la habilidad de usted de socializar?"

Él pasó su mano a lo largo de las agujas de un abeto que iban pasando, manteniendo la mirada sobre él. "Sí, lo hace, pero no es de mayor importancia para mí. Tengo poco interés en los eventos de la *alta sociedad*, y puedo ser feliz pasando la velada en compañía de un buen libro. Cuando estamos en Londres, hay eventos a los que estoy obligado a asistir, pero es difícil para Georgiana estar sola tantas noches, y se alegra cuando dejamos la ciudad."

¿Qué tipo de eventos podrían hacerle sentir que no tenía más remedio que asistir? Probablemente era sabio no preguntar. "¡Y pensar que algunas veces siento lástima de mí misma porque el atender las necesidades de Jane limita lo que yo puedo hacer! Usted me ha mostrado qué poco tengo de qué quejarme. Y, en verdad, estoy feliz de poder ayudar a Jane."

Él volvió una mirada inquisitiva hacia ella. "¿Qué haría si no tuviera que atender a su hermana?"

¿Qué tenían los ojos de él que hacían que se le secara la boca y fluyera calor por su cuerpo? Sus dedos ansiaban explorar su rostro. Ella alejó su atención de él antes de poder responder. "Muy probablemente iría a Escocia."

"¿Es eso lo que haría si el Capitán Reynard persistiera en sus atenciones hacia usted?"

Las mejillas de ella se enrojecieron y ella bajó la mirada hacia la vereda. "Sí," dijo en voz baja. "No me enorgullezco de ello porque sé muy bien qué tan egoísta sería abandonar a mi padre y a Jane aquí a sufrir el desagrado del Capitán Reynard. Pero yo no soy Jane; no puedo sacrificarme por ellos."

Darcy se detuvo, y cuando Elizabeth se volvió a ver por qué, él puso un dedo bajo su barbilla y la levantó hasta que ella no tuvo opción más que encontrar sus ojos. "No está siendo egoísta. Es su padre el que es egoísta si quisiera que usted pagara ese precio por su comodidad. Él debería estarse llevando a toda su familia a Escocia. ¿Qué pensaría usted de mí si estuviera dispuesto a permitir que Georgiana se degradara a sí misma de esa forma solamente para que yo pudiera permanecer en mi casa?"

La intensidad de la mirada de él la hizo tragar saliva, con los labios hormigueando. "No lo puedo imaginar haciendo eso."

"¿Cree usted que esté bien que su padre permita que su hermana se oculte en los establos todo este tiempo?"

Ella volvió la mirada. "Jane podría quedarse en la casa si lo quisiera, pero eso significaría pretender estar enferma todo el tiempo. Fue idea suya mudarse a los establos, argumentando que el médico dijo que necesitaba total tranquilidad. Mi madre estuvo feliz de estar de acuerdo ya que la tos de Jane irritaba sus nervios."

Él sacudió la cabeza. "¿Desde cuándo ha estado sucediendo esto?"

Elizabeth pasó la punta de su lengua por sus resecos labios. "Casi un año."

"¡Buen Dios!" exclamó él. "¿Es su familia tan poco confiable?"

"Quizá se pudiera confiar en mi hermana Mary, pero no podemos estar seguros. Mi madre apoya a los franceses porque eso significa que Longbourn permanecerá en nuestra familia. Bajo la ley inglesa sería cedido a alguien más, y el código civil francés rompe esa cesión. Ella instaría a Jane a hacer lo que el capitán quiere."

"¿Su padre lo sabe?"

"Sí, pero él nunca ha sido un hombre de acción. Su naturaleza es ser indolente y evitar conflictos. Esa es la razón por la que Jane y yo fuimos enviadas a vivir en Londres después de la invasión."

Aparecieron líneas en la frente de Darcy cuando frunció el entrecejo. "No entiendo."

"Los franceses habían tomado Longbourn como una de sus barracas, así que tuvimos que mudarnos a la cabaña del administrador. Jane tenía dieciséis años y yo casi quince. La cabaña estaba amontonada con todos nosotros y los soldados estaban siempre intentando acorralarnos a Jane o a mí. En lugar de demandar que nos dejaran en paz, mi padre nos envió a vivir con nuestro tío a Londres. Para mí estuvo bien; en Londres había menos soldados franceses ya que podían hacer respetar la paz con los cañones de las naves de guerra ancladas en el Támesis. Pero, aun así, yo ansiaba volver a Meryton. Cuando los franceses ya no necesitaron Longbourn y se lo devolvieron a mi padre, Jane y yo volvimos, y ahora desearía que no lo hubiéramos hecho." ¿Por qué le había dicho todo eso? Pudo haber respondido a su pregunta con muchos menos detalles.

Las comisuras de la boca de él se inclinaron hacia arriba. "Yo tengo la reacción opuesta a Londres. Cuando estoy allá, estoy en constante compañía con los franceses, esas inevitables obligaciones. Puedo evitarlos mucho mejor cuando estoy en el campo."

Cualquier deseo de responderle se congeló en la garganta de ella. ¿Por qué continuaba olvidando que él colaboraba con los franceses? O no precisamente olvidando, sino más bien deseando que no fuera verdad. Pero era verdad. "Puedo ver por qué no disfrutaría ese tipo de obligación," dijo ella con frialdad.

Los labios de él se apretaron, disipando la calidez en sus ojos. "Hago lo que debo hacer, igual que usted."

La breve intimidad se había acabado, recortada por el recordatorio de su traición a Inglaterra. ¿Cómo podía estar tan atraída a tal hombre?

"¿LIZZY? ¿ESCUCHASTE una palabra de lo que dije?" preguntó Jane.

Sorprendida, Elizabeth sacudió la cabeza. "Mis disculpas, Jane. Mi mente divagaba."

Una sonrisa iluminó los ojos de Jane. "¿No divagó tu cuerpo lo suficientemente lejos hoy? Tú y el Sr. Darcy estuvieron fuera por mucho tiempo."

Elizabeth se encogió de hombros. "Caminamos hasta Oakham Mount."

"Él parece disfrutar tu compañía."

"¡No tú también! Mamá me dice todo el tiempo que él me ofrecerá matrimonio pronto, y estará tristemente decepcionada cuando no suceda."

"¿Es tan imposible que puedas gustarle?"

"Le gusto, sí, pero ¿cómo para elegirme entre miles de mujeres que estarían encantadas de casarse con un inglés con una gran fortuna cuando tanto los ingleses solteros como las grandes fortunas están tan escasos? Creo que no."

"Estás de mal humor hoy, Lizzy. Ahora empiezo a preguntarme si pudiera gustarte más de lo que quisieras."

Elizabeth no se atrevió a encontrar la mirada de su hermana. Jane se había acercado demasiado a la verdad. "Es inteligente y agradable compañía, pero no tiene caso pensar más en ello. Aún si me ofreciera matrimonio, tendría que rechazarlo. No me casaré con un simpatizante de los franceses."

Las cejas de Jane se unieron. "Es raro. Tanto el Sr., Bingley como la Señorita Darcy creen que él es un hombre honorable, y él muestra inquietud por tu bienestar. Muchos buenos hombres han ayudado a los franceses simplemente para proteger a sus familias. Si los franceses tomaran las tierras y el dinero del Sr. Darcy, ¿cómo cuidaría de su hermana?"

"Es raro que los franceses lo tomen todo. Tomaron Longbourn al principio y la mayoría del dinero de nuestro padre, pero nos dejaron lo suficiente para que sobreviviéramos y una cabaña donde pudiéramos vivir hasta que desocuparan Longbourn." Elizabeth no podía permitirse aceptar excusas para el Sr. Darcy.

"Pero el Sr. Darcy pudiera ser tratado con más dureza porque tiene conexiones aristocráticas. El Conde de Matlock, o quizá debería decir el antiguo conde, era su tío. Los franceses odian a la aristocracia."

"Jane, tú siempre crees lo mejor de todos. Yo no puedo hacerlo." Especialmente ya que ella no había podido suprimir ciertos sentimientos que no podía costearse sentir.

Ella se había dado cuenta hacía mucho que era poco probable que se casara. Simplemente no había suficientes hombres solteros. Tantos habían muerto durante la invasión, y una gran porción de los que habían sobrevivido habían sido reclutados al ejército de Napoleón. Quizá algún día un pequeño número de ellos podría regresar, pero aún eso haría poca diferencia. Los hombres en edad de casarse eran pocos, y podían elegir entre bellezas con buenas dotes. Aún los hombres con lesiones de guerra eran rodeados rápidamente por mujeres elegibles. Algunas mujeres inglesas preferían tener un esposo francés que no tener ningún esposo, pero Elizabeth preferiría cortar su propia mano. Pero tampoco deseaba pasar su vida ansiando algo que no podía tener. Era más fácil aceptar que todo lo que tendría jamás en términos de romance eran coqueteos ocasionales. No tenía caso desear más.

¿Por qué tenía que venir el Sr. Darcy a Meryton e inmiscuirse en su planes y sueños? Ella había pasado más tiempo conversando con él que con ningún otro hombre aparte de su padre y su tío. Él escuchaba lo que ella decía, estudiándola con sus obscuros, decididos ojos que elevaban esos anhelos que ella había guardado con tanto cuidado. Él despertaba sentimientos en ella que era mejor que se quedaran dormidos, un gran deseo de acercarse a él, de mirar esos obscuros ojos y trazar con la punta de su dedo el borde de sus labios. ¿Se sentirían tan firmes como se veían o serían suaves y cálidos? Entonces ella acariciaría la línea de su mandíbula, tan claramente definida y fuerte. ¿Cómo reaccionaría él? ¿Se vería sorprendido o consternado, o estaría posiblemente complacido?

Tenía que dejar de pensar así. Él había traicionado a Inglaterra al apoyar a los franceses. Era innegablemente bien parecido, bien educado, ingenioso, amable y protector; y era un traidor.

Bruscamente ella dijo, "He estado fuera demasiado tiempo. Debo regresar la bandeja del té antes de que alguien venga a buscarme."

Dejaría de permitir que la imagen de Darcy flotara frente a ella en momentos perdidos. No pensaría en la forma en que él inclinaba la cabeza a un lado mientras contemplaba una idea. Y no contaría las horas hasta poder verlo de nuevo.

DARCY ESTABA GASTANDO demasiada energía contando las horas hasta la siguiente vez en que podría ver a Elizabeth. Su corazón se aceleraba cada vez que se aproximaban a Longbourn.

Pero en el siguiente buen día, Elizabeth no lo saludó con su usual sonrisa cálida. No, su expresión era una sombra de esa sonrisa, una leve curva de sus labios en un intento de parecer socialmente agradable. Aún peor, sus ojos estaban enrojecidos. Ella llevaba un canasto sobre su brazo. "Buen día, señor. Espero poder persuadirle de caminar conmigo a Lucas Lodge. Tengo un encargo que cumplir ahí." Ella indicó el canasto.

Él se mordió la lengua para evitar demandar saber cuál era el problema. ¿Qué podía haber hecho llorar a Elizabeth? Si el capitán la había estado molestando de nuevo, Darcy lo destrozaría extremidad por extremidad. Pero el decoro demandaba que se restringiera a cosas amables sin significado. "Estaré feliz de acompañarla a dónde desee ir."

Después de dejar a Georgiana con la Señorita Bennet, emprendieron el camino. Usualmente, Elizabeth encontraba algo sobre qué bromear con él mientras caminaban, pero hoy no volteaba a verle. Sus intentos de conversación solo resultaron en respuestas breves.

¿Estaba enojada con él? Quizá era sobre sus supuestas simpatías francesas, pero ella siempre había sabido eso. A medida que se acercaron a Lucas Lodge, no pudo contenerse más. "¿La ha estado molestando el Capitán Reynard?"

Al menos ella volvió la cabeza hacia él esta vez mientras hablaba. "No he sabido de él desde la noche de la asamblea. Espero que no le haya causado dificultades."

"Ninguna." Pero eso todavía no explicaba su sufrimiento.

La puerta de entrada de Lucas Lodge estaba adornada con lazos negros. Darcy lanzó una mirada hacia Elizabeth. "¿Puedo preguntar por quién están de luto?"

"Nadie a quien usted haya conocido. John, el hermano de Charlotte." La voz de ella se quebró. "En España, por supuesto. Recibieron un exprés ayer."

Ese debía ser el hermano que había sido reclutado al ejército de Napoleón. ¿Había sido su muerte la causa de las lágrimas de Elizabeth? La idea de que ella llorara por otro hombre le hería. "Lamento escucharlo. ¿Lo conocía bien?"

"Sí."

Cuando ella no dijo nada más, Darcy preguntó, "¿Es ésta entonces, una visita de condolencia?" Eso le hubiera dejado en una situación extraña.

"No. Los visité esta mañana. Ofrecí visitar al Sr. Robinson para ahorrarle el esfuerzo a Charlotte. Usualmente esa tarea le toca a Charlotte."

"Es amable de su parte hacerlo."

"Ah, pero ¿fue amable de mi parte forzarle a ayudar?" Esta vez su sonrisa fue genuina, aunque pequeña. Darcy nunca había estado tan agradecido de que alguien lo bromeara.

DESPUÉS DE QUE SALIERAN de la cabaña del Sr. Robinson, Darcy dijo, "Asumí que estaba haciendo una visita de caridad a un arrendatario pobre. Me sorprendió descubrir que el objeto era un anciano caballero. Me recordó a mi abuelo."

"¿El Sr. Robinson? Es un vecino que está pasando por un mal momento. Es un hombre de buen corazón, aún si es olvidadizo, y estamos intentando ayudarle a superar sus problemas. Sir William Lucas le ha permitido generosamente vivir aquí."

"¿Qué le sucedió?"

Elizabeth frunció el ceño. "El Capitán Reynard decidió que la casa del Sr. Robinson le vendría bien como su residencia. El Sr. Robinson se rehusó a irse, así que fue arrestado por traición. Por leer *El Lealista*, para ser precisos. El Capitán Reynard acordó liberarlo si renunciaba a su casa. Por supuesto, aun así, todos sus bienes y dinero fueron confiscados a causa de la supuesta traición. Ahora no tiene nada de qué vivir excepto caridad."

"¡Maldito hombre!" El rostro de Darcy palideció. "Por lo que pueda valer, he enviado una carta a Londres quejándome de su comportamiento y espero que lo investiguen pronto. Pero hay demasiados como él, franceses que han sido elevados más allá de su condición social y que ven a este país como su propiedad personal para saquear a su antojo, y no puedo solicitar una intervención sobre cada uno de ellos."

"Le agradezco su intento de ayudar," dijo Elizabeth. "Pero no lo comprendo. Si tiene tan fuertes sentimientos sobre el abuso de los franceses, ¿por qué los está ayudando?"

Las fosas nasales de Darcy se inflaron. "Porque la vida no es simple. Porque cuando tuve que elegir, cualquier cosa que hiciera traicionaría algo o a alguien a quien amaba. A mi tía, Lady Catherine de Bourgh, la mataron porque se rehusó a permitir que los franceses entraran a sus tierras. Su hija inválida ahora vive en Pemberley bajo mi cuidado. Mi tío, el Conde de Matlock, sufrió una apoplejía después de que los franceses tomaron todo lo que poseía, y él y su esposa también vinieron a Pemberley. Aunque él ha abandonado este mundo, su esposa todavía necesita un techo sobre su cabeza. Mis arrendatarios y todos mis sirvientes enfrentarían de otra manera el reclutamiento e impuestos que los arruinarían. ¿Debería haber traicionado a mi familia y arrendatarios para salvaguardar mi precioso honor como inglés? ¿O tuve razón en vender un trozo de mi alma para poder protegerlos a todos? Mi muerte no le serviría a nadie. No salvaría ni siquiera una pulgada de tierra inglesa." Él hizo una pausa para mirarla con penetración. "Pero eso no significa que tenga que gustarme cuando veo a los perros de Napoleón usar a los ingleses como sus esclavos."

Sorprendida por su súbita ferocidad, Elizabeth dijo, "No quise sugerir que usted no había tenido una razón para su elección..."

"Sí, realmente quiso sugerir eso, y desde que nos conocimos usted ha estado insinuando que todo lo que me importa es el dinero y mi hacienda. El precio que pagué es mucho mayor que dinero o tierras." Sus manos estaban apuñadas y respiraba agitadamente. "¿Debí haber permitido que mi prima inválida muriera en la calle? ¿Debí haber dejado a mi tía y tío sin hogar y en la indigencia? ¿Qué le hubiera sucedido a Georgiana? ¿Haberse muerto de hambre o venderse a los franceses? Dígame que usted cree que debí haber permitido que sucedieran esas cosas para proteger mi honor como inglés. Dígame de frente que usted cree que debí haber luchado a costa de todas esas vidas. ¡Dígamelo, si puede!"

Ella dudó. ¿Podría ella haberlo hecho? Ella estaba dispuesta a permitir que su familia perdiera Longbourn para protegerse del Capitán Reynard, pero tenían parientes que podían acogerlos, y ella nunca había temido que pudieran morir de hambre. Lentamente sacudió la cabeza.

"¿Lo ve?" Los ojos de Darcy parecían atravesarla. "No le cuesta a usted nada hablar contra los franceses. Nada. Nadie matará a las personas que ama si lo hace. No es posible que entienda mis elecciones."

La garganta de Elizabeth se contrajo. "Yo... lo lamento. Tiene razón en que no entiendo. He visto a tantos caballeros colaborar simplemente para mantener su estándar de vida. Aún el Príncipe Regente aceptó su régimen mientras pudiera vivir lujosamente en Carlton House."

"Y ¿dónde está Prinny ahora? Guillotinado después del levantamiento en Londres. No tenemos ejército, ni armada, ni gobierno, solo un rey loco mantenido como rehén en París; y nos enfrentamos al más grande genio militar que el mundo ha conocido. Un día Napoleón morirá y su imperio se desintegrará bajo su propio peso, pero hasta entonces, todo lo que podemos hacer es tratar de sobrevivir y estar preparados para reclamar nuestro país cuando podamos." Él se detuvo, frotó su mano sobre su boca, y dio la vuelta alejándose.

Aparentemente, el controlado Sr. Darcy tenía pasiones ocultas. Pero la hería verlo sufrir, sabiendo que era su culpa, que ella lo había empujado demasiado fuerte y había creado este dolor. "Tiene razón," dijo ella, baja la voz. "No me gusta admitir qué desesperanzadora es nuestra situación. Odio ver a nuestra gente agachando la cabeza ante el yugo francés y humillándose por favores de nuestros conquistadores. Pero no hay buenas elecciones."

Él todavía siguió dándole la espalda. ¿Debería ella decir algo más o sólo empeoraría las cosas? ¡Oh! ¿Por qué había seguido presionándolo sobre sus conexiones con los franceses?

Finalmente, cuando pensó que no podía soportarlo otro minuto, él se volvió hacia ella. Su rostro estaba libre de toda expresión. "Mis disculpas por mi inapropiado estallido. Yo elegí libremente mi suerte, y no tengo razón para quejarme."

"Sr. Darcy, preferiría que me reprendiera a que pretenda que nada ha sucedido."

"Desearía poder complacerla, Señorita Elizabeth; sin embargo, es mejor no hablar de algunos asuntos. Quizá deberíamos volver a Longbourn ahora."

Usualmente ellos no volvían tan temprano, pero Elizabeth asintió bruscamente con la cabeza. No confiaba en su voz. Solo ahora que él había retirado su calidez y sus bromas se daba ella cuenta de qué tanto habían llegado a significar para ella. Envolvió sus brazos alrededor de su cuerpo como si tuviera frío, a pesar de la calidez del día primaveral.

Esperó para ver si él le hablaría de nuevo mientras caminaban, pero él permaneció firmemente en silencio. ¿Debía ella decir algo? ¿Sería mejor un nuevo tema o empeoraría las cosas? ¡Sí tan solo supiera qué hacer!

En lugar de eso ella tomó una desesperada resolución. Cuando llegaron al establo y él sostuvo la puerta para que ella pasara, ella dio un paso y se volvió a enfrentarlo, con el corazón acelerado. "¿Volveré a verlo después de hoy, Sr. Darcy?"

La boca de él se torció. "Sin duda." Eso sonaba más como una condena que una elección. "Me haría un gran favor si olvidara cada palabra que dije hoy."

Con un débil intento de sonreír, ella levantó una mano a su oído e hizo un gesto imitando el sacar algo de él. Abriendo sus dedos como para liberar el imaginario artículo, dijo, "¡Poof! Se han ido." Ardientes lágrimas se acumularon en las comisuras de sus ojos, y ella parpadeó para evitarlas.

Pero aparentemente él ya las había visto. "No. Se lo ruego… ¡no puedo!"

Ella levantó la barbilla. Pasando saliva, ella dijo, "Bueno, como de costumbre, no puedo entender nada de lo que dice. Pero Jane estará esperando." Dio media vuelta y caminó rápidamente hacia la parte posterior del establo.

Ella no volvió a mirarlo ni siquiera después de que estuvieron con los demás.

Capítulo 4

En el carruaje, las uñas de Darcy se enterraron en las palmas de sus puños fuertemente apretados, pero él los mantuvo fuera de la vista de Georgiana. ¿Qué, en nombre de Dios, lo había poseído para abrir su alma a Elizabeth Bennet? Después de todos estos años ocultando sus motivos del mundo, había estado a una pulgada de contárselo todo. ¿Acaso estaba loco?

¿Qué importaba si ella lo creía el peor tipo de traidor a su país? También lo hacían otras personas. Él sabía la verdad y nada más importaba. O al menos no había importado hasta que Elizabeth Bennet lo había mirado con esos ojos acusadores.

Todas las razones que le había dado a ella eran verdad. Simplemente no eran la verdadera razón. ¡Si tan solo pudiera contárselo todo! Pero había demasiado en juego, mucho más de lo que ella podía imaginarse jamás.

Georgiana dijo con timidez, "Lo lamento si he hecho algo mal. No quise hacerte enojar."

Él forzó a sus manos a relajarse. "No has hecho nada mal, y no estoy enojado contigo," dijo él cansadamente.

"Sé que no soy siempre una compañía fácil o una dama lo suficientemente refinada, pero me esforzaré más. Haces tanto por mí y yo he hecho muy poco por merecerlo. Te estoy muy agradecida." Las palabras parecían salir volando de la boca de ella.

¡Cómo odiaba cuando ella se ponía así de ansiosa! "En verdad, Georgiana, esto no tiene nada que ver contigo. Si debes saberlo, discutí con la Señorita Elizabeth. Ella no aprueba mis tendencias políticas." Él no pudo evitar decirlo con amargura.

"¡Oh, no! ¡Esa es la cosa más injusta del mundo! ¿Debo decirle la verdad?"

Él se quedó helado. "¡Absolutamente no! ¡Nunca debes decirle a nadie la verdad!"

Ella se encogió, alejándose de la su ira. ¿Cuándo se había convertido él en semejante bravucón? Lo intentó de nuevo. "Mis disculpas; simplemente estoy de mal humor hoy. Quizá necesitaba una caminata más larga para aclarar mi mente. ¿Te importaría si me bajara en Meryton y caminara el resto del camino? Estarías perfectamente segura con John Coachman."

Si se bajaba del carruaje en Meryton, no sujetaría a Georgiana a más de su mal humor. Quizá hasta podría encontrar alguna chuchería para ella en una de las tiendas. Eso podría tranquilizarla un poco."

"Lo que tu creas que es mejor, William."

Él forzó su voz a sonar suave. "De verdad, no estoy enojado contigo."

El único problema era que no era la verdad.

Él *estaba* enojado con Georgiana, enojado por todos los secretos que había tenido que mantener en su nombre, enojado por los compromisos que había tenido que hacer a causa de ella, y sobre todo enojado porque no podía tener un futuro con una mujer a causa de ella. A causa de Georgiana, Elizabeth Bennet estaba tan fuera de su alcance como si estuviera en la luna.

Ahí estaba. Y él estaba enojado.

Pero no era culpa de Georgiana. Ella no había pedido estar en esta situación, así como tampoco lo había pedido él, y el precio para ella era igual de alto. Y ella lo necesitaba.

Cuando llegaron al poblado, Darcy golpeó el techo del carruaje para indicar al cochero que se detuviera. "Te veré de regreso en Netherfield pronto," le dijo a Georgiana.

"Te prometo no meterme en problemas. Practicaré mi música todo el tiempo." Los ojos de ella le imploraron. Él palmeó su brazo mientras abría la puerta del carruaje. "Estoy ansioso por oírte tocar, pero, aun así, no estoy enojado contigo."

Él agitó la mano despidiéndose mientras el carruaje se alejaba. Necesitaba darle a ella más independencia. Después de todo, ¿qué podía salir mal en el trayecto de dos millas hacia Netherfield?

Salteadores de caminos. Un escuadrón de soldados franceses que podían superar a John Coachman y al lacayo. Un eje roto que pudiera dejarla varada a un lado del camino.

Ahora quería correr tras el carruaje y mantener a Georgiana bajo su vista por el resto de su vida. Pero eso era ridículo. Ella necesitaba ser más independiente, y esta era una buena oportunidad para practicar eso. Si eso la ponía nerviosa, era algo que tendrían que discutir. Él también necesitaba un poco de libertad.

O ¿era en verdad libertad todo lo que quería? ¿Había estado él de acuerdo en permitir que Georgiana visitara a la Señorita Bennet porque estaba en sus mejores intereses o porque quería estar solo con Elizabeth?

Él sabía la respuesta a esa pregunta. Había sido egoísta.

Agachó su cabeza bajo un dintel bajo mientras entraba a la sombrerería. Sin pensarlo mucho, eligió un chal para Georgiana en su tono favorito de verde. Alejó su mirada del plateado con listones rojos que le hubiera quedado tan bien a Elizabeth. Ella siempre se vestía con colores apagados, con el cabello restirado hacia atrás sin adornos. Sin duda le ayudaba a evitar atención no deseada de los soldados, pero Darcy deseaba poderla ver cuando no estuviera deliberadamente ocultando su atractivo, cuando su vestido y su cabello pudieran igualar la belleza de sus finos ojos.

Pero no tenía caso soñar. Darcy hizo su compra y salió de la tienda, cruzando la calle para evitar a un grupo de soldados franceses borrachos que estaban gritando a dos jóvenes mujeres, a quienes verdaderamente deseaba que no entendieran francés. Empezó a caminar en dirección de Netherfield.

No había llegado siquiera a la orilla del poblado cuando una familiar voz burlona le llegó desde atrás. "¡Bien, bien, bien! Si no es el gran Fitzwilliam Darcy caminando por un camino provinciano. ¡Como han caído los poderosos!"

Lentamente, Darcy se dio la vuelta. "Wickham." Permitió que sus ojos bajaran por el uniforme francés que su amigo de la niñez estaba usando e intentó no enroscar sus labios. "No sabía que estabas en Meryton."

"¿O tú no hubieras venido? ¿Es esa la manera de saludar a un viejo amigo? Y no puedes ignorarme cuando estoy uniformado." Naturalmente Wickham disfrutaría ese poder.

Darcy elevó una ceja. "¿Cómo te las arreglaste para evitar ser enviado al frente como todos los demás reclutas ingleses?"

Con una fría sonrisa, Wickham dijo, "Soy más útil aquí como traductor, gracias a la educación de caballero que me dio tu padre, tanto en francés y en cómo hablar con un acento apropiado."

"Un favor que pagaste traicionando su ubicación," dijo Darcy heladamente. Era un disparo en la obscuridad, pero de todas las personas que habían sabido dónde encontrar a su padre, Wickham era el culpable más probable.

"Poco amable de mi parte, lo sé, pero tenía que salvar mi propio pellejo primero. Además, tengo entendido que él escapó antes de que las tropas lo encontraran. ¿A dónde fue?"

Había sido Wickham después de todo. Darcy se encogió de hombros. "Asumimos que murió en el primer asalto, y fue enterrado en una tumba anónima."

"¡Mientras que tú hiciste un trato con los franceses! Nunca hubiera creído que doblarías ese tieso cuello tuyo, pero quizá tenemos más en común de lo que creí."

Años de práctica le permitieron a Darcy ignorar las insinuaciones de Wickham, "Cómo tú digas."

"Oí que estás en Netherfield junto con tu hermana. ¿Cómo está la querida Georgiana? Quizá debía aprovechar la oportunidad para visitarla." Los ojos de Wickham brillaron.

Él no podía permitir que Wickham viera a Georgiana, sin importar el costo. "Georgiana todavía no participa en sociedad y no puede recibir visitas de caballeros, ni siquiera uniformados. No vale tu tiempo, en cualquier caso. Su dote sirvió pagar el tributo especial de Napoleón en el 08."

"¿Saqueando la dote de tu hermana? Darcy, ¡me dejas pasmado!"

"Aparentemente, no me conoces tan bien como crees," dijo Darcy equilibradamente. Alguna vez estrangularía a Wickham, pero no sería hoy. "¿Se te ofrece otra cosa?"

"No por hoy, Darcy, no por hoy. Pero te estaré vigilando, y tengo el favor del Capitán Reynard."

"Qué afortunado para ti." Wickham y el Capitán Reynard eran tal para cual.

"No es agradable ser el que no tiene poder, ¿no es así? Puedo contar historias sobre ti, y tú no puedes hacer nada. Un gran cambio desde Cambridge. Yo tengo la ventaja ahora."

Aparentemente, Wickham no estaba tan dentro de los círculos franceses como él creía, si pensaba que a Darcy no le quedaba poder. "Parece complacerte creerlo así."

Wickham sonrió con el aire de un gato que ha arrinconado a un ratón. "Todavía te quedan unas cuantas garras. ¡Qué lástima que no te protegerán!" Inclinó su gorra militar, sonrió con suficiencia, y se dio la vuelta.

¡Maldito! ¡Maldito hombre! ¿Admitiendo abiertamente que había traicionado al padre de Darcy a lo que él había asumido sería su muerte? Había sido mera suerte que el padre de Darcy hubiera partido con el grupo real hacia Canadá antes de que llegaran las tropas.

Salió caminando del pueblo, dejando de devolver los saludos de personas a las que había conocido. ¡Si tan solo pudiera aplastar a Wickham bajo su bota como el miserable insecto que era! La bilis le subió a la garanta. No podía permitir que el miedo lo dominara.

Pero tenía que pensar. La presencia de Wickham era un problema. Los secretos de Darcy estaban bien ocultos, pero Wickham siempre había tenido el talento de encontrar el punto débil de Darcy. Lo último que necesitaba era más atención de los franceses. Ahora necesitaría tener aún más cuidado en proteger a Georgiana. Wickham no la había visto desde que era una niña y probablemente no la recordaría lo suficientemente bien como para causar dificultades, pero Darcy no podía correr riesgos.

Sabía lo que tenía que hacer. Tenía que llevarse a Georgiana de ahí. Se habían ido de otros lugares por menos que esto. Pero esta vez algo dentro de él se retorcía en agonía ante la idea.

Georgiana no iba a querer dejar a su amiga, la Señorita Bennet, pero él podría convencerla de que era necesario. Sería más difícil convencerse a sí mismo de separarse de Elizabeth. La pérdida de su compañía que lo hacía recordar al hombre que solía ser era el menor de los males, aunque sería muy doloroso. No, lo que no podía soportar era la suerte a la que la estaría abandonando. Su presencia era todo lo que mantenía al Capitán Reynard lejos de ella. Una vez que Darcy se hubiera ido, Elizabeth enfrentaría la aterradora elección de convertirse en la amante del francés o permitirle que arruinara a su familia.

Darcy presionó sus palmas contra su frente. No podía hacerle eso a ella. No tenía más elección que hacérselo.

DARCY NO ESTABA MÁS cerca de una solución para cuando llegó a Netherfield. Su cuello estaba desagradablemente pegajoso bajo su corbata, un raro contraste con el bloque de helado plomo asentado en su estómago.

No tenía caso intentar tranquilizar a Georgiana en ese momento; ella muy probablemente lo vería y pensaría que el mundo se estaba acabando. Ciertamente así se sentía.

Bingley lo alcanzó en su camino escaleras arriba. "Darcy, me alegra que hayas vuelto. Estaba empezando a pensar que se te habían olvidado nuestros invitados a cenar."

Darcy gruñó. "Sí, lo olvidé, pero debo excusarme. No estoy de humor para estar en compañía."

"¡Pero vienen particularmente a verte a ti! ¿No lo recuerdas? El Sr. y la Sra. Goulding de Haye-Park van a traer a su huésped, el que conoció a tu padre y desea conocerte."

"¡Maldición! Supongo que debo asistir, entonces, pero no estaré del mejor humor."

Bingley frunció el ceño. "¿Qué te pasa? ¿Ha sucedido algo?"

"Te lo diré Bingley, pero no ahora. No ahora."

DE ALGUNA MANERA MANTUVO una fachada de amabilidad durante la cena y conversó apropiadamente con el Sr. Tomlin, "antiguamente el Teniente Tomlin," según había dicho. Darcy hasta había comido unos cuantos bocados, pero mayormente empujó la comida alrededor del plato.

Pero ahora la Sra. Goulding y Georgiana se habían retirado, dejando a los caballeros a que tomaran su oporto. Darcy ya había empezado a sentir que el vino de la cena se le estaba yendo a la cabeza; tendría que tener cuidado para no sobrepasarse. Quizá sería afortunado y la velada terminaría temprano.

Tomlin esperó a que los sirvientes de Netherfield salieran del salón, dejando tan solo a su ordenanza, y tomó un aire serio, casi militar. "Darcy, vi por última vez a su padre en 05 cuando estuvimos trabajando juntos para planear un gobierno en exilio."

Aparentemente él verdaderamente había conocido al padre de Darcy. "Su parte en eso no es bien conocida, y quizá sea mejor así."

"Lo supongo. Después volví a ser ayuda de campo de Wellington, y para el momento de la rendición, le había perdido el rastro a su padre. Recientemente entré en posesión de alguna información que pudiera serle útil al gobierno en exilio, pero como todos los demás, no sé cómo comunicarme con ellos."

"Eso es desafortunado," dijo Darcy insípidamente. Él podía ver a dónde iba esto.

"Hace algún tiempo, un viejo amigo mencionó su nombre como alguien que pudiera tener conocimiento de cómo comunicarse con el gobierno en exilio. Cuando escuché que estaba aquí de visita, decidí preguntarle directamente."

Darcy intentó verse sorprendido. "No puedo imaginar por qué alguien pensaría que tengo algún conocimiento especial. Lamento decepcionarlo, pero su viejo amigo estaba mal informado."

"Precisamente lo que esperaría que usted dijera. Pero estoy dispuesto a probar mi buena fe y el valor de mi información. Además de lo que sé, ahora tengo un contacto en el ejército de ocupación que me está dando información sobre sus debilidades. Él es aparentemente un viejo conocido suyo."

Darcy se enderezó en el asiento, llenándose de temor. "¿Está de casualidad refiriéndose a George Wickham?"

"¡El mismo hombre!"

Una imagen de la satisfecha sonrisa de Wickham se alzó ante él. "No puede confiarse en Wickham. Él es un traidor y se vende al mejor postor. Si le está dando información, es porque espera ganar una recompensa cuando lo entregue."

Tomlin se inclinó hacia enfrente frunciendo el ceño. "¿Está seguro de eso?"

"Bastante seguro. Él fue quien traicionó a mi padre con los franceses; lo ha admitido ante mí." Era una conversación imprudente de su parte. El día anterior no lo hubiera dicho, sabiendo que había una buena probabilidad de que estuviera firmando el certificado de defunción de Wickham. Hoy, no le importaba.

"¿Está muy, muy seguro?".

"Sí. Sería prudente de su parte que se fuera de los alrededores en caso de que ya haya pasado su nombre a las autoridades."

Tomlin hizo un gesto a su hombre, otro soldado, por su porte. La sospecha de Darcy se vio confirmada cuando el hombre saludó a Tomlin y salió del salón sin una palabra.

Darcy no podía sentir lástima por Wickham. Él se lo había buscado. ¿Pero cómo podía no sentir nada cuando habían jugado juntos de niños? Al menos su padre no había vivido para ver este día o para saber que su amado Wickham lo había traicionado sin pensarlo dos veces.

Los labios de Tomlin estaban retorcidos en una expresión de desagrado, una que Darcy reconocía porque la veía en el espejo con demasiada frecuencia. El hombre era leal y honesto; Darcy podía apostarlo. Lo que era de admirar era que hubiera sobrevivido por tanto tiempo.

Después de un trago de oporto, Tomlin dijo. "Debo volver a ocultarme, entonces, al menos hasta que el rastro se enfríe. Darcy, estoy en deuda con usted por la advertencia."

Era demasiado, el disgusto de Elizabeth por lo que veía como su traición. El temor al abandono de Georgiana. Las implícitas amenazas y sonrisas de Wickham. Lo peor de todo, saber que estaría forzado a abandonar a Elizabeth a su suerte. Y ahora esto.

Por seis años había mantenido segura a Georgiana a fuerza de quedarse en silencio mientras los franceses saqueaban a Inglaterra, sin compartir lo poco que sabía que podía ayudar a los rebeldes. No había habido elección, pero ¡por Dios, se sentía enfermo de ello!

Tenía que hacer algo. Cuando el caballero se salió para reunirse con las damas en el salón de estar, Darcy tomó una rápida desviación al estudio de Bingley. Encontró papel en blanco en un cajón del escritorio y escribió unas cuantas palabras. Después de arrancar una pequeña sección del papel con las palabras, la ocultó en su mano y salió del estudio.

En el salón de estar, Bingley estaba involucrado en una animada discusión con el Sr. y la Sra. Goulding mientras que Georgiana revisaba las partituras en el pianoforte. Apartado hacia un lado Tomlin tenía una mirada taciturna. Darcy se acercó a Tomlin y le dijo en voz muy baja. "Usted quería algo antes." Abrió su mano para que las palabras fueran visibles, aunque levemente corridas.

Los ojos de Tomlin se abrieron desmesurados. "¿Eso es todo?"

"Mire con atención. ¿Ve la pequeña corona dibujada sobre la letra N? Debe incluir eso. ¿Lo tiene?

Tomlin asintió con un brusco movimiento de cabeza. "Se lo agradezco."

"No se lo diga a nadie." Darcy arrugó el papel en su mano.

"¡Espere! En caso de que mi carta no les llegue, este es el mensaje: deben comunicarse con el capitán de puerto en Milford Haven. Es muy importante."

Darcy sacudió la cabeza. "No dependa de mí. No estoy en contacto con ellos."

"Si alguna vez se comunica, recuerde eso. El capitán de puerto en Milford Haven."

Lo más fácil era simplemente asentir. Mientras Darcy cruzaba el salón hacia Georgiana, tiró discretamente el pedazo de papel al fuego.

Era un indescriptible alivio finalmente hacer algo después de todos esos años de espera.

Ahora solo tenía que encontrar una manera de salvar a Elizabeth.

Capítulo 5

Elizabeth estudió la hoja de fino papel para escribir. "Es de la Señorita Darcy. No se siente bien y no podrá caminar conmigo hoy, pero me invita a pasar el día con ella en Netherfield. Ella ha enviado el carruaje por mí con la esperanza de que me una a ella." Raro. ¿Se habría reusado el Sr. Darcy a traer a su hermana a Longbourn a causa de su discusión en su última visita? El estómago se le hizo nudo.

La Sra. Bennet palmeó su cabello. "Debes ir, por supuesto. ¡No puedes perder una oportunidad de atraer al Sr. Bingley o al Sr. Darcy!"

"Por supuesto que no," dijo Elizabeth con sequedad. Pero aún más importante, necesitaba saber si el Sr. Darcy aún la recibiría. De otra manera se enfrentaría a otra noche sin dormir por las recriminaciones.

Su corazón estaba acelerado cuando finalmente llegó a Netherfield y preguntó por la Señorita Darcy.

El mayordomo hizo una reverencia y le dijo, "Por aquí, Señorita Bennet." La condujo a un estudio lleno de libros.

La Señorita Darcy no estaba ahí. Su hermano estaba sentado detrás de un imponente escritorio, con el rostro demacrado como si tampoco él hubiera dormido.

Elizabeth dio un involuntario paso hacia atrás. "Perdóneme. Su hermana me envió una invitación para visitarla. No quise interrumpirle."

El Sr. Darcy despidió al mayordomo y cerró la puerta del estudio. "Lo sé. Yo le pedí que lo hiciera. No pude pensar en otra forma de arreglar un encuentro en privado con usted."

¿En qué podía estar pensando? Si alguien los encontraba juntos y solos en un cuarto cerrado... "Bueno, aquí estoy," dijo ella con más ligereza en la voz de la que sentía.

"Sí." Él frunció el ceño hacia una pila de libros como si estos lo hubieran ofendido personalmente. "Georgiana se irá de Netherfield mañana en la mañana."

Ella no había esperado eso, y lo sintió como un golpe. "¿Volverá usted en algún punto?"

"No." Él continuó evitando su mirada.

La boca de ella estaba seca. "¿Tiene esto algo que ver con nuestro desacuerdo la última vez que nos vimos?"

"¿Qué? ¡Oh! Eso. No, nada que ver en absoluto. Esto es algo muy aparte y urgente."

"Ya veo," dijo ella, aunque no veía nada.

"Desafortunadamente esto la deja a usted en una difícil posición con respecto al Capitán Reynard. Es probable que en mi ausencia él renueve sus demandas sobre usted."

La garganta de ella pareció convertirse en piedra. Por supuesto que lo haría. Era tan solo la presencia del Sr. Darcy lo que había mantenido lejos al capitán. Ella cerró los ojos apretadamente antes de que las súbitas lágrimas pudieran escapar. "Le agradezco haberme dado un respiro." Eso. La voz de ella apenas había temblado.

"No puedo decirle cuánto siento dejarla en esta posición. Si pudiera, le ofrecería llevarla con nosotros, pero eso es imposible. Lo único que está en mi poder es darle esto." Él le tendió una pequeña bolsa. Ella no extendió la mano para tomarla. "¿Qué es?"

"Suficiente dinero como para que pueda llegar a Escocia, y el nombre y dirección de un contacto en Newcastle que puede ayudarla a cruzar la frontera con seguridad. Por favor memorícelos y luego queme el papel; no es seguro tenerlo por escrito." Él metió la bolsita en su mano.

La calidez de su mano aún se conservaba en la bolsa de piel, y el toque de sus largos dedos pareció dejar una impresión en su mano. Esto era el adiós final, no solo a él sino eventualmente a su vida en Meryton.

De alguna manera ella levantó sus ojos hacia su rostro. "¿Por qué está haciendo esto? ¿Cómo es que conoce a alguien que puede ayudarme a escapar?"

"No puedo decirle eso. Lo lamento." La voz de él sonaba ronca.

Un movimiento más allá de él captó la mirada de ella y volteó hacia la ventana. "¿Tiene algo que ver con eso?" Ella señaló con un dedo tembloroso hacia la tropa de soldados franceses que marchaba hacia la casa. Él se apresuró a ir a la ventana. "No. ¡Maldición, no! Soy un tonto. Debí haberme ido ayer. ¡Qué Dios me perdone!" Era la voz de la más completa desesperación.

"¿Qué sucede?" Ahora ella estaba verdaderamente atemorizada.

Él se volvió de nuevo hacia ella, respiró con profundidad y asió sus hombros. Sus ojos se veían atemorizados. "Puede ser que no haya mucho tiempo, y usted tiene que escucharme. Todo depende de ello. Si están aquí para arrestarme, debo pedirle que cuide de Georgiana y se la lleve lejos de aquí."

"Por supuesto, si así lo desea. Será bienvenida en Longbourn."

Él sacudió la cabeza con fiereza. "No. Le estoy pidiendo que haga más que eso. Llévesela lejos. No le diga a su familia que se va, y no regrese."

Ella no podía haberle escuchado correctamente. "¿Se volvió loco? Estaré feliz de ayudar a su hermana, ¡pero me está pidiendo que lo deje todo atrás por una joven que apenas conozco!"

Unos golpes violentos se escucharon desde abajo. Darcy abrió una rendija en la puerta y escuchó. Una distante voz con acento francés dijo, "Tengo una orden judicial para el arresto del Sr. Fitzwilliam Darcy."

Instantáneamente Darcy cerró la puerta y dio vuelta a la llave en el cerrojo. "No, no estoy loco. Y tendré que confiar en usted."

Ella lo miró con desconcierto. Él se acercó aún más hasta que pudo hablar directamente en su oído. "Escuche cuidadosamente. No he visto a mi hermana en seis años, no desde que abordó un barco para Canadá, donde todo el mundo cree que ella es la Princesa Charlotte. ¿Necesito decirle quién ha estado pretendiendo ser mi hermana y respondiendo al nombre de Georgiana Darcy?"

Elizabeth se quedó boquiabierta. "Seguramente usted no quiere decir que ella es..."

Él presionó su mano sobre la boca de ella. "No diga ese nombre, nunca. Haré todo en mi poder para ocultar esa información de los franceses, pero puede vencerme la tortura como a cualquier otro hombre. Es por eso por lo que usted debe ir por ella e irse."

La cabeza de Elizabeth daba vueltas. "Pero ¿a dónde? ¿Cómo?"

"Georgiana sabe qué hacer. Nos hemos preparado para esto. Pero ¡que Dios nos ayude! Ella es todavía demasiado joven para viajar sola, así que debo rogarle que le ayude. No se detenga por nada, ni siquiera para ver a su familia."

"Por supuesto." Asombrada por esta revelación, ella ni siquiera podía pensar en las consecuencias de lo que estaba acordando hacer.

"¡Buena chica!" Él se estremeció ante el sonido de botas que subían por las escaleras. "Ya que de cualquier forma estoy condenado, y ahora que usted sabe que no soy un traidor..." Tomando el rostro de ella entre sus manos, él bajó su cabeza hacia la de ella. Rozó sus tibios labios contra los de ella, y luego, cuando ella no protestó, lo hizo con mayor firmeza. Su simple toque tenía una apasionante magia, creando en ella una deliciosa sensación que ella jamás podría haber imaginado y un hambre dolorosa que se extendía en espiral hasta sus partes más profundas. Mientras él mordisqueaba su labio inferior, todo vestigio de pensamiento racional la abandonó. Instintivamente se arqueó hacia él, buscando algo que llenara esta nueva necesidad dentro de ella.

Y de pronto terminó, dejándola temblorosa y más confusa que nunca. Los obscuros ojos de él, a tan solo unas cuantas pulgadas de distancia, estaban fijos en ella, y él se veía tan abrumado como ella se sentía. Los labios de él formaron silenciosamente el nombre de ella.

¿Podía ser su corazón lo que resonaba tan fuerte? No, el ruido venía de la puerta del estudio.

Respirando profundamente, Darcy pasó su mano por su pelo, levantó su barbilla, y de alguna forma se transformó en un facsímil de su usual calmado ser. Dio vuelta a la llave y abrió la puerta, fingiendo sorpresa de encontrar soldados fuera de ella.

El Teniente Bessette era el líder. "Sr. Fitzwilliam Darcy, está usted arrestado por el asesinato de George Wickham."

Darcy alzó las cejas. "Me temo que tiene usted al hombre equivocado," dijo, arrastrando las palabras. "Wickham puede haber merecido que lo asesinaran varias veces, pero no puedo reclamar el crédito por hacerlo." Él repitió sus palabras en francés. Uno de los soldados se rio a carcajadas.

PRESUNCIÓN Y OCULTAMIENTO UNA VARIACIÓN DE ORGULLO Y PREJUICIO

El Teniente Bessette miró hacia Elizabeth, y luego miró de vuelta a Darcy. "Debe usted venir con nosotros," dijo con firmeza.

Darcy respondió en francés demasiado rápido para que Elizabeth entendiera.

Esta vez hasta el Teniente Bessette sonrió. "¡*Bien sûr*!"

Darcy volvió al lado de Elizabeth. Elevando la mano de ella a sus labios, la mantuvo ahí por un momento más allá de lo que era propio, y susurró, "Valor, orgullosa Titania." Luego se volvió para enfrentar a los soldados. "Caballeros, estoy a sus órdenes."

Helada, Elizabeth observó cómo se alejaba su espalda, primero por el pasillo y luego por la ventana, llevándose una pieza vital de ella con él. Se tocó los labios hormigueantes con sus dedos. ¡Con cuanta fuerza había luchado porque él no le importara a causa de sus creencias políticas! Solamente ahora, cuando podía haberlo perdido para siempre, había averiguado que él era todo lo que ella pudiera desear, y más. Podía ser que nunca tuviera la oportunidad de decirle cuánto lo sentía. La vida de él podía ser contada en días, dejándola a ella de duelo por la oportunidad que había perdido.

Tragó saliva y se forzó a sacar ese pensamiento de su cabeza. Podría pensar en él después. Por ahora necesitaba enfocarse en la imposible tarea que él le había pasado. Darcy había puesto su encargo real antes que nada, aun cuando significó trabajar con los franceses, aun cuando podía costarle la vida. Ahora era el turno de ella de hacer que los sacrificios de él valieran la pena.

La respiración se le atoró en la garganta. ¿Podía ser que la joven que había visitado a Jane en los establos y bebido té con mal sabor fuera en verdad la Princesa Charlotte, la legítima heredera al trono? De todas las posibles explicaciones para el inconsistente comportamiento del Sr. Darcy, esta era la más inconcebible, pero sus instintos le decían que era verdad. Le daba sentido a todo lo que la había desconcertado. Ella sacudió la cabeza con una mezcla de desconcierto y asombro. Y ahora era probable que el Sr. Darcy muriera por su lealtad, y parte de ella moriría con él.

Pero no había tiempo de pensar en la suerte de él. Tenía una princesa que rescatar. Frotó sus húmedas manos contra su falda y se apresuró escaleras abajo para encontrar a un sirviente, pero los resonantes salones estaban vacíos. ¿Habrían desaparecido los sirvientes cuando llegaron los franceses? Finalmente ubicó a un lacayo que le dijo que la Señorita Darcy estaba en la biblioteca.

Encontró a la joven que ella llamaba Georgiana acurrucada en un sillón leyendo un libro, con uno de sus dorados rizos enroscado apretadamente alrededor de su dedo. Su concentración era tal que ella ni siquiera notó cuando Elizabeth se acercó a ella.

La verdad golpeó a Elizabeth como un golpe en el estómago. Esta joven era la heredera al trono. La Princesa Charlotte, la esperanza de Inglaterra, la que era mencionada en cada brindis entre ingleses. Y ahora era responsabilidad de Elizabeth. Era aterrador.

¿Cómo se suponía que le dijera a la joven lo que había sucedido y que debían irse? Ayer no hubiera tenido dificultad en decirle a Georgiana Darcy qué hacer, pero eso fue cuando ella no había sabido la verdad. Ahora ella era de la realeza, tan por encima de Elizabeth que escasamente se atrevía a hablar. Parte de ella deseaba desaparecer, pero el Sr. Darcy había sido claro en las instrucciones que le había dado.

"¿Georgiana?" preguntó con más timidez de la que deseaba admitir.

La joven saltó. "¡Oh! No me había dado cuenta de que ya habías llegado. Escuché algo de ruido antes pero no pensé mucho en ello." Mientras hablaba, cerró el libro y lo deslizó disimuladamente bajo una pila de otros volúmenes. Elizabeth se mordió el labio y se forzó a hablar. "No sé cómo decirte esto, el Sr. Darcy acaba de ser arrestado por los franceses. Antes de que se lo llevaran, me pidió que te llevara lejos de aquí tan pronto como fuera posible."

Georgiana palideció. "¿Se llevaron a William? ¡Sabía que algo debía estar mal cuando dijo que teníamos que irnos!" Los ojos se le llenaron de lágrimas.

No había tiempo para esto. Los franceses podían regresar en cualquier momento. "Él dijo que tú sabrías a dónde ir y qué hacer."

"¡Oh! Sí. Hemos practicado esto. Debemos irnos de inmediato. Tengo que recoger mi bolsa de mi habitación, y entonces estaré lista."

"Bien. Pediré que enganchen los caballos al carruaje de nuevo."

"No, no al carruaje. A la calesa. Ese es el plan." La joven dudó, y luego cogió su libro de debajo de la pila.

"¿No sería el carruaje más conveniente para viajar una larga distancia?"

Georgiana sacudió la cabeza. "Más conveniente, pero no queremos que la gente piense que vamos lejos. William dice que tomar la calesa ayuda a perder el rastro."

"Ya veo. ¿Hay algo que debamos hacer para ayudar a tu hermano antes de irnos?" Por supuesto, el Sr. Darcy no era el hermano de Georgiana. ¡Oh, esto era demasiado confuso!

Ahora las lágrimas estaban empezando a escapar de los ojos de la joven. "No. El querría que nos fuéramos de inmediato. Pero ¿debería dejar una nota para el Sr. Bingley y pedirle que se comunique con el amigo de William en Londres? Él pudiera usar su influencia para ayudarle. Pero William me diría que no perdiera ese tiempo. Que es demasiado arriesgado." Su respiración se estaba volviendo rápida y superficial.

¡La pobre joven! Aun si tenía sangre real corriendo por sus venas, todavía una aterrada joven de quince años que necesitaba ayuda. "Sí, debes hacer eso. ¿Dónde encontramos papel?"

"En mi habitación." Georgiana se secó las lágrimas.

"Entonces vayamos para allá." No se atrevía a perder de vista a la joven.

En el camino escaleras arriba, Elizabeth encontró al solitario lacayo y le dijo con firmeza que hiciera que prepararan la calesa para una partida inmediata. Luego ella observó a Georgiana escribir rápidamente una nota, con su acelerado pulso contando cada segundo que prolongaba el peligro en que se encontraban.

Después de terminar rápidamente la nota, la joven sacó un pequeño baúl del guardarropa, lo abrió y sacó una gran bolsa. Ella empujó su libro dentro de ella. "Bueno, estoy lista." Su voz escasamente temblaba.

"Entonces vámonos." Pedir ayuda a un sirviente solo desperdiciaría preciosos minutos, así que Elizabeth levantó la sorprendentemente pesada bolsa.

Cuando alcanzaron la calesa, Elizabeth se detuvo repentinamente. Los mozos estaban terminando de enganchar a un par de caballos grises de pura raza a ella. "Georgiana, nunca he conducido nada más grande que una carreta."

"Yo puedo conducirla." Ella sonaba desolada. "William piensa en todo."

"Estoy segura de que será liberado pronto," dijo ella con una confianza que no sentía. Si pensaba demasiado acerca del Sr. Darcy podía perder la compostura, y eso alertaría a los mozos de que algo estaba mal. El labio inferior de Georgiana temblaba. "Eso espero." Entonces se subió a la calesa y tomó las riendas del mozo. Elizabeth se subió también del otro lado, con el corazón martillándole en el pecho.

¿Verdaderamente iba a hacer esto? ¿Desvanecerse sin decir ni media palabra a su familia? ¿Pensarían que había huido, o sospecharían un acto criminal? La pobre Jane estaría devastada, sin saber nunca qué le había sucedido. Pero ella también tenía un deber hacia su país. ¿Cómo podría vivir consigo misma si permitía que la Princesa Charlotte fuera capturada por los franceses debido a su falta de acción? Ella había soñado con la oportunidad de hacer algún servicio por Inglaterra, pero nunca había considerado que llegaría a tan alto precio. ¿Cuánto le había costado al Sr. Darcy durante los últimos seis años?

Podría pensar en eso después. No era como si Elizabeth hubiera podido quedarse en casa de cualquier forma, no una vez que el Capitán Reynard averiguara que el Sr. Darcy ya no estaba ahí para protegerla. Esto tan solo había cambiado el momento y el medio de su partida. Ella tomó una profunda y tranquilizadora respiración.

Georgiana sacudió las riendas y los caballos avanzaron por el camino de entrada.

Qué el cielo la ayudara. Elizabeth ni siquiera sabía hacia dónde se dirigían. "¿Nos dirigimos a Escocia?"

"No, a Oxford. ¿Sabes cómo llegar allá?"

Una burbuja de risa histérica se elevó en su pecho. Sin duda el Sr. Darcy había memorizado todo el sistema de peaje de Inglaterra en caso de esta eventualidad, pero no Elizabeth. "Supongo que debemos dirigirnos al oeste sobre el camino a Hatfield. Habrá postes de señales cuando lleguemos al Viejo Camino del Norte." Podía no ser la mejor ruta, pero al menos la dirección general era la correcta.

"¿El camino a Hatfield? ¿Dónde queda eso?"

"Yo te dirigiré. Al final del camino de entrada debemos dar vuelta a la derecha. No, a la izquierda. A la derecha es más rápido, pero nos haría pasar por Meryton y la gente nos vería. Pero espera, ¿no sabrá el Sr. Darcy que te diriges a Oxford?" Los franceses podían empezar a perseguirlas antes de lo que ella había pensado.

Georgiana sacudió la cabeza. Es un secreto. Ni William sabe mi destino de emergencia. Ellos podrían hacerlo hablar, tú sabes."

Imaginar al Sr. Darcy en una celda, con sus elegantes manos lastimadas por cadenas, hizo que la bilis se elevara a la garganta de Elizabeth. La joven echó una mirada a Elizabeth. "¿Él te contó? ¿Sobre... mí?"

Elizabeth asió la barra de la calesa para ocultar el temblor de sus manos. "Justo antes de que se lo llevaran. Yo no tenía idea. Ni siquiera sé cómo llamarte ahora."

La pregunta pareció asentar a la joven. "Debes llamarme Georgiana y nunca permitirte ni siquiera pensar ese otro nombre. De otra manera puedes equivocarte y decirlo cuando no deberías. Eso es lo que William hizo siempre."

"Muy bien, pero no entiendo por qué representas este papel. ¿Por qué la farsa, y por qué el Sr. Darcy? Debe haber sido bastante joven al momento de la invasión." Demasiado joven para una responsabilidad de este tipo, igual que Elizabeth misma lo era ahora.

"No se suponía que estuviera bajo su cuidado, pero a mi guardián original le dio una apoplejía, y el que era su sustituto fue ejecutado. William era todo lo que quedaba, así que él me recogió." Repentinamente ella se vio muy joven. "Mi abuelo, el Rey George, quiero decir, ordenó que yo permaneciera aquí en Inglaterra. Dijo que, si crecía en el extranjero, nunca sería aceptada como totalmente inglesa, igual que su padre y abuelo no habían sido aceptados. Su plan era mantenerme con él y retirarse a Gales, creyendo que Napoleón no llegaría más allá de Londres. Lord Matlock y el padre de William vieron el peligro, y en verdad yo hubiera sido capturada si me hubiera ido con mi abuelo, así que me llevaron en secreto. Temían que Napoleón no se detendría ante nada en su esfuerzo por capturar a la persona que creía que era. El barco a Canadá fue un señuelo para alejar su atención de mí."

Y así, la joven había sido alejada de todo y todos los que había conocido. Aún su nombre ya no era suyo.

Ahora ella era responsabilidad de Elizabeth, un pensamiento aterrador. "¿Puedo preguntar quién está en Oxford?"

Georgiana se encogió de hombros. "Alguien en quien se puede confiar que cuide de mí. Nunca lo he conocido." Su voz se oía plana.

La pobre niña debía sentirse como un paquete que era pasado de mano en mano. *Pobre niña*, ¿no era eso lo que Darcy había dicho acerca de la Princesa Charlotte? ¡No era de extrañar que él hubiera expresado tan fuertes sentimientos! Pero si había alguien en Oxford que podía encargarse del cuidado de Georgiana, quizá Elizabeth podía ir a casa entonces, al menos el tiempo suficiente para decirles que se iba a Escocia. Jane solo tendría que preocuparse por unos cuantos días. La voz de Georgiana interrumpió sus pensamientos. "¿Hay algún camino privado o algún lugar donde pudiéramos estar escondidas por unos cuantos minutos?"

Elizabeth miró atrás de ellas para asegurarse de que no estaban siendo seguidas. "Hay un área adelante donde los setos son altos, Si damos vuelta cuando los pasemos sobre una vereda, no seremos visibles desde el camino." Probablemente la joven necesitaba hacer sus necesidades.

Georgiana hizo que los caballos caminaran más despacio. Cuando llegaron al camino, se dio vuelta y detuvo la calesa. "¿Puedes sostener las riendas?" le preguntó a Elizabeth.

"Por supuesto." Para eso sí podía arreglárselas.

"Necesitarás ponerte de pie."

Perpleja, Elizabeth obedeció.

Acuclillándose en el suelo de la calesa, Georgiana corrió su mano por debajo de la orilla del asiento. "Ahí. Elizabeth, deberías ver esto en caso de que necesites encontrarlo algún día. ¿Ves? Hay un pequeño gancho aquí." Ella levantó el asiento de piel, exponiendo un compartimiento debajo de él. La joven dobló hacia atrás la tela impermeable y reveló un espacio empacado apretadamente. Ella tomó una pistola de la parte superior. "¿Sabes disparar?"

"Sí. Ya tengo una pistola. Tu hermano me la prestó." Elizabeth sacudió el gran bolso de mano sujeto a su cintura. Ella había tenido la precaución de traerlo con ella a Netherfield, sin saber si regresaría a Longbourn en carruaje o a pie. Ahora el bolso de mano también contenía el dinero que el Sr. Darcy le había dado para pagar su pasaje a Escocia. Serviría para llevar a las dos a Oxford.

"Deberías cargarla. Ambas debemos tener una lista para disparar." Ella sacó una pila de ropa y un par de tijeras del compartimiento. "Debo cambiarme. ¿Me ayudarás?"

"Por supuesto." Elizabeth siguió a Georgiana bajando de la calesa y detrás del seto. "¿Es esta otra parte de los planes de tu hermano?"

"Sí." Georgiana le dio la espalda a Elizabeth. "Si alguien está tratando de encontrarnos, estarán buscando a dos mujeres, así que yo seré un muchacho."

Los dedos de Elizabeth hicieron una pausa en desabotonar la ropa de Georgiana. "¿Ropa de hombre?" Ella intentó no sonar horrorizada.

"No te preocupes; he practicado en ella muchas veces antes. William dice que este es el disfraz más sencillo, siempre y cuando yo sepa cómo camina un muchacho."

"Pero ¡tu cabello!"

Georgiana se quitó los pasadores y sacudió su cabeza, y luego entregó las tijeras a Elizabeth. "Tú debes cortarlo." Ni siquiera le tembló la voz.

Elizabeth miró desmayada hacia las tijeras. "¿Cortarlo? ¿Estás segura?"

"Es parte del plan. Hazlo rápido, antes de que pierda el valor."

Cuidadosamente, Elizabeth tomó un rizo del rubio cabello entre sus dedos. Cabello real. ¿Podía esto ser realmente necesario? Ella pensó en el rostro del Sr. Darcy antes de que los soldados se lo llevaran. Sí, era necesario. Respiró profundamente y empezó a cortar largos rizos de cabello. Se sentía como una profanación.

Dando un paso atrás, ella examinó su trabajo. "No está perfectamente parejo, pero servirá por ahora."

El rostro de la joven se veía más angular ahora. Sus ojos estaban llenándose de lágrimas.

Elizabeth enderezó los hombros. "Excelente," dijo con falso entusiasmo. "Traté de dejar el largo suficiente para que pudiera peinarse como uno de los cortes cultivados que las damas elegantes usan y algunos rizos cortos al frente. Con un hierro para rizar y un listón, ¡parecerá que saliste de una revista de modas!" Ella lanzó los abandonados rizos de cabello al seto. "Algún ave afortunada estará encantada de encontrar tan excelente relleno para su nido. Quizá tu cabello acunará a petirrojos bebé."

Georgiana tragó saliva. "Eso me gustaría," dijo valientemente. Ella se quitó el vestido y la enagua. Unos cuantos minutos después, un joven con chaleco se encontraba de pie frente a Elizabeth. Los nuevos ángulos en su rostro encajaban perfectamente. Nadie la reconocería como la Señorita Darcy.

Elizabeth intentó cerrar su mente a la escandalosa idea de que la Princesa Charlotte estaba usando pantalones en público. "¿Qué más escondes en tus reservas?"

"Municiones, cuchillos, dinero, capas, tela impermeable, un poco de comida, frutas secas y nueces, mayormente, un mapa, vendajes. Todo tipo de cosas. William es muy minucioso." Georgiana jaló su saco para enderezarlo. "Y permisos de viaje, por supuesto."

"Suena más como preparación para la batalla que para un viaje," dijo Elizabeth.

Georgiana pasó los dedos por su cabello recortado, con expresión dolida. "Estamos en guerra, ¿sabes?"

Por supuesto que lo estaban. "Solo lamento que hayas tenido que vivir con este temor todos los días."

La simpatía hizo que los labios de Georgiana temblaran. La joven había sonado tan segura de sí misma hacía un minuto cuando hablaba sobre los planes de Darcy, pero aparentemente esa confianza era solo un barniz.

Con la esperanza de distraerla, Elizabeth le hizo la primera pregunta que se le ocurrió. "¿Tienes un sombrero oculto por ahí, también?"

"En mi bolsa. Es uno pequeño." La joven sonaba un poco más calmada.

"Ahora voy a tener que pensar en cómo llamarte, ¡ya que ya no te ves como una Georgiana!" Elizabeth intentó sonar como si estuviera bromeando.

"William me dice George, algunas veces aun cuando estoy siendo una muchacha. Es fácil de recordar." Ella hizo un valiente intento de sonreír. "Y el nombre viene de familia."

¿Había ella actualmente hecho una broma acerca de su situación? "Supongo que sí." Su padre, abuelo, bisabuelo y el padre de su bisabuelo antes que él, todos se habían llamado George. "Bueno, será más fácil llegar a una posada a pasar la noche con George que con Georgiana. Dos mujeres viajando solas llamarían la atención. ¡Y debo decir que eres un muchacho bastante guapo!"

Georgiana encontró una pluma y una botella de tinta en el compartimiento oculto de la calesa. "Para llenar el permiso de viaje. Está firmado, pero por lo demás en blanco. ¿Qué nombres debemos usar?"

"No sé, cualquiera, supongo. ¿Quizá Elizabeth y George Gardiner?" El nombre de su tío fue el primero que se le vino a la mente

"Bueno. Viajando a Oxford, ¿fechado hoy y mañana, entonces?"

"Eso suena bien." Elizabeth no sabía cómo las piernas continuaban sosteniéndola. Poseer un permiso de viaje falsificado era un delito penado con la horca. Una cosa era intercambiar bromas con su hermana menor acerca de ser ahorcada y otra muy diferente arriesgarse de verdad a ser ahorcada.

Cuando Georgiana recogió las riendas de nuevo, las pistolas cargadas y el permiso de viaje estaban en el asiento entre ellas, un brutal recordatorio del peligro que enfrentaban. ¿Cómo había llevado esta carga el Sr. Darcy él solo todos estos años? No era de extrañar que en ocasiones pareciera sombrío.

"¿Quién más sabe sobre ti?" preguntó Elizabeth en voz baja.

"¿En Inglaterra? Solamente William y Lady Matlock, y ahora tú. Lord Matlock sabía, por supuesto, pero ahora está muerto. William dice que, si deseas que un secreto sea secreto, no debes decírselo absolutamente a nadie."

¡Cuán solos debieron ambos haberse sentido!

Cuando llegaron al camino a Hatfield, Georgiana puso los caballos al trote. Harían mejor tiempo ahora, pero también serían más visibles. Si alguien las estaba persiguiendo, este sería uno de los primeros caminos que serían revisados. Y como Hatfield era una parada común para los viajeros en el Viejo Camino del Norte, tendrían que viajar más allá de ahí esa noche si querían evitar a potenciales perseguidores.

De cualquier modo, sin duda serían detenidas en Hatfield por soldados que revisaban documentos. Elizabeth recogió el permiso que Georgiana había producido. Sus ojos se abrieron desmesuradamente cuando vio la firma. General Desmarais. ¿En qué había estado pensando el Sr. Darcy para usar el nombre del comandante supremo de todo el ejército francés en

Inglaterra en sus permisos falsificados? Ella esperaba que los soldados no revisaran los papeles muy de cerca. Pero aun si pasaban el punto de revisión, todavía necesitaban un lugar dónde pasar la noche. "¿Tenía tu hermano un plan para elegir una posada?"

"No que me haya dicho. Él siempre elegía las posadas, y yo asumí que estaríamos juntos si alguna vez teníamos que huir. William insistió en enseñarme que hacer en caso de que estuviera sola cuando surgieran problemas, pero él casi nunca me deja sola, así que no me preocupé por eso." Ella hizo un sonido entre un jadeo y un sollozo.

Elizabeth no podía costear el permitirse sentir nada acerca del Sr. Darcy por ahora. "Parece que él siempre ha estado muy dedicado a ti."

"Más de lo que merezco. Él no pidió encargarse de mí, y al principio fue frecuentemente difícil. Yo estaba acostumbrada a que la gente me atendiera y a ser el centro de atención, y no entendía por qué eso tenía que cambiar. Cometí errores, graves errores, al principio. El debió haberme odiado por trastornar su vida. Le disgusta el subterfugio, y por mi causa debe pretender ser alguien que no es. Y ahora ha sido arrestado por mi causa" Las lágrimas empezaron a correrle por las mejillas, un raro contraste con sus ropas de muchacho.

¿Cómo podía tranquilizar a la joven? "Puede no haber sido por tu causa. La orden de arresto era por asesinato."

"¿Por eso lo arrestaron?" Georgiana arrugó la frente. "¿Quién era la víctima?"

"Yo nunca había oído de él. George Wickhurst creo. No, era Wickham. Tu hermano parecía saber quién era él."

"¿Wickham? No conozco el nombre. Tal vez es alguien de Cambridge o de Pemberley. William no ha podido tampoco regresar a su casa por mi causa. La gente en Pemberley recuerda cómo se veía la verdadera Georgiana Darcy. Extraña Pemberley, aunque nunca lo admitiría ante mí."

¡Hasta qué punto había juzgado mal al Sr. Darcy! "Cómo dije, quizá su arresto no tuvo que ver nada contigo." Pero eso habría otra horrible posibilidad. ¿Podría ser que hubiera sido causado por la decisión de Darcy de proteger a Elizabeth del Capitán Reynard? El capitán era amante de vengarse. Darcy podía estar sufriendo ahora como resultado de su decisión de ayudarla. El estómago se le apretó incómodamente.

"Quizá." Pero Georgiana no sonaba convencida.

ELIZABETH INTENTÓ ASUMIR un aire de confianza mientras solicitaba habitaciones para ella y su hermano menor en la primera posada por la que pasaron en St. Albans, agradecida de tener una bolsa para mostrar que eran viajeros respetables. Y se sintió aún más agradecida de escapar de cualesquiera miradas indiscretas cuando por fin estuvieron solas en la habitación de Georgiana.

La joven abrió la bolsa y empezó a desempacar su contenido. Como el compartimiento oculto en la calesa, la bolsa contenía más cosas de las que Elizabeth hubiera creído posibles.

Georgiana desenrolló un bulto de tela verde claro que milagrosamente se convirtió en un simple vestido de día. Ella lo sacudió y lo sostuvo frente a Elizabeth. "Creo que este debe quedarte. William eligió vestidos un poco grandes para mí en caso de que creciera antes de que los reemplazara. Debe haber otro aquí." Ella volvió a hurgar en la bolsa.

"Aprecio su previsión." Pero usar el mismo vestido de nuevo mañana era la última de sus preocupaciones. Ahora que los detalles de su viaje del día ya no la preocupaban, el temor había empezado a raer su compostura. ¡Buen Dios, podía ser colgada tres veces por lo que había hecho hoy!

"Creo que este es el otro vestido. Hay medias, guantes y una enagua de repuesto. Y más dinero, si llegáramos a necesitarlo."

"Yo también tengo dinero. Tu hermano me lo dio." La suma que Darcy le había dado esa mañana era más de lo que Elizabeth hubiera visto junto alguna vez, pero el dinero no le diría como ocultar y proteger mejor a Georgiana. Darcy había elegido a Elizabeth para la tarea porque ella era la única persona disponible cuando él necesitó ayuda, no porque ella poseyera las habilidades necesarias.

Ella no podía permitirse estos inquietantes pensamientos, así que levantó el libro que Georgiana había traído con ella, esperando ver una novela popular. Ella abrió la pasta, revelando el título en francés. "¿*Art de la Guerre*? Interesante material de lectura."

Georgiana levantó la mirada hacia ella solemnemente. "Es muy interesante. Es un antiguo libro chino sobre tácticas del que Napoleón siempre lleva una copia con él. Necesito saber cómo piensa y qué hará después. Ya puedo ver cómo usa algunas de esas tácticas en batalla."

Aún otra cara de esta joven, la futura monarca. Un estremecimiento corrió por la espalda de Elizabeth. "Es sabio conocer a tu enemigo."

"Tengo la intención de matarlo algún día, o al menos de dar la orden para que lo maten." Los labios de Georgiana se apretaron, haciéndola aparecer mayor de sus quince años.

"Muchos ingleses estarían felices de unirse a ti en eso." Elizabeth se sentó sobre la cama junto a la bolsa.

"Muchos lo harían, aunque pocos tienen más razón que yo para hacerlo. Él asesinó a mis padres y a mis tíos, tiene preso a mi abuelo, y forzó a mi tía a convertirse en la prostituta de su hermano en una parodia de matrimonio. Lo mataré por eso." La voz de la joven había ido subiendo de volumen, con los ojos extremadamente brillantes.

"Silencio. Le ha hecho mucho mal a tu familia. No es de extrañar que desees venganza."

"¡Y la tendré!" dijo Georgiana con fiereza.

La cabeza de Elizabeth daba vueltas. Había tenido tantas conmociones hoy. El Sr. Darcy había volteado su mundo de cabeza, y ahora esta volátil joven estaba probando ser un reto inesperado. Ella necesitaba tiempo para pensar, tanto por su propia cordura cómo para decidir qué hacer a continuación. "No sé tú, pero estoy bastante cansada después de los eventos de hoy. Creo que descansaré en mi habitación antes de la cena, si no te importa."

Al escuchar sus palabras, Georgiana regresó de asesina vengadora a joven atemorizada. Su respiración se aceleró y ella dijo, "¿Debes irte? Podrías descansar aquí. Puedo poner todo de vuelta en la bolsa. O yo podría ir a tu habitación, Solo me sentaré en una esquina a leer, y ni siquiera sabrás que estoy ahí."

El Sr. Darcy había dicho que su hermana se asustaba con facilidad, pero Elizabeth no había esperado que temiera quedarse sola en una habitación. Era difícil creer que Georgiana era casi de la edad de Lydia, pero las dos niñas habían sido criadas de forma diferente. A Lydia nunca la habían desanimado en sus intentos de independencia, aun cuando algunas reglas pudieran haberla beneficiado. Era mucho más lo que estaba en juego para Georgiana. Si ella cometía un error, enfrentaba ser prisionera por lo menos, o ser ejecutada en el peor de los casos. Era más que suficiente para hacer temeroso a cualquiera.

"Por supuesto que puedo descansar aquí si lo prefieres."

"Gracias." Georgiana dijo apenas por encima de un murmullo.

Pero recostarse y cerrar los ojos no le proporcionó alivio a Elizabeth. Su mente daba vueltas con las consecuencias de sus acciones. ¿Qué pensarían Jane y el resto de su familia cuando no volviera de Netherfield? Ellos descubrirían pronto que el Sr. Darcy había sido arrestado. Quizá pensarían que ella había caído en manos de los soldados franceses o que había sido tomada prisionera mientras intentaba volver a Longbourn. O que podía haber sufrido un accidente. Estarían revisando los campos y bosques buscándola esta noche. Podía ocurrírsele a Jane que ella podría haber huido, pero encontraría difícil de creer que Elizabeth se hubiera ido sin decirle una sola palabra o sin recoger las cosas que había almacenado en el establo en caso de que tuviera que irse de prisa. Jane se preocuparía casi hasta morir aún si Elizabeth volvía en unos cuantos días. ¿En qué estaba pensando? Era reconfortante creer que podría volver a casa, pero se había estado engañando. El daño estaba hecho. Aún si el Sr. Darcy no revelaba nada acerca de la identidad de Georgiana, Elizabeth no tenía ninguna explicación aceptable para su ausencia. Todos asumirían lo peor. Ella estaría arruinada, sería una carga para su familia y un blanco aún más fácil para el Capitán Reynard. No tendría más elección que huir a Escocia inmediatamente, dejando que su familia sufriera de nuevo el perderla.

Y si el Sr. Darcy había sido forzado a hablar, los franceses estarían esperando para saltar sobre ella tan pronto apareciera. No dejarían piedra sin remover en sus esfuerzos por encontrar a Georgiana. No, su familia estaba perdida para ella. Lo mejor que podía esperar era algún día hacer llegar un mensaje a Jane para decirle que estaba viva y bien. La pobre Jane estaría ahora aún más sola y aislada. ¿Se preocuparía alguien de llevarle té? ¿Qué le sucedería si el Capitán Reynard forzaba a la familia a dejar Longbourn por completo?

Si seguía pensando en su familia iba a ponerse a llorar. Quizá en lugar de eso debía considerar su futuro. Escocia era aún la elección obvia ya que muchos leales ingleses habían formado ahí su propia comunidad. Era lo que siempre se había imaginado hacer si huía. Pero no conocía a nadie en Escocia y estaría sola ahí sin familia, amigos o estatus.

Pero nada de eso necesitaba resolverse ahora. Todo lo que tenía que hacer esa noche era decidir el plan para el viaje de mañana a Oxford.

NO ERA DE SORPRENDER que Georgiana le pidiera a Elizabeth compartir su habitación esa noche. Todavía menos sorprendente fue que Elizabeth despertara en la noche por el sonido de sollozos ahogados. Ella tomó a la joven en sus brazos como si hubiera sido una de sus hermanas, sintiéndose ella misma cercana a las lágrimas.

"Todo saldrá bien, ya lo verás," le dijo ella a Georgiana. "Mañana por la noche estarás segura en las manos de alguien en quien puedes confiar."

"¿Te quedarás conmigo? ¿Al menos por un tiempo? De otra manera estaré con un total extraño." Otro sollozo sacudió a la joven.

"Si lo deseas, estaré feliz de quedarme contigo." ¿Podía el permanecer con Georgiana ser una alternativa a Escocia? Aun si el Sr. Darcy volviera, ella no podía soportar pensar en ello como tan solo una posibilidad o las lágrimas empezarían a fluir, Elizabeth podría alegar que Georgiana necesitaba desesperadamente una influencia femenina en su vida. Elizabeth podía ser su acompañante y así servir a Inglaterra al mismo tiempo. Sería arriesgado, por supuesto, pero ir a Escocia también sería peligroso. Si cambiaba su nombre, nadie sabría que la acompañante de Georgiana había sido alguna vez Elizabeth Bennet.

Georgiana se tragó otro sollozo. "Pero te irás también. Todos se van. William fue el único que se quedó, y ahora aun él se ha ido."

"No sabemos eso. Puede ser que su amigo en Londres pueda hacer que lo liberen, al menos si no han averiguado sobre ti."

"Yo... yo nunca había estado separada de William por tanto tiempo antes." La joven se disolvió nuevamente en sollozos desconsolados. ¡El Sr. Darcy debió haber sido un guardián muy devoto en verdad si él nunca había pasado una noche lejos de ella en seis años! "No es lo mismo, pero yo estoy aquí contigo, y no te abandonaré."

"No ahora, pero algún día lo harás." El desaliento de la joven pareció abrumarla.

"Quizá algún día ya no sentirás necesidad de que me quede contigo, pero si me necesitas, me quedaré, a menos..." Ella había estado a punto de decir que a menos de que se enamorara y se casara. La imagen de unos ojos oscuros, decididos surgió en su memoria. Ella tuvo que parpadear con fuerza para evitar las lágrimas.

Georgiana se congeló. "¿A menos...?"

Pensando con rapidez, Elizabeth dijo, "A menos de que tenga la oportunidad de viajar a África a ver los elefantes. Tengo un gran deseo de ver elefantes. Y los tigres en India, pero supongo que podría llevarte conmigo a India ya que es más civilizado. Me encantaría ver los canguros en Australia, pero es un lugar tan anárquico que creo que tendré que sobrevivir sin ellos. Es una lástima, sin embargo, porque simplemente no puedo imaginar cómo un animal tan grande puede dar saltitos. Pero aparte de los elefantes en África y de los tigres en India, puedes depender de mí."

La joven soltó una risita. "También hay elefantes en India. Hasta podrías montar uno de ellos en un sillín con dosel. He visto ilustraciones en libros."

"Eso simplificaría el asunto," dijo Elizabeth con fingida seriedad. "África es un lugar muy grande después de todo. En India podríamos comprar docenas de esos bellos chales y ser la envidia de todos los que conocemos cuando volvamos."

"¡Oh, sí! Y algunas de esas encantadoras sedas enjoyadas, también."

"Quizá podríamos disfrazarnos e ir a uno de los mercados nativos para encontrar las mejores sedas. Tendríamos que obscurecer nuestras caras, por supuesto, o todo el mundo sabría que somos extranjeras. Deben tener la fruta más asombrosa ahí, cosas que nunca he probado, más exóticas aún que una piña." Elizabeth continuó contando la historia hasta que sus boberías distrajeron a Georgiana lo suficiente para quedarse dormida. Pero Elizabeth continuó despierta por mucho tiempo más, preguntándose cómo sería el misterioso hombre en Oxford y cómo respondería a recoger a Elizabeth además de Georgiana.

No podía soportar pensar en el hombre que había dejado atrás.

"¿CÓMO VA A SABER EL Sr. Tennant de Pennington hall quién eres tú?" preguntó Elizabeth a medida que se acercaban a Oxford.

"Se supone que le diga que tengo un paquete del gobernador de Jamaica."

"¿Jamaica? ¿Cómo entra Jamaica en el asunto?"

Georgiana se encogió de hombros. "No lo sé, pero eso es lo que tengo que decir."

"Creí que nadie sabía que estabas en Inglaterra. ¿Sabe el Sr. Tennant que estás aquí?"

Georgiana frunció el entrecejo. "No lo creo. William no hubiera estado de acuerdo en compartir ese secreto con nadie. Aun el gobierno en exilio cree que estoy en Canadá."

"Es posible que el Sr. Tennant esté inclinado a estar dudoso."

"¿Por qué? Tu no pareces tener problema en creerlo."

Elizabeth dudó. Era un buen punto. ¿Por qué le había creído inmediatamente a Darcy cuando le contó el implausible cuento acerca de qué su hermana era la heredera al trono? Bueno, ella lo había conocido, al menos hasta cierto punto, y en general confiaba en él, excepto en lo que concernía a los franceses. Aún más importante, la historia hacía que varias cosas que la intrigaban tuvieran sentido. Pero quizá el punto más convincente había sido la intensidad de la preocupación de él por Georgiana cuando estaba a punto de ser arrestado y posiblemente ejecutado.

El Sr. Tennant de Pennington Hall no tendría ninguna de esas ventajas cuando dos extrañas aparecieran en su puerta. ¿Cómo iban a convencerlo? ¿Qué sucedería si él no les creía? De hecho, ¿qué harían si no estaba ahí? Pudiera estar en Londres.

Ella estaba aún considerando esa pregunta a medida que se aproximaban a Pennington Hall, habiendo recibido direcciones en una posada cercana. No era difícil distinguir la casa del guarda en el camino rural. Georgiana frenó los caballos ante las puertas de hierro forjado y llamó al guarda.

El hombre que salió de la casa del guarda usaba un uniforme francés.

Georgiana, en su disfraz de George, estuvo a la altura de las circunstancias. Enronqueciendo su voz, ella dijo, "Somos viajeros que pensamos en visitar al Sr. Tennant. ¿Ya no vive aquí?" Ante la mirada vacía del guarda, ella repitió la pregunta en francés.

El soldado sacudió la cabeza. "No más."

"¿Sabe dónde podemos encontrarlo?"

El soldado sonrió, mostrando dientes ennegrecidos y faltantes. "Chez Madame Guillotine." Y en caso de que no hubieran entendido eso, pasó la parte posterior de su pulgar por su garganta."

Capítulo 6

Darcy se forzó a no voltear hacia atrás a ver a Elizabeth mientras los soldados se lo llevaban. No lograría nada y debilitaría sus esfuerzos de hacer parecer su arresto como algo más que un error risible. En lugar de eso pretendió bromear con los soldados acerca del mal hábito de Wickham de no pagar sus deudas de juego. Unos cuantos de ellos empezaron a verse incómodos, recordando, sin duda, cuánto le debía Wickham a cada uno de ellos, dinero que ahora no verían nunca.

Pero tras la divertida fachada su mente volaba. ¿Le habría creído Elizabeth? Si tan solo hubiera habido más tiempo, él le hubiera ofrecido más explicación que los hechos básicos. Debió haber sonado ridículo. Ella había parecido aceptar su historia en ese momento, pero ahora debía estar cuestionándola. ¿Podía él verdaderamente esperar que ella abandonara a su familia y todo lo que conocía por una historia loca sin pruebas? ¿Qué persona sensible arriesgaría tanto en base a la confianza? Y ella nunca había confiado en él a causa de su historial con los franceses.

Pero quizá ella todavía haría algo. Aún si simplemente se llevaba a Georgiana a quedarse con su hermana en los establos de Longbourn, eso sería más seguro que dejarla en Netherfield. Aun así, él sabía sobre esos establos, y cualquier cosa que él supiera podía ser extraída.

¿Pero qué tal si este arresto realmente era por el asesinato de Wickham? Tan pronto como se había dado cuenta de que los soldados venían por él, él había asumido que ellos habían descubierto sus verdaderos crímenes contra los franceses. Como no había cometido ningún otro crimen, nunca se le había ocurrido que pudiera ser por algo completamente diferente. Quizá el cargo de asesinato era simplemente una cubierta para poder interrogarlo por otras sospechas que pudieran tener.

PRESUNCIÓN Y OCULTAMIENTO UNA VARIACIÓN DE ORGULLO Y PREJUICIO

Debió haber pedido a Elizabeth mandar avisar al General Desmarais. Si Desmarais se enteraba de su arresto y éste era verdaderamente por el asesinato de Wickham, Darcy podía esperar que lo liberaran en unas horas. Sin la ayuda de Desmarais, su situación podía volverse desesperada.

Dependía de Darcy salvarse a sí mismo. Él se adelantó para caminar al lado del oficial que se había reído de su broma antes. "Teniente," dijo Darcy calladamente en francés, "El hombre que le avisara de mi arresto al General Desmarais en Londres pudiera esperar ser bien recompensado."

El teniente se enderezó. "¿Usted conoce al General Desmarais?" Cuando Darcy asintió, él agregó, "¿Sólo los hechos de su arresto?"

"Solo los hechos. No es un secreto, ¿o sí? Pero él no estaría nada contento si no se le informara. Usted pudiera escribirle a su ayudante de campo, el Coronel Hulot, en Carlton House." Viendo que el teniente dudaba, Darcy agregó, "Pudiera valerle ser transferido a otra unidad. Ya le he escrito al general para informarle sobre las interesantes prácticas disciplinarias de su capitán." No había necesidad de decir que su carta había sido más sobre el comportamiento del capitán hacia Jane Bennet.

Las cejas del teniente se elevaron. "*Merci bien, Monsieur*. Veo que tendré que atender mi correspondencia esta noche."

"Una buena idea." Era un doble alivio. Primero, que el teniente escribiría por ayuda, pero más importante, él hubiera mostrado más preocupación si el arresto de Darcy también fuera por actividades sospechosas.

Aparentemente el estatus de Darcy como caballero todavía hacía una diferencia, porque cuando llegaron al ayuntamiento, él fue llevado a una habitación espartana con una puerta que podía cerrarse con llave en lugar de a una celda en la prisión. El guarda que esperaba dijo, "Sus manos deben estar atadas." Sacó una cuerda y jaló los brazos de Darcy detrás de su espalda.

El nuevo amigo de Darcy, el teniente, dio un paso al frente. "Yo me hago cargo." Tomó la cuerda e hizo un gesto a Darcy de que pusiera sus manos frente a él. Cuando Darcy obedeció, el teniente dio vuelta a la cuerda alrededor de ellas tan floja, que le tomaría poco esfuerzo soltarse.

"Tengo una pregunta," dijo Darcy. "¿Por qué piensa que yo maté a George Wickham?"

El teniente hizo un encogimiento de hombros gálico. "Él dijo que, si algo le sucedía, sería a causa de usted."

"¿Eso es todo?" preguntó Darcy incrédulamente.

Con una sonrisa a la que le faltaban dientes, el teniente dijo, "Eso, y el capitán, usted no le cae bien. Algo sobre una chica, por supuesto." Él le guiñó un ojo a Darcy antes de irse.

Ahora, todo lo que podía hacer era esperar y preocuparse, y recordar el placer de besar a Elizabeth Bennet. ¿Tendría alguna vez la oportunidad de hacerlo de nuevo?

ELIZABETH SE QUEDÓ mirando al soldado francés. ¿El Sr. Tennant de Pennington Hall había sido ejecutado? ¿Qué iban a hacer ahora? "¡Qué lástima!" dijo ella rápidamente. "A mamá le entristecerá saberlo. Ven, hermano, en ese caso debemos seguir nuestro camino."

"¡Oh! Sí." Con un rápido movimiento de las riendas, Georgiana dio vuelta a la calesa en el angosto camino.

"*Non*! *Attendez*!" gritó el guardia.

Elizabeth siseó a Georgiana, "¡Sigue!"

El guarda intentó asir la brida del caballo más cercano, pero el par ya se estaba moviendo a un rápido trote. Él todavía estaba gritando en francés cuando ellas rodearon la curva que las ocultó de su vista.

"¿Crees que estemos seguras?" preguntó Georgiana.

"No lo sé." Elizabeth se volvió para observar el camino tras ellas.

Estaban cerca del camino principal cuando distinguieron una nube de polvo detrás de ellas. Eran caballos, varios caballos. "¡Ahí vienen!"

Georgiana palideció. "¡Sostente bien! Trataré de dejarlos atrás."

Elizabeth asió la barra frente a ella con las dos manos cuando los caballos arrancaron a medio galope. La calesa rebotó sobre una superficie que no estaba diseñada para ser tomada a tal velocidad y se inclinó precariamente cuando Georgiana dio vuelta en el camino principal. "¡Deben haber visto en qué dirección dimos vuelta!" gritó Elizabeth por encima del viento.

"No importa. Si son caballos ordinarios, podremos dejarlos atrás, al menos por un tiempo." Los ojos de Georgiana brillaban.

"¡Ten cuidado! ¡Hay un carruaje adelante!" Y estaban acercándose a él a una velocidad alarmante.

Georgiana no disminuyó el paso de los caballos. ¿Estaba loca? Entonces Elizabeth observó su decidida expresión. ¿Seguramente no estaba planeando rebasarlo en este angosto camino?

Justo cuando Elizabeth se preparó para un choque inminente con el carruaje, Georgiana dio vuelta a los caballos. ¡Iba a intentar rebasarlos! Si alguien venía en la dirección opuesta, no habría manera de evitar una colisión desastrosa. Elizabeth cerró los ojos con fuerza.

Nada sucedió. La calesa siguió a toda velocidad. Georgiana había ganado su apuesta.

"No podrán ver lo que hacemos con el carruaje entre nosotros." Georgiana tuvo casi que gritar para poder ser escuchada sobre el ruido del viento.

Elizabeth solo esperaba vivir para ver el siguiente pueblo.

Los caballos no podían mantener ese paso por mucho tiempo. Cuando empezaron a cansarse, Elizabeth revisó el camino adelante de ellas. Colocando su mano sobre el brazo de Georgiana, ella señaló a un largo granero más adelante. "Si podemos llegar a atrás de ese granero, podríamos escondernos mientras ellos pasan."

Su compañera asintió. Esperó hasta el último momento para frenar los caballos. La calesa se inclinó de nuevo cuando dieron vuelta hacia el granero. Afortunadamente el camino estaba empedrado, con una vía que continuaba más allá de él. Georgiana guio la calesa al alto pasto atrás del granero.

Tan pronto como se detuvieron, Elizabeth saltó y levantó el pasto que se había doblado cuando pasaron. Sería imposible ocultar completamente donde había sido aplastado por las ruedas, pero se las había arreglado para ocultar sus huellas bastante bien. El corazón le latía desbocado. Si esto no funcionaba, si los franceses las atrapaban aquí...

Al otro lado del patio empedrado, una mujer mayor con una escoba salió de una cabaña. Un sudor frío brotó en el cuello de Elizabeth. ¿Las había visto llegar? Elizabeth contuvo la respiración mientras la encorvada mujer cojeaba hacia el camino y empezaba a barrer el polvo del patio empedrado.

Elizabeth se atrevió a respirar de nuevo. ¡La mujer estaba cubriendo sus huellas! ¿Había adivinado que las perseguían los franceses y había decidido ayudarlas?

Pero ahora tenían mayores preocupaciones. Ella se apresuró hacia Georgiana quien sostenía la brida de uno de los caballos y le murmuraba algo.

"Georgiana, debes ocultarte. Si se detienen a buscar aquí, no deben encontrarte."

"¡Pero te arrestarán a ti! ¿Qué haría yo sin ti?"

"Encontrarías a alguien más que te ayude. Eres mucho más capaz de lo que crees. Mira, toma este dinero. Mientras tengas eso, te las arreglarás de alguna forma. Ahora ¡escóndete!"

"Pero..."

La anciana mujer cojeó alrededor de la esquina del granero. "Esos franchutes acaban de pasar sin siquiera voltear. Están huyendo de ellos, ¿verdad?"

"Sí," dijo Elizabeth. "Es probable que vuelvan por aquí más tarde cuando renuncien a alcanzarnos. ¿Podemos quedarnos aquí hasta entonces?"

"¡Por supuesto, querida! Quédense tanto tiempo como quieran. ¡No entregaría ni a mi peor enemigo a esos malditos franchutes!"

"¡Gracias! ¡Muchísimas gracias! En verdad, no hemos hecho nada malo. Nuestro único crimen fue hacerles la pregunta equivocada."

"Todos los franchutes están locos de atar, querida, y no hay forma de entenderles. Solo descansen aquí."

Elizabeth respiró hondo. "¿Podría pedirle un favor? Es muy importante mantener a mi amiga fuera de sus manos. Yo no soy importante, pero ella sí. ¿Hay un lugar donde pueda ocultarse?"

Las cejas de la mujer se elevaron con sorpresa. "¿Ella?" Ella miró la vestimenta masculina de Georgiana de arriba abajo.

¡Relámpagos! Ya se le había escapado algo. Era demasiado tarde para cubrir su error. "Sí, es ella disfrazada," dijo Elizabeth con tristeza.

"¡Bien, entonces! Venga a la casa conmigo, jovencito o damita, lo que quiera que sea, y puede vigilar desde la ventana. Si les ve el pelo a esos franchutes, lo meteremos en el sótano. A nadie se le ocurriría buscar ahí."

"Los caballos necesitan enfriarse," dijo Georgiana. "¿Puedes ocuparte de eso, Elizabeth?"

"Elizabeth no tenía idea de cómo enfriar a los caballos "Por supuesto que puedo." Observó cómo se alejaba la espalda de Georgiana y se dejó caer sobre el suelo hasta que su pulso volvió a algo cercano a lo normal. Eso no sucedió rápidamente.

EL SOL ESTABA BAJANDO sobre el horizonte cuando la anciana volvió a la parte trasera del granero de nuevo. "Han pasado de nuevo, así que todo debe estar bien. Debes entrar y comer algo de pan antes de irte. ¡No hay necesidad de viajar con el estómago vacío!" le dijo ella a Elizabeth.

Agarrotada por la larga espera, Elizabeth la siguió agradecida a la escasamente amueblada cabaña. Georgiana estaba trepada en un banco, escuchando con atención a un áspero anciano con mechones de cabello blanco que le salían de los lados de la cabeza.

La mujer dijo. "¡Aquí está tu amiga, sana y salva! Ella fue al sótano cuando pasaron los franchutes, pero ellos nunca se detuvieron."

Mientras Elizabeth le agradecía, Georgiana levantó la mirada. "El Sr. Simmons ha estado explicando cómo ha cambiado la vida aquí desde que llegaron los franceses."

El anciano fumó su pipa. "Así es, y le he estado diciendo que le iría mejor si durmiera esta noche en nuestro granero y se fuera en cuanto amanezca. Esos bastardos franceses pudieran estar todavía vigilando los caminos ahora, pero les encanta la cama a todos ellos."

Elizabeth se había estado preocupando exactamente por eso. Detenerse en una posada cercana a pasar la noche sería arriesgado. "Les doy las gracias por su oferta y la acepto agradecida."

GEORGIANA EXAMINÓ EL pajar. "Esta será una nueva experiencia."

Elizabeth extendió las mantas que la Sra. Simmons les había dado en un área donde la paja era densa y pareja. "Es mejor que quedarnos en una posada donde pudiéramos haber encontrado a algunos de esos soldados." Al menos Georgiana no se estaba quejando sobre su humilde alojamiento como Elizabeth había temido que lo hiciera.

"Estoy contenta de quedarme aquí. Necesito aprender cómo vive la gente común."

"¿Es por eso por lo que hacías tantas preguntas?"

"¡Por supuesto!"

Quizá ella había subestimado a la joven. "Ciertamente hiciste feliz al anciano al proporcionarle una audiencia tan atenta. Me alegra verte con tan buen ánimo." Aun si le extrañaba.

La joven se dejó caer sobre su manta. "Lo estoy. No puedo explicarlo, pero he pasado todos esos años aterrada de que algo le sucedería a William y yo sería descubierta por los franceses. Ahora que ha sucedido, es casi un alivio. Si solo supiera que William no está en peligro..."

Los mismos eventos habían dejado a Elizabeth sintiéndose al menos una década mayor y exhausta. "Fuimos muy afortunadas hoy."

"Lo fuimos." Repentinamente, la expresión de Georgiana se volvió seria. "Pero ¿qué debemos hacer ahora? El plan no incluía qué debía yo hacer si no podía encontrar al Sr. Tennant."

A Elizabeth se le cayó el alma a los pies. "¿No tienes otros nombres?"

Georgiana sacudió la cabeza. "Ninguno. Tengo una dirección a la que puedo escribir para pedir ayuda, pero es en Jamaica, así que llevaría meses obtener una respuesta. Está Lady Matlock, pero sería peligroso intentar ponerse en contacto con ella. La vigilan los franceses."

Elizabeth se envolvió en su manta. "Lo primero que hay que hacer es averiguar qué le sucedió a tu hermano. Si ha sido liberado, podríamos encontrar la forma de comunicarnos con él, pero no veo una forma segura de que descubramos eso sin potencialmente revelar nuestra ubicación."

"¿Qué podemos hacer?" La respiración de Georgiana se estaba acelerando de nuevo.

Aparentemente, el hábito de Elizabeth de pensar en voz alta estaba poniendo a la joven más nerviosa de nuevo. Haciendo su mejor esfuerzo para irradiar serenidad, ella dijo, "Nuestra mejor opción es ir a Londres y conseguir alojamiento. Mi tío allá es muy confiable y él puede ir a Meryton para averiguar si hay noticias de tu hermano. Tenemos suficiente dinero para vivir mientras envías una carta a Jamaica y esperas a tener respuesta de ellos. Puede que no sea el lujoso alojamiento al que estás acostumbrada, pero nos las arreglaremos. Y si eso falla, siempre está Escocia." Ella esperaba estar eligiendo pedir ayuda a su tío porque era lo más sabio, no porque deseaba el consuelo de que algún miembro de la familia supiera qué le había sucedido. "No me importa el alojamiento sencillo," dijo Georgiana. "Me gustaría ir a Londres. Cuando estuve ahí con William, el me llevaba a museos y algunas veces a caminar en el parque, pero nunca conocí a nadie ni hice cosas ordinarias." Su voz se quebró, "Extraño a William."

Elizabeth lo extrañaba también. Más de lo que estaba dispuesta a admitir.

A LA MAÑANA SIGUIENTE, sus anfitriones mimaron a Georgiana hasta el punto en que Elizabeth medio se preguntó si no debería dejar a la joven ahí. El Sr. Simmons había enganchado a los caballos mientras su esposa servía a sus huéspedes pan y preservas que probablemente no se podían costear compartir. Elizabeth puso una moneda en su mano.

"No hay necesidad," protestó la Sra. Simmons. "Estamos encantados de ayudar a cualquiera que esté huyendo de los franchutes."

"Le ruego que la tome," dijo Elizabeth. "Nos ha hecho un servicio más grande de lo que se puede imaginar."

El Sr. Simmons entró de nuevo. "Todos enganchados y listos para partir, no les pasó nada con la carrera de ayer. Hermosas bestias, esas."

Su esposa dijo, "La mejor de las suertes para ambas. Estaré orando por su seguridad. ¡Solo deseo poder algún día verla con un vestido, jovencita!"

"Y lo hará." Georgiana habló con una seguridad que Elizabeth nunca le había escuchado antes. La joven se quitó uno de sus anillos, lo colocó en la mano de la Sra. Simmons y cerró los dedos de la anciana sobre él. "Mientras tanto, le ruego conserve este anillo como recuerdo del día en que salvó a la Princesa Charlotte del enemigo. Y le prometo, algún día regresaré aquí usando un vestido y mi legítima corona."

La Sra. Simmons dio un trastabillante paso atrás, presionando su mano contra su pecho. "Usted... Usted es... ¿Su Majestad? ¡Y yo la dejé dormir en el granero!"

Con una mirada ponzoñosa hacia su compañera, Elizabeth intervino, "Estamos muy agradecidas por ello."

Georgiana dijo cálidamente. "El Rey Charles tuvo que pasar un día en un roble cuando estaba huyendo de los Cabezas Redondas. Estoy segura de que su granero es mucho más cómodo que un árbol."

El anciano miró de Georgiana a Elizabeth "¿Es verdad esto?"

Tenía poco sentido negarlo; el daño estaba hecho. Elizabeth respiró profundamente. "Lo es, pero les ruego no decírselo a nadie, ni siquiera a sus amigos más cercanos ni a su familia. Si el mínimo rumor del regreso de la princesa llegara a oídos de los franceses, causaría la muerte de hombres buenos, y nuestra oportunidad de recuperar nuestro país podría perderse."

"Nadie escuchará una sola palabra de nosotros," dijo la Sra. Simmons, con lágrimas brillando en sus ojos. "Solo me alegra saber que Su Majestad ha regresado. Podría morir feliz hoy."

La joven tomó sus manos y besó su arrugada mejilla. "Preferiría que viviera lo suficiente para ver a Inglaterra libre de nuevo."

El Sr. Simmons dijo ásperamente, "Ahora, váyanse ambas antes de que esos franchutes despierten."

"Sí, es hora," dijo Elizabeth con firmeza.

La anciana pareja las siguió hasta la calesa. Mientras Georgiana subía en ella y Elizabeth la seguía, el anciano dijo, "Dios salve a Su Majestad."

La joven le dirigió una larga y seria mirada que de alguna manera le recordó a Elizabeth la del Sr. Darcy. "Dios salve a Inglaterra," dijo ella. Entonces sacudió las riendas, y partieron.

Elizabeth no podía confiar en su voz, así que se dedicó a mirar hacia adelante encolerizada. ¿Habría estado la joven planeando ese pequeño discurso, y habría pensado, aún por un segundo, lo que podría significar?

"¿Estás enojada conmigo?" Era la tímida voz de Georgiana de nuevo.

"¡Estoy furiosa contigo!"

"¿Porque les dije? ¡Pero los hizo tan felices!"

"Muy bien, dos personas están felices. Ahora piensa, por solo un minuto, lo que ha sufrido tu hermano en tu nombre, enviando a su verdadera hermana y a su padre a medio mundo de distancia donde podría no verlos nunca de nuevo, ¡y dedicando su propia vida a proteger ese secreto que tú tan libremente compartiste con dos personas que apenas conoces! Piensa en él en prisión, y lo que sucederá si alguien relaciona la desaparición de Georgiana Darcy y la reaparición de la Princesa Charlotte."

"Ellos dos no se lo dirán a nadie; ¡estoy segura de eso!"

"Espero que estés en lo cierto, porque has apostado la vida de tu hermano y muy posiblemente la mía basada en tu impresión de ellos."

"¡Debo demostrar quién soy algún día!"

"Naturalmente, pero esto se hizo sin consideración ni consulta con nadie más que pudiera tener un interés en si tú vives o mueres. Aún si te abandonara hoy, yo no podría volver con mi familia. He perdido a Jane, a mis padres, mi hogar y a todos mis amigos por tu causa. Lo hice libremente, ¡pero con la expectativa de que tú tendrías cuidado de que no convertir mi sacrificio en algo sin sentido!"

Georgiana no respondió esta vez. Ahora solo miraba rígidamente hacia adelante. La ira de Elizabeth todavía ardía, pero le ayudó a calmar las llamas el ver a la joven aceptar su regaño. Quizá ella pudiera aprender algo aún.

Pero también era divertidamente ridículo. Ella, Elizabeth Bennet, estaba sentada enseguida de la heredera al trono, ¡habiéndole dado una regañada que había reducido a la joven a pestañear para contener las lágrimas! Si hubiera leído una escena como esta en una novela, no hubiera pensado que era posible. ¿Quién podría creerlo? El Sr. Darcy había venido a su área, y desde el primer momento en que se conocieron, un evento llevó a otro hasta que aquí estaba.

Georgiana todavía tenía una expresión pétrea, con las riendas sueltas en sus manos. Muy probablemente no importaba, considerando qué tan bien entrenados parecían estar los caballos, pero no era un buen hábito. Elizabeth se estiró hacia ella y con suavidad tomó las riendas de sus manos. Ella podía no ser tan buena conductora como lo era Georgiana, pero muy probablemente podría detener o dar vuelta a los caballos si se necesitaba.

El helado sufrimiento de la joven tocaba la compasión de Elizabeth. ¿Le habría alguien hablado a Georgiana de esa manera antes? Ella no podía imaginar al controlado Sr. Darcy haciéndolo, y quizá Georgiana pudiera no haberle dado razón para enojarse ya que él siempre estaba sobre ella y le permitía tan poco contacto con otras personas. Pero él pudiera haber restringido este contacto precisamente porque Georgiana tendía a hablar primero y pensar después. La sobreprotección de su hermano podía haber estado garantizada después de todo; una forma más en la que ella había juzgado mal al Sr. Darcy.

Georgiana exclamó, "¡Desearía que me hubieran llevado a Canadá en primer lugar!"

Sonaba demasiado parecido a un berrinche para el gusto de Elizabeth, "No es demasiado tarde. Podríamos comprar tu pasaje en un barco. Me imagino que la verdadera Georgiana Darcy estaría emocionada de volver a casa," dijo Elizabeth fríamente.

"William sería probablemente más feliz de esa manera. Después de todos, ella realmente es su hermana," dijo Georgiana melancólicamente. "Y yo arruiné su vida. Debe odiarme." Ella cubrió su rostro con las manos mientras sus hombros empezaban a estremecerse.

Elizabeth se deslizó más cerca y colocó su brazo sobre los hombros de la joven, esperando que los caballos realmente estuvieran tan bien entrenados como parecía. "Eso es una tontería. A mí nunca me dio la impresión de que él hiciera otra cosa que preocuparse y sentir cariño por ti. ¿Por qué te odiaría?"

"Porque perdió a su padre y hermana por mi culpa, y aún su hermano ya no le habla, de nuevo, gracias a mí. Él nunca hace ninguna de las cosas divertidas o deportivas que hacen otros caballeros de su edad, y eso es por mi culpa. Él odia que todos piensen que es un traidor cuando solamente trabaja con los franceses para protegerme. Ahora está en prisión y quizá hasta muerto por mi culpa, y quizá esté más feliz muerto porque si alguna vez me restablecen a la línea de sucesión, ¡arruinaré el resto de su vida!"

No tenía caso decir a la joven que eso eran tonterías; eso podría provocar uno de sus episodios de nervios. "Creo que el estaría feliz de verte tomar tu legítimo lugar."

"No dudo que lo estaría, al menos hasta que se diera cuenta de que no tiene otra elección que casarse conmigo. Él no piensa en mí de esa manera, y yo no puedo pensar en otro hombre que odiaría más la vida en la mirada pública más que él. Todo lo que él quiere es regresar a Pemberley, no que todo el mundo vigile cada uno de sus movimientos."

PRESUNCIÓN Y OCULTAMIENTO UNA VARIACIÓN DE ORGULLO Y PREJUICIO

El estómago de Elizabeth se hizo nudo. "¿Por qué tendría que casarse contigo? ¡Todo el mundo esperaría que tú te casaras con un príncipe extranjero!"

La joven sacudió su cabeza miserablemente. "Eso pudo haber sido cierto antes de la invasión, pero ahora Inglaterra no aceptaría a un extranjero como Príncipe Consorte. Se parecería mucho al hermano de Bonaparte casándose con mi tía. Y además está la cuestión de la propiedad. He estado sola con William por años, y él es un caballero soltero. Todo mundo insistirá en que debemos casarnos para preservar mi reputación. Y el detestaría eso, especialmente después de todo lo demás a lo que ha renunciado por mí."

Ellas estaban acercándose al camino de peaje. Elizabeth necesitaba ambas manos para detener los caballos, así que retiró su brazo de los hombros de Georgiana. Entumecidamente, jaló las riendas y entregó una moneda al guardabarrera que las miraba con fijeza. Él abrió la barrera como si no hubiera nada inusual acerca de que un sollozante joven caballero fuera conducido por el camino.

Elizabeth sacudió las riendas como había visto a Georgiana hacerlo, pero los caballos no se movieron. Mortificada, le dio un codazo a la joven. "Necesito que conduzcas," le dijo sin gracia.

"¡Oh!" Georgiana tomó las riendas e hizo exactamente lo que Elizabeth había hecho. Naturalmente, los horribles caballos se movieron inmediatamente en un trote. No era justo.

El Sr. Darcy casándose con Georgiana. Eso tampoco era justo, y dolía muchísimo más, como si un cuchillo hubiera abierto sus entrañas. Crecientes nauseas la hicieron preguntarse por unos minutos si pudiera estar realmente enferma y cómo podía explicar eso. O si le importaba. Un futuro de observar a Darcy casado con Georgiana, ya fuera por su voluntad o no, sería su infierno personal. Dos infiernos, uno donde los franceses mantenían el control de Inglaterra, y uno donde Georgiana asumía su legítimo lugar y Elizabeth era forzada a escuchar sobre la reina y su príncipe consorte todos los días de su vida. ¡Qué ironía! Había encontrado algo que se sentía peor que tener a los franceses ocupando Inglaterra.

Ella no podía alegar contra el análisis de Georgiana. Una vez que había sido señalado, era obvio. Darcy iba a tener que casarse con ella ya fuera que lo quisieran o no. Él debía saberlo también. ¿Por qué otra razón un joven elegible evitaría coquetear? Georgiana sin duda tenía razón en su otra conclusión también. Él sería miserable como Príncipe Consorte.

Ella odiaba la idea de que Darcy se casara con la joven junto a ella, lo odiaba con una pasión más allá de su odio por los franceses. Los raros momentos alegres de él desaparecerían por completo.

Repentinamente ella hubiera dado cualquier cosa por escucharlo llamarla orgullosa Titania de nuevo.

Ella no podía soportar hablarle a Georgiana acerca de eso, no ahora. Aún permitirse pensarlo era arriesgar su compostura. En lugar de eso, dijo con brusquedad, "Yo soy de la opinión de que al Sr. Darcy le importas como si fueras su propia hermana. Pero justo ahora tenemos otro problema en las manos. Creo que sería mejor que me dieras una lección sobre cómo conducir este par para que pueda manejarlos de ser necesario."

El prospecto de algo concreto qué hacer pareció alegrar a Georgiana. "Por supuesto. Estaré feliz de hacerlo."

¡Si tan solo Elizabeth pudiera aliviar su propia agonía con tanta facilidad!

CUANDO SE DETUVIERON más tarde en una posada a poca distancia de las afueras de Londres, Elizabeth pidió el uso de papel y pluma. Llevándolos a su habitación, ella se sentó en el pequeño escritorio e intentó pensar en qué decir. Había tanto que deseaba decir a su tío, y poco de eso podía ser seguro de ponerse por escrito.

Le tomó casi una hora redactar una carta con la que estuvo contenta. Iniciaba sin saludo.

Te ruego no decir nada sobre esta carta a nadie. Es más importante de lo que te puedes imaginar. Tu sobrina perdida está viva y bien, pero tiene gran necesidad de tu ayuda. Estoy en la ubicación que el portador te revelará, y te ruego venir aquí tan pronto como puedas para poder explicarte la situación más completamente. Permaneceré aquí tres días esperando verte o saber de ti. De nuevo, ni media palabra a nadie, ni amigo ni familia, acerca de esto.

Mis disculpas por ser misteriosa, pero lo entenderás cuando pueda explicártelo. Pregunta por la Señorita Gardiner.

La pluma goteó un punto de tinta al final. Elizabeth hizo lo posible por secarlo, pero la mancha permaneció ahí.

Ella esperaba no estar cometiendo un terrible error.

Capítulo 7

Tres días después del arresto de Darcy, el ayuda de campo del General Desmarais entró en su celda y se detuvo en corto. "*Mon Dieu!* ¿Qué le sucedió?" El amistoso teniente entró detrás de él.

Darcy esperaba que sus moretones se vieran tan mal como se sentían. "El Capitán Reynard oyó decir que soy un buen boxeador, así que decidió que nos enfrentáramos... con mis manos atadas. Él disfruta ese tipo de juego." Darcy hubiera podido sacar sus manos de sus amarres y haberse defendido, pero había decidido que unos cuantos cardenales serían un bajo precio por asegurarse de que el Capitán Reynard fuera removido de su puesto. Al menos no le había tirado ningún diente.

El ayuda de campo escupió. "*Canaille.*" Chasqueó sus dedos al guardia. "Vaya a traer a su capitán de inmediato. Darcy, le sacaremos de aquí inmediatamente, y me disculpo por este insulto a su persona."

El Teniente Bessette desató las manos de Darcy sin que se lo dijeran.

"Le agradezco haber venido tan pronto, Coronel. Veo que ya conoció al Teniente Bessette. Él ha sido de gran ayuda para mí, tratándome con respeto mientras seguía todas las normas para mantenerme bajo guardia. También puedo decir en su favor que una de las jóvenes del pueblo, una que usualmente no tiene nada amable que decir acerca de ningún francés, me lo señaló como un hombre honorable."

La expresión del teniente se iluminó, y él se inclinó ante Darcy. "*Monsieur* es muy amable."

Monsieur Darcy no se sentía para nada amable, pero él pagaba sus deudas. Todo lo que quería ahora era alejarse de este lugar y encontrar a Georgiana y a Elizabeth.

DOS HORAS MÁS TARDE Darcy salió de Meryton sobre un caballo que le había prestado el embarazosamente agradecido Teniente Bessette, ahora Capitán Bessette, y comandante en funciones del cuartel de Meryton. Se dirigió directamente a los establos de Longbourn.

El caballo de Bingley estaba plácidamente parado en uno de los cubículos. Darcy puso su yegua prestada en el cubículo de enseguida y caminó al final del establo, recordando al último minuto usar la forma especial de tocar la puerta que Elizabeth le había enseñado.

Un preocupado Bingley abrió la puerta. "¡Darcy! ¿Te liberaron? Pero ¿qué te hicieron?" Él miró al rostro de Darcy.

Darcy hizo a un lado su preocupación. "Nada serio."

"Intenté verte, pero no me permitieron visitarte."

"Aprecio el esfuerzo. ¿Está aquí la Señorita Bennet? Debo hablar con ella."

Con aparente renuencia, Bingley dio un paso atrás para permitirle entrar. Jane Bennet, con los ojos enrojecidos, le hizo una caravana. "Señorita Bennet, lamento interrumpir lo que parece ser un mal momento, pero pensé que desearía saber que el Capitán Reynard ha sido llevado a Londres para responder a acusaciones y ha sido reemplazado aquí por uno de sus tenientes. Es usted libre de dejar estos cuartos e ir a donde le plazca."

La Señorita Bennet presionó su mano sobre la boca, con los ojos desorbitados, pero fue Bingley el que dijo, "¿Es verdad? ¿Estás seguro?"

"Muy seguro. Yo proporcioné la evidencia en su contra, y él fue lo suficientemente tonto como para dejar pruebas visibles." Darcy señaló su lastimada mejilla.

Los ojos de Bingley se iluminaron. "¡Pero esto son maravillosas noticias! ¡Esto lo cambia todo!" Entonces se serenó. "Pero no todo está bien. La Señorita Elizabeth ha desaparecido."

¡Elizabeth le había creído y se había ido con Georgiana! El alivio lo inundó. Pero debía recordar que él no debía tener conocimiento de ello. "¿Desaparecido?"

El mismo día que te arrestaron. El sirviente dijo que estaba con tu hermana y que las dos se marcharon en tu calesa. Georgiana me dejó una nota diciendo que le habías dicho que se fuera a Pemberley, pero no decía ni media palabra sobre la Señorita Elizabeth. Asumí que Georgiana simplemente la había llevado a su casa a Longbourn, pero nadie ha visto a ninguna de ellas desde entonces. Una calesa no es adecuada para un viaje largo, y ni siquiera llevaron a un sirviente con ellas, así que ¿cómo pudieron haber ido a Pemberley? ¿Y por qué la Señorita Elizabeth no le habría dicho nada a su familia?"

"Una pregunta a la vez si me haces el favor. He estado en una celda todo este tiempo y no sé nada. ¿Qué se ha hecho para encontrarlas?"

"Envié sirvientes a lo largo del Camino del Norte para preguntar si alguien las había visto y hay hombres buscando en el área entre Netherfield y aquí. No ha habido señales de ellas, ni de la calesa ni de los caballos."

Todo de acuerdo con el plan, aunque era extremadamente inconveniente ahora. "Señorita Bennet, ¿puede usted pensar en algún lugar al que su hermana pudiera haber ido?"

Ella sacudió la cabeza. "Usted no entiende. Ella no se fue voluntariamente. Lo sé porque su bolsa de emergencia todavía está aquí. Estaba empacada con todo lo que ella querría si tuviera que irse inesperadamente. Revisé eso, primero que nada." Una lágrima se deslizó por su mejilla.

Ese era un punto difícil de rebatir. "Quizá tiene razón, pero si tuvo que irse tan rápido que no tuvo ni siquiera oportunidad de recoger su bolsa, ¿a dónde iría? No quiero dejar ninguna piedra sin remover."

La Señorita Bennet dudó. "Yo hubiera dicho que ella iría ya sea a Escocia o a la casa de mi tío en Londres, pero mi tío no ha sabido de ella." Ella levantó la barbilla. "Sr. Darcy, entiendo que no sabía nada de esto hasta ahora, pero parece notablemente calmado sobre que su hermana y la mía hayan desaparecido. Yo hubiera dicho que no parece ni siquiera particularmente sorprendido por eso." Ella encontró la mirada de él sostenidamente, con una sorprendente traza de acero en sus ojos. "Debo preguntarle qué sabe sobre su desaparición."

Bingley frunció el ceño. "Sí, Darcy, ¿qué es lo que sabes?"

¡Demonios! En su preocupación por encontrar a Georgiana, él había manejado esto muy mal. Se sentó en una silla. "Confieso que no estoy particularmente sorprendido ni particularmente preocupado por la desaparición de Georgiana. Siempre ha existido la muy real posibilidad de que yo pudiera ser hecho prisionero por los franceses, así que teníamos un plan de escape que Georgiana emplearía si eso sucedía. La calesa está siempre llena con suministros, incluyendo pistolas. Mi hermana sabe disparar muy bien, Señorita Bennet, y puede defenderse bien sola. Si ella ha seguido el plan, debe estar bien." Él lo creía, también. No solo porque los franceses no las estaban persiguiendo, sino porque si algo le hubiera sucedido a Elizabeth, él lo sabría. Él lo sentiría.

La Señorita Bennet sacudió la cabeza. "Eso no explica la ausencia de mi hermana."

"No, no lo hace, pero como fueron vistas yéndose juntas, solo puedo asumir que la Señorita Elizabeth decidió acompañar a Georgiana. No puedo decir por qué no habría dejado un mensaje para usted y no se habría llevado su bolsa a menos de que haya tenido alguna razón para desaparecer sin dejar rastro." Darcy le dirigió a Bingley una mirada significativa.

Bingley chasqueó sus dedos. "¡El Capitán Reynard! ¿Le habías dicho que planeabas irte de Netherfield? Eso la hubiera dejado a su merced... a menos de que desapareciera."

"Eso pudiera explicarlo," dijo Darcy

Los ojos de la Señorita Bennet estaban bajos. Ella dijo con lentitud, "Prefiero creer que ella desapareció deliberadamente que creer que algo le ha sucedido, pero de algún modo no tiene sentido. Algo no está bien."

Darcy puso su mirada más insulsa, más inocente. "¿Qué sería eso?"

"No puedo decir qué es. Pero espere... quizá si puedo. ¿Por qué tenía usted planes de escape elaborados para su hermana cuando goza de gran favor entre los franceses?"

¡Maldición! Debió haberse dado cuenta de que la hermana de Elizabeth sería lo suficientemente inteligente como para encontrar ese agujero en su historia. "Por el momento, sí, pero estas cosas pueden cambiar rápidamente. El plan de escape era también para mí. Yo había asumido que ella y yo nos iríamos juntos. Desafortunadamente, no hubo oportunidad de ello."

Bingley dijo ásperamente, "Darcy es un agente del gobierno en exilio. Es por eso por lo que está preocupado por un arresto y tiene un plan de escape."

Asombrado, Darcy miró a su amigo. "¿De dónde rayos sacaste esa noción?"

Bingley sostuvo su mirada sin parpadear. "Lo he sospechado por algún tiempo. No eres del tipo que vende a su país solamente por su propia comodidad. La noche en que los Goulding vinieron a cenar, te vi mostrar a su amigo un pedazo de papel, y quemarlo después. Fue entonces que lo supe."

Darcy se recargó, tamborileando los dedos en el brazo de la silla. Era mejor que lo creyeran un espía a que adivinaran la verdad. "Lo niego, pero, de cualquier modo, lo negaría fuera verdad o no. Pero lo que puedo decirle, Señorita Bennet, es que no descansaré hasta haber encontrado a mi hermana y, espero, a la suya junto con ella, y cuando lo haya hecho, procuraré informarle a usted de alguna manera sobre la seguridad de la Señorita Elizabeth."

"Todo lo que necesitas hacer es ir a Pemberley," gruñó Bingley. ¿Estaba enfadado porque Darcy no había admitido sus acusaciones?

"Desafortunadamente, no será tan sencillo. Parte del plan de escape era sembrar una pista falsa. No sé dónde está Georgiana, excepto que no está en Pemberley. Tendré que buscarlas, y no será simple ni rápido. Georgiana sabe cómo cubrir sus huellas."

"Yo puedo ayudar," ofreció Bingley.

Darcy sacudió la cabeza. "Aprecio la oferta, pero es mejor que haga esto yo solo. Hay muchas cosas que no puedo decirte, y podría ponernos en peligro a los dos. Me sentiría mucho mejor sabiendo que estás aquí que y que puedes pasarme cualesquier noticias que la Señorita Bennet pudiera recibir." Él intentó sonreír. "Y sin la Señorita Elizabeth ni Georgiana aquí, alguien debe quedarse con la Señorita Bennet."

Su amigo consideró esto. "¿Me informarás si necesitas ayuda?"

"Estaré feliz de hacerlo, y me alegra saber que puedo confiar en ti."

"Por supuesto que puedes. Maldición, Darcy, yo también amo a Inglaterra. Y no necesitas ocultarme cosas."

"No depende de mí, Bingley. Hay demasiadas vidas en riesgo." Y había tenido razón en no decirle nada a Bingley, dada con cuánta rapidez su amigo había compartido sus sospechas con la Señorita Bennet. Un secreto era un secreto mientras se mantuviera así.

La Señorita Bennet unió las manos en su regazo. "Sr. Darcy, ¿sabía mi hermana algo de sus... otras actividades?"

Darcy consideró sus opciones. "No hasta el final cuando necesité que ella le llevara un mensaje a Georgiana." Era una admisión, pero él sospechaba que Jane Bennet sabía cómo guardar un secreto aún si Bingley no lo hacía.

"Bien," dijo la Señorita Bennet. "Ella encontraba que usted era muy desconcertante. Al menos ahora ella tiene una respuesta a sus preguntas y ya no lo culpará por sus elecciones."

Ella no era la única que se alegraba. Había sido sorprendentemente doloroso no contarle secretos a Elizabeth. Y él nunca olvidaría el calor de los labios de ella contra los suyos.

ELIZABETH ENVIÓ A UN muchacho con el mensaje a primera hora de la mañana, rogando porque su tío lo leyera y entendiera. Ella siempre se había considerado una persona independiente, pero su constante temor de ser capturada por los franceses y su responsabilidad por Georgiana la hacía ansiar la presencia de alguien con más edad y más sabiduría. Su tío haría que las cosas mejoraran.

Todavía no era mediodía cuando distinguió al Sr. Gardiner montado en un caballo sudoroso. Su corazón se expandió al ver su rostro familiar. Se apresuró a salir para recibirlo, seguida de una preocupada Georgiana.

Su tío desmontó y le lanzó las riendas a un mozo, pareciendo notarla tan solo al último momento. Entonces la abrazó tan fuerte que ella jadeó para recuperar el aire cuando finalmente la soltó. "¡Gracias a Dios!" La asió de los hombros. "Pero ¿en qué en nombre de Dios estabas pensando? ¿Tienes alguna idea de lo que nos has hecho pasar al desaparecer de esa manera?"

Los ojos de Elizabeth se llenaron de lágrimas. "Lo lamento. No quería irme, pero no tuve elección."

El rostro del Sr. Gardiner se ensombreció. "¿Quién fue? ¿Quién te llevó lejos?"

Elizabeth sacudió la cabeza. "No, no fue así. Era mi deber, pero quisiera que hubiera habido alguna forma de prevenir a mi familia de sufrir por ello.

Pero no puedo contarte sobre eso aquí. Hay un jardín en la parte posterior de la posada donde podemos hablar."

"Muy bien." El Sr. Gardiner la siguió hasta la posada y a través de ella hasta la puerta trasera. Georgiana caminó detrás de él.

Se sentaron en una banca de piedra a alguna distancia de la posada, mientras Georgiana esperaba cerca de la puerta. Las palabras brotaron de Elizabeth. "¿Está segura mi familia? He estado tan preocupada por ellos."

Su tío unió las cejas. "Hasta donde yo sé."

"¿Los franceses no los han sacado de Longbourn?"

"No que yo haya sabido, y ellos me lo hubieran dicho. Pero ¿por qué te fuiste?"

Elizabeth respiró un suspiro de profundo alivio. "Necesitaba ayudarla a escapar." Ella hizo un gesto hacia Georgiana.

El Sr. Gardiner miró alrededor de ellos. "¿De quién estás hablando?"

Elizabeth volvió a mirar hacia Georgiana. "Ese joven de allá. Ella es una joven vestida como muchacho. ¿Recuerdas mis cartas sobre el Sr. Bingley y la Señorita Darcy, los nuevos amigos que estaban visitando a Jane? Esa es la Señorita Darcy. O así es como nos la presentaron, pero ese no es su nombre. Su hermano ha estado manteniéndola oculta de la sociedad como lo hicimos nosotros con Jane, pero él no es realmente su hermano para nada. Entonces él fue arrestado, y como yo era la única persona ahí, él me dijo la verdad..."

"Lo que dices no tiene sentido, Lizzy. ¿Por qué huiste sin decir palabra?"

"No es por qué, sino por quién." Ella murmuró en su oído, "Ella es la Princesa Charlotte."

Él cruzó los brazos y la fulminó con la mirada. "Eso es ridículo. No sé si te has vuelto loca o solamente eres la víctima de un hábil engaño, pero si esa chica es la Princesa Charlotte, yo soy el Rey George. ¡No puedes creer todo lo que te cuentan!"

"¡Eso no es justo! Yo no estaba simplemente creyendo lo que él me dijo. Durante semanas pasé horas de cada día con el Sr. Darcy y su hermana, y todo ese tiempo yo sentía que había algo que yo no entendía sobre ellos. Jane lo sintió también. Cuando él se vio forzado a decirme quién era ella, repentinamente toda la adivinanza tuvo sentido."

Su tío suspiró pesadamente. "De alguna forma estoy seguro de que él quería algo de ti cuando urdió esta fábula."

"Estaba siendo arrestado. Quería que yo la protegiera, que me la llevara de ahí."

"Te dijo lo que él creyó que haría que tú hicieras lo que él te pedía, Lizzy, sé qué tanto has querido contribuir con algo a la causa de la libertad de Inglaterra, pero él se aprovechó de tu naturaleza confiada para lograr sus propios fines."

"¿Mi naturaleza confiada? ¡Me estás confundiendo con Jane! ¿No puedes siquiera considerar que pudiera estar diciéndote la verdad? He pasado cuatro días y noches con ella, y estoy segura más allá de toda duda de su identidad. Por todos los cielos, ¡esta es una muchacha que lee libros en francés sobre estrategia militar por placer!"

El Sr. Gardiner simplemente sacudió la cabeza. "Lo lamento, Lizzy, tanto por tu desencanto como por todo el dolor que este engaño ha causado."

Elizabeth presionó sus brazos con fuerza contra sus costados mientras se forzó a controlar su ira. Finalmente, se puso de pie y dijo. "Muy bien. No voy a insistir para tratar de convencerte si no vas a creerme. Solo te pido que no repitas nada de lo que te he dicho a nadie, por mi seguridad, si no por otra cosa. Ella y yo nos marcharemos de aquí hoy."

"¡Esto es ridículo! ¿Qué de tu padre y madre, sin mencionar a tu tía, quienes están desesperadamente preocupados por ti? Debes volver con ellos."

Una helada insensibilidad corrió por el cuerpo de Elizabeth, pero solo había un curso de acción abierto para ella. "Yo no pedí esta carga, pero tengo un deber ante algo más grande que mi familia. Si los consuela, te enviaré una carta diciendo que estoy segura en Escocia, y se las puedes enseñar."

Él abrió las manos como si quisiera tomarla por los hombros, pero no hizo ningún movimiento para tocarla. "¿Es ahí a dónde vas a ir, entonces?"

"Todavía no lo sé, pero desapareceré completamente. He desarrollado esa particular habilidad en los últimos días." Ella odiaba sonar tan fría cuando esta era probablemente la última vez que vería a su tío, pero si no se enfocaba en lo que tenía que hacer, empezaría a llorar.

Las manos de él cayeron a sus costados. "Solo puedo rezar para que algún día entres en razón y vuelvas a nosotros. Puedo darte algo de dinero, si eso ayuda."

Ella hizo un sonido áspero en la parte de atrás de su garganta, "Gracias, pero tengo más dinero del que necesito."

La voz de Georgiana se escuchó a su lado. "Elizabeth, ¿puedo hablar con tu tío en privado por unos minutos?" Ella sonaba calmada y confiada, muy parecida a como lo había hecho cuando había revelado su identidad a la anciana pareja cerca de Oxford.

Elizabeth elevó un hombro. "Si él está dispuesto a hablar contigo, no tengo objeción. Empacaré el bolso; nos iremos tan pronto sea posible." Se fue sin decir palabra a su tío. Su labio inferior no empezó a temblar hasta que estuvo dentro de la posada.

MEDIA HORA DESPUÉS, Georgiana volvió a la habitación de Elizabeth. "Ve con tu tío," le dijo "Él desea hablar contigo."

Elizabeth le dirigió una dolorida mirada. "¿Lo convenciste?"

"Eso creo. Me hizo muchísimas preguntas."

La bilis le subió a la garganta. ¿Le había su tío creído a una extraña cuando no había confiado en Elizabeth? No estaba segura de querer saber la respuesta.

El Sr. Gardiner todavía estaba sentado en la banca de atrás de la posada. Sin duda sus ojos rojos e hinchados eran obvios, pero no había nada que ella pudiera hacer al respecto. "Dice Georgiana que tienes algo que decirme," dijo con frialdad.

Él frotó la mano sobre su boca. Gotas de sudor bordeaban su frente. "¡No puedo creerlo! Pero ¡debo creerlo! Ella sabe demasiado, y la forma en la que se comporta..."

Elizabeth contuvo una risa amarga. Su tío nunca había visto uno de los ataques de nervios de Georgiana. "No debes juzgar por eso. A veces ella es muy diferente. Yo he llegado a la conclusión de que ella es muy buena siendo esa otra persona cuyo nombre no diré, pero no está bien preparada para ser la humilde y obediente Georgiana Darcy."

"¡Pero que esta carga haya recaído sobre ti! Mis manos tiemblan tan solo de pensar en lo que pudo haberles sucedido a ella y a ti. Lamento no haberte creído, Lizzy."

Ella se relajó un poco. "Todavía despierto en medio de la noche sin poder creerlo."

"¡Qué un secreto de esta magnitud haya podido mantenerse por tanto tiempo!" El secó su frente con un pañuelo. "Pero dijiste en tu carta que tenías urgente necesidad de ayuda. Si no es dinero, ¿qué puedo hacer para ayudarte?"

Elizabeth se sentó a su lado. "Se suponía que ella quedara bajo el cuidado de otro Lealista, pero él ha sido ejecutado. No sabemos a dónde llevarla ahora. Solamente el Sr. Darcy o alguien en Jamaica sabría eso. Necesitamos descubrir qué le ha sucedido al Sr. Darcy, pero muy calladamente, para no levantar sospechas." Al menos su voz no había temblado al hablar del Sr. Darcy.

El Sr. Gardiner dijo, "Puedo escribirle una carta a tu padre y preguntarle acerca de él, o yo podría viajar hacia allá. O podría enviar a alguien a hacer preguntas."

Elizabeth sacudió la cabeza. "Es más difícil que eso. No pueden hacerse preguntas directas ni involucrar a nadie más. Nadie debe saber que tienes algún interés en el Sr. Darcy. Si él fue forzado a confesar, estarán vigilando a mi familia y pendientes de extraños que pregunten por él. Tendrías que visitar Longbourn, pero se vería sospechoso que dejaras tu negocio y fueras para allá sin ninguna razón, así que tendremos que esperar."

El Sr. Gardiner parpadeó varias veces antes de responder. "Ya veo. Tendré que planear una visita familiar, pero tienes razón. Daría lugar a preguntas si yo apareciera de repente."

"También necesitamos ayuda para encontrar dónde quedarnos, especialmente si el Sr. Darcy ya no puede ayudarnos y tenemos que comunicarnos con el gobierno en exilio para que nos den instrucciones. Se llevará meses para que una carta viaje a través del Atlántico y de regreso, y no podemos quedarnos en posadas indefinidamente. Se presta demasiada atención a los viajeros."

Su tío asintió. "Puedo ayudarles con eso. Tendremos que discutir qué tipo de situación sería la más segura."

Elizabeth sintió que le quitaban un peso de los hombros. "La confidencialidad es primordial. Eres tan solo la cuarta persona en Inglaterra que sabe la verdad, pero ya son demasiadas." Pero se alegraba por ella misma de que él supiera. Había sido una pesada responsabilidad para llevarla ella sola.

ELIZABETH MIRÓ CON curiosidad la pila de paquetes que el Sr. Gardiner puso sobre el pequeño escritorio en su cuarto en la posada. "¿Qué nos has traído?"

"Vestidos de luto," dijo su tío. "No se preocupen; nadie ha muerto. Son disfraces para el papel que necesitarán representar en su nueva situación."

"¿Nos ha encontrado alojamiento?" preguntó Georgiana.

"Algo así. Fue más problemático de lo que había anticipado. Visité varios lugares antes de descubrir que el Verdugo Lamarque requiere que los nuevos inquilinos sean reportados a los franceses. Si su Sr. Darcy ha confesado, pudieran estar a la caza de dos personas jóvenes buscando alojamiento, así que decidí ver otras opciones."

Elizabeth elevó una ceja. "¿El Verdugo Lamarque?"

El Sr. Gardiner la miró con sorpresa. "¿No has oído que le llamen así antes? Supongo que el apodo no ha salido de la ciudad todavía. Monsieur Lamarque, quien se convirtió en jefe de la policía de Londres el año pasado, sospecha de todos los ingleses y considera casi cualquier cosa una ofensa penada con la horca."

Elizabeth asintió. "Leí en *El Lealista* que los arrestos y ejecuciones en Londres han aumentado."

"He ahí una de las ofensas penadas con la horca para ti, poseer una copia de *El Lealista*."

"¿Ahorcan solo por eso?" exclamó Elizabeth. "Pero ¡cómo! Cuando el comandante francés en Meryton arrestó a alguien por eso, todos pensamos que era solamente una treta."

"No en Londres. Encontrarás que la vida en la Ciudad ha cambiado bastante desde su llegada. Todo el mundo le tiene miedo."

Las cejas de Georgiana se juntaron, "¿No puede alguien detenerlo?"

El Sr. Gardiner sacudió la cabeza. "Corre el rumor de que el General Desmarais intentó persuadirlo de que un pueblo atemorizado es un pueblo peligroso, pero Lamarque no está bajo sus órdenes. El reporta directamente al Emperador."

Elizabeth puso una mano tranquilizadora sobre el brazo de Georgiana. El odio de la joven por Napoleón ya estaba, de por sí, demasiado cerca de la superficie. "¿Qué haremos entonces? ¿Sería más seguro buscar alojamiento en otro lado? Podríamos ir a Bath o a Brighton, supongo."

"Eso sería mucho más difícil para mí de arreglar, y más difícil para mí comunicarme con ustedes si descubro algo sobre su Sr. Darcy. Tengo una mejor idea. La viuda de un hombre con el que hacía negocios tiene un buen corazón y una casa grande, pero rara vez sale porque está confinada a una silla y no tiene familia que la visite. Cuando su esposo estaba moribundo, me pidió que la visitara de vez en cuando para ver cómo estaba, así que usualmente la visito cada dos semanas más o menos. Ella dijo que estaría feliz de ayudarme recibiendo a dos jovencitas, relacionadas conmigo, que recientemente quedaron huérfanas en un trágico incendio que destruyó todas sus pertenencias, explicando así su limitado equipaje. Los franceses nunca lo sabrían, y como estarían de luto, podrían evitar cualesquier visitas que ella pueda tener. Entonces, si es necesario en un mes o dos, podríamos obtener alojamiento para ustedes cuando los franceses estén poniendo menos atención a los reportes de nuevos inquilinos."

Elizabeth consideró esta opción. "Pero ¿no nos mencionará ella a mi tía?"

El Sr. Gardiner sacudió la cabeza. "No se conocen. Yo la conocí a través de su esposo, y ella no es alguien que yo invitaría a nuestra casa. A tu tía le gusta la compañía de personas inteligentes, educadas. La Sra. Landon no es ninguna de esas cosas; es tan solo una dama sencilla, de buen corazón."

"Podría ser una ventaja para nosotras que no sea inteligente," dijo Elizabeth lentamente. Una pérdida reciente explicaría los temores y timidez de Georgiana. "Suena como un buen plan. ¿Qué piensas Georgiana? ¿Puedes representar el papel de una joven afligida por una pérdida reciente?"

"Sería mucho más fácil que pretender ser retrasada," declaró Georgiana. "Eso es agotador."

"Excelente," dijo el Sr. Gardiner. Puedo llevarlas ahí hoy, esa es la razón de la ropa de luto. Compré vestidos ya hechos en varias tallas, así que pueden elegir el que les quede mejor."

"¿Qué haremos acerca de la calesa y los caballos?" Elizabeth se había encariñado notablemente con el carruaje, la única constante en sus viajes.

"Haré arreglos para que una caballeriza se encargue de eso," dijo el Sr. Gardiner. "Bajo un nombre falso, creo, ya que difícilmente es el tipo de vehículo que yo podría costear mantener. Pero tu tía ha estado de acuerdo en escribir a tu madre para sugerir que vayamos de visita a Longbourn el mes que viene. Le dije que estaba sintiendo la necesidad de algo de aire del campo. La espera es mayor de lo que me gustaría, pero se vería raro si intentamos ir antes."

Un mes hasta que pudieran saber qué le había sucedido al Sr. Darcy. ¡Iba a ser un mes muy largo!

ELIZABETH Y GEORGIANA solamente habían estado en casa de la Sra. Landon una semana antes de que el Sr. Gardiner viniera de visita. Después de visitar a la Sra. Landon por un tiempo, pidió hablar en privado con Elizabeth con la sugerencia de que era un asunto que concernía el testamento de su supuesto padre.

Cuando finalmente estuvieron solos, Elizabeth preguntó calladamente, "¿Tienes noticias?"

"No de tu amigo, pero ayer recibimos una carta bastante sorprendente de tu hermana Jane. Había esperado mostrártela, pero no pude encontrar una excusa para traerla conmigo."

"¿Qué dice?" Después de extrañar a Jane por tanto tiempo, la idea de una carta de ella hizo que los ojos de Elizabeth casi se llenaran de lágrimas.

El Sr. Gardiner frunció el ceño. "Esto puede causarte una impresión como lo hizo con nosotros. Nos dijo que está comprometida y se casará tan pronto se lean las amonestaciones."

"¿Qué?" No tenía sentido. Se suponía que Jane estaba de duelo. Elizabeth se recuperó lo suficiente para decir, "¿Comprometida? Con el Sr.

Bingley, supongo. No hay nadie más. Pero ¿cómo puede dejar su escondite con seguridad?"

"Sí, es con el Sr. Bingley. Jane mencionó que ha habido un cambio en el mando del cuartel local, pero no dio detalles. Asumo que es la razón por la que pudo dejar de ocultarse. Nos ha invitado a tu tía y a mí a su boda, asumiendo que podamos obtener permisos de viaje. Las buenas noticias es que me dará una oportunidad más rápida de descubrir qué le pasó a tu amigo."

En su conmoción, Elizabeth apenas podía dedicarle un pensamiento a la suerte del Sr. Darcy. ¿Dijo ella algo sobre mí?" Su voz tembló en las últimas palabras.

El Sr. Gardiner la miró con agudeza. "No, pero fue una carta muy corta. Ella no dijo nada sobre nadie más en la familia, tampoco."

Pero los demás no habían desaparecido misteriosamente como lo había hecho Elizabeth. Todas esas noches sin dormir preocupándose por lo que Jane pudiera estar sufriendo, preguntándose si la habían matado, y en lugar de eso ¡Jane había estado planeando su boda! ¿Y sin siquiera esperar un intervalo decente por la pena o con la esperanza de que su hermana regresara? Elizabeth enterró sus dientes en su tembloroso labio inferior.

Su tío, aparentemente notando su angustia, dijo, "Lo lamento, Lizzy."

"Oh, no es nada," dijo ella. ¿Cómo podía admitir que había deseado que Jane guardara luto por ella? "Solamente estoy triste de perderme su boda. Cuando me fui, sabía que me perdería eventos como este, pero no pensé que sucedería tan pronto."

El Sr. Gardiner dijo lentamente, "Admito que estoy desconcertado, tanto por los eventos como por la prisa con la que están ocurriendo. Debe haber otras cosas que ella no nos está diciendo. Puede ser que ella nos hubiera contado más si hubiera sabido que tú escucharías la información por mí."

"Sin duda," dijo Elizabeth apagadamente. Ella y Jane siempre habían hablado de apoyarse una a la otra en sus respectivas bodas. Ahora, ella ni siquiera estaría presente.

"Podré contarte más después de ver a tu familia. Dime, ¿cómo está... Georgiana encontrando su estancia? Ella dijo tan poco que no puedo juzgar."

"Bastante bien, aunque aún está loca de preocupación por William... el Sr. Darcy, quiero decir. Como no puedo evitar que hable sobre William, le dije a la Sra. Landon que él es nuestro hermano, así que también he estado refiriéndome a él de esa manera. Cuando lo vea de nuevo puede que tenga problemas para recordar llamarlo Sr. Darcy."

"Espero poder descubrir qué le sucedió cuando vaya a Longbourn. Pero me alegro de ver que tienes más esperanza de que esté vivo de la que parecías tener antes."

Elizabeth dudó. "Tengo dudas sobre mi razonamiento, pero he llegado a la conclusión de que muy probablemente no haya sido arrestado a causa de Georgiana, sino a causa de sus esfuerzos por protegerme a mí. Si ellos pensaran que había cometido traición, lo hubieran arrestado por ello y probablemente se hubieran llevado a todos los sirvientes para interrogarlos. En lugar de eso, inventaron un cargo de asesinato... una excusa para ponerlo bajo custodia, si estoy en lo correcto. Adivino que el Capitán Reynard quería castigarlo, pero necesitaba una excusa porque sabía que el Sr. Darcy estaba protegido por franceses más poderosos. Si ese es el caso, hubiera sido demasiado arriesgado ejecutarlo. Puedo estar equivocada, pero ruego porque no sea así."

"Es una forma esperanzadora de ver las cosas," dijo su tío. "Pero espera... ¿no es este Sr. Bingley un buen amigo suyo? ¿Estaría planeando su boda si su amigo acabara de ser ejecutado?"

Elizabeth sacudió la cabeza lentamente. "No lo creo. Si el Sr. Darcy todavía estuviera en prisión, él podría seguir adelante con la boda, pero creo que tienes razón. Esa es una idea feliz que puede ser de consuelo para Georgiana. Está desesperada por verlo de nuevo." Por al menos la centésima vez, ella se recordó que no había diferencia para ella. Cualquier cosa que ella deseara en medio de la noche cuando revivía el beso de él, Darcy nunca podría ser más que un amigo para ella. Quizá algún día esa idea no le dolería tanto.

"Espero que le proporcione algo de alivio."

Elizabeth aún sentía que las lágrimas escocían sus ojos. Para evitar que escaparan, dijo, "Por supuesto, su hermano puede no estar feliz conmigo cuando descubra que la he distraído de sus preocupaciones introduciéndola al fruto prohibido. Él no le permitía leer novelas, pero ahora las está devorando. Hasta ahora, su lectura ha sido entrenamiento para su futuro. ¿Sabes lo que me dijo cuando le pregunté cuál era su libro favorito? La *History of England (Historia de Inglaterra)* de Hume, ¡los seis volúmenes completos! Aunque también tuvo algo bueno que decir de las *Memoirs Illustrating the History of Jacobinism (Memorias que Ilustran la Historia del Jacobinismo)* de Abbé Barruel, ya que le ha ayudado a entender a sus enemigos."

Con una risa conocedora, el Sr. Gardiner dijo, "¡No es de sorprender que esté feliz de haber descubierto las novelas!"

Capítulo 8

D arcy frenó a Hurricane en la cima de la colina y deleitó sus ojos en la vista ante él. Pemberley. Seis años lejos y todavía tenía el poder de hacer que le doliera el alma. Dios en los cielos, cómo ansiaba galopar colina abajo y entrar en esos salones tan bien recordados, para beber la vista de los amados artículos que su madre había elegido para su hogar, caminar por la galería de retratos y permitir que la historia de su familia le rodeara...

No. Jaló las riendas, alejando a Hurricane. Ni siquiera debía haber venido tan cerca. Si cualquiera de sus empleados o arrendatarios lo veían, esperarían que se quedara, no que se fuera tras una breve conversación. Sería su deber quedarse, pero por ahora, su deber a Inglaterra estaba primero.

Emprendió camino a Lambton, un pueblo comercial que él raramente visitaba en el pasado. Si daba un nombre falso ahí, era poco probable que alguien lo detectara. Afortunadamente, la posada Royal Oak tenía una habitación para pasar la noche y un salón privado disponible. El propietario encontró a un muchacho que llevara su nota a la Sra. Fitzwilliam en Pemberley, con tan solo un leve resoplido al escuchar el nombre de su tía en lugar de su antiguo título.

Luego no había más que esperar. Esperar y preocuparse. Esperar y cubrir tres hojas de papel con posibilidades ridículamente descabelladas con respecto a dónde podían estar Georgiana y Elizabeth, asumiendo que no habían sido apresadas, atacadas o algo peor.

Pareció que pasaron días en lugar de unas cuantas horas antes de que un carruaje se detuviera frente a la posada. Darcy esperó dentro del salón privado. Nadie lo había reconocido hasta ahora, pero ser visto con su tía podía levantar sospechas. Ella entró en el salón privado y besó su mejilla. "Esta es una sorpresa."

"Gracias por venir tan pronto." Darcy apretó sus manos juntas. No estaba anticipando esto. Su tía dijo tajantemente. "Asumí que debía ser urgente, especialmente porque no viniste a nosotros en Pemberley." Ella siempre iba ido un paso delante de él.

"Necesito ayuda. Fui arrestado por los franceses... la razón no es importante... y, siguiendo mis instrucciones, Georgiana desapareció a lo desconocido. Desconocido aún para mí, y ahora necesito encontrarla."

"¿Georgiana? ¿Quieres decir...?"

"Sí, quiero decir *ella*. La rastreé tan lejos como pude, pero ahora todo lo que puedo hacer es esperar que sea vista en alguna parte. Si armo una búsqueda muy grande, atraerá la atención. Tú me contaste una vez que Frederica tiene una red de gente que recaba información. Eso es lo que necesito."

Su tía consideró a Darcy plácidamente, pero él sabía que esa expresión usualmente denotaba que ella estaba pensando profundamente. Finalmente, ella dijo, "Sí, creo que es el momento de que tú y Frederica trabajen juntos. Puedes encontrarla en Londres en el número 26 de la Leadenhall Street, enfrente de St. Andrew Undershaft."

"Te lo agradezco." Era atemorizante saber qué tan cerca se sentía de rogar a su tía que le asegurara que todo saldría bien.

DARCY DUDÓ EN EL UMBRAL de la puerta de la casa en Leadenhall Street. Esto no iba a ser agradable, pero era su mejor esperanza para encontrar a Georgiana y Elizabeth. No estaba anticipando el confesar todo a Frederica, especialmente después de todos estos años, pero realmente no había otra elección. Contratar a más hombres para buscar a Georgiana aumentaba el riesgo de que alguien reportara las raras solicitudes de Darcy a los franceses. No, él necesitaba la red de confiables Lealistas más de lo que necesitaba su orgullo.

Torció la boca mientras tocaba en la puerta. Mientras esperaba una respuesta, abrió su estuche de tarjetas y sacó una tarjeta de presentación. La puerta se abrió, pero Darcy podía ver poco del hombre parado en las sombras más allá de ella.

Darcy extendió la tarjeta. "Para la señora de la casa." Esas eran las palabras que su tía le había dicho que dijera.

El hombre en las sombras ignoró la tarjeta. En lugar de eso, inclinó la cabeza hacia un lado y dijo, arrastrando las palabras, "Puede haber pasado mucho tiempo, William, pero creo que superamos la etapa de las tarjetas de presentación."

Darcy conocía esa voz. Dio un paso adelante, poniendo su mano sobre los ojos, y se asomó hacia adelante. "¿Kit?" preguntó incrédulamente.

"¡Sí recuerdas mi existencia! ¡Me siento honrado! Pero asumo por tu sorpresa que no esperabas encontrarme aquí y sin duda no hubieras venido aquí si lo hubieras sabido. No necesitas preocuparte; yo no tengo más deseo de verte a ti de lo que tú tienes de verme a mí. Aun así, asumo que debes tener una razón para dignarte a visitar en esta parte de la ciudad." El tono insolente de Kit le era tan familiar como la pequeña sonrisa en su rostro, y no había perdido para nada su habilidad de traspasar las defensas de Darcy.

"Estoy aquí para ver a Frederica." Darcy esperaba no sonar tan desconcertado como se sentía. "¿Tú abres la puerta por ti mismo ahora?"

El labio superior de Kit se enroscó. "No somos tan fuertes y poderosos como tú. Solamente gente de confianza abre nuestra puerta." Él puso énfasis en las palabras "de confianza" como para dejar en claro que Darcy no era uno de ellos.

Darcy entrecerró los ojos. "Es bueno verte tan bien," dijo él equilibradamente. "¿Está Frederica aquí?"

"Sí." Kit dio un paso atrás para permitir la entrada a Darcy y llamó sobre su hombro, "¡Freddie! ¡Tienes un visitante muy especial!" Su tono era burlón. Mientras esperaban, Kit volteó de vuelta hacia su hermano con una brillante sonrisa que no le llegaba a los ojos. "Mientras tanto, ¿acabamos con nuestra conversación usual de una vez? ¿Aquella donde yo pido ver a Georgiana o al menos escribirle, y tú te rehúsas sin una buena razón? ¡Qué bien! Me las arreglé para tener toda la conversación sin que tu tuvieras que decir ni media palabra."

La respiración de Darcy silbó entre sus dientes. "Es más complicado que eso." Él no quería pelear con Kit. Las quejas de su hermano eran perfectamente razonables, pero él no sabía la verdad sobre Georgiana.

Afortunadamente, Frederica surgió de una habitación hacia el fondo de la casa. "¡William! Ella se apresuró hacia donde él estaba y lo abrazó. "¡Que encantadora sorpresa!" Ella se hizo hacia atrás para verle, y su sonrisa se desvaneció. "Pero ¿cómo encontraste este lugar? Nadie debió haberte dicho dónde estaba yo."

Darcy sacó la carta de su bolsillo y se la entregó. "De parte de tu madre. Y no necesitas preocuparte; tu secreto está seguro conmigo."

Kit interrumpió. "Pero ¿está seguro de todos tus fuertes y poderosos amigos franceses?"

Darcy lo ignoró. "Freddie, ¿puedo hablar contigo en privado?"

Frederica levantó la vista de la carta que había estado hojeando, con las cejas juntas. Su mirada pasó a Kit, y de regreso a Darcy. Ella dijo lentamente, "Madre dice que esto es sobre negocios, y no puedo excluir a Kit de los negocios simplemente a causa de este pleito sin sentido entre ustedes."

"¡No es sin sentido!" estalló Kit. "¡Él se vendió a los franceses, y se rehúsa a tan siquiera permitirme escribirle a mi hermana!"

"Bien," dijo Darcy. "Hablaremos todos. Estoy cansado de ser culpado por algo que no puedo controlar. Pero debe ser en privado."

"Por supuesto." Frederica abrió la puerta hacia una habitación a su izquierda.

Kit caminó adelante de ella. Darcy esperó a que Frederica pasara antes que él.

Frederica se rio. "No nos molestamos aquí con todo ese sin sentido acerca de damas y caballeros y quién pasa primero por la puerta." La personalidad de su prima se había vuelto más fuerte en los años desde la última vez que la había visto.

Él sonrió levemente. "Ese es tu privilegio, pero yo aún me molesto con eso. ¿Serías tan amable de complacerme?"

"Muy bien." Ella le antecedió en lo que alguna vez debió ser el salón de estar. Todavía conservaba todos los muebles apropiados, pero varias de las sillas estaban cubiertas con pilas de páginas totalmente cubiertas de escritura y un mapa estaba extendido a través de la mesa de té.

Kit habló, arrastrando las palabras, "Si vamos a ser propios, supongo que debo ofrecerte algo de beber." Levantó una polvosa botella de vino y llenó tres vasos. "No es a lo que tú estás acostumbrado pero mi mesada solo alcanza para ciertas cosas." Él entregó vasos a Darcy y Frederica, y luego levantó el suyo con una mirada retadora. "Su Alteza, Dios la salve." Esperó por la respuesta de Darcy con una sonrisa burlona.

A través de toda la tensión, parecía de algún modo ridículo escuchar a Kit, sin saberlo, proponer un brindis a su hermana menor. Darcy levantó su propio vaso y dijo irónicamente, "Dios la salve, en verdad, porque yo no siempre puedo hacerlo."

Kit se quedó rígido. "¿Qué se supone que quiere decir eso?"

No era así como Darcy había tenido la intención de empezar, pero no había contado con ver a Kit ni con qué tan salvajemente enojado lo haría sentir su hermano. "La razón por la que no se te ha permitido ver a Georgiana, primero por tu tío y luego por mí, es porque tú hubieras reconocido inmediatamente que ella es una impostora. Tú has estado sirviendo a Inglaterra a tu propia manera, y lo mismo he hecho yo. Sí, me vendí a los franceses, pero fue porque tenía una tarea diferente: mantener a una niña rubia de nueve años segura, sin importar lo que me costara."

Kit resopló disgustado. "Estás hablando sin sentido. ¿Cómo puede ella ser una impostora?"

Pero Frederica, siempre la más inteligente de la familia, había palidecido. "¡Oh, no! Ahora lo veo. Tú sabes la historia, Kit. Georgiana era la compañera de juegos preferida de la princesa. Nuestros padres la emplearon para tener acceso a la princesa cuando se la llevaron, luego llevaron a dos niñas rubias a través del país en una carreta de granja. Cuando llegaron a Milford Haven, un hombre y una niña abordaron un navío hacia Canadá. La otra niña fue a Matlock Park con mi padre donde él le dijo a todo el mundo que ella era Georgiana Darcy. ¡Oh, que Dios nos ayude a todos!"

Darcy terminó la historia por ella. "Y tres meses más tarde, los franceses se tomaron Matlock Park y tu padre sufrió una apoplejía, así que la pequeña niña tuvo que irse con la única otra persona que sabía su secreto." Él mantuvo sus ojos fijos en Frederica porque temía lo que podría ver en el rostro de Kit.

Frederica dio golpecitos en su mejilla con el dedo, una señal segura de que estaba intrigando. "Si ella está aquí, eso lo cambia todo. Con ella para agruparnos..."

"¡Alto!" interrumpió Darcy. "No vine aquí ni para contarte esta historia ni para ofrecerte sus servicios. Vine porque ha estado perdida por dos semanas y necesito tu ayuda para encontrarla."

FREDERICA CORRIÓ SU dedo a lo largo del mapa. "Ellas salieron de Hertfordshire, y tú las rastreaste tan lejos como Oxford antes de perder el rastro. Presumiblemente no habrían ido de regreso a Meryton, sino en cualquier otra dirección posible. Tenemos gente al norte en Coventry y Birmingham. En Stoke-on-Trent, también, si se dirigieran a Escocia. Gloucester y Worcester al oeste. La parte difícil es hacia el Sur, ya que pudieran haber ido a cualquier parte. Bristol, Basingstoke, Reading y Londres, por supuesto. ¿No tienes otra idea de a dónde pudieran haber ido?"

"He seguido todas mis pistas." Darcy las contó con los dedos, una a la vez. "Elizabeth Bennet tiene un tío en Londres, pero su hermana dice que él no sabe nada. "Mi contacto en Carlisle no las ha visto. Ningún caballo que responda a la descripción de los míos ha sido vendido en Tattersalls. He hecho que alguien revise Bath ya que es fácil tomar alojamiento ahí y ser anónimo. Tu madre es la única otra persona cuyo nombre conocía Georgiana, pero ella estaba consciente de que tu madre estaba siendo vigilada. Aun así, revisé allá, y tu madre me envió aquí. Envié a un hombre a Brighton porque Georgiana una vez mencionó que deseaba conocer. Me he roto la cabeza y no se me ocurre nada más."

Frederica escribió una nota en un pedazo de papel. "Spas y centros turísticos... una buena idea."

"¿Por qué nunca me lo dijiste?" la voz de Kit resonó con furia.

Darcy respiró profundamente y se enderezó. "Nuestro padre tomó la decisión. Tu tenías solo catorce años, eras alocado e impulsivo. Era un secreto demasiado grande para arriesgarse."

"¡Superé esa etapa!"

"Lo hiciste, pero para entonces estabas furioso conmigo y me considerabas un traidor. Era más seguro no decir nada."

"¡Pudiste haber dicho algo!"

"¿Qué? ¿Algo como que desearía podértelo explicar? ¿O qué no era mi decisión, o que no tenía nada que ver contigo, o que te lo explicaría algún día? Te dije todas esas cosas una y otra vez, ¡y no hicieron ninguna diferencia!"

"¿Cómo crees que me sentía? Tú y Georgie eran toda la familia que me quedaba, y ¡tú siempre me estabas haciendo a un lado!"

Las uñas de Darcy se le enterraron en las palmas. "Tú tenías a Frederica, y durante las vacaciones escolares te quedabas con su madre en Pemberley. Eso es más de lo que yo tenía. ¿Crees que disfrutaba ser el traidor de la familia? ¿Qué me gustaba trabajar con los franceses? ¿Qué era entretenido tratar con una jovencita fuera de control yo solo, mantenerla constantemente a mi lado por seis años? ¡Seis años! Seis años en que la gente escupía cuando caminaba cerca de ellos, viendo con desprecio al traidor que traicionó a su país. Ni siquiera he ido a Pemberley en todo este tiempo porque la gente ahí notaría la diferencia en ella. ¿Crees que quería alejarte a ti y al mundo? No pedí esta obligación. No te quejes conmigo. A Freddie sus padres nunca le dieron ni un indicio, ¿o sí?"

Frederica dijo calmadamente. "Y puedes estar seguro de que, una vez que tenga un momento para mí misma, estaré furiosa con ellos. Si tan solo lo hubiera sabido, podía haberme preparado de manera diferente, estar lista para cuando ella fuera lo suficientemente grande. Pero también veo que era un secreto demasiado grande para arriesgarse. Ahora, ustedes dos deben ya sea calmarse, o dejarme sola. Ustedes elijan."

"Muy bien," dijo Darcy con una estabilidad que no sentía. "¿Cuál es tu plan?"

Frederica asintió. "Enviaré aviso a nuestros contactos en esos lugares, pidiéndoles averiguar si alguien ha visto tu calesa y a dos jóvenes mujeres, o a una mujer y un muchacho. Tomará tiempo; nuestros mensajes no se envían directamente para reducir el riesgo de exposición. Si supiéramos algo de ella, ¿dónde estarás? ¿Darcy House?"

Darcy negó con la cabeza. "Si voy a Darcy House, estaré oficialmente en la ciudad, y eso significa que se esperará que esté disponible para varios oficiales franceses. Sería mejor que encontrara un lugar de alojamiento y te enviara la dirección."

"Mejor no vayas a un lugar de alojamiento, o te reportarán con los hombres de Lamarque," dijo Frederica. "Puedes quedarte aquí si lo deseas. Hay pocas comodidades, y no está libre del peligro de la pretendida policía de Lamarque, pero eres bienvenido siempre y cuando no interfieras con nuestros asuntos."

"Haré mi mejor esfuerzo, pero no tengo idea de lo que actualmente hacen aquí, excepto que involucra una gran cantidad de papel." Darcy hizo un gesto hacia una de las pilas.

Kit soltó una fuerte risa. "Sí, lo hace."

"No puede esperarse que guarde toda la información en mi cabeza," dijo Frederica. "Hacemos varias cosas. Kit maneja las rutas de escape cuando alguien necesita salir de Inglaterra discretamente. Yo llevo registro de nuestra red de simpatizantes y de la información que me envían, la ubicación de tropas y armamento, cómo resguardan los arsenales de armas y así. Andrew, a quien sin duda conocerás, saca un periódico que dice lo que está sucediendo más allá de la información censurada que los franceses publican. Kit y yo ayudamos con eso."

Darcy levantó una ceja. "¿No *El Lealista*?"

"Ese mismo. ¿Lo conoces?"

"Todo el mundo lo conoce. Estoy impresionado."

"Me alegra saberlo," dijo Kit con sequedad, "ya que pagaste por bastantes números."

Darcy lo miró con viva sospecha. "¿Lo hice?"

"¿Recuerdas cuando te rogué ayudarme a pagar mis deudas de juego? No tenía deudas, pero se nos había acabado el dinero para tinta y papel. Y no, no me arrepiento de haberte mentido."

Darcy no dijo nada hasta no estar seguro de que su ira estaba lo suficientemente bajo control. "Supongo que prefiero que haya sido para *El Lealista* que para deudas de juego."

Frederica dijo afiladamente, "Kit, deja de intentar provocar a tu hermano. Ha dado tanto para la causa como lo has hecho tú, y si no tuvo fe en ti, debo señalar que tú tampoco tuviste fe en él."

"Ni tú tampoco," replicó Kit.

"De hecho, a mí no me faltó fe. Encontré difícil de creer que se vendería, pero mi madre me dijo con tal firmeza que no involucrara a Darcy en mis asuntos, que sospeché que él tenía otra misión, muy probablemente insinuarse en la confianza de los franceses. Si pudiera, creo que a ella le gustaría mantener a toda la resistencia en la familia."

Darcy casi sonrió. "Tu madre, por supuesto. Debí haberme dado cuenta quién estaba orquestando esto."

FREDERICA FRUNCIÓ EL ceño mientras leía sus reportes. "Todavía nada. Ningún reporte de una calesa con un par de pura sangre grises iguales y una mujer de cabello castaño con un muchacho o muchacha rubio, nada que siquiera se acerque a algo que se parezca. Si fueron al norte, de alguna forma se las arreglaron para que no las notaran. Hay un muchacho en un establo en el camino de Oxford a Londres que recuerda a un particularmente hermoso par de grises, pero no vio el carruaje ni a los viajeros. Nadie en la posada recuerda a dos personas con esa descripción, pero es una posada de postas con mucho tráfico."

Era una decepción, pero Darcy se estaba acostumbrando a fallar. "Es de poco consuelo, pero tendré la oportunidad de hablar con la familia de Elizabeth Bennet en unos días. Mi amigo Bingley se va a casar con su hermana, y he sido invitado a la boda. Quizá su hermana pueda tener más ideas de dónde pudiera Elizabeth haber elegido ir. No es mucho, pero haré lo que pueda."

Frederica tamborileó los dedos sobre la mesa. "Kit es bueno para sacar información de las personas. Quizá deberías llevarlo contigo."

Él preferiría tener la compañía de un gato callejero furioso. "Meryton está a varias horas de distancia. Preferiría llegar allá con vida, gracias, y de preferencia sin un ojo morado."

Dejando de lado sus reportes, Frederica dijo con algo de exasperación, "William, he trabajado con Kit por tres años. Es confiable, trabajador y leal. También puede ser terco, algo que tiene en común contigo. Y sí, trata innecesariamente de provocarte. Tú tenías veintiún años cuando se fue tu padre. Kit tenía catorce. Piensa en eso por un minuto. Esta casa es el primer hogar que él ha tenido desde la invasión. Desearía que dejara de molestarte, ¿pero te las podrías arreglar para ignorarlo? Él se ha sentido abandonado por ti por mucho tiempo. No va a permitirse confiar en ti de la noche a la mañana."

Darcy gruñó. "¡No otro de esos! Georgiana está siempre temerosa de que vaya a abandonarla, y ahora Kit se siente abandonado." Se las arregló para detenerse antes de decir algo estúpido, como que quizá a él le gustaría tener alguien de quien depender para variar. "Está bien. Lo intentaré." Pero pensó que era poco probable que hiciera una diferencia.

COMO ERA DE ESPERAR, la boda de Bingley con Jane Bennet fue pequeña y un poco apagada. La ausencia de Elizabeth ensombreció palpablemente la celebración. Aun así, Darcy estaba feliz de ver a Bingley, y él milagrosamente se las había arreglado para no discutir con Kit en el camino a Meryton.

Hubo una inesperada presencia en la boda, sin embargo. Darcy no había esperado ver a ningún oficial francés ahí aparte del esposo de la hermana menor, pero al otro lado de la iglesia vio a su antiguo amigo el Teniente Bessette. No, era el Capitán Bessette ahora. ¿Qué estaba haciendo en esta boda íntima? Una vez fuera de la iglesia, el Capitán Bessette se apresuró a acercarse a su lado. "¡Monsieur Darcy!"

"Capitán, es un placer verle de nuevo." O lo sería, si su mera presencia no hiciera más difícil para Darcy obtener información de la nueva Sra. Bingley. "¿Puedo presentarle a mi hermano, el Sr. Christopher Darcy?"

Rígido, Kit escasamente devolvió la reverencia del capitán. "Capitán," dijo con frialdad.

La sonrisa del Capitán Bessette vaciló.

Darcy fulminó a Kit con la mirada. "Capitán, debo pedirle disculpas por mi hermano. Es un Lealista. Kit, el Capitán Bessette fue instrumental para remover al anterior oficial a cargo aquí, un hombre que maltrataba gravemente a las personas de la localidad y quien probablemente salvó mi vida de paso."

El capitán rio. "¡*Monsieur* Darcy es demasiado amable! Fue su intervención, no la mía, la que causó el arresto del Capitán Reynard. Pero estoy profundamente en deuda con él por eso y por recomendar que me promovieran. *Monsieur* Darcy, creo que encontrará que la gente de la localidad tiene menos quejas acerca del regimiento ahora."

"Esas son noticias que me da gusto escuchar. ¿Ha venido por la boda?"

"Sí, fui invitado. No lo que usted hubiera esperado, *¿n'est-ce pas?* Pero he estado cortejando a la Señorita Mary Bennet." Él bajó la voz. "Después de que la Señorita Elizabeth Bennet desapareció, mucha gente fue de lo más desagradable con la familia, y trataba a las hijas más jóvenes como si estuvieran arruinadas. Yo recordé que usted había visitado Longbourn con frecuencia y pensé que no le haría feliz ese resultado. Desde que di a conocer mis intenciones, la familia ha sido aceptada de nuevo en sociedad."

El hombre había encontrado una forma inteligente de pagar el favor que Darcy le había hecho. Por el bien de Elizabeth, se alegraba de ello. Pero, un momento... ¿no había hablado Elizabeth de su hermana Mary como simple y aburrida? Quizá el capitán le había hecho a la familia dos buenas acciones, pero era ciertamente más pago de lo que Darcy había esperado. "Me alegra escucharlo. Espero que complazca a la Señorita Mary. Yo había pensado que ella no estaba en frecuencia en compañía donde podía conocer caballeros."

Con una sonrisa conocedora, el Capitán Bessette dijo, "Le entiendo, la Señorita Kitty es más bonita y vivaz, pero algún día llevaré a mi esposa a casa a Francia. La Señorita Mary es una dama que puedo presentarle a mi madre, ¿sabe?"

"Una sabia decisión," dijo Darcy. "Lo congratulo por ello. Usted será un buen esposo para ella."

Kit hizo un sonido sibilante a través de sus dientes.

El Capitán Bessette se volvió hacia él. "*Monsieur* Christopher, su hermano es un buen hombre. Ustedes Lealistas pueden mirarlo con desprecio todo lo que quieran, pero su hermano, él le permitió al Capitán Reynard darle una paliza para él poder tener moretones que mostrarle al coronel que vino de Londres. Es por eso por lo que el malvado hombre se ha ido. Yo estaba ahí. Su hermano, él pudo haberse defendido, pero no lo hizo. A causa de él, las mujeres de aquí ya no temen salir de sus casas y nadie ha sido sacado de su casa ni se le han robado sus ganancias. ¿Cuántos Lealistas han hecho tanto para ayudar a aquellos que están sufriendo?"

Darcy colocó su mano sobre el brazo de Kit. "Capitán, le agradezco su defensa de mi carácter, y por todos los cambios que ha hecho aquí. Todos hacemos nuestra parte para intentar hacer del mundo un lugar mejor, aún los Lealistas."

El capitán rio por lo bajo. "¡Usted es más diplomático que yo, *Monsieur* Darcy! Pero veo que la Señorita Mary me está buscando, así que debo dejarle." Golpeó sus talones mientras hacía una reverencia, silbando mientras se alejaba.

Darcy no miró hacia Kit. No quería ver el disgusto en el rostro de su hermano. "Ven, te presentaré a la familia para que puedas proceder con tu trabajo."

Las presentaciones se hicieron fuera de la iglesia. Kit sin demora se ocupó en coquetear con Kitty Bennet y en encantar a la madre de Elizabeth. Darcy estaba feliz de dejarle a él ese trabajo, y aún más feliz de evitar una discusión con su hermano acerca del Capitán Bessette.

Darcy emprendió camino por sí mismo hacia Longbourn para el desayuno nupcial, pero un hombre vestido a la moda unos cuantos años mayor que él maniobró para caminar a su lado. Sin duda un buscador de favores, pero una boda no era el lugar para ser grosero, así que Darcy dijo, "Es un día agradable para una boda." El clima... el tema más neutral posible.

"Muy agradable en verdad. Ayer mi sobrina Jane estaba preocupada de que pudiera llover en su boda." El hombre no dijo nada más por un minuto antes de agregar, "Creo que también conoce a mi sobrina Elizabeth. Es una lástima que ella no pudiera estar aquí hoy."

Darcy le dirigió una mirada incisiva. "Tengo ese honor, sí."

Una mujer se apresuró al lado del hombre y tomó su brazo. "Perdónenme por interrumpir. Me temo que estoy sintiendo algo cansada después de nuestro viaje."

El hombre palmeó su mano. "Lo lamento, querida; no estaba pensando. Este caballero y yo estábamos discutiendo el encantador clima. Sería un día perfecto para un paseo en calesa, ¿no lo creen? Con un par de finos caballos grises, creo yo. Recientemente conocí a una joven damita con una calesa justo como esa; quizá debería preguntarle si puedo tomarla prestada un día y llevarte a dar una vuelta por el parque."

La mujer plegó la frente. "Sabes que las calesas son demasiado altas para mí, querido. Ahora, ¡un faetón sería justo lo necesario!"

El hombre tenía ahora la total atención de Darcy. Una calesa con un par de caballos grises que pertenecía a una joven dama. Tenía que ser un mensaje para él. Darcy quería asirlo por los hombros y demandar que le dijera todo.

Pero aparentemente su esposa no sabía nada del asunto, así que Darcy no pudo decir nada directamente. "Yo tuve una calesa con un par de caballos grises una vez. Pero no con un asiento elevado. Tenía un ingenioso compartimiento oculto bajo el asiento."

"¡Qué casualidad! ¡También la de mi amiga! Me pregunto si serán del mismo fabricante." El hombre asintió levemente en dirección a Darcy.

Darcy le devolvió el gesto. ¡El hombre sabía algo! ¡Por fin!

La Sra. Bennet se abrió camino a codazos a través de la multitud. "¡Ahí estás, hermano! Jane desea presentarlos a ambos a su querido Sr. Bingley. Vengan conmigo."

Darcy con gusto la hubiera estrangulado mientras se alejaba con la pareja.

La habitación estaba llenándose rápidamente. ¿Cómo encontraría la forma de hablar en privado con el hombre? Darcy se dirigió a través de la habitación hacia Kit. "Ese caballero de allá con la novia, el del saco azul... debo hablar con él a solas. Él sabe algo."

Los ojos de Kit se iluminaron. "¡Por fin! No he averiguado nada útil hasta ahora. Déjame ver... Afuera o adentro, ¿qué prefieres?"

"Afuera. Adentro hay demasiada gente."

"Buena idea." Kit se asomó por la ventana. "Hay una pequeña espesura al otro lado del camino... espera ahí. ¿El caballero desea hablar contigo o evitarte?"

"Hablar conmigo, parece," dijo Darcy.

"Eso lo hará más fácil. Ve ahora, y lo enviaré tan pronto como pueda."

Kit observó a su hermano salir y dirigió sus pasos a través de la concurrida habitación para ponerse de pie entre Bingley y el hombre del saco azul. Ellos conversaban sobre la boda. Bingley le dirigió una mirada intrigada.

Finalmente hubo una pausa en la conversación. "Bingley," dijo Kit alegremente, "todavía no he tenido la oportunidad de darle mis felicitaciones por su boda. Puede que no me recuerde después de todos estos años, pero me causó una gran impresión cuando era un muchacho. Kit Darcy, a su servicio." Él extendió la mano.

"¿El hermano de Darcy?" exclamó Bingley, sacudiendo su mano con entusiasmo. "Han sido años, ¿o no? Darcy no me había mencionado que... que le había visto recientemente."

Kit se rio. "¿Quiere decir que él y yo tenemos una relación civilizada de nuevo? Es causa de asombro, se lo concedo, pero mi hermano y yo hemos pasado la mayor parte de las últimas dos semanas juntos, y ambos estamos vivos todavía."

"Estoy encantado de escuchar eso," declaró Bingley. Volviéndose hacia el hombre del saco azul, él dijo, "Darcy es un muy querido y antiguo amigo, y mi boda nunca hubiera ocurrido si no hubiera sido por él. Él hizo posible que Jane pudiera dejar de ocultarse."

"Ella me mencionó algo así," dijo el hombre. "¿Qué él había reportado al oficial que la estaba amenazando o algo parecido?"

"Sí, Darcy envió una carta sobre el hombre a su oficial al mando, pero lo que realmente resolvió el problema fue que Darcy permitió que el hombre le diera una paliza. Sus lesiones fueron aparentemente un buen argumento, y su amigo, el general, se llevó al sinvergüenza a que le hicieran una corte marcial. Todos nosotros le debemos mucho a tu hermano." ¿Por qué tenían todos qué contarle esa historia? Si William era un héroe en Meryton, ¿a él qué le importaba?

"En verdad lo estamos," dijo el hombre del saco azul a Kit. "¿Se encuentra aquí hoy? Me gustaría tener la oportunidad de agradecerle personalmente por lo que ha hecho."

La mente de Kit saltó de regreso a su tarea. "Salió a tomar algo de aire. ¿Desea que le lleve con él?"

"¡Realmente lo apreciaría! Bingley, ha sido un placer conocerle, y espero conocerle mejor en el futuro."

Mientras Kit le guiaba hacia afuera, el caballero le agradeció por su asistencia.

"Es un placer ser de utilidad, pero debo confesar que mi hermano me pidió ayuda para arreglar esta reunión. Venga. Él está en la pequeña espesura por allá."

William estaba dando vueltas impacientemente junto a un muro bajo de piedra, pero se detuvo cuando vio que se aproximaban.

El hombre le hizo una reverencia. "¿El Sr. Darcy, presumo? Soy Edward Gardiner, tío de Elizabeth. Había esperado encontrarle aquí, o al menos tener noticias de usted."

¿El tío que la gente de Frederica había estado observando? A pesar de su curiosidad, Kit sospechó que William deseaba mantener esta conversación en privado. "Los dejo entonces, caballeros." ¿Había sonado eso demasiado brusco?

Las cejas de William se juntaron. "Puedes quedarte si lo deseas. Sr. Gardiner, disculpe que sea tan directo, pero ¿tiene usted noticias de mi hermana?"

"Sé dónde está, si eso es lo que quiere decir. Mi sobrina Elizabeth se comunicó conmigo para solicitar mi ayuda para encontrar alojamiento para ellas. Me contó la historia más sorprendente." El Sr. Gardiner inclinó su cabeza hacia un lado, haciendo una pregunta silenciosa.

"Es una circunstancia muy inusual. Mi hermano está también consciente de ella," dijo William. "He estado buscándolas desde que me liberaron y no puedo decirle qué tan aliviado me siento de escuchar estas noticias."

"Su, er, hermana ha estado muy preocupada por usted, ya que las últimas noticias que tuvo de usted eran que estaba en custodia de los franceses. Le sugerí dejar una carta en su casa de la ciudad, pero ella fue muy insistente en que nada podía ponerse por escrito."

El deseaba que Georgiana no hubiera sido tan buena para seguir sus instrucciones. Hubiera podido encontrarlas mucho más rápido. "Habíamos hecho planes para este tipo de circunstancias, aunque nunca consideré la posibilidad de que yo pudiera ser arrestado por algo que no tiene ninguna relación en absoluto con ella. ¿Dónde está?"

"Las dos se están quedando con una viuda amiga mía en Londres que cree que son sobrevivientes de un incendio que mató a sus padres. Estaré feliz de llevarlo con ellas cuando volvamos a Londres mañana."

William echo atrás sus hombros. "Apreciaría muchísimo eso," dijo equilibradamente.

Kit podía no haber visto mucho a su hermano en los últimos seis años, pero conocía esa mirada. "Con lo cual, Sr. Gardiner, mi hermano quiere decir, 'Escasamente he estado durmiendo por la preocupación todo este tiempo y he dedicado cada minuto a encontrar a mi hermana, ¿y usted quiere que espere hasta mañana?'"

"Kit," dijo William en tono de advertencia. "El Sr. Gardiner nos ha hecho un gran servicio, y es amable de su parte ofrecer acompañarnos allá."

El Sr. Gardiner miró a William y luego a Kit, con las comisuras de su boca temblando. "Sr. Darcy, en esta ocasión creo que debo elegir creerle a su hermano menor. No puedo volver a Londres antes de mañana, pero si verdaderamente desean montar en sus caballos y cabalgar desaforadamente a la Ciudad de inmediato, le diré cómo encontrar la casa. Su hermana no tendrá objeción; ella tampoco ha estado durmiendo bien. Entiendo que no está acostumbrada a estar separada de usted por un tiempo tan largo."

La sonrisa de William fue autocrítica. "Me temo que he sido algo sobreprotector con ella."

"Bajo las circunstancias, ¿quién puede culparle? Algún día me gustaría escuchar la historia detrás de cómo un hombre tan joven terminó con esta responsabilidad. Su hermana intentó explicármelo, pero fue un tanto confuso. Pero ahora debo volver adentro antes de que mi esposa empiece a cuestionar mi ausencia."

"Mis más profundas gracias para usted. No sabe el alivio que ha dado a mi mente," dijo William.

"¡Oh, me imagino que puedo adivinar!" El Sr. Gardiner les dio la dirección, agregando, "Están usando los nombres de Señorita Elizabeth Gardiner y Señorita Georgiana Gardiner. Me imagino que los veré de nuevo. Elizabeth sabe cómo comunicarse conmigo."

"¿Asumo que su esposa no está consciente de la situación?"

El Sr. Gardiner levantó una ceja. "No lo está. Ella es bastante confiable, pero es más seguro para nosotros dos de esta manera."

Kit dijo con tristeza. "Usted y mi hermano serán muy buenos amigos. Yo solo me enteré porque él necesitó mi ayuda para buscarlas."

"Una decisión dolorosa para él, sin duda, pero la correcta," dijo el Sr. Gardiner con una reverencia. "y ahora, les desearé a ambos un buen día, caballeros."

Mientras el Sr. Gardiner se alejaba, Kit se acercó para ponerse de pie junto a su hermano. Adoptando un tono de simulada austeridad, él dijo, "Podemos irnos rápidamente si lo deseas, pero no sin despedirnos del Sr. y la Sra. Bingley primero."

Darcy le dirigió una mirada de reojo. "Bueno, si debemos," gruñó él. "Hagámoslo, entonces."

KIT ECHO UNA MIRADA a la casa en la dirección que el Sr. Gardiner les había dado. Parecía próspera, pero estaba ubicada en una parte fuera de moda de la ciudad. Una excelente elección, ya que nadie buscaría a la Señorita Georgiana Darcy en este tipo de lugar, mucho menos a la Princesa Charlotte.

William enderezó su chaleco antes de tocar a la puerta. Kit había sugerido cambiarse de ropa en lugar de presentarse en casa de extraños cubiertos con el polvo del camino, pero su hermano no permitió ningún retraso. No era como Kit hubiera preferido aparecer cuando visitaba a ninguna dama, mucho menos a una de cuna real.

Cuando un senil mayordomo abrió la puerta, William dijo resueltamente, "El Sr. William Gardiner y el Sr. Christopher Gardiner a ver a las Señoritas Gardiner."

El mayordomo sonrió encantado, aparentemente nadie le había enseñado que los mayordomos no debían mostrar ninguna emoción. "¡Pasen, pasen! Ellas estarán encantadas del verlos. La Señorita Georgiana ha hablado de usted con frecuencia." Definitivamente no había sido entrenado como mayordomo.

Después de anunciarlos, Kit permitió que William pasara primero a una sobre decorada sala de estar. Dos jóvenes mujeres vestidas de negro estaban sentadas cerca de una dama en una silla Bath cuyas manos estaban cubiertas con pesados anillos, pero no tuvo tiempo de notar nada más porque la joven con cabello dorado gritó, "¡William!" y corrió a través de la habitación, sin importarle los obstáculos, para lanzarse en brazos de William.

Kit estabilizó una tambaleante mesa lateral contra la que la joven había chocado en su alocada carrera. Esta no era la forma en que él había anticipado que se comportaría una princesa, y verla aferrada a su hermano, con los hombros temblando con silenciosos sollozos, le dio un raro sentimiento en el fondo del estómago. Una cosa era imaginarse a William haciéndose cargo de la joven, más bien en la forma de un severo director de escuela, ¡pero esto! Con seguridad William se alejaría y la saludaría con mayor propiedad. Pero en lugar de eso, William estaba hablándole quedamente al oído.

Kit tragó con fuerza, sacó su pañuelo del bolsillo y lo deslizó entre los dedos de William, teniendo infinito cuidado de no tocar la espalda vestida de negro de la princesa.

La joven mujer de cabello castaño se acercó a él, con las manos extendidas y una cálida sonrisa bajo sus espectaculares ojos obscuros. "Christopher, estoy tan feliz de verte," dijo ella mientras ponía sus manos en las de él. Para su desconcierto, esta completa extraña se inclinó hacia adelante y presionó sus labios contra su mejilla. Antes de retirarse, ella susurró, "Lizzy."

Fue inteligente de parte de ella darle la pista ya que ella no podía estar segura de que él supiera su nombre. Él apretó las manos de ella. "¿Por qué tan formal hoy, Lizzy? No puedo recordar la última vez que me llamaste Christopher. ¿Qué pasó con '¡Kit, haz esto! ¡Kit, haz aquello! ¡Kit, no juegues con las flores de madre! ¡Kit, le voy a decir a padre lo que hiciste!?" Él miró a través de la habitación a la radiante mujer mayor. "Fui un hermano muy fastidiado."

Lizzy dijo, "Sra. Landon, ¿puedo presentarle a mi hermano, Kit?"

Kit hizo una exagerada reverencia sobre la mano de la Sra. Landon. "Encantado de conocerla. Entiendo que debo agradecerle haber abierto su casa a mi hermana... mis hermanas."

Lizzy se apresuró a cubrir su error. "En cuanto a mi otro hermano, él es esa vaga figura detrás de Georgiana. Se lo presentaré si alguna vez Georgiana lo suelta."

"No hay necesidad de preocuparse por eso, mi niña," dijo la Sra. Landon. "Después de oír tanto sobre él de la querida Georgiana, ya lo considero como parte de la familia."

En un fuerte susurro que tenía la intención de que se escuchara, Lizzy le dijo a Kit, "Me temo que la Sra. Landon ha adivinado nuestro secreto familiar... ¡que, comparados con William, tú y yo estamos en un lejano segundo lugar en los afectos de Georgiana!"

Kit echo una mirada hacia atrás. ¿Estaban sus payasadas proporcionando suficiente cubierta para el comportamiento poco fraternal de William? Al menos ahora su hermano había dado un paso atrás y estaba secando los ojos de la joven que no era Georgiana. Por alguna razón, aplicarle a ella el nombre de su verdadera hermana parecía estar mal.

William susurró algo al oído de la joven, y ella dio la vuelta para enfrentar a los demás. "¡Kit! exclamó. "¡Ni siquiera te vi ahí!"

Y entonces Kit fue casi derribado cuando ella corrió a sus brazos, igual que lo había hecho antes con William. El instinto lo hizo poner sus brazos alrededor de ella como lo haría con cualquier otra persona en esa situación. Aun así, ella no era cualquier otra persona. Aun si no fuera de cuna real, Kit nunca abrazaría a una dama con la que no estaba emparentado.

Pero ella no se sentía como una princesa. Él estaba bastante seguro de que no se suponía que las princesas se sintieran tan cálidas y suaves en sus brazos.

Al menos ella lo soltó rápidamente, antes de que él pudiera pensar sobre cómo alguna vez a los hombres les habían cortado la cabeza por el tipo de cosa que acababa de hacer. Quizá era algo bueno que William no le hubiera dicho la verdad acerca de ella hasta ahora. Si conocerla lo podía desequilibrar tan fácilmente ahora, en verdad hubiera tenido dificultad para manejarlo hacía seis años.

Él ciertamente nunca iba a admitir ni siquiera ante sí mismo que le había gustado la forma en que ella se sentía en sus brazos.

Ella volvió inmediatamente al lado de William como un cachorro que no se alejaría mucho de su dueño, pero ahora sus mejillas estaban rosas bajo sus rizos dorados. Ella dirigió su mirada hacia William mientras él conversaba con la Sra. Landon.

El sudor escoció la frente de Kit. ¡Buen Dios! ¿Iban ahora a sentarse en esta habitación con tanta gente por media hora y a platicar sobre formalidades? La idea no le había preocupado antes. Ahora sonaba como tortura.

Una mano tocando su brazo le hizo saltar. Era su otra nueva hermana, Lizzy, la que no lo aterraba.

Ella se inclinó hacia él y le dijo suavemente, pero con un énfasis en cada palabra. "Solo una ordinaria joven de quince años. Nada más. Una joven ordinaria, y joven para su edad de muchas maneras."

"¿Soy tan obvio?" preguntó él, intentando sonar divertido.

"¿Para alguien que pasó por lo mismo hace menos de un mes? Sí."

Él miró otra vez a la joven. Georgiana. Su nombre era Georgiana, y era solo una joven ordinaria. Quizá si se lo repetía a sí mismo unos cuantos miles de veces, podría aún empezar a creerlo.

AL OBSERVAR A KIT DARCY, Elizabeth empezó a comprender por qué el Sr. Darcy había sido tan insistente en que siempre se pensara en la princesa como Georgiana. La actitud deferencial de Kit hacia Georgiana sería demasiado fácil de notar para una persona observadora.

Pero Elizabeth difícilmente podía reclamar haberse comportado normalmente ella misma, no desde el momento en que había descubierto al Sr. Darcy en el umbral de la puerta. Cuando lo había visto la última vez, todavía no había admitido para sí misma la fuerza de lo que sentía por él. Ahora, la vista de sus familiares hombros amplios hacía que su corazón se saltara un latido y que la boca se le secara. ¡Cielos! ¡Hasta había envidiado a Georgiana, que podía correr y lanzar sus brazos a su alrededor!

Pero la parte más desconcertante fue que aún mientras abrazaba a Georgiana, los ojos de él habían estado buscándola a ella, estudiándola con esa familiar mirada decidida. Una mirada muy seria, también... más como si ella fuera un problema que él necesitaba resolver que cómo si estuviera complacido de verla. Y ella lo sintió como un golpe.

Era un alivio bromear con su supuesto hermano menor, si no por otra razón porque ella ya no tenía que ver los ojos de Darcy sobre ella. Aun entonces su conciencia de él no disminuyó. En lugar de eso ella sentía su mirada picándole la piel.

Pero ¡oh! ¡Qué alivio era verlo libre e ileso, escucharlo hablar con su profunda voz! Los ojos de Elizabeth seguían volviéndose a mirarlo.

Ella ansiaba preguntarle qué había sucedido durante este mes de separación, pero si lo hacía, solamente lo forzaría a inventar una historia. La Sra. Landon no sabía nada de su arresto, y contradiría la historia que el Sr. Gardiner le había contado.

Después que de la acostumbrada media hora de una visita social había pasado, Darcy dijo, "Lamento decir que mi hermano y yo tenemos que irnos. Sra. Landon, usted ha sido tremendamente amable con nuestras hermanas. Yo no había recibido aviso de su presencia aquí hasta hace unas cuantas horas, así que no he tenido tiempo de arreglar alojamiento para nosotros. ¿Sería tan generosa como para permitir a nuestras hermanas continuar imponiéndose sobre su hospitalidad por un día o dos mientras lo hago?"

"Estaré feliz de que se queden tanto tiempo como quieran. Son ambas unas huéspedes encantadoras," dijo la Sra. Landon.

"William," dijo Georgiana con voz temblorosa. "¿No puedo ir contigo?".

Una sombra cruzó sobre su rostro. "Kit y yo nos estamos quedando con un amigo, y no hay espacio para todos nosotros."

"Pero ¿no podemos estar juntos en otra parte?"

El Sr. Darcy dijo, "Encontraré alojamiento para nosotros tan pronto como pueda, y te prometo volver a visitarlas mañana."

Cuando el labio de Georgiana empezó a temblar, Elizabeth dijo, "Georgiana, antes de que se vaya William, ¿te gustaría mostrarle las encantadoras habitaciones que la Sra. Landon eligió para nosotras?" Ella casi comete un error y lo arruina todo llamándole Sr. Darcy. ¿Cómo se las arreglaba él para nunca olvidar el papel que representaba?

"Eso me gustaría mucho," dijo el Sr. Darcy. ¿Estaban sonrojadas sus mejillas? "Ven, Georgiana. ¿Me mostrarás dónde es?"

Un breve silencio descendió sobre la sala de estar después de que salieron. Elizabeth lo rompió. "Lamento esa escena, Sra. Landon. No es un juicio sobre su excelente hospitalidad sino sobre los nervios de Georgiana.

Ella nunca ha estado separada de William por tanto tiempo antes. Ella odia cuando él se va aun por una noche. Algo casi le sucedió durante la invasión, algo muy malo, pero William la salvó de ello y ahora, con el incendio habiendo sucedido cuando él estaba lejos... Bueno, supongo que debí haber previsto que ella tendría dificultad en dejarlo ir." La mayor parte de la historia era lo suficientemente cierta aún si estaba formulada para engañar a la amable Sra. Landon.

"No hay necesidad de explicar nada, querida," dijo la Sra. Landon. "Ambas han pasado por una terrible experiencia, y no es de sorprender que ella se altere con facilidad. Pero basta de eso." Ella llamó a su criado. "Los dejaré a ustedes niños con su reunión." Ella se recargó en su silla Bath mientras el sirviente la sacaba rodando de la habitación.

Elizabeth acercó más su silla a la de Kit para poder hablar con él sin ser escuchada. "¿Quién es usted cuando no pretende ser el hermano del Sr. Darcy?" le preguntó ella en voz baja.

"Kit Darcy," dijo él con una sonrisa cautivadora. "El hermano de William."

"¡Oh!" Esa era la única respuesta que ella no había esperado. "Perdone mi confusión. Él nunca me mencionó a un hermano, pero ahora que lo pienso, Georgiana dijo que él tenía uno."

"Georgiana nunca me había conocido antes de hoy, y William ha estado ignorando mi existencia durante seis años. Yo no formaba parte del secreto familiar, ¿sabe?" La amargura matizó su voz. "Pero él necesitaba mi ayuda para encontrarlas, así que aquí estoy."

Una incómoda sensación invadió el estómago de Elizabeth. ¿Sentirían Jane y su padre el mismo tipo de ira cuando descubrieran lo que les había ocultado? "Lo lamento, Me temo que le he hecho casi lo mismo a mi propia familia, abandonándolos sin palabra y dejando que se preocuparan por mí. Pero no puedo ver qué otra cosa pude haber hecho." Ella tragó con dificultad. "Es un precio muy amargo de pagar, elegir entre las necesidades de mi país y la familia a la que amo, y le pido a Dios que nadie tenga que ser puesto en esta situación." Las palabras salieron más fervientemente de lo que ella había intentado.

Kit asintió con lentitud. "William me contó algo de su historia." Él empezó a decir otra cosa, luego se detuvo, y empezó de nuevo. "Me sorprendió ver la reacción de, er, Georgiana hacia William," dijo él con cautela.

"Es desconcertante, ¿no es así? Pero cuando uno piensa en todo lo que ella ha pasado..." Elizabeth se inclinó más cerca y habló en un susurro. "Ella era una niña enormemente consentida a quien todo el país adoraba y veía como su mejor esperanza. Entonces un día, todas las personas que le importaban desaparecieron, y nunca las volvió a ver. Fue sacada del único hogar que había conocido y colocada al cuidado de un extraño quien tuvo que enseñarle rápidamente a ser reservada y retraída por su propia seguridad. Él ha sido la única persona que sabía la verdad sobre ella, al menos la única a la que ella veía, y ha dependido únicamente de él por años. Si lo perdiera, lo perdería todo." Ella sacudió la cabeza, "Pobre niña, a veces la niña consentida, voluntariosa regresa por unos cuantos minutos, pero a la menor crítica, su confianza desaparece."

"Ya veo," dijo él con lentitud.

"Hasta ahora, no ha tenido a una mujer en su vida para enseñarle cómo ser una dama. ¡Lanzar sus brazos alrededor de un hombre desconocido! ¡En verdad! Ella y yo tendremos una discusión sobre eso, se lo aseguro." Pero ella lo dijo con calidez para reducir el impacto de su crítica.

"Creo que ella solo intentaba saludarme de la misma manera en que saludó a William, para evitar que cualquiera sospechara que no tenía idea de quien era yo."

Ella sonrió ante su presteza para defender a Georgiana. "Lo sé. Pero mientras tenemos un momento, ¿podría preguntarle qué sucedió después de que su hermano fue arrestado? ¿Les dijo mi tío dónde encontrarnos? ¡Oh, tengo mil preguntas!"

"Con gusto responderé lo que pueda, pero no tengo la total confianza de William." Y claramente le dolía admitirlo.

CUANDO DARCY Y GEORGIANA no habían vuelto después de un cuarto de hora, Elizabeth los siguió escaleras arriba para proporcionar refuerzos. Refuerzos muy necesarios, aparentemente, ya que lo encontró observando con impotencia mientras Georgiana sollozaba en un pañuelo.

Elizabeth le hizo un gesto de que se hiciera a un lado y puso su brazo alrededor de la joven "Vamos, si sigues así, ¡tu hermano puede empezar a pensar que lamentas que los franceses no lo hayan colgado! ¿Te contó lo que sucedió? Kit me lo explicó. Dijo que tu hermano fue arrestado por el único crimen en el mundo que no había cometido contra los franceses. Una vez que su amigo aquí en Londres supo acerca de ello, fue liberado en un momento. Entonces se las arregló para rastrearnos hasta la posada en Oxford, en la que pedimos direcciones. Fuimos demasiado listas para él después de eso, sin embargo, deberías contarle dónde pasamos esa noche."

Georgiana sorbió la nariz, pero bajó el pañuelo unas pulgadas. "Dormimos en un pajar."

Elizabeth se rio. "¡Oh, voltea a ver la expresión de tu hermano! ¡Está pensando que cometió un terrible error en encargarte conmigo!"

Ahora Georgiana soltó una risita. "Si Charles II pudo esconderse por un día en un roble, ¡yo puedo dormir en un pajar! Nos ayudó la pareja de ancianos más linda. Fueron tan buenos con nosotros, hasta compartieron su comida cuando escasamente tenían suficiente para ellos. Y nos recibieron sin ninguna otra razón que porque los franceses nos perseguían."

Todo el color se desvaneció del rostro de Darcy. "¿Los franceses las estaban persiguiendo?" Sonaba medio estrangulado.

"Sí, ¡pero nos las arreglamos para escapar!" dijo Elizabeth con algo más que un dejo de impertinencia.

"No fueron competencia para tus grises," dijo Georgiana.

Darcy se cubrió el rostro con las manos.

Elizabeth dijo en un susurro fuerte, "Creo que estamos asustando a tu hermano."

"¡Qué bueno!" replicó Georgiana. "Después de la forma en que él nos asustó a nosotras, ¡se lo merece!"

"Estoy muy de acuerdo. Ahora, supongo que debemos dejar que el pobre hombre se vaya, pero se lo advierto, Sr., Darcy, que mañana mejor venga preparado para contarnos todos los detalles sobre la boda de Jane, incluyendo hasta el último resto de encaje que usó. ¿No es así, Georgiana?"

"Sí." Pero la voz de la joven había perdido todo el ánimo de nuevo.

"Y yo estaré aquí contigo cada minuto hasta que él vuelva," dijo Elizabeth firmemente. "Lo prometo."

Georgiana se volvió hacia Darcy. "¿Tendrás cuidado?" le preguntó en voz muy baja.

"Mucho cuidado," le aseguró Darcy. "Te doy mi palabra."

DARCY PERMITIÓ QUE su hermano entrara antes que él al estudio de Frederica donde Kit elevó un puño en saludo triunfal. "¡La encontramos!" dijo sin preámbulo. Por supuesto que Kit se llevaría todo el crédito.

Las cejas de Frederica se elevaron. "¿Estaba en la boda?"

"No, pero el tío de la Señorita Elizabeth estaba ahí, y él sabía dónde estaban," dijo Darcy.

Frunciendo el ceño, Frederica hurgó en una pila de papeles. "¿El tío que hemos estado vigilando? Pero sabemos que no están en su casa, ¡y lo hemos seguido como sombras día y noche! Aquí está... la lista de todos los lugares a los que él y su esposa han ido. Va directamente a trabajar en la mañana y se queda ahí, aparte de visitas al banco y al muelle para inspeccionar cargamentos que llegan. Vuelve a casa directamente excepto que una vez... no, dos veces... se detuvo a llevar una canasta de fruta a una amiga viuda, aparentemente un hábito de mucho tiempo. Ocasionalmente él y su esposa asisten a una cena con amigos." Ella los miró con ojos interrogantes.

Kit sonrió. "La amiga viuda tiene a dos jóvenes quedándose con ella."

Sosteniendo el papel más cerca de su rostro, Frederica dijo, "Sí, pero están de luto por sus padres y parecen genuinamente pesarosas, de acuerdo con los sirvientes... pero no debí haberlo desestimado. Mal trabajo de mi parte, bastante inaceptable. ¿Dónde está ella ahora?"

"Todavía en casa de la viuda," dijo Darcy. "No tenía tu permiso para traerlas aquí, y se hubiera visto raro que nos las lleváramos repentinamente. Pudiera ser mejor para mí llevarlas a la campiña en lugar de quedarnos en Londres."

Frederica golpeó la punta de su pluma contra sus labios. "Supongo que podrías traerlas aquí temporalmente. Me gustaría darme una idea de su temple. Pero a largo plazo, hay demasiada gente que viene y va en esta casa, y la expondría a demasiado riesgo. Por supuesto, todos aquí deben pensar que ella es Georgiana Darcy, aún Andrew."

Darcy asintió. "Unos cuantos días me darían tiempo de hacer arreglos para ir a otra parte."

Capítulo 9

Darcy empujó su mano por encima de Kit para ayudar a Elizabeth a bajar del carruaje de alquiler enfrente de la casa en Leadenhall Street. "Creo que usted puede estar familiarizada con el vecindario, Señorita Elizabeth." Era la primera vez que él se las había arreglado para decirle algo a ella sola desde que habían salido de la casa de la Sra. Landon. Kit había monopolizado su atención todo el tiempo, dejando a Darcy conversar con Georgiana.

"Por supuesto," replicó ella. "Está a dos calles de la casa de mi tío en Gracechurch Street. Debo entrar sin tardanza; puede haber personas aquí que pudieran reconocerme."

Darcy le dio el paso hacia la casa. "Los sirvientes no abren la puerta ya que no sabrían quién es admitido y a quién hay que despedir con una historia falsa." Él se quitó los guantes y los lanzó a una pequeña mesa.

"Ya veo." Ella se quitó el gorro y lo colgó cuidadosamente en un gancho, mirando alrededor como hacia un peligro desconocido.

Georgiana estudió los alrededores con franca curiosidad. "¿Ustedes tres están viviendo aquí?"

"La mayor parte del tiempo," dijo Kit. "Tenemos visitantes frecuentes, sin embargo. Gente que trabaja con nosotros, gente que necesita un lugar seguro donde esconderse mientras pueden escapar, y así." Él elevó su voz. "Freddie, ya llegamos."

Frederica, vestida sencillamente como acostumbraba estos días, surgió a través de la puerta. Su mirada pasó por encima de Elizabeth y se fijó en Georgiana.

Darcy dijo, "Frederica, ¿puedo presentarte a la Señorita Elizabeth Bennet? Señorita Elizabeth, esta es mi prima, Frederica."

"Solamente nombres de pila, por favor," dijo Frederica. "Esa es la regla aquí. No podemos ser forzados a revelar nombres que no sabemos."

Darcy se aclaró la garganta. "Y esta, por supuesto, es Georgiana."

Georgiana hizo la caravana apropiada. "Lady Frederica."

"Ya no se me permite usar ese título," dijo Frederica algo ausentemente, estudiando aún a Georgiana. "¿Me acompañan a la sala de estar?"

Alguien había hecho un intento de arreglar la habitación. Habían quitado de las sillas los papeles que usualmente las cubrían. Pero Darcy estaba demasiado inquieto para sentarse después de haber observado a Kit coqueteando con Elizabeth en el carruaje, así que se paró por un lado de la chimenea mientras Kit galantemente llevaba a Elizabeth a un pequeño sofá y se sentaba junto a ella. Él murmuró algo al oído de ella, y Elizabeth volvió sus ojos sonrientes hacia él.

Algunas veces Darcy realmente detestaba a su hermano.

No era justo. Primero Kit lo había resentido por mantener la presencia de Georgiana oculta de él, y ahora él estaba determinado a encantar a la única mujer que se las había arreglado para encantar a Darcy. ¡Y esto después de que Darcy había estado agobiado por años con la ingrata tarea de actuar como niñera de Georgiana! Ahora ese mismo servicio lo dejaba incapaz de cortejar a la mujer que amaba. Ya era suficientemente malo tener que renunciar al futuro que deseaba por el bien de Inglaterra; observar a su hermano robarse a Elizabeth bajo su nariz era otro asunto totalmente diferente.

Afortunadamente para la salud mental de Darcy, la atención de Elizabeth cambió de Kit a Frederica, quien estaba explicando acerca de su trabajo recabando inteligencia de todo el país. Georgiana parecía cautivada por el recital. "¿Cuándo será el momento de usar todo esto?" los ojos de Georgiana brillaban.

"Quizá nunca," dijo Frederica sobriamente. "Todo lo que hemos averiguado será útil en caso de un levantamiento, pero no puede tomar el lugar de otras cosas que necesitamos. No podemos hacer nada mientras no nos libremos de las naves de guerra en el Támesis, o sus cañones arrasarían con Londres a la primera señal de una revuelta. Necesitamos algún tipo de ejército y suficientes naves para mantener el canal, al menos por un tiempo. Estamos muy lejos de tener cualquiera de esas cosas."

"Entonces... ¿entonces por qué recabas toda esta información si no puedes usarla?"

La voz de Frederica se endureció. "Porque si no estamos preparados para aprovechar la oportunidad cuando surja, no habrá esperanza de quitarnos el yugo francés. Podemos esperar a que algo cambie... algo que evite que las tropas de Napoleón en Francia proporciones refuerzos, alguna terrible derrota para los franceses, o un levantamiento en masa, aunque no podemos esperar eso. Pudiera tener éxito, pero muchos ingleses serían masacrados."

Georgiana se estremeció. "No, yo no quisiera eso, tampoco."

"Algunos de nosotros deseamos atacar cuando Napoleón avance su ejército hacia Rusia," dijo Kit.

"¡No!" Las palabras de su hermano habían arrancado la atención de Darcy alejándola de Elizabeth. "Eso sería un desastre."

"No recuerdo haber pedido tu opinión, William." La voz de Kit era ominosa.

Frederica levantó su mano. "Espera. Él sabe algo. ¿Qué es, William?"

Darcy dudó. "Napoleón ya ha hecho planes para la contingencia de una rebelión inglesa mientras él está en Rusia. No sé los detalles, pero los franceses quemarían tantas ciudades y pueblos como fuera posible y destruirían todas las reservas de alimentos mientras se retiran. Él calcula que un cuarto de la población moriría de inanición y frío una vez que sea invierno, y los sobrevivientes estarían tan débiles que opondrían poca resistencia cuando los franceses vuelvan en la primavera."

Un pesado silencio cayó sobre la habitación. Frederica, luciendo enferma, puso su mano sobre su boca y se volvió hacia otro lado. Kit murmuró una maldición por lo bajo. Elizabeth simplemente lo miró horrorizada.

Finalmente, Georgiana dijo en tono grave. "Sí, eso es exactamente lo que haría Bonaparte. He estado leyendo su libro favorito sobre tácticas."

Con el rostro ceniciento, Frederica preguntó en voz baja, "William, ¿cómo te hiciste de esa información?"

"Un general francés que conozco me lo dijo cuando estuve la última vez en Londres."

"Encantadora compañía la tuya," se burló Kit con desprecio.

¡Dios misericordioso! Iba a golpear a su hermano si no se callaba. Aparentemente la ira de Kit no había disminuido después de todo. "De hecho, me lo contó porque le pregunté que le estaba molestando," dijo Darcy heladamente. "Él estaba muy infeliz con el plan. Pensó que era bárbaro e inhumano." Había sido una noche inolvidable. Los ojos de Desmarais habían tenido lágrimas. Unos días después Darcy se había ido a Netherfield, más desesperanzado sobre el futuro que nunca.

Frederica recogió sus papeles e hizo una pila, pero sus manos temblaban. "Kit, William nos ha hecho un servicio al decirnos esto. Ninguno de nuestros informantes ha reportado nada acerca de ello."

"Solo se sabe en los más altos niveles. A mí me lo dijo solo después de haber consumido una gran cantidad de brandy. A las tropas solamente se les instruyó a que registraran la ubicación de los abastecimientos de alimentos y a que construyeran reservas de antorchas alrededor del país."

"Lo cual es consistente con lo que han dicho nuestros informantes." La voz de Frederica era pesarosa. "Eso significa que cualquier levantamiento debe suceder sin ninguna advertencia, y las tropas francesas deben ser rodeadas y aisladas de sus comandantes. Aún más razón por la que necesitamos un ejército propio."

Georgiana dijo, "Me oculté en un sótano en una cabaña en la que nos detuvimos cerca de Oxford. Estaba revestida de piedra y no se quemaría. ¿Hay manera de animar a la gente a hacer reservas secretas de alimento y semillas en lugares que no puedan incendiarse?"

Las cejas de Frederica se elevaron. "Una excelente idea." Tomó su pluma y empezó a escribir.

"¿Tuviste que esconderte en un sótano?" Darcy intentó no sonar tan horrorizado como se sentía.

La animación dejó el rostro de Georgiana. "Sólo por muy poco tiempo mientras una patrulla del ejército pasaba. Ellos ni siquiera se acercaron a la casa."

Elizabeth agregó. "Esto fue justo antes del episodio donde dormimos en un pajar." Su tono divertido pareció aligerar la tensión en el aire.

"Asumo que hay más en esta historia. "¿Cómo sucedió eso?" preguntó Kit.

"¡Es toda una historia!" dijo Elizabeth. Ella se lanzó a una divertida descripción de sus aventuras con Georgiana, arreglándoselas para hacer que el ser perseguidas por los franceses sonara bastante cómico.

El sonido de alguien tocando la puerta del frente interrumpió su historia. Frederica hizo un gesto hacia Kit. "¿Serías tan amable?".

"Por supuesto." Él se levantó y salió de la habitación. "Estuve muy agradecida por sus rápidos caballos, Sr. Darcy. Hicieron que los franceses mordieran el polvo."

"¿Freddie?" La voz de Kit tenía un tono raro, tentativo. "¿Estabas esperando a tu...?"

"¿Su madre?" Lady Matlock irrumpió en la habitación. "No, por supuesto que no lo estaba."

Frederica pareció congelarse en su lugar, su rostro cenizo de nuevo. "¿Sucede algo? ¿Es uno de mis hermanos?"

"No, y antes de que preguntes, nadie nos siguió aquí. Richard se aseguró de eso. Nunca supe que ese muchacho tenía trucos tan retorcidos bajo la manga."

Los ojos de Frederica se abrieron desmesurados. "¿Richard? ¡Creí que estaba en Jamaica! ¿O es este otro secreto?"

"No, estaba en Jamaica. Acabo de regresar." Richard entró en la habitación cautelosamente, caminando con un cojeo apenas perceptible.

Darcy lo miró con incredulidad y luego se apresuró hacia él y sacudió con entusiasmo la mano de su primo. "Richard, no puedo decirte lo feliz que estoy de verte de regreso."

"Pero ¿por qué estás de regreso?" demandó Frederica. "Y Mamá, te dije que no vinieras aquí."

Lady Matlock agitó una mano. "Solo estoy de paso para dejar a Richard aquí. He enviado mis baúles por adelantado a Darcy House, donde planeo quedarme... ¿Espero que no tengas objeción, Darcy? Pero como aún hay orden de arresto contra Richard, él no puede ir ahí. Pensé que quizá ustedes pudieran recibirlo. Hasta pueden encontrar algún uso para él."

Frederica, recuperándose finalmente de la sorpresa, se puso de pie para besar la mejilla de su madre. "Me alegra verte, por supuesto. Richard puede quedarse aquí si lo desea, pero no creo buena idea que estemos tantos reunidos aquí."

Richard dijo, "Darcy, es más que bueno verte de nuevo. Sé que estabas ahí cuando me cargaron a bordo del barco, pero para ser sincero, escasamente recuerdo nada de entonces."

"Me asombra que recuerdes algo." El recuerdo de ver a Richard en una camilla, aterradoramente flaco, con los ojos brillando por la fiebre de su pierna lesionada, todavía atormentaba a Darcy. Había parecido poco probable que sobreviviera el viaje, y Darcy había lamentado su pérdida por casi un año antes de recibir la primera carta desde Jamaica. "Parece que puedes moverte bien. Todavía no puedo creer que hayan podido salvarte la pierna."

"¿Esa?" Richard miró hacia su pierna. "No fue nada seguro por un tiempo. Ahora es escasamente un problema excepto en terreno desigual, y todavía puedo montar mejor que tú."

"¡Ja! Eso te gustaría creer." Pero Darcy sonreía, feliz de estar en terreno familiar con las bromas de su primo. La cojera sugería que caminar pudiera no ser tan simple como Richard lo hacía sonar, pero si su primo prefería ignorar su impedimento, Darcy respetaría sus deseos.

Pero él nunca perdonaría a los franceses por mutilar y casi matar a su primo, no en una batalla honorable, sino al aprisionarlo como rehén para garantizar el buen comportamiento de su padre y descuidando sus heridas hasta que estaba casi muerto. Aun así, no lo habían liberado; Darcy había pagado miles de libras en sobornos para sacar a su primo de la prisión. Y luego no había tenido elección más que poner a Richard en un barco para sacarlo de Inglaterra, aún si eso hubiera podido matarlo.

Una ola de revulsión ante la innecesaria crueldad de los invasores casi lo ahogó. Esa era la razón por la que había hecho servicio de nana por años. El liberar a Inglaterra de los opresores franceses era lo más importante. "¿Qué te trae de regreso a Inglaterra ahora?"

Richard sonrió. "Quizá te extrañaba tanto que tuve que regresar. Pero, como sabes, tengo unas cuantas deudas que deseo pagar, y trabajar con el así llamado gobierno en el exilio fue una pérdida de tiempo. No hacen nada más que parlotear sobre lo que les gustaría que sucediera. Yo prefiero la acción"

Frederica asintió. "Estoy de acuerdo. No acepto directivas de ellos porque tienen tan poco conocimiento de lo que estamos enfrentando aquí cada día, y aún menos idea de los sentimientos de la gente. Algunas de sus directivas no tenían sentido en el mejor de los casos."

"Eso, eso," dijo Kit. "Sin mencionar que estaban desactualizadas por meses."

"Es casi tan malo," dijo Frederica ácidamente, "¡como descubrir que mi propia madre me ha ocultado información crucial!"

Kit cruzó los brazos. "Sin mencionar que yo pudiera haber entendido por qué mi propio hermano se volvió un detestable tirano de la noche a la mañana, en lugar de culparme durante todos estos años por haber hecho algo para causarlo."

Darcy miró a su hermano. ¿Kit se había culpado por la renuencia de Darcy a permitirle ver a Georgiana? Él sintió una súbita oleada de simpatía por su molesto hermano.

"Los secretos tan solo son secretos cuando se guardan," dijo Lady Matlock heladamente. "¿Crees que no deseaba decírtelo? Pero no podía justificar el aumentar el riesgo en una empresa ya de por sí arriesgada. No, al único al que le debo una disculpa es a Darcy."

"¿A mí? No puedo imaginar por qué." La cabeza de Darcy aún daba vueltas ante la admisión de Kit. Conocía demasiado bien el precio de culparse uno mismo por algo sobre lo que no tenía control.

"A ti. Tú nunca te ofreciste para esto. Yo no podía manejar el cuidar a Georgiana y a mi marido enfermo al mismo tiempo, pero después de su muerte, pude haberla llevado a vivir conmigo de nuevo. Pudo haberse requerido una nueva identidad para ella, o pude haber tomado una casa en otro lugar. Mi única excusa es que estaba cansada y no pensé con claridad por algún tiempo."

¿Su infalible tía no estaba pensando con claridad? Imposible. Y Lady Matlock nunca se cansaba. Nunca. Pero junto a él la expresión de Georgiana mostraba desolación.

Darcy puso un brazo alrededor de sus hombros. "Georgiana y yo nos la hemos arreglado bastante bien, ¿no es así? Después de que se acostumbró a mí, no hubiera deseado que pasara por otro cambio. En cualquier caso, los franceses te vigilaban constantemente. Algunas veces parecía que obtenía la mayoría de mis noticias sobre ti a través de mis amigos franceses."

Los labios de su tía se apretaron. "Pudiste haberme dicho. Aunque supongo que es mejor que no supiera eso hasta ahora."

Frederica dijo bruscamente, "No es agradable descubrir que no te hicieron partícipe de los secretos, ¿o sí?"

Lady Matlock levantó la barbilla. "Ya es suficiente. Todos hemos estado trabajando para recuperar nuestro país, y eso ha significado no contarnos secretos unos a otros por seguridad. Ahora es el momento de reunir nuestra información y avanzar. No toleraré malas caras acerca de los secretos de los demás."

Un profundo silencio siguió a sus palabras hasta que Kit se rio alegremente y dijo, "¡Eso es fácil de decir para ti ya que eres la única persona que sabía tanto los secretos de William como los nuestros!"

Eso rompió la tensión, aunque Frederica todavía se veía molesta. "Darcy, ¿cambia esto tus planes?"

"No estaba consciente de que tenía planes más allá de quedarme aquí por uno o dos días mientras encuentro una casa para rentar."

Georgiana levantó la mirada hacia él. "¿No podríamos volver a Netherfield, especialmente ahora que Jane está viviendo ahí?"

Darcy sacudió la cabeza. "Eso podría ocasionar preguntas que no deseamos responder, y la Señorita Elizabeth no podría ir allí con seguridad."

La súbita palidez de Elizabeth desmentía el dinamismo de su voz cuando dijo, "No hay necesidad de preocuparse por mí. Yo no soy su responsabilidad. Como usted dice, no puedo ir a Netherfield ni puedo quedarme aquí. Esta casa está demasiado cerca de la casa de mi tío donde viví por varios años después de la invasión, y la gente en el vecindario podría reconocerme. Lady Frederica, ¿hay alguna forma en la que yo pudiera ser útil para su trabajo sin vivir aquí? Estaría feliz de hacerlo. Si no la hay, lo más sencillo sería que yo volviera a mi plan original de irme a Escocia."

"¡No!" exclamó Georgiana. "¿No puedes quedarte con nosotros, a menos por ahora?" El familiar temor estaba de vuelta en sus ojos.

El corazón de Darcy se elevó ante la idea de que Elizabeth se quedara con ellos, pero ¿cómo podría suceder después de la imposible posición en la que se había colocado al besarla en Netherfield? Eso, añadido al haber causado que ella dejara a su familia y amigos, significaba que por todas las reglas de honor él le debía una oferta de matrimonio. Pero eso era lo único que no podía ofrecerle, sin importar qué tanto lo deseara en su corazón, y sería un insulto ofrecerle cualquier cosa menos. Sin embargo, no podía quedarse en silencio. "Serías realmente bienvenida a quedarte con nosotros como amiga de Georgiana."

¿Había cruzado una sombra por el rostro de ella al escuchar sus palabras? La culpa y la desdicha carcomían el estómago de él.

Frederica asintió. "Creo que todos debían irse a Darcy House junto con mi madre. De esa manera podemos celebrar consultas según sea necesario."

"Como dije antes, Darcy House está fuera de consideración. Se esperaría que yo me desviviera por los franceses y tendría poco tiempo para cualquier otra cosa."

"Ya has sobrevivido eso antes. Deberías llevar a Kit contigo, también. Tenemos otro correo que podemos usar si hay una emergencia."

Kit elevó una ceja. "¿Tengo derecho a opinar sobre esto?"

Frederica dijo cansadamente, "No sería para siempre, solo hasta que sepamos cuál es nuestro siguiente movimiento. Y tendrías la agradable compañía de Georgiana y Elizabeth. Me sentiría mejor acerca de que hubiera otro hombre en la casa cuando William esté fuera."

Los ojos de Kit parpadearon hacia Georgiana. "Está bien, entonces, si es agradable para William."

"Por supuesto." Después de todo, Darcy difícilmente podía decir que ver a su hermano pasar tiempo con Elizabeth iba a ser tan agradable como caminar descalzo sobre agujas. "Si la Señorita Elizabeth no tiene objeción, al menos."

Elizabeth no parecía feliz. "Todavía no decido mi curso de acción." Pero a su voz le faltaba su chispa natural. ¿No la había conmovido el coqueteo de Kit?

"¡Buen Dios!" exclamó Kit. "¡Olvidamos totalmente presentarla! Debe creer que todos estamos locos. Tía, ¿puedo presentar a la Señorita Elizabeth? Ella ha estado cuidando a Georgiana desde que salieron de Netherfield. Señorita Elizabeth, esta es mi tía, y mi primo Richard, últimamente de Jamaica. Y esta, por supuesto, es Georgiana."

Con una caravana, Elizabeth dijo, "Es un honor conocerlos."

Lady Matlock inclinó su cabeza en reconocimiento. "Es un placer. Y ¡Georgiana! ¡Cómo has crecido, niña querida! ¡No te hubiera conocido!"

Elizabeth murmuró algo a Kit, aunque sus ojos no estaban sonrientes esta vez. Él respondió detenidamente, haciendo un gesto con una mano como si le diera direcciones.

Darcy frunció el ceño. Si ella necesitaba saber algo, ¿por qué le había preguntado a Kit, a quien apenas conocía, en lugar de a él? Ver sus cabezas juntas llenaba de bilis su garganta.

La voz de Richard retumbó junto a él. "Es difícil de creer. Kit era apenas un muchacho larguirucho la última vez que lo vi. Ahora es todo un hombre."

Darcy deseaba que su hermano todavía fuera un muchacho. "Solo lo he visto unas cuantas veces en estos años. Necesitaba mantenerle lejos de Georgiana. Asumo que sabes quién es ella." Era un esfuerzo evitar que sus ojos siguieran a Elizabeth mientras salía discretamente de la habitación.

"Mi madre finalmente consideró oportuno informarme mientras veníamos para acá en el carruaje. Fue un gran alivio para mí."

"¿Un alivio?" No era cómo él hubiera esperado que su primo reaccionara.

"Tus cartas me han estado preocupando por años, desde que noté que nunca ibas a Pemberley, solo a Londres y a una casa rentada tras otra. Pensé que no podías soportar ir a casa después de todo lo que había pasado. Una vez que supe quién era Georgiana, todo tuvo sentido. Pero ¿qué hay de la Georgiana real? ¿La que está en Canadá? ¿Cómo se las arregla?"

Darcy se estremeció. "Desearía saberlo. Mi padre envió mensajes indicando que ella estaba bien, pero sin detalles, y después de su muerte eventualmente recibí recado de que ella estaba dispuesta a continuar la impostura bajo el cuidado de otro exiliado inglés, un amigo de mi padre. O al menos así fue como interpreté el mensaje disfrazado. Me preocupo por ella, y Kit ha estado muy preocupado desde que supo la verdad, pero sé que mi padre tenía un plan para ella si algo le sucedía. Tengo qué confiar en eso."

Su primo silbó. "Eso es muy incómodo. Si te sirve de ayuda, he visto los reportes que el gobierno en exilio recibe sobre ella, y suena como que está bien protegida. Por supuesto, todos creíamos que era realmente la princesa, así que nunca pensé mucho en ello."

Asiendo el brazo de Richard, Darcy dijo, "Me has quitado un gran peso de encima. No conocí bien a Georgiana, pero aun así es mi carne y sangre.,

Kit estuvo más cerca de ella ya que crecieron juntos, mientras que yo estaba fuera en la escuela cuando nació y luego en Cambridge durante su infancia."

"Si lo hubiera sabido, hubiera prestado más atención a esos malditos reportes," gruñó Richard. "Supongo que no podías haberme contado nada de esto en una carta, pero desearía haber sabido lo que estaba sucediendo."

"Yo ciertamente no podía ponerlo en una carta, ni siquiera decirlo en persona. Hasta el mes pasado, no se lo dije a nadie. Ahora hay cinco de nosotros en esta habitación que sabemos la verdad, y eso me pone nervioso, aunque confío en todos ustedes."

Richard resopló. "Deberías intentar trabajar con el gobierno en exilio Su idea de mantener un secreto es contárselo a todos los que conocen. ¡Qué bueno que nunca supieron tu tarea!"

"¡Muy bueno, en verdad!" Algo acerca de las palabras de Richard removió la memoria de Darcy. "Eso me recuerda... Esto puede no ser importante, pero recientemente me encontré con uno de los antiguos auxiliares de Lord Wellington quien me preguntó cómo ponerse en contacto con el gobierno en exilio. Tenía un mensaje urgente para ellos acerca de un hombre con quien ellos debían comunicarse."

Los ojos de Richard brillaron. "¿Quién era? Conocí a la mayoría del personal de Wellington."

"Su nombre era Tomlin. Teniente Coronel Tomlin."

"Tomlin es un soldado de primera categoría. Si él dice que es importante, lo es." Richard tamborileó sus dedos sobre su muslo. "¿Te dijo quién era este hombre?"

"Sólo que era el capitán de puerto de Milford Haven."

"Hmm. Esos tontos en Jamaica no harán nada sobre ello aún si reciben el mensaje. Quizá yo lo investigaré. Si este capitán de puerto puede encaminarnos a conseguir un barco o dos, podía hacer una gran diferencia. No podemos hacer nada mientras Napoleón controle el canal."

Diez minutos más tarde, Elizabeth no había vuelto. Darcy sabía que no debía ir tras ella, pero lo hizo de cualquier manera. ¿Qué tenía ella que lo hacía romper todas sus reglas?

La encontró en el comedor, inclinada sobre la mesa para leer una copia de *El Lealista*. La mayoría de las casas tenían manteles; aquí siempre había periódicos sobre la mesa.

Él se aclaró la garganta. "La vi salir de la sala de estar. ¿Hay algún problema?"

Ella se enderezó, con expresión cautelosa. "Han pasado muchos años desde que su familia había estado reunida. No deseaba entrometerme en su reunión, y lamento haberlo hecho abandonarla ahora." Ella no sonaba complacida.

¿Qué debía decir él? "No he tenido oportunidad de hablar a solas con usted desde aquel día en Netherfield."

"Tendrá muchas oportunidades si Georgiana se sale con la suya y me mantiene a su lado." Su tono era ahora definitivamente frío.

Ella estaba enojada con él, pero ¿por qué? ¿Era porque la había forzado a dejar a su familia... o porque la había besado? ¡Si tan solo pudiera haber hablado con ella en lugar de desaparecer!

Él tenía que tener cuidado, aún si hubiera preferido hincarse a sus pies y rogarle que lo perdonara. "Georgiana parece muy apegada a usted. Me disculpo por ponerla en una posición incómoda al invitarla a Darcy House."

"Una posición incómoda," dijo ella amargamente. "Es una manera de describirla, supongo. ¿Cuánto tiempo cree usted que pasará antes de que Georgiana pueda tolerar mi partida?"

A él se le secó la boca. "Desearía poder predecir eso, pero no puedo. Es incómodo, como lo sé bien. Lamento que sus temores la estén forzando a hacer elecciones desagradables."

"¡Oh! Me imagino que vivir en Darcy House no será desagradable." Su amargura había cambiado a una pesada ironía. "Después de todo estaré viviendo en medio del lujo y mi única obligación será reconfortar a una excitable jovencita. ¿A qué podría posiblemente objetar, aparte de vivir en su casa bajo su protección cuando la mitad de Meryton ya sospecha que soy su amante?"

Sus palabras lo golpearon como un martillazo. Dio medio paso hacia adelante antes que la mirada en el rostro de ella lo detuviera. "Sé que la he colocado en una situación imposible. No puedo culparla por pensar mal de mí; con toda causa usted tiene derecho a esperar algo de mí, algo que no puedo cumplir."

Ella río cruelmente. "No espero nada de usted. Georgiana me ha explicado su inusual situación, así que sé que usted está destinado a cosas más grandes que una simple señorita campirana como yo. O quizá debería decir, como lo fui alguna vez. Ahora no soy ni eso."

"¿Georgiana dijo eso? No hubiera creído que ella se daba cuenta de las consecuencias de vivir conmigo. No es algo que hubiera deseado." De hecho, había evitado pensar en ello cuando era posible.

"¡Por supuesto que no! ¿Por qué querría cualquier caballero ser elevado al rango de realeza? No soy tonta, señor."

Él retrocedió. "La mayoría de los hombres, sí, pero yo no soy un cortesano. Si sucediera, me vería forzado en una situación para la que soy inadecuado por naturaleza. Pero al menos si Georgiana es restaurada a su posición por derecho, ella podría decirle al mundo lo que usted ha hecho por ella. Usted podría regresar a Longbourn como una heroína con la cabeza en alto."

Ella le dio la espalda. "No hay nada para mí en Longbourn. Lizzy Bennet está muerta, y su desaparición no ha causado ni una reacción." Su voz estaba tensa.

¡Si tan solo pudiera tomarla en sus brazos y decirle que todo estaría bien de nuevo! Pero no sería la verdad. "Su familia ha estado profundamente angustiada desde que se fue." Aún a él le sonaba débil.

"¡Oh, sí! Mi queridísima Jane estaba tan angustiada que se comprometió unos días después y ¡celebró su boda antes de un mes!"

Él no pudo soportarlo más. Se acercó a ella por detrás y puso sus manos en la parte superior de los brazos de ella. "No. No fue así. Su hermana estaba totalmente devastada cuando usted desapareció. Bingley había adivinado que yo era un Lealista y le informó a ella que él creía que yo tenía algo que ver con su desaparición, así que yo le dije que, aunque no conocía su ubicación, sabía por qué se había ido y tenía todas las razones para creer que estaba segura. Eso alivió lo peor de su ansiedad. En cuanto a la velocidad de la boda, Bingley estaba ansioso de que estuviera segura casada con él, y sospecho que Jane estaba incómoda de regresar al seno de su familia después de todo lo que había sucedido. Ella la extrañó muchísimo el día de su boda y eligió que nadie fuera su madrina en ausencia de usted."

La cabeza de ella estaba inclinada, exponiendo la nuca de su cuello hacia él. Era mareante estar tan cerca de ella, el olor de agua de rosas invadiéndolo. Pero era raro también. Ella siempre había usado lavanda en Hertfordshire, pero por supuesto, ella no habría podido llevar nada con ella cuando se fue con Georgiana, ciertamente no su agua de lavanda. El ansiaba probar la porcelana de la piel de su cuello donde unos cuantos rizos errantes habían escapado su peinado, pero ansiaba aún más ofrecerle confort.

Cuando ella permaneció en silencio, él lo intentó de nuevo. "No la culpo por estar enojada conmigo. Me merezco la culpa por colocarla en esta posición. Si tan solo me hubiera dado cuenta de por qué estaba siendo arrestado, podía haberle evitado esto. Asumí que me buscaban por crímenes que realmente había cometido, no por algo sin importancia."

"¿El asesinato no es importante?" La voz de ella sonaba irregular.

"No, pero ellos sabían que yo no era culpable de otra cosa que de detestar al hombre al que fui acusado de matar. El Capitán Reynard solamente quería castigarme por..." Demasiado tarde se dio cuenta de su error.

"¿Por qué?"

"Por interponerme entre él y sus deseos." Antes de que ella pudiera replicar, él se apresuró a seguir. "Pero él subestimó el poder de mis conexiones, y ahora es él el que espera ser enjuiciado. Aun así, usted pagó un precio muy alto por mi error." Él dejó caer sus manos. No tenía derecho a confortarla.

Ella frotó sus brazos como para dares calor. "Realmente no. Usted cambió mi destino y la forma de mi partida, pero si no hubiera dicho nada, yo hubiera tenido que irme a Escocia, en cualquier caso." Ella sonaba reticente, como si estuviera determinada a ser justa aún si no deseaba serlo.

"¿Desea que hable con Georgiana y le pida que le permita irse?"

"¿Haría alguna diferencia si lo hiciera? He visto qué tan profundo llegan sus temores."

"Quizá no, pero podría intentarlo. Hasta ahora es solamente su separación de mí lo que causa su ansiedad." Se sentía extrañamente incómodo compartir ese papel después de todos esos años.

Elizabeth se dio vuelta para enfrentarlo. "No importa. No hay nada para mí en Escocia. Si soy de utilidad aquí, igual puedo quedarme."

Puede que fuera una aceptación renuente, pero era una aceptación. Más importante, él no tendría que darle un adiós final, lo cual se sentiría como arrancarse su propia piel. "A nombre de Georgiana, se lo agradezco."

¡Si tan solo Elizabeth no se viera tan infeliz!

ELIZABETH ESPERÓ UN intervalo decente después de que Darcy la dejó antes de volver a la sala de estar, y necesitó cada minuto de este tiempo para recuperar la compostura. Era doloroso mantenerlo a distancia cuando ansiaba estar más cerca de él, tocarlo, bromear con él como lo había hecho en Meryton. Pero eso fue antes de que supiera lo que había en el futuro de él... y de saber que ella no podía tener parte en él.

Cuando las cálidas manos de él habían descansado sobre sus hombros, la tentación de volverse hacia él la había quemado. Pero conocía los peligros de eso a causa de su breve beso en Netherfield. Su deseo de tocarlo era aún más poderoso ahora, porque ella había aprendido lo que era estar sin él y temer nunca volverlo a ver. Y él era también su más fuerte lazo a su vida anterior. Georgiana escasamente la había conocido antes de huir de Hertfordshire juntas.

El ver a la familia de él reunirse, justo cuando ella había perdido a la suya, había sido insoportable. Al menos ahora ella sabía que Jane había sentido su pérdida.

Finalmente se había forzado a volver con los demás. A ellos se había unido un recién llegado, un hombre larguirucho con manos manchadas de tinta.

"Ven, Elizabeth," dijo Frederica. "¿Me permites presentarte a Andrew? Él también vive aquí, y él publica *El Lealista*. Justo le estaba contando la novedad de que la Princesa Charlotte está de regreso en Inglaterra. Creo que pudiera ser útil si los lectores de *El Lealista* estuvieran conscientes de eso."

"¡Son tan excelentes noticias!" exclamó Andrew. "Si quieres, puedo ponerlo en la próxima edición."

Darcy sacudió la cabeza. "Eso sería demasiado peligroso. Si los franceses vinieran a buscarla aquí..."

Frederica dijo bruscamente, "William, mantener a la princesa tan segura como sea posible es importante, pero no sirve de nada si no nos libramos nunca de los franceses. Mucha de nuestra gente está perdiendo la esperanza de recuperar nuestra libertad alguna vez, y esta única pieza de información, más que cualquier otra cosa que tenemos, les dará algo bajo qué reagruparse. Será casi imposible para los franceses perseguir a una jovencita que recién llegó de Canadá y que ha tenido tiempo más que suficiente para disfrazarse. Vale la pena el muy pequeño riesgo."

Darcy se veía amotinado. "Todavía creo que es mala idea."

"Supongo que no..." La voz de Andrew se apagó. "Supongo que la princesa no estaría de acuerdo en hacer una declaración para un artículo."

Frederica examinó los papeles frente a ella, sus ojos ni siquiera se movieron hacia Georgiana. "Me imagino que ella estaría dispuesta a contestar a una pregunta o dos por escrito. Nada sobre su estancia en Canadá, sin embargo... no quisiéramos exponer a ninguno de sus contactos allá."

"Por supuesto que no." Él pasó la mirada por los recién llegados. "También, si cualquiera de ustedes tuviera historias que pudieran ser de interés, estaría encantado de oírlas."

Kit se rio. "¡Estás tan moderado esta noche, Andrew! Usualmente esa es la primera pregunta que haces cuando conoces a alguien nuevo."

"Es verdad," dijo Andrew tristemente. "Estoy obsesionado con eso."

Frederica se veía pensativa. "Elizabeth pudiera tener una historia para ti. Viene de un lugar con un capitán de cuartel abusivo."

Andrew hizo una reverencia en su dirección. "Señorita Elizabeth, si usted estuviera dispuesta a hablar conmigo, estaría en deuda con usted. Con frecuencia es difícil para mí obtener historias de problemas específicos fuera de Londres, y las historias de ese tipo son útiles para mantener el espíritu de rebelión de la gente."

Finalmente, alguien que la quería por ella misma. Elizabeth se relajó lo suficiente como para sonreír ligeramente. "Estaré feliz de hacerlo si usted cree que puede ser útil."

Lady Matlock dijo, "Quizá no esta noche, sin embargo. Si Elizabeth va a vivir con nosotros en Darcy House, es mejor que se vaya para allá conmigo hoy. Necesitamos una explicación de por qué una joven dama gentil viviría en una casa con dos caballeros solteros. Lo más sencillo sería presentarla como mi protegida, y, por lo tanto, bajo mi cuidado."

"Pero no sé nada de usted," protestó Elizabeth. "Cualquiera se daría cuenta de que somos completamente extrañas una de la otra."

"¡Tonterías!" dijo Lady Matlock bruscamente. "Te conozco desde que eras una niña y cuido de ti desde la reciente trágica muerte de tus padres. No demasiado reciente, sin embargo, creo... el negro no te queda, así que ya debes haber dejado el luto. Quizá acabas de dejar el luto, requiriendo así un viaje a Londres para obtener nueva ropa para ti. También explicaría mi presencia aquí después de todos estos años. Sí, eso funcionaría bien."

Elizabeth instintivamente miró hacia Darcy para ver su reacción.

La mirada de él se hizo cálida cuando encontró la de ella. "Sí, mi tía es siempre así. En media hora usted estará segura de que de hecho la ha conocido desde la infancia."

Capítulo 10

En su primera noche en casa, Darcy batallaba para descifrar una manchada carta de Bingley, pero no podía concentrarse en la tarea, no cuando Elizabeth estaba en la misma casa. Todo lo que él deseaba era buscarla y disfrutar de su presencia. Pero eso solo empeoraría las cosas, así que, en lugar de eso, se ocultaba en su estudio.

Cuando Elizabeth apareció en la puerta del estudio, su silueta delineada en la luz del pasillo, un peso pareció levantarse de los hombros de Darcy.

"Sr. Darcy, me pregunto si puedo tomar unos cuantos minutos de su tiempo."

"Por supuesto." Hasta donde a él le concernía, Elizabeth podía tomar cada momento de su tiempo por el resto de su vida. "Siéntese. ¿Hay algo con lo que pueda ayudarle?"

Ahora que ella estaba más cerca, él podía ver las líneas entre sus cejas. Había un problema; estaba seguro de ello.

"Lamento molestarle con esto. Georgiana está angustiada. He intentado ayudarla yo misma, pero no me quiere contarme toda la historia y en lugar de eso me envió con usted."

"Se lo ruego, no se disculpe. No me está molestando para nada. ¿Cuál parece ser el problema?"

Ella retorció un pañuelo entre sus manos. "Georgiana siente que le disgusta intensamente a su tía, y por lo tanto está infeliz ante el prospecto de que ella permanezca con nosotros. Yo no he visto evidencia de ese disgusto, pero Georgiana dice que es solamente porque está demasiado bien educada para demostrarlo. Y aquí es donde entra usted. Georgiana dice que su tía tiene razón en detestarla a causa de una cosa horrible que hizo hace años. No me dirá qué fue, solo que usted la ha perdonado por eso y que le debía preguntar a usted sobre eso. De nuevo, lamento molestarle, ¡pero no sé cómo reconfortarla cuando no me dice cuál es el problema!"

Darcy levantó las cejas. "La dificultad es que no sé cuál es tampoco. Mi tía siempre ha parecido apreciar a Georgiana, y no tengo conciencia de ningún problema entre ellas. Quizá es alguna nimiedad que Georgiana ha aumentado en su propia mente. ¿Le dio alguna clave sobre qué pudiera ser, o cuándo sucedió?"

Elizabeth sacudió la cabeza. "Tengo la impresión de que fue poco después de que viniera a vivir con usted. La única otra cosa que dijo es que usted la había perdonado por eso."

Darcy tamborileó los dedos sobre su escritorio. "Eso no me ayuda mucho, ya que le he perdonado muchas cosas." Como quería ver sonreír a Elizabeth, agregó, "Aunque hubo unos cuantos berrinches al principio que puedo todavía no haber perdonado completamente. Sus berrinches eran bastante impresionantes."

Afortunadamente, ella sonrió. "Me puedo imaginar. Ella tiende a sentir las cosas poderosamente."

La conexión le hizo sentir bien. "Sí, lo hace. Aunque no hubiera deseado que recayera sobre usted, es un notable alivio compartir la responsabilidad por ella con alguien. Le agradezco todo lo que ha hecho por ella, especialmente porque se había vuelto cada vez más obvio para mí que yo no podía proporcionarle todo lo que ella necesitaba."

"¡No puedo entender como pudo soportarlo todo usted solo por tanto tiempo!" exclamó ella. Luego lo miró con malicia. "Y tuvo que tolerar toda mi equivocada impertinencia sobre su política."

"Me gustaba su impertinencia," dijo él suavemente. "Deseaba más que nada decirle la verdad."

Por un momento, mientras sus bellos ojos sostenían su mirada, Darcy tomó aguda conciencia de la curva de los labios de ella. Quizá... Elizabeth se enderezó, repentinamente toda formal. "Cuidar de Georgiana era su principal deber, así que no podía decírmelo. Entiendo eso. Sin embargo, eso no resuelve mi problema. ¿Cree que, si hablamos juntos con ella, ella pudiera revelar qué es lo que le preocupa?"

Georgiana. Su presencia permanecía entre ellos, y él tenía que recordar eso... y dejar de desear que no fuera verdad. Esta ansia por Elizabeth pasaría con el tiempo. Él tenía su deber, y eso tendría que ser suficiente. Pero si había algo por lo que no podía perdonar a Georgiana, era esto, no algún evento de hacía mucho tiempo. "Quizá debiéramos intentar preguntarle primero a mi tía. Ella pudiera ser más explícita."

"Muy bien. Yo también tengo una pregunta, sobre el tema de su tía. No sé cómo referirme a ella. Los franceses dicen que no debemos usar su título, así que no deseo arriesgar que un sirviente lo escuche. Pero no me atrevo a llamarla 'Sra. Fitzwilliam,' y suena torpe estar refiriéndome siempre a ella como su tía. Me hace sentir como una tartamudeante chica de escuela." Aún su leve irritabilidad era encantadora.

"Los sirvientes en Pemberley la llaman Madam como si fuera su nombre. Es una solución, y ella está acostumbrada a eso."

Las comisuras de los labios de ella se elevaron, intensificando la urgencia de él de probarlos. "Supongo que eso está tan bien como cualquier otra cosa. ¿Los sirvientes de aquí harán lo mismo?"

"Eso dependerá del ama de llaves. Habrá notado que mis sirvientes son menos que inteligentes, y muchos de ellos son semi sordos. Estoy segura de que puede comprender por qué."

Ella elevó las cejas. "¿Cómo le explica a usted esas raras preferencias de contratación a su ama de llaves?"

La sonrisa de Darcy era cálida. "Ella está consciente de la necesidad. Ella solía ser el ama de llaves en Pemberley, pero vino aquí porque yo necesitaba a alguien en quien pudiera confiar para manejar a los sirvientes y para estar pendiente de cualquiera que hiciera el tipo erróneo de preguntas."

Elizabeth inclinó su cabeza a un lado. "Pero Georgiana me dijo que nadie más sabía la verdad."

"Ella no está consciente de que la Sra. Reynolds conoce su identidad. También mi antiguo valet lo sabía, él había trabajado anteriormente para mi tío, o yo nunca hubiera podido mantener la mascarada por tanto tiempo como lo he hecho. Él murió poco antes de que yo fuera a Netherfield." Había sido un duro golpe. No solo había Darcy sentido cariño por Blackwell, sino que había dependido de él para manejar a Georgiana cuando él había tenido que salir de la casa. Si Blackwell hubiera estado en Netherfield ese fatídico día, Darcy le hubiera encargado a él a Georgiana en lugar de a Elizabeth. Se le contrajo el pecho al pensarlo.

LADY MATLOCK ESTABA tan a obscuras como Darcy. "No puedo imaginar por qué pensaría que me disgusta. No tengo nada contra ella, aparte de un desafortunado gusto por vestidos verdes cuando el color la hace parecer biliosa. Eso puede remediarse, sin embargo."

Elizabeth dijo, "Parece ser algo de hace mucho tiempo, cuando ella todavía vivía con usted. Ella dice que hizo algo totalmente imperdonable."

Lady Matlock sacudió la cabeza. "No puedo recordar nada. Ella algunas veces estaba infeliz, pero ¿quién no lo hubiera estado cuando la habían separado de todo lo que conocía? Quizá ella no comprendió por qué le pedí a Darcy que se hiciera cargo de ella en mi lugar, o..." Ella hizo una pausa y suspiró. "¡Oh, Dios! Me temo que sí lo sé. Le dije cuando sucedió que era un completo sin sentido, pero en un punto ella se creyó responsable por la apoplejía de mi difunto marido. Él estaba molesto con ella ese día porque se había portado muy mal, anunciando su identidad en presencia de huéspedes. Aunque pudimos convencerlos de que ella había inventado todo el asunto, no podíamos permitirle continuar de esa manera. Mi esposo la regañó, algo a lo que ella no estaba acostumbrada, y ella amenazó con huir. De cualquier forma, eso no fue a ningún lado, como sucede frecuentemente con esas cosas, pero cuando él sufrió un colapso esa noche, ella se culpó. Eso fue cuando nos avisaron que Matlock House había sido saqueada, lo que sin duda tuvo mucho más que ver con su angustia que sus travesuras."

Elizabeth pareció pensativa. "Eso pudiera ser. Si fuera verdad, sería de verdad imperdonable, y si usted ya no pudo cuidar de ella, ella pudiera haber visto eso como ira. Se lo preguntaré."

"No," dijo Lady Matlock. "Yo misma hablaré con ella. Quizá usted pueda acompañarme."

Después de voltear a mirar a Darcy, Elizabeth estuvo de acuerdo.

ELIZABETH NO QUERÍA nada más que algún tiempo en paz en su propia habitación, pero el Sr. Darcy estaría sin duda esperando un reporte sobre el resultado de la charla de Lady Matlock con Georgiana. Tomar unos minutos para contarle al respecto era lo correcto. Sin embargo, el que su corazón diera pequeños saltos de emoción ante el prospecto de hablar a solas con él no era para nada lo más correcto.

La intimidad de entrar en su estudio iluminado por velas era un placer robado. Nada podía resultar de ello, pero ¿era algo tan terrible permitir que el calor del deseo se acumulara dentro de ella en presencia de él? Cuando el levantó la mirada de su libro, sus obscuros ojos traicionaron un tipo diferente de excitación, uno que hacía que sus entrañas se estremecieran. Las esculpidas líneas de los pómulos de él y sus sombreados labios parecían rogar que los tocara.

Ella asió sus manos tras su espalda, manteniéndolas fuera del camino de la tentación. "La crisis ha sido superada. Cuando salí, Lady Matlock tenía su brazo alrededor de Georgiana. Creo que Georgiana creyó en sus aseveraciones, pero tomó algo de esfuerzo."

"Bien. Gracias por ayudarla. No tenía idea de que esto estaba preocupándola. Ella nunca ha confiado en mí de la forma en que parece hacerlo en usted."

Era tarde, y aún si la puerta estaba abierta, la mayoría de los sirvientes ya se habían ido a dormir. Y ella estaba sola con él. La piel le hormigueaba. "En este caso, ella pudo haber sentido que no necesitaba hacerlo ya que creía que usted ya sabía. Ella tiene una muy buena opinión de usted."

Darcy estiró sus brazos frente a él. "Algunas veces, demasiado buena. Ella cree que yo puedo protegerla de todo y, como hemos visto, no puedo hacerlo. Siempre siento como si caminara sobre cascarones de huevo con ella, y que la palabra o mirada incorrectas liberarán uno de sus ataques de ansiedad."

Su confesión la hizo que él le agradara más. "Se lo que quiere decir, pero creo que fueron meramente mis propias palabras torpes las que estaban empeorando las cosas. Es un confort, supongo, saber que no soy la única."

"No puedo imaginármela diciendo alguna vez algo torpe." Los obscuros ojos de él estaban firmes en ella. "Ella es simplemente sensible y se asusta con facilidad. Yo no la manejé bien cuando recién llegó a vivir conmigo. Tenía poca experiencia con niños, y menos con una nerviosa y temperamental."

Aun cuando él solo estaba hablando de Georgiana, sus palabras se sentían extrañamente íntimas, como si de alguna forma pudieran llegar dentro de ella."

"¡Me puedo imaginar! Yo me sentí mal preparada para manejar algunos de sus humores, y tengo tres hermanas más jóvenes. ¡No sé cómo pudo usted arreglárselas!"

Los labios de él se curvaron hacia arriba en una leve sonrisa. "Cometiendo un montón de errores."

No, el error estaba en permitirse a sí misma sentirse atraída aún más por él cuando debía estar haciendo todo lo posible para permanecer lejos de él. Pero era tarde y ella estaba cansada, y su calidez era un gran alivio después de todo este tiempo lejos de todos los que conocía y amaba. Aun las breves visitas con su tío solamente le habían recordado cuán sola se sentía.

El ruido de pasos hizo eco en el pasillo fuera del estudio. Kit metió la cabeza por la puerta. "Me pregunto, William, si sabrías..." Su tono casual se tornó abruptamente formal. "Mis disculpas; no me había dado cuenta de que la Señorita Elizabeth estaba contigo."

Las mejillas de ella enrojecieron. ¿Qué pensaría de ella, encontrándola sola con él a esta hora? "Ya me iba. Georgiana estaba alterada antes, pero creo que finalmente lo solucionamos."

"¿Alterada?" Kit sonaba conmocionado. Quizá creía que las princesas no tenían tales sentimientos.

"Sí," dijo ella con una sonrisa. "Su hermano puede contarle sobre ello, pero pasa de la hora en que debo retirarme." Aun eso sonaba demasiado íntimo.

Darcy debió sentir lo mismo, porque dio un paso hacia ella antes de detenerse. "Buenas noches, "Señorita Elizabeth. Le agradezco su asistencia con Georgiana."

"Fue un placer." ¿Por qué cada palabra de ella parecía súbitamente tener un significado oculto? "Buenas noches, caballeros."

Aun cuando ya estaba arriba, ella aún sentía la atracción de la presencia de Darcy. Se mordió los dedos con frustración. ¿Podría ella manejar tanta intensidad? ¿Tenía elección?

DESPUÉS DE CUATRO DÍAS en un carruaje de posta tras otro, el interminable viaje interrumpido cada pocas millas por soldados franceses que demandaban ver permisos de viaje... y en algunos casos, recibir sobornos... Richard Fitzwilliam debatió permanecer en la posada en Milford Haven y dormir por un día antes de buscar al capitán de puerto. Pero todavía había luz, y él estaba inquieto, así que cojeó por la calle empedrada hacia el muelle. Un transeúnte le señaló el pequeño edificio que abrigaba la oficina del capitán de puerto. Dentro de ella, un hombre delgado, de cabello obscuro salpicado de blanco, estaba sentado ante el pequeño escritorio. Él no levantó la mirada de su libro de contabilidad cuando entró Richard. "¿Sí?" preguntó tajantemente.

"Estoy buscando al capitán de puerto," dijo Richard. Algo acerca del hombre no estaba bien.

"Ese sería yo. El nombre es Wisley." El capitán de puerto parecía no tener interés... pero su voz... eso era. Su acento tenía la estampa de Eton.

"Mi nombre es Richard Fitzwilliam, y estoy aquí a nombre de..."

Wisley levantó súbitamente la mirada, clavándolo con ojos penetrantes, color gris acero.

Aún tomado por sorpresa después de todos esos años, los reflejos de Richard aún sabían lo que demandaba la situación. Se puso firmes. El movimiento no planeado sobre su pierna débil casi causó que perdiera el equilibrio, algo que rara vez le ocurría estos días. Pero su mano recordaba cómo saludar. "¡Señor!"

"Deje de hacer eso de inmediato. Solo soy Wisley, el capitán de puerto"

"Creí que estaba muerto. Todo el mundo lo cree. Por supuesto; Wisley, Wellesley..."

"No lo diga." Eso era claramente una orden. "Venga Fitzwilliam, siéntese y dígame qué lo trae por aquí, ya que parece que no soy lo que usted esperaba."

"Para nada, señor." Richard se colapsó en la silla ofrecida. "¡Buen Dios! ¡Estoy asombrado! Al menos esto explica por qué Tomlin pensó que era tan importante que gobierno en exilio se comunicara con un obscuro capitán de puerto."

Los ojos gris acero se iluminaron. "¡El mensaje fue recibido después de todo! Tomlin estará complacido. Habíamos empezado a perder la esperanza y a pensar que todos nuestros planes eran para nada."

"Definitivamente no para nada, señor. Hay un activo movimiento Lealista cuyo líder está buscando a alguien que sepa como mandar en un ejército. Nada los hará más felices. Todavía no puedo ir más allá de esto... usted, ¡aquí al final de la tierra!"

"Difícilmente eso. ¿Sabía que los paquebotes que van a Irlanda tienen su base aquí? Los paquebotes son, por supuesto, mucho más pequeños que los buques de guerra, pero son rápidos, maniobrables, y llevan cañones para defenderse de los corsarios."

"Tierra y mar," jadeó Richard.

"Exactamente. Yo no estoy solo en esta ventura. Debo presentarle al capitán de uno de los paquebotes, un viejo amigo mío de nombre Hamilton. Antiguo hombre de la Naval ya sabe." Hizo una pausa, con una expresión triunfante en su rostro, claramente esperando una reacción.

¿Hamilton? Richard nunca había escuchado de un hombre de la naval con ese nombre. Un momento... Hamilton. Emma Hamilton. La respiración se le atoró en la garganta. "¿De casualidad al Capitán Hamilton le falta un brazo?"

"¡Muy bien! Usted siempre fue uno de los inteligentes, Fitzwilliam. Conocerá a otros viejos amigos aquí además de Tomlin... Abercromby, Popham, Coote, y Harris."

Richard sacudió la cabeza con incredulidad. "¿Tantos? Pero ¿cómo se las arreglaron?"

"El crédito le pertenece por entero al difunto Duque de York. Durante la última campaña, cuando las tropas de Napoleón empezaron a prepararse para la invasión, él les dijo a sus generales de más confianza que si sucedía lo peor, debíamos encaminarnos aquí para reagruparnos y planear. Tristemente, él mismo nunca llegó."

"Le preguntaría por qué Milford Haven, pero supongo que está tan cerca del final de la tierra como puede uno encontrar en Bretaña."

"Precisamente, y en verdad ha probado ser un refugio para nosotros. Pero hay un tiempo para planear y un tiempo para la acción."

DIEZ DÍAS DESPUÉS, Richard volvió a Leadenhall Street con dos compañeros. Al encontrar a su hermana enterrada en sus usuales pilas de papeles, él dijo, "Freddie, ¿acerca de ese ejército y armada que deseabas? Permíteme presentarte al capitán de puerto de Milford Haven, a quien puedes haber conocido alguna vez como el General Lord Wellington. Lord Nelson, por supuesto, no necesita presentación. Caballeros, esta es mi hermana Frederica, la que tiene la lista de cada depósito de armas en Inglaterra y de los partisanos preparados para hacerlos volar."

Wellington se inclinó sobre la mano de Frederica. "Madam, es usted una dama como a mí me gustan."

"SABES QUE DEBO IR," Darcy le dijo a Georgiana por al menos la cuarta vez. "Elizabeth, Kit y mi tía estarán aquí contigo; y yo volveré como siempre lo hago." Sus momentos de pánico cuando él salía por la noche parecían haberse detenido ahora que ella tenía otra compañía, pero aparentemente no se habían ido por completo. "Ahora, respira profundamente y suelta el aire lentamente. Tú sabes cómo."

Georgiana siguió sus instrucciones por unos cuantos segundos, pero después su respiración volvió a hacerse rápida y entrecortada. Sus nudillos se veían blancos mientras se aferraba a la mano de Elizabeth.

"Recuerda que los pensamientos tranquilos ayudan," dijo Elizabeth en tonos tranquilizadores. "Igual que lo practicamos antes. Piensa en cómo William siempre ha regresado a ti, aún después de que fue arrestado. Tú puedes depender de él."

Un estremecimiento recorrió la espina de Darcy. El sonido de su nombre de pila en labios de Elizabeth parecía una promesa de intimidad que no existía. Aun cuando él se refería a ella como Elizabeth con tanta frecuencia como lo hacía como Señorita Elizabeth, ella siempre tenía cuidado de llamarlo Sr. Darcy. Sin duda ahora usaba su nombre deliberadamente en un intento de calmar a Georgiana. "Prometo que volveré esta noche igual que lo hago siempre," dijo él, intentando igualar el tono de Elizabeth.

"Y yo estaré aquí contigo todo el tiempo. Hasta dormiré esta noche en tu habitación si quieres." Elizabeth frotó el hombro de Georgiana con su mano libre.

"¿No me dejarás?" La voz de Georgiana se entrecortó.

"Por supuesto que no. ¿Recuerdas lo que dije? Puedes depender de mí, a menos que haya elefantes o tigres involucrados. Como no he sabido nada de elefantes o tigres en Londres, estás bastante segura. Ahora, unas cuantas respiraciones lentas junto conmigo. Aspira y exhala."

Darcy podía darse cuenta de que Elizabeth estaba bromeando con Georgiana para distraerla, pero ¿cómo habían entrado los tigres y elefantes en el asunto? Parecía ayudar, así que debía seguir el juego. "¿Y qué pasa con los leones? ¿Deberíamos preocuparnos si hubiera reportes de leones en Londres?"

Elizabeth elevó una ceja como si considerara la pregunta. "No, creo que no. Los leones no tienen la misma fascinación para mí. Los canguros, por otra parte, son un asunto diferente."

Georgiana manejó una débil risita, pero su frente todavía tenía gotas de sudor.

Darcy se puso en cuclillas junto a ella. "¿Hay algún problema esta noche? No pareció importarte cuando salí las últimas noches. ¿Dije algo que te asustó?"

La joven sacudió la cabeza, presionando la palma de su mano contra su pecho. "No, no tú," dijo ella débilmente. "¿Quién, entonces? Estoy seguro de que nadie quiso preocuparte."

Georgiana bajó la barbilla. En una voz apenas audible dijo, "Nuestra tía se peleó con Elizabeth."

"¿Eso es todo?" exclamó Elizabeth. "Eso no fue una verdadera pelea, solo un desacuerdo. Cuando me peleo de verdad, digo cosas mucho más groseras que eso. Solo pregúntale a tu hermano." Su sonrisa les quitó el filo a sus palabras.

"Pero ella dijo que tú eras ingrata, y tú dijiste que no podías quedarte bajo esas circunstancias." La respiración de Georgiana se detuvo.

"¡Oh! Querida, no quise decir que planeaba irme, solo que las circunstancias tenían que cambiar. No me voy a ir lejos de ti. ¡Y me atrevo a decir que soy realmente una cosa ingrata!"

Darcy se tensó. ¿Estaba Elizabeth pensando en irse? "¿Puedo preguntar cómo sucedió esto?" Sus palabras debieron haber salido con más brusquedad de la que él quería, porque Georgiana se encogió alejándose de él.

"No fue nada de importancia," dijo Elizabeth. "Cuando estábamos con la modista, su tía quería ordenar más vestidos de noche para mí, y yo le dije que era demasiado caro."

Georgiana susurró miserablemente. "Eso no fue lo que dijiste."

"¡Ahora quieres avergonzarme frente a tu hermano!" bromeó Elizabeth. "Muy bien; si lo que quieres es la verdad, completa y sin barniz, le dije que no podía aceptar artículos caros e innecesarios comprados con el dinero de usted, y que no quería más que unos cuantos vestidos sencillos apropiados para una dama de compañía." Los ojos de ella chispeaban en su dirección, retándolo a alegar.

Este era terreno peligroso, dado el temor de Elizabeth de parecer estar bajo su protección. ¿Debería él estar de acuerdo en que dependía de ella qué se comprara, o reforzaría eso el que aun los vestidos sencillos eran pagados de su bolsillo? No, tenía que seguir su guía y tomarlo todo a broma de algún modo. Él se aclaró la garganta. Hablando en una versión dramática de sus tonos más orgullosos, él dijo, "¡De verdad ingrata, Señorita Elizabeth! Me imagino que mi tía estaba menos preocupada con si usted quería esos vestidos que con el gozo que yo recibiría al verla en ellos. Fue realmente muy egoísta de su parte rehusarse."

Elizabeth se rio. "¡En verdad soy muy egoísta! Aun así, su tía estuvo de acuerdo en no ordenar los vestidos de noche, así que no tengo razón para irme. No tiene nada de qué preocuparse."

"Nada en absoluto," estuvo de acuerdo Darcy. Su tía había casi seguramente vuelto con la costurera más tarde con instrucciones de hacer los vestidos de cualquier modo, pero abordaría ese problema cuando surgiera. "Tendré que sufrir mi desilusión, consolándome con el placer de admirarla en cualquier vestido que elija usar."

"¡Y tú dices que tu hermano no coquetea!" dijo Elizabeth con sequedad a Georgiana.

Darcy levantó una ceja. "Cómo he dicho antes, soy muy selectivo al respecto."

Elizabeth le hizo una cara. "Bueno, Georgiana, si yo puedo arreglármelas para tolerar la compañía de tu hermano, puedo ciertamente lidiar con tu tía. ¿Lo dejamos ir, entonces? Yo podré entretenerme sola por horas pensando en cuánto debe estar sufriendo en compañía del odioso francés."

"¿Y tú te quedarás aquí conmigo y no me dejarás?" preguntó Georgiana.

"Aquí me quedaré contigo." Ella frotó la mano de Georgiana.

Darcy intentó no permitir que se notara su alivio. Después de tener a Elizabeth en su casa por unos cuantos días, no sabía cómo alguna vez había podido pasar un día sin ella. Algún día tendría que enfrentar ese dilema, pero no sería hoy.

NO HABÍA ESCAPE. GEORGIANA podía haber hecho que prometiera quedarse, pero de alguna manera Elizabeth tenía que encontrar una forma de irse. Permanecer en la misma casa con el Sr. Darcy la estaba haciendo pedazos.

Cuando quiera que lo veía, se sentía más atraída hacia él, y ella sabía que él sentía lo mismo. Él entraba en una habitación, con una pregunta atenta para Georgiana en los labios, erizándose en respuesta a una puya de Kit, o preguntando sobre el confort de su tía... pero solamente después de que su mirada se había fijado primero en Elizabeth. Ella levantaba la mirada para encontrar los ojos de él acariciándola en silencio, su rostro luciendo una leve sonrisa como con un recuerdo placentero, o algunas veces con un mohín en los labios que parecía reconocer la falta de esperanza en su situación. Esos momentos agregaban luz a la vida de ella, pero eso no hacía ninguna diferencia.

Ella no podía detener sus agonizantes pensamientos de él casado con Georgiana. Su único consuelo era la esperanza de que una atracción tan fuerte debía consumirse sola rápidamente, pero cada mañana el nudo de ansiedad en su estómago crecía más, y ella tenía que batallar más para sonreír mientras se forzaba a tragar su desayuno.

Su único alivio llegaba a la hora de la cena. Darcy usualmente cenaba con sus amigos oficiales franceses, no regresando hasta que la mayoría de la casa se había ido a dormir. No Elizabeth, sin embargo, Ella no podía forzar sus ojos a cerrarse mientras se imaginaba qué, o quién, podía estar manteniéndolo fuera tan tarde. Los oficiales franceses apreciaban la compañía de mujeres bellas, ¿o no? Aún si Darcy no iba por su propio deseo, cualquier hombre podía disfrutar mirar a esas encantadoras mujeres.

¿Quién hubiera adivinado que un mero asomo de amor pudiera doler tanto?

Después de quince días, ella tuvo que enfrentar la verdad. La familiaridad no había disminuido, como ella había esperado, sus sentimientos por él. En lugar de eso le había mostrado qué tan adecuado era Darcy para ella. La gota que derramó el vaso había sido el fácil ritmo en el que habían caído cuando calmaban a Georgiana. Se sentía tan natural y tan bien, pero no podía cambiar el hecho de que él le pertenecía a Georgiana, no a ella.

Aun mientras había tranquilizado a Georgiana de que no la dejaría, Elizabeth sabía que no podía funcionar, no mientras la joven viviera con el Sr. Darcy. Pero al mismo tiempo, ¿cómo podía romper la palabra que le había dado a Georgiana? Era una situación imposible.

Tenía que hacer algo, así que al día siguiente buscó a Lady Matlock. "Su señoría, he estado esperando la oportunidad de hablar con usted en privado. Tengo necesidad de consejo."

Lady Matlock no mostró señal de sorpresa. "Si hay algo en lo que pueda ser de asistencia para usted, estaré feliz de hacer mi mejor esfuerzo."

"Se lo agradezco. Ha sido muy amable conmigo; de hecho, todos aquí han sido muy amables, dándome la bienvenida como si fuera parte de su familia. Pero no soy uno de ustedes. Soy una extraña cuyo camino se cruzó con el del Sr. Darcy, y no puedo quedarme aquí como parásito para siempre. La dificultad es el temor de Georgiana de separarse de mí. Esperaba que usted tuviera ideas sobre cómo podría convencerla de dejarme ir."

"¿Desea irse, entonces?" Los ojos de Lady Matlock parecieron penetrar en su interior.

Elizabeth bajó la mirada hacia sus manos. "Creo que debo hacerlo."

"No exactamente lo que pregunté, pero lo comprendo. Sería sabio que yo me fuera, pero ha sido tal placer estar con William y Kit, y saber que Frederica y Richard están aquí en la misma ciudad, que sigo encontrando razones para quedarme un poco más." Ella dio un pequeño suspiro. "¿Qué se propone hacer cuando se vaya?"

"Pensé preguntarle a Frederica si hay alguna forma en la que pueda ser útil a su causa."

"Y por supuesto, Frederica dirá que lo más útil que puede hacer es quedarse con Georgiana y ayudarle a aprender a ser una dama."

El problema era que Georgiana estaba siempre con Darcy, pero Elizabeth no podía decir eso. "Ella pudiera tener otras ideas. Si eso falla, supongo que Escocia es mi mejor opción. Esperaba poder pedirle a su señoría una carta de presentación para su hijo que vive allá. Quizá él pudiera ayudarme a encontrar un puesto como dama de compañía o institutriz."

"Él estaría encantado de ayudarle, por supuesto, Aun así, es interesante que usted y yo hayamos estado tratando de resolver problemas similares. El mío, sin embargo, es cómo separar a Georgiana de Darcy. Yo había esperado que su presencia facilitara su camino, pero eso no funcionará si se va a ir."

A Elizabeth no debía importarle qué le sucedía a Darcy y Georgiana después de que se fuera, pero no pudo detenerse. "¿Por qué desearía separarlos después de todo este tiempo?"

"Georgiana se ha convertido en una mujer joven. No es correcto que esté viviendo con un caballero soltero. Ella necesita aprender a ser una dama, y eso es algo que él no puede enseñarle. Y, si me atrevo a decirlo, Darcy ha pagado un alto precio por ser su guardián. Lo ha lastrado, y, como una tía amorosa, quisiera liberarlo de la carga." Lady Matlock parecía estar viendo algo en la lejana distancia... o quizá en el pasado.

"La guerra nos ha lastrado a todos de una u otra manera." ¿Cómo se había encontrado a sí misma intentando confortar a Lady Matlock?

Los ojos de la condesa parecieron aclararse. "En verdad lo ha hecho. Ahora, ¿qué estaba yo diciendo? Ah, sí, Georgiana. He estado pensando en alquilar una pequeña casa en el campo donde Georgiana y usted podrían vivir conmigo. No sería caridad, ya que usted estaría proporcionando un importante servicio como dama de compañía de Georgiana. Igual de importante, ella parece más inclinada a seguir el ejemplo de usted que el de una mujer lo suficientemente mayor para ser su abuela. ¿Es ese un puesto que usted consideraría?"

Elizabeth se mordió el labio. Era una oferta tentadora. La idea de irse a vivir entre extraños en Escocia era atemorizante, y ella se había encariñado con Lady Matlock. "¿Y el Sr. Darcy? ¿Viviría él ahí?"

Lady Matlock la miró fijamente. "Es su compañía la que desea evitar, ¿no es así? Si él ha estado intentando aprovecharse de usted, espero que me lo diga. Usted está aquí bajo mi protección, y no permitiré comportamiento inapropiado hacia usted."

Elizabeth retrocedió. "Para nada. Él se ha comportado apropiadamente conmigo." Aparte de ese memorable día en Netherfield que parecía había sido varias vidas atrás.

"Me alegro de eso. Él no viviría con nosotras, ya que el punto es evitar que un hombre soltero comparta la casa con dos jovencitas solteras. Me atrevo a decir que sería un visitante regular, sin embargo. Georgiana insistiría en ello."

Sería todavía difícil verlo cuando fuera de visita, pero sería aún más difícil darle un adiós final. Quizá sería suficiente. Ella no tendría que preocuparse de encontrarlo cada vez que entrara a una habitación o preguntarse dónde estaba cada noche. "Me gustaría considerarlo, si puedo."

"Por supuesto, querida. Todo depende de obtener la aprobación de Darcy, por supuesto."

Elizabeth se preguntó cómo reaccionaría Darcy cuando supiera de su papel en el plan.

DARCY MIRÓ A SU HERMANO menor. Ciertamente, la plácida vida en Darcy House debía ser tediosa para un hombre joven acostumbrado a eludir la ley y a escapadas atrevidas, pero, aun así, la elección de Kit de permanecer voluntariamente en la habitación cuando Lady Matlock había pedido discutir un asunto serio era francamente temeraria. El pobre Kit terminaría sin duda enredado en algún enrevesado plan como resultado. Quizá él no recordaba qué tan taimada podía ser ella, aún si era usualmente por una buena causa, por supuesto.

Darcy cruzó los brazos. "¿Cómo puedo servirle, Madam?"

"Me gustaría discutir el futuro de Georgiana. Cuando originalmente aceptaste tenerla bajo tu cuidado, esperábamos que no sería por más de un año o dos hasta que los franceses fueran derrotados. Desafortunadamente, no resultó de esa manera, pero Georgiana ya no es una niña. No es adecuado que una jovencita esté bajo tu único cuidado."

Darcy examinó su declaración por trampas antes de responder. "Ciertamente ha sido una situación más cómoda desde que Elizabeth y tú han estado con nosotros."

"Has hecho un excelente trabajo al educarla para sus futuras responsabilidades, pero ahora necesita aprender a ser una dama. Y aunque es comprensible que ella haya desarrollado una excesiva dependencia de ti, debemos empezar a desacostumbrarla de la constante necesidad de tu presencia."

¿Tenía eso la intención de ser un reproche? "Su situación era inusual."

"En verdad. Me gustaría proponer que estableciéramos un asentamiento separado para Georgiana, como lo hubieras hecho si ella fuera una joven ordinaria, bajo mi cuidado y con Elizabeth como su dama de compañía. Necesitaría estar cerca para que Georgiana tuviera acceso a ti fácilmente, pero creo que podría tolerar la separación bajo esas condiciones."

Las manos de Darcy apretaron los brazos de su silla, pero mantuvo su tono neutral. "Las reacciones de Georgiana pueden ser difíciles de predecir. Ella podría interpretar este plan como un deseo de mi parte de librarme de ella, y pudiera ponerla aún más ansiosa." Era una respuesta razonable, y esperaba que su tía no pudiera adivinar que su respuesta era más ante la idea de perder a Elizabeth que a Georgiana.

Para su sorpresa, Kit entró en su defensa. "No creo que Georgiana esté lista todavía para dejar a William. Él es su roca. Aún Elizabeth es una conocida reciente en comparación. Ayer se necesitó que tanto William como Elizabeth la calmaran cuando estuvo alterada. Animar su independencia es una meta excelente, pero yo creo que ella estaría mejor quedándose aquí con todos nosotros por ahora."

Darcy se alegraba tanto por el apoyo de Kit que no consideró por qué su hermano haría una declaración tan fuerte. "Un asentamiento separado a tu cuidado es una buena meta, pero estoy de acuerdo con Kit de que sería mejor tomarlo con calma. Si lo intentáramos ahora y Georgiana no pudiera tolerar la separación, ella pudiera no estar de acuerdo en intentarlo una segunda vez después."

La expresión serena de Lady Matlock vaciló levemente. "Tiene casi dieciséis años. Cualquiera que vea su comportamiento hacia ti, lo encontrará raro para una joven de su edad."

Darcy no podía alegar contra eso, ya que su conocimiento de jovencitas de quince años se basaba solamente en Georgiana. "Eso puede ser verdad, pero eso no significa que un cambio abrupto mejorará las cosas." Él intentó sonar calmado, pero si su tía insistía en este plan, él no tendría mucha elección más que aceptarlo. Después de todo, Georgiana había estado originalmente al cuidado de Lady Matlock, no en el suyo. El Rey George nunca hubiera aprobado colocarla con un hombre de la edad de Darcy.

Lady Matlock frunció los labios. "Confieso que había anticipado que tú estuvieras ansioso de ser liberado de la carga, pero quizá otros aspectos de la situación sobrepasan eso. Sin embargo, ella no se volverá menos dependiente de ti si está constantemente contigo la mayor parte de los días. Quizá si salieras más de casa, ella aprendería a tolerar tu ausencia mejor."

¿Otros aspectos de la situación? ¿Estaba su tía disparando en la obscuridad o había adivinado sus sentimientos hacia Elizabeth? "Podría arreglar salir más durante el día," dijo él lentamente. Suponía que podía ir a su club. Y podría estrangular a Kit si intentaba coquetear con Elizabeth en su ausencia.

No era justo. Él finalmente tenía a su familia a su alrededor, y ahora ellos querían que él se fuera.

Capítulo 11

"Desearía poder haber visto la Piedra Rosetta," dijo Georgiana melancólicamente, mientras cruzaban el patio frente a la Montagu House. "Pero aún si las mejores exposiciones han sido llevadas a París, aún me alegra que hayamos visto lo que queda de la exhibición egipcia."

Aunque habían visitado el museo a una hora temprana muy fuera de moda y Georgiana estaba usando un gorro con una gran visera que cubría su rostro, Kit caminaba más cerca de ella de lo que era apropiado, casi como un guardaespaldas.

Elizabeth le dio un toque con su codo. "Kit, deja de rondarla. Se ve raro."

Kit se ruborizó. Una salida al Museo Británico había parecido una buena idea cuando Georgiana lo había propuesto, pero ahora que estaban entre otros visitantes del museo, todo lo que él deseaba era subirla de inmediato a un carruaje y sacarla de la vista de todos. William, el maldito, se veía tan complacido como podía verse. Quizá estaba tan acostumbrado al riesgo que ya no lo notaba. Había pasado más de un mes desde que Kit había conocido por primera vez a Georgiana, pero él todavía no podía olvidar ni por un segundo que la seguridad de la heredera al trono estaba en manos de ellos.

"Es muy poco moderno de mi parte," dijo Elizabeth en voz más alta, "pero tengo que decir que prefiero las esculturas griegas a las antigüedades egipcias. Aun así la exhibición egipcia es más exótica, yo admiro la pureza de línea de los griegos. ¡Vaya! Algunas de esas estatuas son tan realistas que podía imaginármelas bajando de sus pedestales y preguntando qué hora era."

Georgiana dijo, "Si lo hicieran, me alegraría tener a William con nosotros, ¡ya que estoy segura de que ninguno del resto de nosotros podría conversar en griego antiguo!"

Todavía resentido, Kit agregó, "Pero entonces ellos se pondrían a discutir las odas griegas durante horas mientras nosotros nos quedábamos dormidos de pie."

Elizabeth intervino antes de que William pudiera hacer más que fulminarlo con la mirada. "No sabía que era usted un erudito clásico, Sr. Darcy. Yo molestaba a mi padre sin fin para que me enseñara griego, pero él no tenía la paciencia necesaria. Ni, quizá, la tenía yo, ¡ya que siempre prefería estar al aire libre cuando quiera que podía! Pero supongo que no es un logro práctico para una dama, en cualquier caso."

"Por lo que a mi concierne, no es una habilidad práctica para nadie," declaró Kit. "¿Qué bien me haría pasar años aprendiendo a leer a Heródoto en el idioma original cuando hay traducciones perfectamente buenas disponibles?"

William no picó el anzuelo. "Uno nunca sabe cuándo el conocimiento de los clásicos puede probar ser útil."

Claramente no sería divertido hoy provocar a su hermano. William había mantenido la palabra que le había dado a su tía y había salido todos los días, pero había hecho una excepción para unirse a ellos en esta salida. Muy probablemente no confiaba en Kit para arreglárselas solo. Típico de William.

Kit mantuvo su mirada en las personas alrededor de ellos, vigilando por peligros potenciales. Llegaron al museo en un carruaje, pero con el plan de regresar caminando ya que estaba tan solo a poco más de una milla de distancia de Darcy House. De nuevo, había sonado razonable en el momento, pero ahora parecía dejar a Georgiana horriblemente expuesta.

Sus preocupaciones aumentaron cuando llegaron a la Oxford Street. Una muchedumbre estaba de pie en el pavimento, contenida de no llegar a la calle por una línea de soldados franceses. El corazón de Kit se aceleró. ¿Debían darse la vuelta y tomar una ruta diferente, o quizá regresar al museo e intentarlo de nuevo más tarde? Pero ya estaban en medio de la muchedumbre y no podían costearse el parecer como si estuvieran huyendo. Kit se acercó a un lado de Georgiana. Elizabeth hizo lo mismo del otro lado de la joven.

En su voz más estirada, William dijo, "Mi buen hombre, ¿qué está pasando aquí?" Él parecía estar hablando con un tipo que se veía próspero junto a él.

El hombre escupió sobre el pavimento. "El Príncipe Jérôme pasará por aquí de un momento a otro." Él miró desdeñosamente cuando dijo el nombre. "Muy probablemente ese es su carruaje aproximándose. ¡Ojalá se lo llevara de regreso a Francia, o derecho al infierno!" Un murmullo de aprobación se escuchó a su alrededor.

Georgiana se paró sobre las puntas de sus pies, estirando su cabeza para ver sobre la gente frente a ella. Elizabeth asió su mano y murmuró urgentemente en su oído.

Disimuladamente, Kit buscó el cuchillo oculto bajo su chaleco. No había escape, pero mientras los soldados no los notaran, debían estar seguros. ¡Buen Dios! Si algo sucedía...

Un carruaje abierto, dorado y jalado por cuatro caballos, repiqueteó calle abajo. El hermano de Bonaparte, el así llamado Príncipe Jérôme, se erguía orgulloso, ignorando a la hosca muchedumbre que lo observaba. Sus dos hijos se sentaban junto a él.

Georgiana jaló la mano de Elizabeth que la refrenaba. Con voz en tono alto, ella dijo, "¡Suéltame! Quiero verlos."

Varias personas se volvieron a mirarla... incluyendo a dos de los soldados.

Entonces William se abrió camino frente a Georgiana, enviándola tambaleándose hacia atrás contra Kit, y jaló a Elizabeth contra él. Envolviendo un brazo alrededor de su cintura, él dijo con arrastrando las palabras, "¿Qué está haciendo una muchacha bonita como tú aquí totalmente sola? ¿Esperándome, quizá? Ven, dame un beso, buena chica." Él inclinó la cabeza como intentando besarla.

Elizabeth luchó en sus brazos. "¡Suélteme de inmediato, señor! ¡Está borracho!" exclamó ella en voz alta, golpeando con sus puños el pecho de William.

Kit asió los brazos de Georgiana. "¡Desmáyate!" le susurró.

"Pero yo..."

"¡Desmáyate dije! ¡Ahora!"

Ella se vino abajo contra él.

Kit la recogió en sus brazos y se abrió camino entre la multitud. "Perdóneme... Lo lamento... mi hermana necesita aire..." Detrás de él podía escuchar a Elizabeth, ahora dando gritos mientras suplicaba que la ayudaran.

"¡Solo un besito!" Era la voz de ebrio de William.

Su hermano aparentemente tenía talentos de actuación ocultos. Kit decidió dejarlo en eso. Cargó a Georgiana de regreso hacia el museo. ¿No había estado un carruaje de alquiler parado ahí? Esta vez no habría caminata. Georgiana iba a sentarse dentro de un carruaje donde nadie pudiera verla, y eso era definitivo.

Después de una cuadra bajó a Georgiana al suelo. Una pareja caminando no atraería la atención de la forma en que un hombre llevando en brazos a una joven lo haría, y él había empezado a disfrutar tenerla en sus brazos más de lo que debía. "Mis disculpas por tomarme libertades con tu persona," dijo él rígidamente.

Georgiana tenía la vista baja, haciendo imposible que él viera cualquier cosa bajo su gorro. Ella no dijo nada, pero sacudió su cabeza brevemente.

Caminaron en silencio hasta que llegaron al puesto de carruajes de alquiler. Kit hizo arreglos con un cochero para que los llevara a Grosvenor Square, a una corta distancia de Darcy House. Era ahora un hábito suyo no dar nunca su dirección a nadie. Frederica le había enseñado eso.

Ayudó a Georgiana a subir al carruaje y se sentó en el asiento junto a ella, teniendo cuidado de dejar más de un pie de distancia entre ellos. ¿En qué pensaba ella? ¿Estaba furiosa con él por decirle qué hacer? Los hombros de él se desplomaron.

En voz baja, temblorosa, ella dijo, "¿Estás enojado conmigo? No puedo soportar que estés enojado."

Kit dejó salir el aliento de forma explosiva. "No, no estoy enojado contigo, aunque me diste un susto de muerte. Los soldados se te quedaron viendo, y todos saben cómo te veías de niña."

"Esos niños son mis primos, aún si son mitad Bonaparte, y nunca les he puesto la vista encima. Solo quería ver sus caras."

¡La pobre niña! Pero el riesgo había sido impensable. "Es comprensible, especialmente ya que te tomaron por sorpresa cuando se aproximaron. Pero te ruego tener más cuidado en el futuro."

"Lo sé. William siempre me dice eso," dijo ella con tristeza.

Justo lo que él deseaba escuchar, ¡qué él le recordaba a su hermano! Lo que él necesitaba era un recordatorio de que se suponía que él mismo representaba el papel de su hermano, para no tener pensamientos no fraternales sobre cómo las piernas de ella habían presionado contra su brazo mientras la cargaba. "No hay necesidad de preocuparse. No sucedió nada, y estás ahora perfectamente segura."

"Solamente gracias a ti." Ella se movió a lo largo del asiento hasta que sus brazos se tocaron. "Lamento lo que hice." Ella recargó su cabeza contra el hombro de él.

El placer ante su confianza se mezcló con pánico. ¿Qué debía hacer él? Parecía que se calmaba cuando William ponía su brazo alrededor de Georgiana, pero William no tenía que luchar contra pensamientos de los rosados labios de ella. Cuidadosamente, como si moverse rápidamente pudiera causar que ella se rompiera en pedazos como una pastora de porcelana, él movió su brazo para que descansara a lo largo del asiento detrás de ella.

Ella suspiró y se acurrucó más cerca.

¡Pensamientos fraternales! Necesitaba pensar pensamientos fraternales, pero el único pensamiento que tenía sobre hermanos era que William iba a matarlo si alguna vez averiguaba esto. Necesitaba recordar que ella no era otra joven dama de la *Alta Sociedad*, sino una princesa real muy por encima de su categoría. ¡Demonios! ¿Por qué tenían las princesas reales que ser cálidas y suaves como cualquier otra mujer? No era justo.

La joven desató su gorro y lo puso junto a ella. "¿Extrañaste a tu padre después de que se fue?" preguntó ella tímidamente. ¿De dónde había salido eso? Kit se aclaró la garganta, pero su voz aún sonaba estrangulada. "Mucho. Yo creí que mi padre no debía haberme querido ya que no me llevó con él. Y, por supuesto, estaba seguro de que William no me quería." El aroma veraniego de agua de rosas cosquilleó la nariz de Kit.

"Es un sentimiento terrible, ¿no es así? Yo no creí al principio que Lord Matlock me había llevado con él por mi propia seguridad. Parecía ridículo.

PRESUNCIÓN Y OCULTAMIENTO UNA VARIACIÓN DE ORGULLO Y PREJUICIO

Siempre había tenido guardias a mi alrededor. Si estaba en peligro, ¿por qué de repente ya no tenía guardias? Estaba enojada con mi abuelo ya que asumí que había sido su estratagema, y con mi padre por permitir que me enviaran lejos cuando todos decían que los franceses podían ser derrotados en un santiamén. Nunca tuve la oportunidad de despedirme. Odié a todo el mundo por un tiempo, pero mayormente solo extrañaba a mi familia y a mi institutriz. Luego, uno por uno, ellos fueron capturados o asesinados." La voz de ella temblaba. "Nunca vi a ninguno de mis parientes de nuevo... no hasta hoy. No pude contenerme."

Ella había sido mucho más joven que él cuando perdió a su familia.

Él apretó su brazo alrededor de ella. "Lo comprendo. No hay nada que pueda tomar el lugar de la familia, pero al menos no estás sola ahora. Tienes a William y a Elizabeth, y al resto de nosotros."

"¿De verdad? ¿Te tengo a ti, Kit?" Los suaves dedos de ella acariciaron la línea de su mandíbula.

¡Buen Dios! Si ella fuera cualquier otra mujer en el mundo, él pensaría que esta era una invitación para que la besara. Pero ella no era cualquier otra mujer. "Por supuesto que me tienes." Su voz sonaba ronca hasta a los propios oídos de él.

"Pero ¿es por mí misma, por la persona que soy, o solamente a causa de en lo que esperas que me convierta algún día?" Ella presionó su mano contra el pecho de él.

Esto no era bueno, no era nada bueno. William iba a despedazarlo extremidad por extremidad, y sería correcto que lo hiciera. "No podemos hacer esto." ¿Por qué había sonado eso como una pregunta?

"No sé tú, pero yo no puedo vivir toda mi vida esperando por un mañana que puede no llegar nunca. Puede que yo nunca sea más de lo que soy ahora. ¿No puedes ver eso?"

El problema era que él podía ver demasiado bien lo que ella era ahora. Él hizo un último y valiente intento. "Todavía estás alterada por lo que sucedió antes."

"¡Oh, déjalo ya!" dijo ella entrecortadamente, y luego sus labios tibios presionaron contra los de él. Labios suaves, tentadores. Labios dulces, irresistibles, *de la realeza*. ¡Qué Dios lo ayudara! Si quedaba algo de él después de que William le arrancara las extremidades una a una, Frederica lo iba a hacer polvo en el suelo, vertería aceite sobre él y le prendería fuego.

Él ya podía sentir las flamas consumiéndolo. Él le devolvió el beso.

"¿PUEDO AYUDARLE, MADAME?" La propietaria de la tienda de la tienda de sombreros en la Oxford Street, vestida a la última moda, se aproximó a Elizabeth.

"Eso espero. Me encuentro en una difícil situación. Los soldados ahí afuera me separaron de mi hermano, y ahora me encuentro sola y sin acompañante. Me preguntaba si usted tendría una asistente o costurera que caminara conmigo a mi casa cerca de Hyde Park. Le pagaría generosamente por el servicio, por supuesto." Elizabeth le sonrió en lo que ella esperaba fuera de una manera encantadora.

"¿Puedo preguntar quién es su hermano?"

"Por supuesto. Él es el Sr. Fitzwilliam Darcy." Elizabeth definitivamente se estaba volviendo demasiado buena para mentir.

"¡El Sr. Darcy! He escuchado buenas cosas sobre él. Estoy segura de que podemos ayudarle, Señorita Darcy. Por favor, discúlpeme un momento mientras veo quien puede estar disponible para acompañarla."

Elizabeth esperaba que regresar a la Darcy House fuera la elección correcta. Al mantener su papel en su improvisado drama, ella había dejado a Darcy sin una mirada atrás cuando varios hombres lo alejaron de ella. Pero cuando ella volvió un cuarto de hora más tarde él no estaba por ningún lado, dejándola abandonada en una parte de Londres con la que no estaba familiarizada. Parecía como si su visita a la Montagu House hubiera sucedido días atrás en lugar de hacía menos de una hora.

Afortunadamente la asistente de la tienda que fue asignada a acompañarla conocía la ruta a Hyde Park y no cuestionó la falta de conocimiento de Elizabeth.

No habían ido lejos antes de que una forma familiar se acercara a grandes pasos hacia ellas. Elizabeth se dio vuelta rápidamente hacia la joven de la tienda. "¡Oh, ese es mi hermano! Gracias por acompañarme. Le ruego tome esto por sus molestias." Ella le entregó varias monedas.

La joven le hizo una caravana. "Gracias, madame." Ella esperó hasta que Darcy estuvo a unos cuantos pasos de ella y regresó hacia la tienda.

El ceño de Darcy estaba fruncido y su rostro parecía ensombrecido, pero una vez que llegó hasta ella, Elizabeth pudo ver un moretón a lo largo de su mandíbula. "¡Elizabeth! ¿Estás bien? ¿Tuviste alguna dificultad?".

"¿Yo? Parece que fue usted el que tuvo dificultades, o al menos se encontró con el puño de alguien." Ella tocó ligeramente su mandíbula, deseando poder aliviar el dolor.

Él elevó su mano para cubrir la de ella. "Nada digno de mención. Sus salvadores me llevaron a darme una lección. ¿Dónde están Kit y Georgiana?"

El alivio de ella al verle se entrelazó peligrosamente con la intimidad de su toque, aun cuando estaban en una calle pública. Tenía que detenerse. Retirando su mano, ella dijo fríamente, "No sabría decirle. Ya habían desaparecido para cuando yo me escapé. Asumo que están juntos." Ella resumió su andar a lo largo del pavimento. Darcy la alcanzó en dos zancadas. "Kit la mantendrá a salvo. Lamento que usted fuera abandonada. Hizo un excelente trabajo de actuación aun cuando no pude advertirle sobre lo que planeaba hacer, pero de todos modos le debo una disculpa por mi vulgar comportamiento."

Ella alejó la mirada. "Difícilmente. Ambos estábamos intentando crear una escena, y lo logramos. Solo espero que nadie haya reconocido a ninguno de nosotros."

"No vi rostros familiares, pero tiene usted razón. Fue por pura suerte que no nos atraparon Hubiera sido extremadamente difícil explicar qué hacíamos. Mi primera idea fue demandar que alguien había sacado algo de mi bolsillo, pero eso pudo haber llevado al arresto y aprisionamiento de alguien totalmente inocente. En lugar de eso arriesgué dañar su buen nombre. Desearía haber podido inventar otra cosa." Su voz era profunda.

Con una ligereza que no sentía, Elizabeth dijo, "Afortunadamente, el riesgo es limitado ya que no existe una verdadera Elizabeth Gardiner cuyo nombre pueda ser arruinado. Si surge un problema, puedo simplemente cambiar mi nombre de nuevo. Sería bastante más difícil para usted."

Él frunció el ceño. "Desearía que las cosas pudieran ser diferentes para usted, y aún lamento mi error ese día que le causó tantas dificultades."

¿Por qué debía él culparse constantemente, sin importar lo que dijera ella? "Usted desearía que las cosas fueran diferentes para mí? Bueno, he aquí lo que yo deseo que fuera diferente: Desearía que usted dejara de decirme cuán culpable se siente por mí causa. Yo hice mi propia elección sobre huir con Georgiana. Usted no la hizo por mí. Yo no le he demandado nada y le he dicho que no espero nada. Aun así, usted quiere que yo le ofrezca perdón y consuelo, y estoy cansada de eso."

Él la miró con incredulidad. "Si lo desea, no volveré a hablar de ello nunca. Pero no pretenderé que no tengo responsabilidad por su situación."

Era más fácil pelear con él que permitirse desear lo que nunca podría tener. "¿Dónde estaría yo si usted nunca hubiera venido a Meryton, o si nunca me hubiera pedido cuidar de Georgiana? Me hubiera ido a Escocia sin un centavo a mi nombre a causa de los avances del Capitán Reynard. Sin importar lo que hizo usted, yo hubiera tenido que dejar mi casa y a mi familia. Pero como usted me pidió ayuda, estoy en Londres en lugar de en Escocia, viviendo en el lujo y con el apoyo de su familia, y hasta tengo el consuelo de ser de un leve uso para mi país. En todo caso, me hizo un servicio."

Él sacudió la cabeza. "Pero en Meryton éramos amigos, o más o menos. Ahora usted parece no querer tener nada que ver conmigo."

Ella cruzó los brazos y se abrazó a sí misma. "En Meryton estuvimos obligados a pasar tiempo juntos. Eso es diferente de ser amigos." Pero eso no era cierto. La llegada de Darcy a Meryton había cambiado la vida de ella. Él la había hecho desear su amor, y ahora ella recordaba eso cada vez que lo miraba.

Esa era la verdad que no podía decir. Involucrarla con Georgiana no había cambiado las cosas entre ellos. Haberla besado había hecho eso. No había habido vuelta atrás después de ese beso.

Y por la dolorida mirada en el rostro de Darcy, no habría vuelta atrás después de las palabras que ella acababa de decir.

EL SALÓN DEL DESAYUNO era el lugar donde era más probable que Elizabeth encontrara a Darcy solo, así que ella había tomado su desayuno en su habitación los últimos tres días. Ella no temía lo que él pudiera decir. No, lo opuesto era verdad. Él podía no decirle nada más allá del más leve de los saludos, y eso la heriría más que lo que las palabras menos amables pudieran hacerlo.

Desde la visita al museo, Darcy no le había dirigido una sola palabra más allá de los requerimientos mínimos de la educación. Él ni siquiera la miraba, lo que era peor. Antes de esto, sus ojos siempre la buscaban cuando él entraba en una habitación. Con frecuencia su mirada descansaba sobre ella por un momento, y eso había hecho que su piel hormiguera y que su estómago se llenara de calor. Ahora ella podía haber sido un mueble, pero él no alejaría la mirada con tanta fiereza de una inocente mesa o silla.

Ella debía alegrarse por ello. Su atención hacia ella, sin importar qué tan intoxicante había sido, solamente había profundizado el pozo de soledad dentro de ella. Ahora él estaba dejando claro su desdén por ella, pero en lugar de sentirse aliviada, se sentía más sola que nunca. Ella habría dado cualquier cosa aún por un atisbo de Jane o Charlotte.

Ahora el ver a Darcy hacía que el corazón le cayera a los pies. Ansiaba decirle que no había querido decir lo que dijo, que ellos habían sido en realidad amigos en Meryton. Pero su estudiada elusión mantenía las palabras dentro de ella.

Ella hizo su mejor esfuerzo para ocultar su angustia de Georgiana, que estaba floreciendo en la compañía de los que habitaban Darcy House. La joven no había vuelto a tener un ataque de nervios desde aquella noche al principio de su estancia ahí. Su reconciliación con Lady Matlock parecía haberla liberado de una carga, y ella claramente disfrutaba platicar con Kit Darcy. Quizá tener más gente en quien confiar había sido lo que ella siempre había necesitado. Ciertamente la joven parecía más confiada cada día.

Pero ella no pudo evitar notar que por cada gota de vivacidad que Georgiana ganaba, Kit parecía desvanecerse. Él era tan alegre y coqueto como siempre, pero cuando creía que nadie lo veía, su expresión se volvía sombría. Había dado con pellizcar el puente de su nariz, quizá en una inconsciente imitación de su hermano, cuando estaba preocupado.

Era más seguro preocuparse por Kit que pensar en el retiro de Darcy, así que cuando lo encontró solo un día, ella le dijo, "Pareces preocupado últimamente."

Kit se ruborizó. "¿Preocupado? Más inquieto, diría yo. Estoy acostumbrado a trabajar por la causa... a ayudar a personas a escapar de los franceses, a trabajar en El Lealista, recabando información. Ahora no puedo hacer nada de eso, no puedo hacer nada más que observar cómo William sale a reunirse con sus amigos franceses. Sí, entiendo por qué lo hace, pero me hace sentir como si estuviéramos aceptando su control sobre Inglaterra. Necesito hacer algo, no solo sentarme en una lujosa sala de estar y hacer conversación." Su voz era tensa.

"No podrías volver a trabajar con Lady Frederica?".

"No," dijo él llanamente. "Ella me quiere aquí."

Interesante. Había sido realmente Frederica quien había sugerido que Kit se uniera a ellos en Darcy House, pero ¿lo haría Kit simplemente por esa razón? "¿Para que tú y tu hermano puedan conocerse mejor de nuevo?"

"A ella le gustaría eso, pero es una preocupación menor para ella. Para ella, la causa es lo único que importa."

"¿Esta fue una asignación?" se arriesgó Elizabeth.

Kit alejó la mirada. "Sí. Me has descubierto."

La garganta de ella se cerró. "¿Espiar a tu hermano?"

Él le dirigió una mirada rara. "No. Ella desea tener un mejor entendimiento de Georgiana."

Elizabeth frunció los labios. "Tienes una razón oculta para todas esas horas de coqueteo, entonces. Debes tener cuidado. Ella no tiene experiencia, y podrías lastimarla seriamente."

"Difícilmente," dijo él de mal humor, pateando la grava bajo sus pies. "Es más probable que suceda lo contrario. Ella sabe perfectamente que nada puede resultar de ello, sin importar mis motivos."

¿Que sucediera lo contrario? ¿Kit estaba preocupado de poder salir herido? "De seguro tú también sabes eso. Pero quizá eso no ofrece mucha protección contra los sentimientos heridos."

Él no dijo nada.

Ella lo intentó de nuevo. "Tú eres el único hombre con el que ella ha estado lo suficientemente cerca para coquetear."

Él dejó salir una exhalación explosiva. "Entonces ella tiene un impresionante talento natural para ello."

Esto era territorio peligroso. Quizá era mejor cambiar de tema. "¿Tú sigues las instrucciones de Lady Frederica? Es inusual encontrar a un hombre joven dispuesto a aceptar órdenes de una mujer." ¿Lo provocaría eso lo suficiente para distraerlo de Georgiana?

"No tiene que gustarme. Quiero a los franceses fuera de Inglaterra, y Freddie es nuestra mejor oportunidad para ello, así que le ayudo."

"¿Por qué es ella nuestra mejor oportunidad?"

"Ella no tiene igual cuando se trata de estrategia, y tiene la paciencia para mantener sus ojos en la meta en lugar de en entrar en acción. Si yo hubiera estado solo, hubiera atacado al francés más cercanos hace años y hubiera muerto sin sentido. Ella tiene más experiencia y conocimiento que nadie más entre nosotros, a fuerza de permanecer viva por más tiempo."

Una idea en verdad escalofriante. "¿Es así como llegó a ser la líder de los Lealistas?"

Él sacudió la cabeza. "Su hermano formó la red al principio, pero cuando los franceses oyeron rumores de sus planes, él tuvo que huir a Escocia. Él se detuvo en Matlock Hall de camino, le entregó a Freddie todos sus registros, y le dijo que tomara su lugar. Eso fue hace cuatro años."

"¿Él le dijo a su *hermana* que tomara su lugar? ¡Qué visión del futuro!" Era francamente asombroso.

Kit le dirigió una mirada divertida. "¿Has pasado todo este tiempo con mi tía y todavía no puedes entender por qué su hijo creería que la mujer correcta puede algunas veces lograr cosas que los hombres no pueden? Si yo pudiera poner a mi tía a cargo de nuestro grupo, lo haría en un instante. Freddie es muy parecida a ella."

Elizabeth inclinó la cabeza. "Quizá tu tía *está* a cargo," dijo ella pensativamente. "Lady Frederica es una de sus delegadas, como lo es tu hermano, y quizá también el gobierno en exilio."

Kit se rio. "¡Una idea intrigante! Puede que tengas algo ahí. Bien por ella... y ahora me siento mejor sobre nuestras oportunidades. ¡Si tan solo ella tuviera un ejército oculto en su bolso!"

"Eso sería algo difícil de ocultar," bromeó Elizabeth.

"Pero debo agradecerte. Me siento mejor ahora. Si Freddie piensa que coquetear con Georgiana es el mejor uso de mis capacidades, me esforzaré por recordar que usualmente está en lo correcto, aun si yo prefiero la acción."

"Si te sirve de consuelo, comparto tu frustración. Yo también ansío ayudar. Sí, hago que Georgiana se sienta más tranquila y le ayudo a aprender el comportamiento de una dama, pero no siento que eso logre nada. Desearía poder *hacer* algo."

Capítulo 12

"Hoy iremos de paseo a St. Paul. Georgiana nunca ha entrado ahí," dijo Lady Matlock mientras untaba mermelada en su tostada. "No necesitas sentirte obligado a venir, Darcy. Kit estará con nosotras."

¡Como si Darcy fuera a permitir que fueran solas con Kit después del casi desastre de camino a casa desde Montagu House! "Me encantará acompañarlos." La pregunta era, ¿por qué estaba su tía haciendo este esfuerzo por presionarlo a unirse a ellos? ¿Había adivinado la tensión entre Elizabeth y él y estaba intentando forzarlos a pasar tiempo juntos? No era probable que eso terminara bien.

Georgiana palmeó sus manos. "Me alegra tanto. Hemos estado planeándolo por días, pero será mucho más placentero contigo ahí."

Al menos alguien deseaba su compañía. Elizabeth había dejado perfectamente en claro que ella no. Él nunca olvidaría su reproche, tan bien aplicado: *En Meryton nos vimos obligados a pasar tiempo juntos. Eso es diferente de la amistad.* Resonaba en su mente hasta que casi lo volvía loco. Él había imaginado mucho más que amistad entre ellos, aun si había sido imposible actuar sobre eso.

Él no podía soportar ni siquiera mirarla. Toda la magia se había ido del bosque de campanillas... y de su vida.

Este viaje a St. Paul en compañía de ella iba a ser tortura.

Pero a su llegada a la catedral, la tortura tomó una forma diferente de la que él había esperado, porque la única cosa peor que estar con Elizabeth y saber que a ella él le caía mal, fue observarla alejarse de él con Kit.

Kit había anunciado alegremente que Elizabeth y él tenían un mandado que hacer cerca y que regresarían por su cuenta a Darcy House más tarde. Darcy felizmente podría haberlo matado, especialmente porque Elizabeth parecía no estar sorprendida con el plan. Él intentó no rechinar los dientes cuando ellos dos se alejaron caminando, conversando animadamente entre ellos.

Su tía le tocó el brazo. "Siento la necesidad de sentarme en una banca para una oración privada. Quizá pudieras mostrar a Georgiana la catedral."

¿Lady Matlock haciendo una demostración pública de piedad cuando no era domingo? Definitivamente algo estaba en marcha. "Por supuesto."

Georgiana parecía apagada, pero era difícil decirlo porque ella miraba hacia abajo. "¿Sabes a dónde van Kit y Elizabeth?" Ella sonaba infeliz. ¿Se sentía ella tan abandonada como él?

Él trató sonar calmado, o al menos no desdichado. "No me dijeron, aunque adivinaría que deben dirigirse a casa de Frederica. Leadenhall Street no está lejos de aquí."

"Pero ¿por qué no nos llevarían con ellos? ¿Y por qué no nos dijeron a dónde iban?"

Si tuviera una respuesta para esa pregunta, quizá el pecho de él dejaría de doler. No había visto a Kit coquetear mucho con Elizabeth desde su llegada a Darcy House, pero no podía saber lo que había sucedido durante las horas en que no había estado. El estómago le ardía. "No puedo decirlo, pero sin duda tendrán una explicación después."

Georgiana suspiró. "Supongo que o iban a algún lugar donde no podían llevarme, o quizá a algún lugar al que Kit creyó que tú les prohibirías ir."

La boca le supo a bilis. "Kit es un hombre crecido y no necesita mi permiso para nada de lo que hace. Él se ha opuesto a mí con la suficiente frecuencia como para imaginar que dudaría en hacerlo ahora."

Los hombros de la joven se desplomaron. "Desearía que mi presencia no se hubiera interpuesto entre ustedes. Hasta que conocí a Kit, nunca me di cuenta de cuánto dolor les había causado yo a ambos. Supongo que debí haberlo sabido, pero no lo entendí."

"No fue tu culpa. Yo tomé la decisión y valió la pena para mantenerte a salvo." Y cada vez que Kit le había dirigido una mirada herida, él se había preguntado si no pudiera haber habido otra forma. "Sin embargo yo hubiera deseado que mi tía hubiera considerado oportuno reunirnos antes de lo que lo hizo." Él no había querido decir eso.

Georgiana miró hacia atrás sobre su hombro hacia la banca en que estaba sentada Lady Matlock, como si de alguna forma ella pudiera haber escuchado sus susurros. "¡Qué raro! Alguien está hablando con ella."

El temor que nunca estaba demasiado lejos de la superficie cuando Darcy estaba en público con Georgiana, lo hizo darse la vuelta, acercando la mano a su bolsillo. ¡Cómo si pudiera sacar una pistola en la iglesia! Pero era solamente una mujer con un chal sobre el cabello. No, espera... la figura le era familiar. Era Frederica, vestida como una mujer mayor.

Se obligó a disminuir su pulso. Al menos eso explicaba por qué su tía había estado tan ansiosa por esta salida. "Esa parece ser Frederica. Deben haber arreglado este encuentro." Frederica le había dicho a su madre que sería más seguro que no volviera a la casa en Leadenhall Street.

Pero eso no explicaba la extraña desaparición de Kit y Elizabeth. Y aquí estaba él, bajo la elevada nave, rodeado de la majestuosidad del trabajo maestro de Sir Christopher Wren, y todo lo que podía encontrar en su alma eran negros celos de su propio hermano. Eso estaba mal. Si él mismo no podía encontrar felicidad en su matrimonio, debería estar feliz de que Kit lo hiciera. Pero no con Elizabeth. ¡Por Dios, no con Elizabeth!

ELIZABETH EXAMINÓ SUS manos en el vestíbulo de Darcy House. "Quizá debería dejarme los guantes puestos," dijo con una risa. "No deseo causar dificultades."

Kit le entregó sus propios guantes al mayordomo. "Mis manos están aún peor, así que será mejor que lo admitamos."

"Supongo que sí. Pero gracias por arreglarlo. Me siento mejor ahora."

"Yo también."

Una figura se cernía delante de ellos. Elizabeth contuvo la respiración. ¿Estaría el Sr. Darcy enojado con ellos? Había sido quizá impropio de ella estar fuera hasta casi el anochecer con Kit, pero difícilmente se comparaba con algunas de las otras cosas impropias que había hecho desde que había dejado Longbourn.

"¿Dónde han estado?" retumbó la voz de Darcy.

Oh, sí. Él estaba enojado.

Elizabeth tragó con dificultad. Ella no tenía intención de permitirle que la intimidara. "Estábamos doblando copias de *El Lealista*," dijo ella desafiante, quitándose los guantes y mostrándole sus dedos manchados de tinta.

"¿Doblando periódicos?" Su voz sonaba incrédula.

"Sí. Y escribiendo un artículo para la siguiente edición."

"¿Juntos y solos todas estas horas?"

Kit arrastró la voz, "Difícilmente solos, pero tú no eres mi chaperón, William."

Las comisuras de la boca de Darcy se inclinaron hacia abajo. "No, pero nuestra tía es responsable de la Señorita Elizabeth, y puedes estar seguro de que lo oirás de parte de ella."

"Está bien," explotó Kit. "Pero sigue sin ser asunto tuyo." Él pasó a Darcy y se apresuró a subir las escaleras. Darcy estudió a Elizabeth con una mirada larga, seria, luego se dio la vuelta sin decir palabra, volviendo a su estudio. Elizabeth lo siguió. Tonto, quizá, dada su falta de voluntad para hablar con ella los últimos días, pero ella no quería ser la causa de otra ruptura entre los hermanos.

Él ya se había sentado tras su escritorio, sirviéndose una generosa ración de brandy, pero se levantó de nuevo al notar la presencia de ella. Su expresión era inescrutable.

Ella habló con voz baja. "Kit estaba intentando ser amable conmigo. Le conté qué tan inútil me siento ya que no puedo hacer nada por la causa aparte de sentarme en una sala de estar con Georgiana. Él se esforzó para encontrar una tarea que yo pudiera hacer, y en verdad me siento mejor por haber logrado algo, aún si fue algo que cualquier niño pudo haber hecho."

Él frunció el ceño ferozmente. "Tú le dijiste a *él* que te sientes inútil."

"Sí, le dije eso. ¿Hay alguna razón por la que no debí haberlo hecho?"

Los labios de Darcy se apretaron. "¿Qué está pasando entre tú y Kit?"

Ella dio un paso atrás. "¿De eso se trata esto? Nada. Ninguna cosa. No tengo deseo de ser nada más que una hermana sustituta para Kit, y sus intereses están firmemente plantados en otra parte."

Él frunció el ceño. "Él no me ha dicho nada a mí sobre otra mujer."

Sin duda Kit asumía que su hermano no estaba ciego, pero si Darcy no estaba consciente de la creciente tensión entre Kit y Georgiana, Elizabeth no quería ser la que se lo dijera. Con una frágil risa, ella dijo, "No obstante, no necesitas preocuparte acerca de que Kit forme una alianza desigual conmigo." No, la alianza desigual de Kit era bastante diferente y aún más desesperanzada. ¿Cómo reaccionaría Kit cuando descubriera con quién era más probable que se casara Georgiana? ¡Qué enredo era este!

Él cerró los ojos brevemente y volvió su rostro a la chimenea, con el codo recargado en la repisa. "La desigualdad no era ni inquietud." Su voz era baja.

El corazón de ella ya estaba adolorido. No podía costearse pensar cuál pudiera ser su preocupación. "En cualquier caso, ahora sabes la verdad y que tu hermano no tenía la intención de molestarte. Eso es todo lo que deseaba decirte. Si vas a salir a cenar fuera hoy, te veré en la mañana." Asumiendo que no se quedara fuera la mitad de la noche y durmiera hasta en la tarde.

Él dio vuelta a su cabeza para mirarla, con los ojos atormentados. "Si yo pudiera... Pero no importa. No deseo pelear contigo. Georgiana ha estado llorando toda la tarde, y yo he estado preocupado por tu seguridad."

"¿Por qué estaba alterada Georgiana?" ¿O era esta su forma de decir que él estaba alterado?

Él bajó la barbilla. "Porque ella vio a sus únicos dos amigos abandonarla sin mirar atrás para irse a un mandado secreto juntos. Porque tú le cuentas a Kit tus frustraciones, y él te cuenta a ti sobre otra mujer."

¡Ridículo! Ella y Kit habían ido antes a caminar, pero nunca había parecido preocupar a Georgiana. Y Georgiana ni siquiera sabía lo que ellos dos habían discutido. Solamente Darcy sabía eso. Él era el que estaba preocupado porque ella había confiado en su hermano.

Pero si Georgiana estaba celosa de que Kit hubiera elegido pasar tiempo con Elizabeth cuando hubiera podido estar con ella, eso podía causar dificultades. ¿Estaban los sentimientos de ella por él más comprometidos de lo que Elizabeth había sospechado? Esas eran malas noticias.

Repentinamente cansada, ella dijo. "No tenía por objeto excluirla. Kit no invitó a Georgiana porque pensó que ella estaría más segura contigo. Yo se lo explicaré a ella." Ella hizo una caravana y se dio la vuelta para irse. Dándole la espalda, ella finalmente forzó las palabras a salir. "Y no quise decir eso el día que dije que no éramos amigos. Estaba molesta." Después de un momento de silencio, ella comenzó a salir del estudio.

"Por favor no te vayas."

Elizabeth detuvo sus pasos.

"Nunca tengo la oportunidad de hablar contigo estos días. Siempre estás con Georgiana y Kit."

Ella se dio vuelta lentamente para quedar frente a él. "Y tú estás siempre de juerga con los franceses." Ella no había querido que sonara amargado, pero temía que lo había hecho.

"¿De juerga? Difícilmente. Y tú sabes que no es mi elección."

"¿Qué quieres que piense cuando no regresas a casa hasta la mitad de la noche, aún las noches en que no hay bailes? Los teatros no están abiertos tan tarde." ¡Oh! ¿Por qué había ella dicho eso? No había que él supiera que ella había notado a qué hora regresaba. Sus mejillas empezaron a arder.

"No voy a bailes ni al teatro. Lo he hecho en el pasado, pero no ahora." Él hizo una pausa para servir dos vasos de vino de un decantador, ignorando el brandy ya servido. Extendiendo uno hacia ella, él dijo, "Ahora ceno cada noche en el mismo lugar, frecuentemente con la misma gente. Hay muchos que buscan una invitación a este exclusivo grupo, pero si la recibieran, lo encontrarían insoportablemente aburrido. La conversación es el entretenimiento principal. Nada le gusta más al general que un buen argumento, o quizá debería decir un enérgico desacuerdo. Algunas veces él habla hasta la madrugada. Lo encuentro más tolerable que en los primeros días cuando yo necesitaba asistir a eventos sociales para mantener conexiones, pero preferiría estar aquí contigo. Y con Georgiana y Kit, por supuesto"

Un sorbo del vino hizo poco para aliviar la sequedad en la boca de ella. "Entonces ¿por qué va con tanta frecuencia?"

Él hizo una cara, como si hubiera encontrado que el vino estaba amargo. "Porque el aprecio del general por mí es una poderosa protección para todos nosotros. Me salvó cuando fui arrestado. Salvó a tu hermana Jane del Capitán Reynard. Algún día pudiera hacer la diferencia para Georgiana. Y depende de que yo muestre mi aprecio por él. Por lo tanto, lo hago, aun si eso significa que regreso a casa y me siento como si..."

Elizabeth no necesitaba palabras para entender lo que él quería decir. Cuando regresaba a casa, encontraba a Georgiana, Kit y Elizabeth formando un lazo que no lo incluía a él... o eso pensaba. Y entonces Elizabeth había tomado el lado de Kit en su contra.

Impulsivamente ella extendió su mano hacia él. "Gracias por tener cuidado de mantenernos seguros. He hecho mi mejor esfuerzo para distraer a Georgiana cuando has salido, y Kit ha ayudado con eso. Pero no es lo mismo como cuando tú estás aquí."

Los dedos de él asieron los de ella. "Y ¿qué hay de ti?" preguntó él roncamente. "¿*Tú* me has extrañado?"

Ella debió decir algo ligero y bromista. No, lo que ella debió hacer era salir de la habitación. Pero ¿cómo podía ella separarse cuando él por fin la estaba mirando, verdaderamente mirándola, de nuevo?

"Yo..." Ella humedeció sus labios súbitamente secos. "¿Qué es lo que quieres de mí? Aparte de una dama de compañía para tu hermana, por supuesto. ¿O es ese mi único valor?"

"Tú sabes que no lo es." Su voz era baja y tensa. "Yo no puedo tener lo que deseo."

¿Cómo podían sus palabras simultáneamente aliviarla y partirla en pedazos? Ella tenía que detener esto. "Si ya has decidido sacrificar tu futuro por Georgiana, debes dejarme ir. Sin miradas de añoranza, sin roces subrepticios, sin pararte más cerca de mí de lo que deberías. No puedes tener ambas cosas."

"No es algo que yo haya elegido, sino algo que no puedo evitar. Si dependiera de mí..."

"Pero es tu elección," dijo ella con furia, las palabras en las que había estado pensando por semanas brotando de ella. "Si algún día hay habladurías sobre ella y tú, entonces sí, sería lo más fácil si se casaran. Pero ¿qué sucedería si no lo hacen? Ella aún sería reina. Unos cuantos pretendientes pueden sentirse atemorizados por los chismes, pero existen muy pocos hombres que renunciarían a un reino aún si ella tomara un amante diferente cada noche. Tú has hecho tu deber el salvar su vida, pero ¿por qué es también tu deber renunciar a tus propias esperanzas para ahorrarle a ella unos cuantos chismes?"

Darcy sacudió la cabeza. "No es tan simple. Su posición puede no estar segura."

"¿No estar segura?" Elizabeth rio incrédulamente. "¿Con cada hombre en Inglaterra brindando diariamente por ella? No seas ridículo. Es tu derecho decidir si te sacrificas por su causa, pero no esperes que yo esté de acuerdo en que no tienes elección. Y a causa de la diferencia entre la situación de ella y la mía, yo soy la que sufriré por tu elección. Si alguien descubre que me he estado quedando contigo, no me quedará ninguna reputación, y, a diferencia de Georgiana, no tendré a la mayoría de los príncipes en Europa a mi puerta. Estaré arruinada y sin prospectos. No esperes que tenga lástima por la pobre de Georgiana enfrentando un poco de escándalo." Ella había ansiado decir esto por días, pero no la hizo sentir alivio.

"Nunca olvido el precio que tú has pagado. Nunca."

Ella alejó su mano de la de él. El contacto se había vuelto insoportable. "Y aun así no haces nada al respecto. Quizá esa es otra diferencia entre Georgiana y yo. Casarte con ella elevara tu estatus. Tus hijos serán de la realeza. Aún si Georgiana no hubiera llegado a tu vida, tú no hubieras considerado casarte con una chica sin dinero y sin conexiones. Sería una degradación. Entiendo eso. Pero te ruego que seas honesto conmigo y lo admitas."

"¡No! Tus circunstancias no tienen nada que ver en esto. Cuando recibí a Georgiana, acepté cualesquier consecuencias que pudieran traer mis acciones. Tengo una responsabilidad hacia ella. Pero me gustaría al menos ser tu amigo, y que tú estuvieras contenta con tu vida aquí."

"¿Contenta?" Ella se puso de pie. "¿Viéndome forzada a ver a Georgiana y a ti todos los días, sabiendo el futuro que has elegido? ¿Cuánto disfrutarías tú compartir una casa conmigo y mi futuro esposo? Sí, supongamos que planeara casarme con Kit. Imagina cómo te sentirías, enfrentado con nosotros dos todos y cada uno de los días. ¿Estarías contento?"

Él sacudió lentamente la cabeza pero no dijo nada.

Ella había llegado demasiado lejos para detenerse ahora. "¿Qué harás si nada cambia? Si Frederica tiene razón, pudieran pasar años antes de que obtuviéramos nuestra libertad. ¿Esperarías para siempre sin hacer nada? ¿Todavía cuidarías a Georgiana cuando tuviera veinticinco años? ¿Treinta? ¿Cuarenta?"

"Elizabeth, querida." Los elegantes tonos de Lady Matlock hicieron que Elizabeth se sintiera como una ladrona atrapada en el acto. "Perdona que interrumpa. Georgiana está bastante alterada, y me pregunto si tu pudieras tener más éxito en calmarla del que he tenido yo."

Elizabeth se ruborizó. Aunque Lady Matlock no había hecho reconocimiento de la comprometedora posición en la que los había descubierto a ambos, era demasiado perceptiva para no haberse dado cuenta de la tensión entre ellos, pero no había nada que hacer ahora. Elizabeth alisó su falda, más para ocultar su expresión que porque lo necesitara, luego se arrepintió de ello, preguntándose si la tinta en sus manos se habría transferido a su ropa. Ella tendría que revisar después "Por supuesto. ¿Dónde está Georgiana?"

"En sus habitaciones. Estará complacida de verte." El tono de Lady Matlock no era condenatorio, pero no mostraba particular calidez tampoco.

"Iré a verla de inmediato. Por favor discúlpeme, Sr. Darcy."

Él no dijo nada, solamente la observó irse.

FREDERICA LE SONRIÓ cálidamente a Darcy cuando le abrió la puerta en la casa en Leadenhall Street la mañana siguiente. "William, ¡qué gusto verte de nuevo! Espero que estés bien."

Darcy nunca se había sentido menos bien en su vida. "Todos gozamos de cabal salud en Darcy House. Te ves encantadora hoy."

Era verdad. Su cabello estaba recogido en un elegante moño con unos cuantos rizos sueltos alrededor de su rostro y su sencillo vestido azul cielo estaba adornado con listón, a diferencia de los vestidos puramente utilitarios que había usado durante su visita anterior. También parecía más tranquila.

Antes de permitirle entrar, llamó sobre su hombro. "Puertas cerradas, si fueran tan amables." Entonces se volvió de vuelta hacia él. "Perdóname. Hay personas aquí a quienes no debes ver., Pero asumo que hay un propósito para tu visita."

Más secretos. Él odiaba los secretos. "Deseaba hablar con Richard, si está aquí."

"Sí, por supuesto. Lo traeré contigo si esperas aquí."

Un minuto después Richard cojeó al vestíbulo del frente. "¡Darcy, este es un placer inesperado! Nuestros salones públicos están en uso, y Freddie insiste que a ti debemos mantenerte separado de nuestros actuales huéspedes, pero eres bienvenido a unirte a mí en mi humilde altillo."

"Señala el camino, primo. Freddie está guardando secretos, me imagino."

Richard dejó de lado el comentario. "Freddie siempre está guardando secretos. ¿Te conté que hice un viaje a Milford Haven y di seguimiento a esa pista de Tomlin que pasaste? Ha retribuido espléndidamente, aunque no se me permite decirte cómo. Pero estamos más optimistas que antes."

"Freddie se ve más feliz, debo decir."

Richard hizo una pausa a medio camino del segundo tramo de escaleras y se volvió hacia él. "El amor le hace eso a una mujer," dijo él con un guiño.

¿Frederica enamorada? "¿Conozco al afortunado caballero? Asumo que debe ser un caballero ya que aparentemente tú todavía no lo matas."

"Desearía poder decírtelo, pero es otro secreto. No desaprobarás, sin embargo. Aun mi madre lo aprobaría." El sostuvo abierta la puerta a una pequeña habitación amueblada con una sencilla cama, dos sillas y un escritorio. "Pero tú pareces no haber dormido en días."

Darcy se sentó en una silla de madera. "Bastante cerca. Solamente un día, sin embargo."

"¿Qué te preocupa? ¿Está alguien enfermo o en problemas?"

Darcy sacudió la cabeza. No tenía caso disfrazarlo. Necesitaba el consejo de Richard. "No. Es problema de mujer."

Con un silbido por lo bajo, Richard dijo, "Creo que mejor me lo cuentas todo."

"Puedes lamentar haber preguntado. Es complicado." Tan brevemente como pudo, Darcy le explicó su dilema con Georgiana y los retos que Elizabeth le había presentado la noche anterior.

Richard le escuchó sin interrumpirle. Cuando Darcy hubo acabado, él dijo, "Bueno, creo que tu Elizabeth tiene razón acerca de una cosa. No importará si hay chismes acerca de que Georgiana haya vivido contigo.

¡Buen Dios! Piensa en su padre y madre. Ellos sobrevivieron rumores mucho peores, y la mayoría de ellos eran ciertos. De hecho, yo alegaría que casarte con ella causaría aún más chismes dañinos... que tú te aprovechaste de su carácter impresionable para impulsar tus propias ambiciones."

"Pero ¡yo no tengo deseos de ser su consorte!"

Richard levantó su mano. "Lo sé. Yo te creo, pero puede que los demás no. La mayor pregunta en mi mente es por qué crees que no tienes derecho a casarte con la mujer que amas. ¿Qué te detiene? ¿Es su falta de conexiones? ¿No es presentable? Después de todo, cuando todo esto termine, tu estarás o muerto o en línea para un título nobiliario, así que las conexiones de ella escasamente importan."

Darcy gruñó. "No deseo un título nobiliario por cumplir con mi deber."

Richard se rio, pero con simpatía. "Debiste haber considerado eso antes de salvar la vida de la heredera al trono."

"¡Ahórramelo!"

A pesar de lo temprano de la hora, Richard sacó una botella de debajo de su cama. "Ron jamaiquino. Me acostumbré al sabor. Parece que lo necesitas." Él sirvió una pequeña cantidad del ambarino líquido en un vaso rajado y se lo entregó a Darcy. "Yo sé que nunca quisiste gloria para ti. Pero ¿qué hay de tu familia, de saber que tu padre y madre estarían orgullosos de ti? Mi madre estaría emocionada de que se me concediera un título nobiliario, y me pregunto si mi padre no habría tenido en mente poner a uno de sus propios hijos en el lugar que te ha tocado a ti. Él tenía ambiciones para la familia, aún si tú no las tienes."

Darcy tomó un cauteloso sorbo del ron. "¿Cuál es tu punto?"

"Que tú podrías traer honor y Gloria al nombre de la familia y tener poder en la corte. A ti te importa tu Elizabeth, pero ella hubiera sido un pobre partido para ti aún antes de esto. ¿Se rebela tu orgullo ante la idea de pasar de rozarte con la realeza a casarte muy por debajo de ti? ¿Puedes verla como tu duquesa, o tu orgullo interferiría?"

Elizabeth había hecho la misma acusación la noche anterior, y él la había desestimado. Ahora Richard, a quien había conocido toda su vida, la traía nuevamente a consideración. Él no quería pensar de sí mismo como que despreciaba a Elizabeth, pero la vida de ella en Meryton había sido una curiosidad para él porque era tan diferente de la suya. Él se había sentido atraído hacia ella contra su voluntad, aun cuando lo veía como en conflicto con su deber hacia Georgiana.

No, no era eso. Una vez, hacía mucho tiempo, su orgullo en su posición social pudiera haberlo hecho desdeñar a Elizabeth y a su familia por sus bajas conexiones, pero después de haber tenido que humillarse el mismo con tanta frecuencia con los franceses, le quedaba muy poco de ese orgullo.

En Meryton había ansiado hacer suya a Elizabeth, pero había sabido que no podía suceder nunca. El secreto de Georgiana debía guardarse a toda costa. En Meryton, Elizabeth había sido vivaz y había bromeado con él. Cuando había estado buscando a Georgiana después de su desaparición, él había imaginado qué tan llena de alegría se vería y cómo brillarían sus ojos cuando las encontrara. Pero cuando lo hizo, ella estaba siempre ya fuera enojada con él o manteniendo su distancia, y sus bromas y coqueteos estaban reservados para Kit.

Lo que hubiera sido que se había estado desarrollando entre ellos en Meryton, él lo había destruido cuando le había contado la verdad sobre Georgiana. Él se había culpado por arrancarla de su familia, pero no era de eso de lo que realmente se arrepentía. De lo que de verdad se arrepentía era de que lo había hecho perderla, dejando un doloroso vacío de tristeza dentro de él.

"No," dijo él abruptamente, escasamente consiente de que estaba hablando en voz alta. "Su nivel social en la vida no me detiene. Lo que lo hace es que ahora ya no me quiere."

"Eso es difícil de creer, dada tu discusión con ella anoche."

Darcy sacudió la cabeza con fiereza "Eso es diferente. Ella se casaría conmigo porque no tiene otra elección. Cuando nos conocimos, yo le caía bien, al menos cuando no estaba furiosa conmigo por ser un traidor. Podía ver la alegría en sus ojos. Luego volteé su vida de cabeza pidiéndole ayudar a Georgiana, y ahora la alegría se ha ido."

Richard tomó un sorbo de ron y lo paseo por su boca antes de responder. "Y ¿qué has hecho tú para traer de regreso la alegría?"

"¿Cómo?"

"Lo usual. ¿Qué le gusta? ¿Joyas? ¿Vestidos bonitos?"

Su hermana, que estaba fuera del alcance de ella. Campanillas, que estaban fuera de temporada. Cachorros.

Cachorros.

DESPUÉS DE UNA NOCHE de dormir mal, el desayuno tenía poco atractivo para Elizabeth. Calmar a Georgiana no había sido difícil, pero después de eso ella se había forzado a enfrentar los hechos. Sus sentimientos por Darcy no iban a disminuir, y ya fuera a causa de su familia o de sus bajas conexiones o que los sentimientos de él por ella simplemente no eran profundos, Darcy estaba determinado a seguir disponible para casarse con Georgiana. Nunca había habido mucha oportunidad de que cambiara de opinión... escasamente ninguna, de hecho... pero ahora ella tenía que admitir que no había esperanza.

Le dolía la cabeza. Aun el delicioso chocolate caliente servido cada mañana sabía soso y era difícil de tragar. Pero era la mañana de su reunión quincenal preestablecida con su tío, así que encontró la manera de ponerse su bolero con botones e ir caminando a Hyde Park.

El Sr. Gardiner estaba esperando en su banca usual y la saludó con una cálida sonrisa, pero después de comunicarle las noticias que tenía sobre la familia de ella, la expresión de él se volvió cada vez más preocupada. "Pareces desanimada. ¿Hay algún problema?"

"¡Oh! Nada significativo," dijo Elizabeth rápidamente. "No tengo razón para quejarme. Después de haber estado frenética de preocupación tanto por mi familia como por el Sr. Darcy, y de ser la única responsable de mantener el ánimo de Georgiana, uno creería que yo estaría encantada de que todo estuviera bien y de que haya otras tres personas para compartir la carga de entretener a Georgiana."

"¿Pero no estás encantada?"

"No." Ella raspó con sus medias botas la grava a sus pies. ¿Podría ella evitar que él adivinara la verdadera fuente de su angustia? "¡Oh! Algunas partes son encantadoras, como el tener la biblioteca del Sr. Darcy para explorar. Pero aún siento el vacío. Georgiana no puede soportar la idea de que me vaya, y me recuerda cada noche mi promesa de quedarme con ella, pero ya no me necesita. Ella prefiere la compañía de Kit a la mía, y su tía le da más instrucción sobre cómo ser una dama que yo. Yo nunca pensé que extrañaría remendar ropa y llevar bandejas de té al establo. Aun cuando vivía contigo, yo ayudaba con los niños. Ahora no puedo ni siquiera distraerme escribiendo cartas, ya que nadie debe saber dónde estoy, y eso me hace extrañar más a mi familia y amigos. Debes pensar que soy la criatura más ingrata que existe."

"Pudiera pensarlo, si creyera que la soledad y el aburrimiento son lo peor de tu sufrimiento. Pero puedo darme cuenta de que hay más. A ti solo te salen esos círculos obscuros bajo los ojos cuando no has estado durmiendo. ¿Cuál es el problema? ¿Han intentado el Sr. Darcy o su hermano aprovecharse de ti?"

Prontas lágrimas se elevaron a sus ojos, y ella las secó con fiereza. "No. Nada de eso." ¿Cómo podía ella decirle que era exactamente lo opuesto?

"Entonces, ¿qué sucede? Dime la verdad, Lizzy. Estoy preocupado por ti."

Ras, ras, ras. "Nadie está intentando lastimarme, te lo prometo."

"Lizzy." Había un tono de advertencia en la voz de él.

"¡Oh, está bien! Si debes saberlo," dijo ella, medio resentida, medio aliviada. "Es una total tontería. Tengo sentimientos por el Sr. Darcy, y él se ve a sí mismo como comprometido con otra dama. Es difícil, y no hay forma de librarme de ello ya que no tengo a donde ir. Dependo completamente de él."

Su tío le dio una palmada en el hombro. "Lamento escucharlo. Yo había esperado que él te ofreciera matrimonio, ya que él efectivamente te arrancó de tu familia. ¿Sabe él cómo te sientes?"

Ella mantuvo su mirada en la vereda. "Yo creo que sí, y no es que él no tenga sus propios sentimientos, pero sigue fijo en su curso."

"Quizá yo debería hablar con él. No fue por culpa suya, pero tú te viste comprometida por su comportamiento. Él tiene una responsabilidad hacia ti."

"¡No! Él ya sabe eso, pero tiene una responsabilidad similar hacia la otra dama. Y no deseo que me ofrezca matrimonio simplemente porque el honor lo obliga a eso." Convertirse en una más de las muchas responsabilidades de Darcy aplastaría su alma.

"¿Estás segura? Si él tiene sentimientos por ti, pudiera alegrarse de la intervención."

Ella sacudió la cabeza. "Él es perfectamente capaz de tomar la decisión por sí mismo. ¡Si tan solo pudiera dejarlo atrás! Lady Matlock ha dicho que algún día rentará una casa para ella, Georgiana y yo, pero no sé cuándo o si sucederá. Y soy demasiado cobarde para irme a Escocia cuando tengo una cálida cama aquí. Pensé intentar conseguir un puesto de dama de compañía, pero Georgiana insiste en que me necesita. Todavía no he llegado tan bajo como para intentar mi otra idea, que es pedirle dinero al Sr. Darcy para rentar alojamiento cerca para mí. Pero me temo que tendré que llegar a eso."

"Yo puedo ayudarte un poco," dijo el Sr. Gardiner.

"¿Tienes una idea de lo que cuesta el alojamiento en este vecindario? La renta es astronómica. Y sería lo justo que el Sr. Darcy lo pagara; después de todo, él es responsable por mis circunstancias. Pero eso me haría sentir como una mujer mantenida, aun cuando no lo sería." Ella dejó salir el aire irregularmente, lo cual estuvo más cerca de un sollozo de lo que ella hubiera querido.

"Has hablado con, er, Georgiana sobre tu dilema? Quizá ella estuviera más dispuesta a dejarte ir si supiera cuánto te está costando estar ahí."

"No puedo hacer eso. Te ruego que no me preguntes por qué; te aseguro que es del todo imposible. Y es toda una tontería de cualquier modo. Casi cualquier mujer en Inglaterra cambiaría feliz de lugar conmigo y aceptaría todo este lujo y comodidad a cambio de un poco de dolor en el corazón." Ella hizo su mejor esfuerzo para sonar relajada, pero dudaba que su tío estuviera convencido.

Él frunció el ceño. "No me siento feliz con eso, pero actualmente no puedo pensar en una mejor alternativa. Y hay ciertas ventajas en retener el afecto de Georgiana. Pero si la situación se vuelve intolerable, debes decírmelo. Envía una nota a mi oficina. No necesitas firmarla; yo sabré de quien viene."

"Eres muy bueno conmigo. No puedo decirte cuánto me consuela el tener este pequeño contacto con mi antigua vida. Aunque lamento ser una preocupación para ti."

Él se rio. "¡No lo pienses dos veces! Tú me has dado una oportunidad por la que muchos hombres morirían... la oportunidad de ayudar a cierto alguien en su momento de necesidad. Puede que no sea una historia de capa y espada qué contarles a mis nietos sobre con cuánto valor busqué alojamiento para ustedes, pero puedes estar segura de que estaré orgulloso de ella toda mi vida. Y eso te lo debo a ti."

Ella suspiró. "Tienes razón. Se me olvida que esto es también un privilegio. Paso tanto tiempo convenciéndome a mí misma de que ella no es más que una jovencita bastante demandante quien todavía no ha sido presentada en sociedad que casi olvido que no es verdad. Debería de esforzarme más en recordar por qué estoy haciendo esto."

Le ayudó tener un mayor propósito.

EL DOLOR DE CABEZA de Elizabeth esa tarde la hizo desear ocultarse en su habitación, pero en lugar de eso se armó de valor y le pidió a Lady Matlock conversar en privado con ella. "Me pregunto si usted ha pensado más acerca de su plan de alquilar una casa para usted y Georgiana. No creo que yo pueda permanecer aquí por mucho tiempo más."

"No me sorprende, querida," dijo Lady Matlock. "Tu conversación de anoche con Darcy no parecía placentera."

Elizabeth sacudió su cabeza y de inmediato se arrepintió de ello ya que el movimiento aumentó su dolor de cabeza. "No lo fue."

"Lo lamento. Puedo volverle a mencionar el asunto a Darcy. Georgiana parece menos dependiente de Darcy, pero desafortunadamente se ha encariñado con Kit en su lugar. Sería mejor sacarla de aquí. Preferiría verla conocer mejor a Richard."

"¿Su hijo?" ¿Qué tenía él qué ver en esto?

"Sí, aunque no es la razón por la que lo elegí. Él es el único hombre que conoce su identidad y del que no se cree que sea su hermano. No es una elección ideal para que ella se case con él, pero no hay otra elección."

Elizabeth no salía de su asombro. "¿Usted desea que ella se case con él? Ella es demasiado joven, y ellos ni siquiera se conocen."

Lady Matlock juntó sus manos con un suspiro. "Elizabeth, si Georgiana muriera mañana, ¿quién se convertiría en heredero del Rey George? El verdadero heredero, quiero decir, no el Príncipe Jérôme quien fue designado heredero por Napoleón."

Elizabeth inhaló profundamente, olvidando momentáneamente su propia angustia. "Su primo. El hijo de la Princesa Amelia y Jérôme Bonaparte."

"Precisamente como lo planeó Napoleón. Si su sobrino se convierte en el verdadero heredero al trono, la causa de la independencia estará casi perdida. Georgiana puede ser demasiado joven de muchas maneras, pero debe tener hijos tan pronto como sea posible para proteger la línea. Para eso necesita un esposo. Si pudiera llevarla al altar mañana, lo haría."

Ella apenas podía creer lo que estaba escuchando. ¿Lady Matlock quería que Georgiana se casara con Richard Fitzwilliam? "Pero ¿su hijo, no el Sr. Darcy?"

"Querida, faltan muchos años para la rebelión, y con ella, el momento en que podamos declarar que William no es su hermano. Ella necesita un heredero ahora. Además, William es un excelente hombre, pero haría un mal Príncipe Consorte. Richard no es ideal, tampoco, pero se las arreglaría, si vive lo suficiente. Yo me imagino que una vez que empiece la lucha, Richard estará en medio de ella."

Elizabeth se esforzó para recordar lo poco que había visto de Richard Fitzwilliam. Ella había estado demasiado enfocada en Darcy, Lady Frederica y Lady Matlock para prestarle demasiada atención a él. ¿Por qué nunca había ella considerado que él pudiera ser una solución al problema de la reputación de Georgiana? Quizá porque no había sabido al principio que Darcy tenía un primo, y nunca se había vuelto a plantear el problema después.

Pero podría cambiarlo todo para ella. O podría probar el peor de sus temores: que Darcy no le ofrecería matrimonio ni aún sin la presión de casarse con Georgiana. ¿O acaso ya lo sabía? "Ha usted discutido esto con el Sr. Darcy?"

"Todavía no. Él tiene la desafortunada tendencia a ser sentimental acerca de Georgiana, sin duda porque estaba tan joven cuando se hizo cargo de ella."

Elizabeth levantó una ceja. "¿Sentimental? Yo hubiera preferido decir 'al borde de la locura.'"

"Y ese es el problema. Georgiana es una joven agradable, y yo ciertamente preferiría que fuera feliz, pero más que ninguna otra cosa ella es el medio para un fin. Inglaterra la necesita. Si eso significa que debe tener a su primer hijo a los dieciséis años, que así sea. Darcy, sin embargo, estaría preocupado por su felicidad. No podemos darnos ese lujo."

"¿No podría ella casarse con Kit, en lugar de eso? Ella pudiera estar más complacida con eso."

Lady Matlock sacudió la cabeza. "El matrimonio debe ser legal para que los herederos sean legítimos. Nadie estará de acuerdo en casar a Georgiana Darcy con su hermano Kit, y no podemos correr el riesgo de cambiar de nuevo su identidad, no cuando los franceses están buscando a una princesa disfrazada."

"Supongo que no." Pobre Kit, no iba a tomar esto nada bien.

"Pero eso no resuelve tu problema. Lo pensaré un poco, y quizá descubriré una solución."

Elizabeth esperaba que fuera pronto.

Capítulo 13

Elizabeth escuchó la puerta del frente abrirse mientras estaba practicando un dueto con Georgiana. La parte más fácil, por supuesto, ya que Georgiana tocaba muchísimo mejor que ella. Y hoy ella tocaba aún peor que de costumbre debido a su distracción.

Darcy no había vuelto a casa la noche anterior. Él le había enviado un mensaje a Georgiana diciendo que tenía que encargarse de algunos negocios importantes fuera de la ciudad. ¿Qué tipo de negocio podía llevarlo fuera de la ciudad? Pensar en eso hacía que el estómago de Elizabeth se revolviera.

Después de su pleito, Darcy había cenado fuera y se había ido antes del desayuno al día siguiente, así que ella no lo había visto para nada. Había esperado en ascuas todo el día anterior para ver cómo le respondería. Pero no había vuelto a casa para vestirse para la cena, y se había quedado fuera toda la noche. ¿Qué más respuesta necesitaba ella? Ella había llorado hasta quedarse dormida.

Y ahora él podía haber regresado. Los dedos de Elizabeth se brincaron una nota mientras se esforzaba por escuchar la vibración de su voz. Para cuando encontró de nuevo su lugar, el sonido de pasos en las escaleras le indicó que él no planeaba unirse a ellas como frecuentemente lo hacía cuando escuchaba su música. Debía estar evitándola.

Georgiana la estaba mirando raro, y Elizabeth pronto devolvió su atención a lo que estaban tocando. "Lo lamento," susurró ella.

Pero su concentración se había perdido, así que al final del dueto, Elizabeth se retiró del instrumento y lo dejó en la sola posesión de Georgiana. En lugar de eso ella se reunió con Lady Matlock para proporcionar una audiencia a la joven, aunque apenas estaba escuchando la música. Darcy no podía evitarla para siempre.

Unos cuantos minutos después, Darcy, con el cabello húmedo, entró lleno de vida en la habitación. ¿Lleno de vida? Kit era el que entraba lleno de vida en las habitaciones, no el propio Sr. Darcy. Pero esta vez él definitivamente había entrado lleno de vida. Se paró por un lado de la chimenea, con el codo recargado en la repisa.

Ahora que él estaba finalmente frente a ella, ella súbitamente tenía miedo de saber. ¿Qué sucedería si ella viera solamente distancia y frialdad en su expresión? Con el corazón desbocado, ella se forzó a mirarlo.

Y no vio nada. Aunque una leve sonrisa curvaba sus labios, toda su atención parecía estar fija en la interpretación de Georgiana. Elizabeth rápidamente miró hacia otra parte. No quería que la atraparan mirándolo como una chica enamorada. La decepción la lastimaba. Ella debía haberlo sabido.

Finalmente Georgiana terminó su pieza. Darcy le aplaudió y dijo, "Una excelente presentación. Muy emotiva." Luego agregó, "Señorita Elizabeth, ¿quisiera ir conmigo a caminar en Hyde Park? Se me ocurre que ha estado privada de sus paseos por el campo durante su estancia en Londres."

Ella no podía creer lo que escuchaba Antes de que su confundido cerebro pudiera formar una respuesta coherente, Lady Matlock dijo, "¡Qué idea tan encantadora! El aire fresco te hará bien."

"Disfrutaría mucho eso, gracias." La voz de ella ni siquiera tembló.

Mientras recogía su gorro y parasol, se recordó a sí misma no permitir que sus esperanzas crecieran. Después de todo, ella sabía ahora que él estaba libre de tener que casarse con Georgiana. Pero él no lo sabía, y no podía ser ella quien se lo dijera. Eso parecería una demanda.

Cuando salieron de Darcy House, pasaron a un anciano caballero que estaba a punto de entrar en la casa de enseguida. Él le dirigió a Darcy un gesto brusco, pero su labio superior se enroscó y no tocó su sombrero. Darcy le dirigió un gesto de vuelta pero no dijo nada.

"¿De qué se trató eso?" preguntó Elizabeth cuando ya no podía ser escuchada.

Darcy se encogió de hombros. "A Cartwright le desagradan mis ideas políticas. Él era un amigo cercano de mi padre, así que lo dejo pasar." Pero por el tono de su voz, el desdén de su vecino todavía le lastimaba.

"Lamento que te traten así y más especialmente que yo te haya hecho lo mismo."

"Era perfectamente comprensible, pero basta de cosas desagradables. Aun cuando es casi la hora de moda, el parque no debe estar demasiado abarrotado ya que mucha gente se ha ido de Londres para escapar del calor. Puede ser más parecido a una plaza de armas que a un parque la mayor parte del año."

¿Había él considerado sus preferencias? De seguro esa era una señal esperanzadora. "Sí, un parque abarrotado no se siente para nada como un parque." Entonces, incapaz de tolerar la incertidumbre, ella espetó, "Y uno tranquilo es más apropiado para dar regaños. ¿Es esa su intención al invitarme a venir con usted?"

Asombrosamente, él se rio. "¿Me he convertido tanto en un puritano obligado como todo eso? Te aseguro que la única razón por la que hice la sugerencia fue porque deseaba caminar contigo."

"¿Simplemente porque usted lo deseaba? ¡Estoy tristemente decepcionada de usted, señor! ¡Pensé que era usted demasiado serio para participar en actividades por una razón tan frívola!"

"¿Ve? Esa es una reprimenda bien merecida. Decidí solo recientemente esta nueva estrategia de hacer cosas simplemente porque deseo hacerlas. ¡Soy serio hasta cuando decido ser frívolo!" Él sonrió hacia ella mientras entraban en Hyde Park. "¿Tiene usted una preferencia por alguna vereda en particular?"

La felicidad burbujeó dentro de ella. ¡Era ridículo estar tan complacida porque él estaba siendo considerado con ella! "Mi única preferencia es no ser atropellada por jinetes irresponsables."

"Evitaremos entonces Rotten Row. ¿Te llevó Kit para allá?"

"Sí. Él deseaba suspirar con nostalgia ante los finos caballos mostrados ahí. Yo no soy una admiradora."

Él hizo un gesto hacia una vereda a su derecha. "Quizá entonces un paseo a lo largo de la Serpentine estará bien."

Ella miró hacia él a través de sus pestañas. "Georgiana estuvo preocupada cuando no regresó anoche."

"¿No recibió ella mi mensaje?"

"Sí, pero se preocupó de todas maneras." Y también lo había hecho Elizabeth. Justo cuanto la esperanza había vuelto a ella, ¿lo habría perdido con otra mujer? "Pero estoy segura de que usted tuvo una buena razón para su ausencia."

Él sonrió, viéndose extrañamente juvenil "Creo que sí. Estaba armando una sorpresa. Quizá después puedas decirme si valió la pena."

Eso ciertamente no sonaba como otra mujer. Con más alegría, Elizabeth dijo, "Espero que no esperes que te cuestione sobre tu sorpresa como lo harían muchas mujeres. ¡No caeré en esa trampa!"

"Yo no esperaría que lo hicieras, y yo tendría que resistir si me cuestionaras." De pronto, su rostro se obscureció, "¡Oh, maldita sea!"

Sorprendida, Elizabeth preguntó, "¿Qué sucede?"

"Tenemos compañía," murmuró él. "Te lo ruego, sigue mi guía."

Dos hombres en uniformes azules altamente condecorados cabalgaron hacia ellos. Cuando llegaron a la altura de ellos, detuvieron a los caballos y desmontaron. El más condecorado le lanzó las riendas al otro oficial y caminó hacia Darcy y Elizabeth.

"Darcy, ¡apenas puedo creer que estés aquí tan cerca de la hora de moda!" dijo él con acento francés. "¡Y con una encantadora damita!"

Elizabeth enterró sus uñas en la palma de su mano libre mientras sonreía.

Darcy hizo una reverencia. "No había anticipado el placer de su presencia, señor. Señorita Gardiner, ¿puedo presentarle al General Desmarais, cuya oportuna asistencia me liberó de la prisión en Hertfordshire y quien removió a un muy desagradable comandante de cuartel que había estado aterrorizando a las mujeres de la localidad? General, le ruego me permita presentarle a la pupila de mi tía, la Señorita Gardiner, para que la conozca."

¿El General Desmarais? ¿*El* General Desmarais, comandante de todas las fuerzas francesas en Inglaterra? Su felicidad se desvaneció bajo una oleada de antiguo odio.

"¡*Enchanté*, Señorita Gardiner! Su tía, Darcy, ¿sería la famosa Sra. Fitzwilliam?"

Darcy dijo con frialdad, "Como usted dice, General, o quizá debiera decir *Monsieur* Desmarais, ya que aparentemente usted tiene objeción a los títulos."

"¡Ah, *touché*!" exclamó el general. "No se preocupe, Señorita Gardiner; no lo arrestaré por insubordinación. Tengo el mayor respeto por la honestidad de Darcy. No puedo confiar en esos ingleses que pretenden estar encantados por la presencia de un ejército de ocupación. No, prefiero a un hombre que no teme mostrar su resentimiento y que deja en claro que solamente trabaja con nosotros porque no tiene otra elección."

Elizabeth esperaba que su voz se mantuviera nivelada. "Le ruego acepte mi gratitud por su asistencia al Sr. Darcy y por tomar interés en el comportamiento de sus subordinados."

"Ah Darcy, ¡ella es tan espinosa como tú cuando recién nos conocimos! No importa. Intentaré detener los excesos de mis hombres cuando pueda. Nosotros los franceses estamos infelices de estar tan lejos de nuestras familias, igual que ustedes ingleses están infelices de tener un ejército de ocupación, pero esa no es excusa para abusar de nuestro poder. El Emperador ha ordenado que estemos aquí, así que todos debemos aprender a llevarnos bien. Y su Darcy, él me dice cuando me vuelvo... ¿cómo dicen ustedes?... demasiado altanero y petulante."

Atrapada con la guardia baja, Elizabeth espetó, "¡Me imagino que ha de ser bastante bueno para eso!"

La cabeza de Darcy dio la vuelta hacia ella. "¿De verdad?"

¿Por qué se sentía ella súbitamente sin respiración? Intentó cubrir su desconcierto con una sonrisa traviesa. "Si hay alguien a quien su mirada severa no pueda someter, todavía tengo que conocerlo. Sin embargo, debo decir que agregar al General Desmarais a la lista es una sorpresa."

"¡Ah, me gusta esta, Darcy! Ella sabe cómo bromear con usted. Debo estudiar su técnica."

Darcy resopló. "Usted, señor, no tiene necesidad de mejorar su habilidad de bromear conmigo."

El general se inclinó hacia Elizabeth y dijo en un susurro que tenía la clara intención de que fuera escuchado "Darcy se esfuerza por convencernos de que no tiene sentido del humor, pero no nos engaña, Señorita Gardiner, ¿o sí?"

Ella se las arregló para no retroceder ante él. "O quizá es parte de un sutil plan suyo, demasiado profundo para que personas simples como nosotros, lo comprendan."

Él lanzó hacia atrás su cabeza y se rio. "Darcy, ¡me gusta esta! Debe traerla a cenar mañana en la noche."

Darcy levantó las cejas. "¿Debo? Esa decisión tendría que tomarla mi tía... y la Señorita Gardiner, por supuesto."

Elizabeth abrió grandes los ojos con pretendida Inocencia. "Demasiado altanero y petulante, ¿es eso lo que quiso decir?" Ella lo lamentó de inmediato; este era el peor momento posible para dar rienda suelta a su espíritu juguetón. Pero el general rugió nuevamente de risa. "¡Precisamente, Señorita Gardiner! Darcy, ¿dices que necesitaré el permiso de tu infame tía para invitarla? Muy bien, me gustaría conocerla, en cualquier caso, si ella ha salido finalmente de su escondite."

"Quizá retiro sería una mejor palabra, pero le advierto, su retiro le protegía a usted tanto como la protegía a ella. Ella no siempre mide sus palabras," dijo Darcy secamente. "Aun así, se la presentaré, si lo desea."

"¿Pero puedo vivir para lamentarlo? Confieso que tengo gran curiosidad sobre esta temible dama. ¿Está en casa hoy?"

Darcy se puso rígido. "Ella está en Darcy House, pero no ha estado recibiendo visitas o saliendo en sociedad. Esta es una visita puramente familiar."

Sonaba como una excusa tan débil que Elizabeth agregó. "De hecho, vino aquí a ordenar ropa nueva para mí, y la oportunidad de visitar al Sr. Darcy fue un incentivo adicional."

"Entonces es poco probable que yo tenga otra oportunidad, ¿o sí?"

Darcy sacudió la cabeza. "He aprendido que no soy quien para pensar que puedo disuadirlo"

"¿Nos encontramos en Darcy House en, digamos, media hora?"

Darcy hizo una leve reverencia. "Estaré a su servicio."

"¡Hasta entonces!" dijo el general. "Señorita Gardiner, ¡ha sido un placer!" Tomando las riendas de su caballo de manos de su ayudante, montó y levantó su mano como despedida.

Mientras los dos soldados se alejaban, Elizabeth dijo. "Si este es el resultado usual de hacer lo que desea, puedo ver por qué lo evita. No me había dado cuenta de que su amigo francés era el mismísimo General Desmarais. ¿Cómo puede soportar pasar tiempo con él?"

Darcy volteó hacia otro lado. "No es tan malo como pudiera pensar. El General Desmarais es un sujeto decente. Si no fuera por su posición como enemigo de Inglaterra, podría considerarlo un amigo. No se ofende con las personas que no están de acuerdo con él ni con aquellos de nosotros que amamos a nuestro país más que al suyo. No se sentirá ofendido cuando mi tía sea heladamente amable con él."

Elizabeth miró a su alrededor antes de decir, "Pero Georgiana..."

"Estoy de acuerdo; sería mejor que ellos no se conocieran. ¿Pudiera sugerir regresar ahora para llegar primero y poder dar una advertencia?"

"Creo que eso sería sabio." El pensar en lo que Georgiana pudiera decir en la presencia del general francés era aterrador.

Darcy permaneció en silencio mientras caminaban de regreso por el camino a la puerta del parque. Elizabeth estaba agradecida por la falta de conversación. La cabeza le daba vueltas por el inesperado encuentro. ¿Había el comandante de las fuerzas francesas verdaderamente estado bromeando, prácticamente coqueteando con ella? Él había sido responsable de tanta miseria, y aun así el Sr. Darcy lo llamaba un hombre decente y un amigo. Ella nunca podría ser amiga de un soldado francés, mucho menos de su comandante... ¡y ahora él quería que ella cenara con él! ¿Quería él la misma cosa de ella que todos los soldados franceses parecían querer de las mujeres inglesas?

Ella se mordió el labio. "No entiendo por qué me invitó a cenar." ¡Si tan solo pudiera preguntar más directamente sobre las intenciones del general!

Darcy pareció sorprendido por su pregunta. "Pareció encontrarla divertida. Él disfruta la compañía de personas inteligentes que no se sienten intimidadas por su rango."

"Pero él tan solo intercambió unas cuantas palabras conmigo."

"Cierto, pero usted estaba conmigo, y confía en mi juicio." Su mirada se alejó de ella. "Es también posible que esté jugando al casamentero. Me ha dicho con suficiente frecuencia que debería casarme."

"Oh." Las mejillas de ella se enrojecieron, pero al menos esa explicación era mejor que la alternativa. Finalmente, ella espetó, "¿Entonces él no es uno de esos oficiales que buscan jovencitas para sus propios propósitos?"

"¡Buen Dios, no! Él es casado y ama profundamente a su esposa. Ella estará presente en la cena."

¡Cuán vana debía él creer que era ella para asumir que el general pudiera estar interesado en ella! "Me alegra escucharlo," dijo ella huecamente.

"Es por eso por lo que yo sabía que él desearía detener al Capitán Reynard."

¿Debiera ella disculparse por juzgar mal a su presunto amigo? Quizá sería mejor no decir nada. El estado de ánimo entre ellos se había arruinado en cualquier caso.

Cuando salieron del parque y dieron vuelta en Brook Street, Darcy maldijo en voz baja. "Mira, ¡él ya está ahí!"

No podía haber pasado más de un cuarto de hora desde que el general los había dejado en el parque, pero aún desde esta distancia, él y su ayudante eran visibles esperando frente a Darcy House. No habría oportunidad de hacer desaparecer a Georgiana. "Pero él dijo..."

"Lo sé," dijo Darcy tajantemente. "Esta es su idea de una broma, sin duda pensando avergonzarme. Él no sabe lo que verdaderamente está en juego."

"Supongo que debemos esperar que todo salga bien." En el peor de los casos, ella podía sacar a Georgiana de la habitación.

Cuando llegaron a donde estaba el General Desmarais, Darcy dijo secamente, "Creo que llegó antes de la hora acordada."

"Por supuesto que lo hice," dijo el general afablemente. "Toda la diversión de conocer a su tía se perdería si usted tuviera oportunidad de advertirle por adelantado."

"Yo no quisiera evitarle ningún placer. ¿Con quién debo comunicarme para que recoja su cuerpo cuando ella haya acabado con usted?"

El general rio por lo bajo. "He sobrevivido unas cuantas batallas en mi vida. "¡Adelante, mi amigo!"

Naturalmente los caballeros permitieron que Elizabeth entrara primero a la sala de estar. Con el corazón desbocado, ella hizo dramáticos gestos de horror con la cara mientras entraba, esperando dar a Lady Matlock, Georgiana y Kit cuando menos un momento de advertencia de que algo estaba seriamente mal.

"Elizabeth, ¿qué sucede?" preguntó Lady Matlock.

Elizabeth se hizo a un lado para revelar al uniformado general detrás de ella. "Pues nada, madame. Durante nuestra caminata por el parque, encontramos a uno de los amigos del Sr. Darcy que está muy ansioso de conocerla."

Darcy dijo, "Madame, ¿puedo tener el honor de presentarle al General Desmarais para que lo conozca? General, esta es..."

"No," interrumpió Lady Matlock. "No puedes hacerlo. No tengo deseo de conocerlo." Ella miró al general por un momento y luego se dio la vuelta. Le dio la espalda, desconociéndolo, al hombre más poderoso en Inglaterra. "Kit, lleva a Georgiana arriba. Es muy joven para estar en compañía de adultos, especialmente en compañía de este tipo." Ella pronunció las últimas palabras con aversión.

"Por supuesto." Kit hizo una reverencia y sacó a la joven de ojos desmesurados de la habitación, pasando tan lejos del general como fue posible.

Darcy dijo, "El general ha sido un buen amigo mío. Fue su intervención lo que ocasionó que me liberaran de prisión, salvando, quizá, mi vida."

Los ojos de Lady Matlock destellaron. "¡Qué amable de su parte!" Su voz sonó más afilada que un cuchillo. "También es el responsable de que mi hijo mayor haya huido a Escocia donde puede ser que esté todavía si no está muerto, del aprisionamiento y exilio de mi segundo hijo, de la desaparición de mi hija y del reclutamiento de mi hijo más joven, sin mencionar el apropiarse de todo lo que poseía mi esposo por simples sospechas, dejándolo postrado en cama e incapaz de hablar antes de morir prematuramente. Tendrás que perdonarme, Darcy, si encuentro que la ayuda que te brindó no sobrepasa todo lo demás."

Darcy se volvió hacia el general. "Se lo advertí."

Lady Matlock no había terminado. "Si por esta descortesía, desea presentarme a Madame Guillotine, puede hacerlo con mi bendición. Habiendo perdido a mi esposo, hijos, tierras y posición, no considero que mi vida tenga gran valor."

"En verdad me lo advirtió," dijo el general afablemente. "Puede decirle a su tía que comprendo completamente... y que su hijo mayor en verdad está vivo y bien en Escocia. Les dejo ahora. Buen día, Señorita Gardiner, Darcy."

Hizo una profunda reverencia en dirección de Lady Matlock. "Buen día, su señoría."

"Le mostraré la salida." Darcy acompañó al general a salir de la habitación.

Lady Matlock mantuvo su pose hasta que escucharon el sonido de la puerta del frente al cerrarse. Una leve sonrisa pasó por su rostro. "Han pasado muchos años desde que tuve la oportunidad de portarme tan mal. Aparentemente es una habilidad que uno no pierde. Un digno adversario, también; ¿notaste que usó mi título al final?"

Elizabeth se dejó caer sin fuerzas en un sillón. "No. Estaba demasiado preocupada con el temor del castigo que estaba arriesgándose a recibir para notar tales detalles."

"Bueno, sí, fue un riesgo, pero tenía que hacer algo para alejar su atención de Georgiana. Me atrevo a decir que funcionó bastante bien."

"¡Ciertamente me distrajo a mí!" La voz de Elizabeth aun temblaba.

Por supuesto que Lady Matlock notaría su descompostura. "Vamos, ¿te asusté? Mis disculpas. No creí que fuera un gran riesgo ya que estaba consciente de su aprecio por Darcy." Ella sirvió una taza de té de la bandeja y se la llevó a Elizabeth. "Bebe esto. Todavía debe estar tibio."

Obedientemente Elizabeth dio un sorbo aunque no tenía deseos de beber té tibio. No, lo que ansiaba era ocultarse de este mundo enrevesado. ¡Si tan solo pudiera volver al tiempo en que podía hacer una tienda con sus mantas y pretender que el mundo exterior no existía!

DESPUÉS DE DESPEDIR al General Desmarais en la puerta, Darcy caminó lentamente de regreso a la sala de estar donde las damas lo estaban esperando.

"¡Darcy! Ahí estás," dijo Lady Matlock. "¿Quieres tomar té?"

Él se dio masaje en las doloridas sienes. "Creo que necesito algo más fuerte."

"¿Estaba muy enojado?" Su tía sonaba más complacida consigo misma que preocupada.

"No, estaba más divertido que molesto, habiendo escuchado antes que tienes un formidable carácter. Y está verdaderamente jubiloso de habérselas arreglado para echar una mirada a la "misteriosa hermana." Quizá la he hecho demasiado misteriosa. Tendré que mencionarla con más frecuencia."

Lady Matlock alisó su falda. "Me alegra que no habrá repercusiones por mi insolencia. Ahora que hemos arreglado eso, mejor voy a ver a Georgiana y a Kit. Han estado juntos y solos demasiado tiempo."

"¿Demasiado tiempo? Si solo han sido unos cuantos minutos."

"Mi querido muchacho, puedes no haber notado que Kit es un joven atractivo y Georgiana es una bella joven, pero te aseguro, ellos están muy conscientes de ello."

"¡Pero ella es su hermana!"

"¿Lo es? Ese es precisamente el problema. Tú la conociste como niña, y después de todos estos años, la sientes como tu hermana, y ella te ve a ti como su hermano. Kit conoció a una bella jovencita. Ahora, si me disculpan..." Ella salió airosa de la habitación.

Darcy se quedó mirándola. Ese era un problema que no necesitaba. Ahora definitivamente quería algo más fuerte que té. Se sirvió un vaso de vino de un decantador en el aparador. "¿Gustas un poco?" le preguntó tardíamente a Elizabeth.

Ella sacudió la cabeza sin levantar la mirada. Había algo raro en la forma en la que estaba sentada agachada, mirando a su taza de té.

Él puso su copa de vino sobre una mesita y se unió a ella en el sofá, su cuerpo enfocado hacia ella. "¿Hay algún problema?"

La única respuesta de ella fue otra sacudida de la cabeza, esta vez apenas perceptible. La taza de té temblaba en sus manos, así que él se la quitó y la colocó sobre la charola del té. "¿Qué sucede? Y te ruego que no me digas que estás perfectamente bien. ¿Hay alguna forma en la que pueda ayudarte?"

Elizabeth seguía sin mirarlo. "No a menos que puedas hacer que mi mundo vuelva a su estado normal."

¿Cuál era su estado normal? "¿Extrañas a tu familia?" se aventuró él.

Ella sacudió la mano desdeñosamente. "Siempre extraño a mi familia. Pero esto... es demasiado. Tu tía pudo haber estado firmando su propia sentencia de muerte."

"El General Desmarais no usará sus palabras en su contra. Él mismo me lo dijo."

Ella volvió su rostro para mirarlo, con los ojos sospechosamente brillantes. "¿No lo entiendes?" le preguntó, con desánimo en la voz. "Lo tuvimos en la misma habitación que Georgiana. Para ti, él es un amigo, pero para mí él es un poderoso y peligroso francés que podría coronar su carrera descubriendo que Georgiana es..."

Darcy puso sus dedos sobre la boca de ella antes de que pudiera decir más... sus tibios, suaves, tentadores labios. "Lo sé. Esa es probablemente la razón por la que mi tía se propuso llamar su atención, pero él nunca hubiera sospechado nada. Si yo dije que ella era mi hermana, ¿por qué lo dudaría?" Él bajó su mano antes de que las puntas de sus dedos pudieran empezar a explorar el rostro de ella por voluntad propia.

"Puede parecer natural para ti, ¡pero para mí está mal! Mi padre es un caballero sin particular importancia. Nunca conocí a un miembro de la nobleza antes de conocer a tu tía. Conocer al comandante francés mientras camino por el parque y ser invitada a cenar... ese tipo de cosas no me suceden a mí. Georgiana está totalmente fuera de mi esfera, y para rematar ¡yo estaba en la habitación con todos ustedes mientras tu tía hablaba de traición! ¡Es demasiado! Y tu tía piensa que puede arreglarlo todo dándome una taza de té." La voz se le quebró.

"Lo hiciste notablemente bien." Algunas veces los elogios ayudaban cuando Georgiana estaba alterada. "Nadie hubiera sabido que te sentías fuera de lugar. Ni siquiera yo lo noté."

Aparentemente eso debió ser algo que él no debió decir, porque ella inclinó la cabeza y se cubrió el rostro con las manos, sus hombros se estremecían.

Desesperadamente, él buscó algo que la confortara. ¿Qué pudiera consolarla cuando ella sentía que el mundo se había vuelto loco? Quizá la verdad fuera lo mejor. "Debe parecer muy extraño. Todos nos sentimos fuera de lugar en un momento u otro. ¿Recuerdas la primera vez que nos conocimos, cuando tú eras la orgullosa Titania rodeada por tu corte de cachorritos y yo era meramente Theophilus Thistle invadiendo tu enramada en las campanillas? Tú todavía eres la Reina Titania para mí, y siempre lo serás. Estábamos aparte de todo el mundo ese día, y esa magia era más verdadera que cualquier rango heredado." Cuidadosamente él puso sus manos sobre la parte superior de los brazos de ella. "Todo estará bien de nuevo, Elizabeth. Todo estará bien." La voz de él se redujo a un susurro.

Ella hizo un sonido mitad risa y mitad sollozo. "Eso es lo que le dije a Georgiana el día que fuiste arrestado en casi las mismas palabras. Pero solo lo dije para calmarla, sabiendo que no era verdad. Y sigue sin ser verdad."

"Todavía no, quizá, pero lo que se siente imposible hoy se volverá más fácil con el tiempo, y yo haré todo lo que esté en mi poder para hacerte feliz de nuevo. ¿No han mejorado ya algunas cosas? Tu hermana puede vivir su vida abiertamente y está casada con el hombre que ama. ¿Volverías al momento en que ella vivía en los establos y solo las veía a ti y a la Señorita Lucas?"

Ella sacudió la cabeza. "Por supuesto que me alegra que Jane sea feliz. No me prestes atención. Simplemente estoy sobreexcitada."

Era aún más difícil verla pretender estar calmada que ver sus lágrimas. Él intentó otro camino. "Elizabeth, cuando llegué a Netherfield, estaba lo más desanimado que había estado nunca. No había visto a nadie de mi familia en años... ni a Kit, ni a mi tía, ni a Richard que había sido mi amigo más cercano... y veía poca oportunidad de que eso cambiara. Seis largos años de estar solo sin nadie más que Georgiana, de no confiar en nadie, y estábamos aún más lejos de obtener nuestra libertad que cuando empezamos. Todos me veían como un traidor, igual que lo hiciste tú. Pero ahora tengo a mi familia de nuevo. Ya no estoy solo con mi secreto, y puedo esperar que algún día Inglaterra sea nuestra de nuevo. Pero al mismo tiempo, todo esto se ha conseguido alejándote a ti de la familia que amas, y eso no debió haber sucedido nunca. Pero te prometo, lo que sientes ahora terminará, igual que terminó para mí."

No era toda la verdad, pero no podía decirle a ella que el momento que había cambiado todo para él había sido conocerla en el bosque de campanillas. Él no tenía derecho a decirle eso, todavía no. Y especialmente él no tenía derecho a rozar los labios rosados de ella con los suyos. Pero, como Theophilus Thistle indefenso ante el hechizo de la reina de las hadas, lo hizo de todas formas. Por un breve momento pensó que podía oler las campanillas. Ella se puso rígida... ¡por supuesto que lo hizo! ¿Qué podía esperar él? Pero mientras él intentaba recomponerse lo suficiente como para alejarse y disculparse, los músculos de los brazos de ella se relajaron bajo su mano, y ella se balanceó hacia él. Solo un poco, quizá no más de una pulgada. Pero aun así, fue suficiente para hacerlo perder la cabeza, con tanta seguridad como si la reina de las hadas verdaderamente lo tuviera esclavizado.

Él había estado famélico por esto, por el toque de ella, por un beso, y aún más por su ternura. Esa necesidad era todo lo que le había permitido contener la tormenta de deseo apasionado que había estado negando desde que se conocieron. Por ahora, era suficiente probar su dulzura. Por ahora.

Excepto que alguien se estaba riendo.

Furioso, Darcy se dio la vuelta para encarar al intruso, escudando instintivamente a Elizabeth con su cuerpo.

El General Desmarais estaba en el umbral de la puerta, con el dedo pulgar enganchado en su fajín. "¡Ah, Darcy! ¡No puedo darle la espalda ni un momento! Iba apenas en la esquina cuando recordé que no le había pedido permiso a su tía para invitar a la Señorita Gardiner a cenar. Ahora veo que usted puede tener algo más importante que discutir con su tía que mi intrascendente cena. ¡Ja! Supe tan pronto como lo vi con ella en el parque que esta era especial para usted."

Mortificado, Darcy dijo, "Este es un asunto privado. Estaré feliz de hacer su pregunta a mi tía."

La voz de su tía se escuchó desde atrás de Desmarais. "¿Qué pregunta es esa?"

El general dio un paso atrás e hizo una reverencia. "Deseaba su permiso para invitar a la Señorita Gardiner a unirse a Darcy en mi casa para cenar." El rio por lo bajo. "Darcy tiene una pregunta más seria para usted."

"La Señorita Gardiner puede hacer lo que desee," dijo Lady Matlock heladamente. "Elizabeth, ¿por qué estás ocultándote detrás de Darcy?"

Elizabeth dio un paso alejándose de él. Si los labios de ella estaban más rosados que de costumbre, su expresión era imperturbable. "No es nada, madame. El General Desmarais malentendió la escena con la que se encontró y está insinuando que el Sr. Darcy me debe un ofrecimiento de matrimonio. No es así, y aún si cualquiera de nosotros deseara semejante cosa, no importaría. Yo soy huérfana, y no seré mayor de edad por casi un año. Bajo el Código Civil que su Emperador fue tan amable de imponer sobre nosotros, no puedo casarme hasta que sea mayor de edad."

"¡Pero no es así!" exclamó el general. "¡Eso no es verdad! Su guardián puede consentir por usted, o un consejo de otros familiares suyos."

La sonrisa de Elizabeth no vaciló. "Por desgracia, no tengo familiares vivos, y la custodia que Lady Matlock tiene sobre mi se basa en un acuerdo verbal informal y por lo tanto no es válida para los propósitos del código. Lo he averiguado. Además, esto no fue nada más que un tonto momento de confort que se salió del camino. Si usted considerara que un mero beso requiere el matrimonio como remedio, debo advertirle que cada soldado francés en Inglaterra le debe una oferta de matrimonio a al menos media docena de jóvenes pueblerinas."

"No sería tan descortés como para alegar con una dama, Señorita Gardiner, pero ¿me puedo atrever a esperar que consienta a acompañar a Darcy a la cena de mañana? Creo que le caerá bien a mi esposa. Ella también discute conmigo." Los ojos del general chispeaban.

"Esperaré con entusiasmo conocerla," dijo Elizabeth con una caravana.

El general dijo, "¡Excelente! Me despido de ustedes entonces hasta mañana por la noche." Hizo una reverencia y salió de la habitación, pero su risa al partir era claramente audible.

Lady Matlock tenía una mirada calculadora. "¿Volverá él a este tema en algún punto, Darcy?"

Darcy no encontró la mirada de ella. "No importa." A Desmarais le encantaba entrometerse y casi de seguro acosaría a Darcy sobre Elizabeth, pero no deseaba darle a Elizabeth más de qué preocuparse. Él ya había hecho suficiente. Había sido doloroso escucharla desestimar su beso tan ligeramente.

"Pudiera ser..."

Ella fue interrumpida por un estruendo que se oyó desde la cocina, seguido por la voz de una mujer gritando, pasos que corrían y ladridos.

Darcy se paró de un salto. "¡Buen Dios! ¡Se me olvidó por completo!" Salió corriendo hacia la puerta, pero era demasiado tarde.

Con resignación mantuvo la puerta abierta y permitió al cachorro que pasara corriendo frente a él. "Mis disculpas. Había querido darte la sorpresa cuando volviéramos de nuestra caminata, pero fuimos distraídos. Él debe haber escuchado tu voz."

Puck era ahora desgarbado y estaba cerca del tamaño que tendría, pero eso no lo detuvo de brincar al regazo de Elizabeth y lamer su rostro con entusiasmo. Elizabeth casi desapareció detrás de él.

"¡Abajo, señor!" ordenó Darcy.

Puck lo ignoró por completo. Por supuesto, eso pudo haber sido porque los brazos de Elizabeth estaban envueltos con fuerza a su alrededor.

"¡Oh, Puck!" la voz de Elizabeth sonaba temblorosa. "¿Qué estás haciendo aquí?"

Darcy dijo, "Como extrañabas tu casa, pensé que pudiera gustarte tenerlo aquí. Fui a Meryton anoche y le pregunté a tu padre si podía comprarlo. Le dije que me había gustado cuando estaba en Netherfield." Él contuvo la respiración esperando la respuesta de ella. ¿Estaría complacida?

Elizabeth enterró su rostro en el pelaje de Puck. El perro miró hacia Darcy, jadeando feliz.

Darcy se puso en cuclillas junto a ellos. "¿Bueno?" preguntó con voz ronca.

Ella volvió la cabeza para mirarlo. "¡Oh, sí!" Puck la recompensó con otra lamida de rostro. "Puck, ¿cuándo creciste tanto? Pero ¿no será mucho problema aquí? Tú tienes tantas cosas hermosas que él pudiera dañar."

Darcy bajó la voz. "Uno de los mozos se encargará de entrenarlo y será responsable de su cuidado inmediato. Él puede estar en los establos parte del tiempo. Mientras no intentemos mantenerlo adentro por períodos extendidos, creo que podremos manejarlo."

"Gracias," dijo ella suavemente, encontrando los ojos de él con los suyos. Y había felicidad en ellos.

Capítulo 14

La tarde siguiente, Elizabeth hizo una pausa en la parte superior de las escaleras para alisar su falda una última vez. Después de respirar profundamente, empezó a bajar las escaleras y se detuvo justo a la entrada de la sala de estar.

Georgiana se quedó sin aliento al verla. "¡Te ves tan hermosa!"

Darcy no dijo nada, pero sus ojos se obscurecieron aún más mientras la veía. Algo acerca de la mirada de él hizo que un calor líquido se acumulara en el estómago de ella.

"Eres muy amable," dijo Elizabeth. "Nunca imaginé que usaría un vestido tan encantador, pero me temo que me veré bastante ensombrecida en Carlton House."

"Es imposible no verse ensombrecida en Carlton House," dijo Lady Matlock. "La misma casa está tan exageradamente adornada que nadie que no sea de la realeza puede compararse. Pero tuve razón en ordenar vestidos de noche para ti."

Darcy tomó la mano de ella y la elevó, sus ojos encontrando los de ella cuando rozó con sus labios la parte posterior de los dedos de ella. Aun a través de la seda del guante, la sensación envió estremecimientos de excitación por el brazo de ella. "Serás la mujer más bella ahí," dijo él roncamente.

El carruaje ya estaba en la puerta. Lady Matlock dijo, "Una de las doncellas irá de chaperón con ustedes en el viaje, pero Darcy me dice que un chaperón no será bienvenido en la cena. No me preocupa, por supuesto, ya que tendrás a Darcy a tu lado."

Elizabeth quería reír. ¿Cómo podía Darcy ser su chaperón cuando él era el hom7bre que era más posible que la comprometiera? Pero no le importó.

Había estado sin chaperón tantas veces desde ese fatídico viaje a Netherfield que una vez más escasamente importaba.

El conductor los dejó frente a un impresionante pórtico de columnas corintias. Elizabeth tomó el brazo de Darcy e intentó no mirar con la boca abierta mientras entraban a la palaciega residencia del difunto Príncipe Regente. El majestuoso techo del cavernoso vestíbulo de entrada se elevaba muy por encima de la extensión de suelo de mármol.

Una magnífica habitación seguía a otra. Los numerosos pliegues de terciopelo carmesí que rodeaban el llamativo enyesado dorado en la sala de estar marearon a Elizabeth, y ella se sintió agradecida cuando pasaron a una relativamente atenuada antesala. "Tu tía tenía razón," le susurró ella a Darcy. "Aún el vestido más bello se vería ensombrecido." Era por mucho el más grande y ostentoso edificio que ella había visto nunca. Qué irónico era... el Príncipe Regente no había escatimado en gastos cuando se trató de construir su residencia personal, y ahora servía como la casa del General Desmarais.

"Nos reunimos usualmente en la antesala porque a Desmarais y su esposa no les gustan los sobre decorados salones de estado," dijo Darcy. "El emperador insistió en que su comandante se apropiara de la casa del Príncipe Regente, pero no es nada del gusto de Desmarais."

"¡Puedo entender eso!" dijo Elizabeth. Al menos había una cosa en la que ella y el general podían estar de acuerdo.

Los otros invitados a la cena también mostraron moderación en su apariencia. No había uniformes franceses; aún el general usó ropa formal de noche. No era una reunión grande: otras dos parejas, una francesa, una inglesa, y el general y su esposa.

Elizabeth no podía decidir quién de los huéspedes tenía menos atractivo para ella... los franceses, por ser franceses, o los ingleses, por ser traidores. Por supuesto, ellos probablemente pensaban que ella era una traidora también. Pero Darcy no pretendió simpatía por la causa francesa y nadie comentó sobre ello. Quizá estaban acostumbrados a eso.

El General Desmarais presentó a una mujer cálida, maternal como su esposa. "Esta es la pequeña amiga de Darcy, de la que te conté. Creo que sus días como hombre soltero están contados."

"No molestes al pobre Darcy," reprendió Madame Desmarais. "Y la Señorita Gardiner no está todavía acostumbrada a tu forma de ser. Solo quiere ayudar, ¿sabe? Darcy es tan serio, ¿*n'est-ce pas*? Mi esposo desea verlo reír más."

El encantador afecto entre el general y su esposa hizo que Elizabeth bajara su guardia. Mirando a Darcy con una sonrisa pícara, ella dijo, "Empiezo a preguntarme sobre sus amistades, Sr. Darcy. El general parece disfrutar su compañía porque usted es irritable, resentido, amigo de las discusiones y ocasionalmente insultante. Ahora su esposa me dice que es usted demasiado serio. ¿Todos sus amigos lo tienen en tan alta estima?"

El general rugió de risa. "¡Ella ha acertado, mi amigo! *Ma chérie*, ¿ves por qué creo que ella sería una buena esposa para él?"

"Madame Desmarais, ahora su esposo se burla de mí," dijo Elizabeth. "Ya le he explicado a él que no puedo casarme hasta ser mayor de edad."

"Ah, ¿no le dijo la Sra. Fitzwilliam? Ella debió haber recibido un documento esta mañana nombrándola su guardiana legal." Los ojos de él chispearon en dirección a ella.

"General, ¡está usted lleno de sorpresas! Sr. Darcy, ¿es él siempre tan entrometido?" Las palabras se le habían escapado de la boca antes de darse cuenta de lo que había dicho. ¿En verdad acababa de criticar al comandante francés en su cara? Tenía que aprender a pensar antes de hablar.

"Incurablemente," dijo Darcy, quien no parecía perturbado por esta nueva información.

Con el calor subiendo por sus mejillas, Elizabeth se volvió hacia Madame Desmarais. "Cada vez estoy más perpleja sobre por qué estos caballeros buscan la mutua compañía."

"Pero tienen también muchas cosas en común, querida. Se sientan a platicar hasta las altas horas, los dos, cada vez que Darcy está en la ciudad."

¿Lo hacían? Elizabeth había asumido que Darcy solamente era parte de un círculo más grande de conocidos. ¿Era posible que él fuera amigo particular del general? Un estremecimiento le recorrió la espalda.

El General golpeó su echo con la mano de forma dramática. "Ah, *chérie*, ¿no vas a revelar nuestro vicio secreto, o sí? Arruinaría nuestras reputaciones. El pobre Darcy nunca podría mantener la cabeza en alto en público si se supiera. Es algo terrible, muy terrible lo que discutimos durante esas largas noches."

Darcy se inclinó hacia ella y le dijo al oído. "Discutimos sobre poesía en latín."

Elizabeth se quedó boquiabierta. ¿Podía estar hablando en serio?

"¡Ah, Señorita Gardiner! Ahora conoce nuestro espantoso secreto. Espero que no lo tome en contra de Darcy."

Ella se esforzó para encontrar su dispersa compostura. "¡Veo que ambos tienen profundidades ocultas!"

"Oh, tú," le dijo Madame Desmarais a su esposo. "Debías saludar a tus otros invitados y dejar a la pobre Señorita Gardiner conmigo."

El general hizo una precisa reverencia militar a su esposa. "Como siempre, no puedo negarte nada, *ma chérie*."

Tomando el brazo de Elizabeth, Madame Desmarais la llevó a un sofá y se sentó junto a ella. "No debe tomar a mi esposo demasiado en serio. Él alguna vez soñó en dar clases sobre los clásicos en la Sorbona, pero el Emperador tenía otros planes. No me quejo; el Emperador ha sido muy bueno con él. Pero algunas veces creo que mi esposo ve a Darcy como el estudiante que nunca pudo tener."

Elizabeth parpadeó. ¿El comandante supremo de las tropas francesas en Inglaterra soñaba con enseñar poesía en latín? "Entonces, ¿él no fue siempre un soldado?"

"¡Para nada! Nosotros los franceses no nacimos con la ambición de conquistar otros países, pero cuando la coalición nos atacó tuvimos que defendernos. Ahora seguimos a nuestro Emperador, y algunas veces eso nos lleva a lugares sorprendentes. ¿Quién hubiera pensado que mi erudito en latín tendría talento para el mando militar?"

Un nuevo huésped llegó, un joven francés. "Me disculpo por mi tardanza. Monsieur Lamarque estaba fuera de sí hoy. Pensó que estaba cerca de identificar al editor de *El Lealista*, pero probó ser una pista falsa. Está obsesionado con encontrarlo."

El General Desmarais frunció el ceño. "Qué lástima que el hombre se le escurriera entre los dedos. Las mentiras que *El Lealista* ha estado difundiendo sobre que la Princesa Charlotte ha venido a Inglaterra han estado agitando a la población."

Uno de los otros huéspedes preguntó, "¿Son mentiras, entonces, señor?"

"Sí, no hay duda. La Princesa Charlotte está todavía en Canadá. Tengo espías allá que me informarían si ella se hubiera ido. Es tan solo una estratagema para dar falsa esperanza a personas tontas, y ellos serán los que sufran cuando tengamos que reprimir sus rebeliones."

Elizabeth tragó con dificultad. No se atrevió a mirar a Darcy. ¿Había sabido él que Desmarais tenía espías observando a la Georgiana Darcy real?"

"¡Basta de política!" declaro Madame Desmarais. "La cena está lista, y no permitiré que arruinen su digestión con temas tan desagradables."

Elizabeth mantuvo la mirada baja mientras Darcy la acompañaba al comedor. Había sido un recordatorio aleccionador de que el divertido, afable amante de la poesía en latín también deseaba arrestar, y sin duda colgar, al encantador amigo de Frederica, Andrew, y que no dudaría en matar ingleses por su lealtad a su país. Una vaga nausea la recorrió. ¿Cómo podía haber olvidado aún por un momento que las manos de Desmarais estaban manchadas con sangre inglesa?

PARA SORPRESA DE DARCY, Elizabeth instruyó a la doncella que viajara fuera con el cochero. ¿Por qué no deseaba tener un chaperón? Él podía ver las líneas de tensión alrededor de sus bellos ojos, así que no era probable que fuera por una razón romántica.

Cuando el carruaje se puso en movimiento, Elizabeth se inclinó sobre el respaldo del asiento y cerró los ojos. "¡Gracias a Dios que terminó!"

Darcy habló con cuidado. "Creo que lo hiciste bien. Debe ser difícil ser la recién llegada cuando el resto del grupo se conoce entre sí."

"No sé cómo lo tolera."

El corazón de él se hundió. "Lamento que haya sido desagradable para usted. Comparada con alguna de la compañía que me he visto forzado a mantener, encuentro este grupo bastante tolerable."

Ella volvió su rostro lejos de él. "No me había dado cuenta de que usted era un particular favorito del general." Era una acusación.

Justo cuando él había pensado que podían tener esperanzas. "Nunca he ocultado lo que hago. Evito mencionar a Desmarais por su nombre porque la gente me rogaría favores si supieran la conexión, pero usted siempre ha sabido que tengo amigos entre los líderes franceses. ¿Dijo él algo que la ofendiera?"

"¿Usted no se sintió ofendido cuando habló de tomar represalias contra los rebeldes ingleses?" La voz de ella se estremeció.

"No. Es una parte de su deber que él odia. ¿No lo escuchó? Estaba enojado sobre las historias en *El Lealista* porque temía que pudieran llevar a la insurrección, y entonces él tendría que tomar represalias. Hay muchos soldados, tanto franceses como ingleses, a los que no les importa matar al enemigo. Él no es uno de ellos."

"Pero ¡aun así lo haría!"

"Si, aun así lo haría, igual que mi primo Richard mató soldados franceses. Si a él le hubieran ordenado tomar represalias, lo habría hecho. ¿Lo odia por eso?"

"¡Por supuesto que no, si se le hubiera ordenado hacerlo. Pero este es nuestro país, ¡y ellos no tienen derecho a él!"

"Los franceses no iniciaron esta guerra. Nosotros lo hicimos. Nosotros los invadimos primero, enviando tropas a Francia y tomando Toulon, y nos aliamos con otros países en su contra. Napoleón nos invadió para evitar que lucháramos contra él. Quiero que Inglaterra sea libre, pero ¿significa eso que debo despreciar a todo hombre que haya tenido la mala fortuna de haber nacido en Francia? Ellos obedecen a su Emperador como nosotros obedecemos a nuestro Rey y Parlamento. Si odiara a cada soldado francés por cumplir con su deber, ¿no debería también odiar a los soldados ingleses que cumplieron con su deber en otro país? Desmarais es un buen hombre. No quiere que nadie, inglés o francés, sea muerto. ¿Qué más puede pedirle?"

Elizabeth no respondió, y su expresión estaba oculta en la obscuridad.

"¿Elizabeth? Perdóname, te lo ruego. Debería haber hablado más moderadamente. Estoy demasiado acostumbrado a las animadas discusiones en Carlton House."

Cuando ella permaneció en silencio, él estiró su mano y tocó su brazo. Ella no se alejó de él, pero entonces él se dio cuenta de que ella estaba llorando.

¿Qué había hecho? Ella había estado alterada desde el día anterior, y ahora él lo había empeorado... defendiendo a Desmarais, para rematar. Él sabía cómo se sentía ella sobre los franceses. Era un tonto.

Él se movió a lo largo del asiento hasta que pudo poner su brazo alrededor de los hombros de ella. Presionando sus labios gentilmente contra la sien de ella... ¡placer robado!... él murmuró. "Lo lamento. Nunca debí haber aceptado llevarte ahí. Había olvidado cómo debía parecerle a alguien de afuera."

Ella presionó su pañuelo sobre sus ojos. "No, tú debes perdonarme por ser tan tonta. No sé cómo te las arreglas, encontrando algo en común con ellos en lugar de verlos como enemigos, pero no puedo criticarte por ello. No creo que yo tendría jamás la tolerancia para lograr eso."

Él respiró el olor a agua de lavanda. "Al principio los odiaba a todos, pero cuando tuve que tratar con ellos con tanta frecuencia, llegué a verlos como individuos. ¿Qué tan seguido ha invadido Inglaterra a Francia durante los siglos? No puedo empezar a contar. Llamamos héroe a Enrique V por conquistar Francia, pero dudo que a los franceses les haya gustado estar bajo nuestro dominio más de lo que nos gusta a nosotros hoy. Siglo sobre siglo de guerra entre nosotros, hasta que lo único que podemos ver en un francés es a un enemigo y no a un ser humano que es un hijo de Dios. He intentado a enseñar a Georgiana a verlos de esa manera, pero no puedo reclamar mucho éxito."

Por un momento él solamente pudo oír su suave respiración, pero entonces ella preguntó, "¿Durante cuánto tiempo ha conocido al General Desmarais?"

"Más o menos tres años, desde que fue puesto al mando aquí por primera vez."

"Intentaré darle una oportunidad por usted." La voz de ella sonaba temblorosa pero determinada.

Él descansó su mejilla sobre el cabello de ella. "Eres valiente. Sé que no es fácil para ti." ¡Si tan solo pudiera tomarla totalmente en sus brazos y decirle todo lo que había en su corazón! Él sintió que ella no lo detendría, pero él estaría aprovechándose de su perturbación.

Ella se movió contra él. ¿Estaba protestando por la presencia de su brazo alrededor de sus hombros? Con renuencia él lo levantó.

"No," dijo ella suavemente.

Entonces, milagro de milagros, suaves dedos tocaron la mejilla de él y lentamente bajaron hasta la comisura de su boca. En alguna parte en las profundidades de su mente él registró que ella debió haberse quitado los guantes, entonces perdió la habilidad de pensar cuando la mano de ella trazó la línea de su boca. De manera instintiva él atrapó la punta del dedo de ella entre sus labios y lo mordisqueó. ¿Se alejaría ella?

Él escuchó su brusca inhalación, entonces ella murmuró, "Lamento haberte hablado tan duramente aquella noche en tu estudio. Sé que no deseabas estar atrapado en este dilema, y ambos somos solamente humanos."

Demasiado humanos en este preciso momento, mientras la lengua de él probaba la dulzura de la punta del dedo de ella. Pero él no deseaba asustarla llegando demasiado lejos, así que le soltó el dedo solo lo suficiente para presionar el más ligero de los besos sobre la delicada yema. Él iba a detenerse ahí; de verdad iba a hacerlo. Pero la suave piel de ella lo intoxicó y no pudo resistir rozar sus labios a lo largo del dedo de ella y presionar un dedo en su temblorosa palma. Pero eso era todo. Tenía que detenerse ahora, aun cuando ella no había hecho esfuerzo por alejarse.

"No tienes nada de qué lamentarte," murmuró él en la mano de ella. "He estado considerando lo que dijiste." Era todo lo que podía decir ahora sin abusar de la confianza que ella había depositado en él, y tendría que ser suficiente. ¡Buen Dios! Él también estaba temblando.

Pero con seguridad, si no podía permitirse a sí mismo decir las palabras que deseaba, debía tener permitido mostrarle a ella cómo se sentía. ¿Y cómo podría él detenerse si ella le estaba permitiendo adorar su mano, acariciar su carne con la intimidad de sus labios? El ansia de probarla lo impulsaba. Su lengua se paseó a lo largo de los pliegues de la palma de ella, la línea del corazón, la línea de la vida, bebiendo el aroma de jabón y lavanda. Todavía no era suficiente, aun cuando la escuchó jadear.

Y él necesitaba distraerse del clamor de su propio cuerpo. Su torso estaba en fuego donde el costado de ella se presionaba contra el suyo, flamas de deseo lo envolvían y se acumulaban en su ingle. Si la mano de ella era así de apasionante, preguntaba su cuerpo, ¿cómo sería el resto de ella? ¿Qué tan lejos le permitiría ella llegar? No había nada que lo detuviera de presionar la espalda de ella hasta que descansara sobre el acolchonado asiento y de explorarla con sus manos, su lengua, seduciéndola para que le permitiera más y más...

De hecho, él debía sentirse orgulloso de sí mismo por no hacer más que besar la palma de ella, mordisqueando el montículo en la base del pulgar y dejando que su boca se presionara contra él. Estaba conteniéndose, así que no había una verdadera razón para detenerse, ¿o sí? Ni había razón para no recorrer sus propios dedos a través de la mano de ella. Ninguna razón. Aún si él ansiaba muchísimo más.

Ninguna razón para detenerse... excepto que el carruaje se había detenido, y que el sonido de las botas del cochero golpeando el pavimento le decía que habían llegado a su destino.

Pero no era suficiente, así que presionó sus labios a la parte interna de la muñeca de ella. El pulso de ella latió contra sus labios. Entonces, con un esfuerzo sobrehumano, llevó la mano de ella hacia abajo hasta ponerla sobre el regazo de ella. Aun así, sus dedos insistieron en entrelazarse con los de ella, justo por el breve momento hasta que el pestillo de la puerta se agitó.

Entonces él estaba ayudándola a bajar del carruaje, y si su mano se asió a la de ella por algunos segundos de más, ¿qué tenía de malo? Ella todavía estaba usando toda su ropa, y su cabello ni siquiera estaba despeinado. Él merecía la santidad por ello, porque sabía que ella le hubiera permitido mucho más. El pensarlo le hizo gruñir en la parte posterior de su garganta.

La melodiosa voz de Elizabeth preguntó, "¿Te has lastimado?".

Las palabras lo trajeron de regreso a la realidad. Estaban de pie frente a Darcy House, y las velas que ardían en la ventana de la sala de estar eran testamento de que la familia de él había esperado que regresaran. "No," dijo él calladamente. "Nunca he estado mejor."

ELIZABETH SE ABRAZÓ a sí misma mientras se acurrucaba bajo las mantas en la cama. Oh, ¿cómo podría contener su felicidad?

¡Qué sorprendente era que la horrible tensión de la cena del General Desmarais pudiera transformarse en tan intensa felicidad! Darcy no había dado señal de que nada extraordinario hubiera ocurrido mientras Elizabeth respondía las preguntas de Lady Matlock y Georgiana sobre la cena, su manera hacia ella igual que había sido más temprano ese día. Pero cuando ella había dicho que iba a retirarse hasta el día siguiente, la mirada de él la había quemado. Había sido tan palpable como si él hubiera corrido sus manos sobre el cuerpo de ella. ¿Qué se sentiría si él hiciera justo eso?

Ayer le había dado esperanza pero no la suficiente para estar segura. Después de todo, había hecho el esfuerzo de ir a traerle a Puck, pero quizá eso había tenido la intención de consolarla por otras cosas que él no podía darle. Pero él la había besado también. No que el beso de un hombre indicara necesariamente que tenía la intención de proponer matrimonio, pero había sido una buena señal.

El viaje de esta noche en el carruaje, sin embargo, había eliminado cualquier duda. El brazo de él alrededor de ella la había hecho desear más, y cuando ella había encontrado el valor para tocarlo...

Ella sacó la mano y la extendió frente a ella. ¿Quién hubiera pensado que existían sensaciones tan poderosas? Los puntos donde los labios de él la habían tocado, todavía cosquilleaban, aún horas después, y el recuerdo hacía que se acumulara calor en lo más profundo de ella. Esto, combinado con la admisión de él de que estaba considerando lo que ella había dicho, era prácticamente una declaración. Una emocionante declaración sin palabras. Ella se abrazó de nuevo, la felicidad haciéndola sentirse tan ligera como el aire.

Los ojos se le humedecieron. Después de todas sus preocupaciones, dolor y ansiedad, todo iba a salir perfectamente bien. Bueno, no perfectamente; la pérdida de su familia y hogar no podía ser reparada, y los franceses todavía regirían Inglaterra. Pero ella podía vivir con esos pesares mientras tuviera a Darcy.

Y también haría feliz a la familia de él. Georgiana se sentiría aliviada por su propio futuro y complacida de tener más ataduras que evitaran que ella se fuera, también, y Lady Matlock ya no tendría que preocuparse de que Georgiana viviera con su sobrino soltero.

Quizá él se declararía mañana. Ella puso su mano sobre su pecho y sonrió.

A LA MAÑANA SIGUIENTE, Darcy había estado tentado a hacer pucheros cuando descubrió que Elizabeth ya había salido con Kit y Georgiana. Él tontamente se había quedado dormido más tarde de lo usual, sin duda debido a haberse quedado despierto por horas torturándose con el recuerdo de esos momentos en el carruaje. Pero si no podía hablar con Elizabeth esta mañana, aún podía aprovechar el tiempo, así que le dijo a su tía que tenía la apremiante necesidad de visitar a su abogado.

Esa visita había sido muy satisfactoria. Los documentos de acuerdo matrimonial estaban redactados, listos para ser presentados al tío de Elizabeth tan pronto ella aceptara su propuesta de matrimonio. Presentados en secreto, por supuesto, pero era solamente propio que él consultara a ese único miembro de la familia de ella que estaba consciente de la relación de ella con él. Por su breve experiencia con el Sr. Gardiner, Darcy pensaba que él estaría complacido.

Pero el mayor placer sería el suyo propio, cuando finalmente pudiera pedirle a Elizabeth que lo hiciera el más feliz de los hombres. Quizá pudiera intentar de nuevo llevarla a caminar por la tarde, esta vez manteniéndose alejado de las partes más pobladas de Hyde Park. Pero cuando regresó a Darcy House, el mayordomo le dijo que ella todavía estaba fuera. De alguna forma se las arregló para someter una oleada de celos. Después de todo, Elizabeth le había dejado en claro su opinión sobre el tema de su hermano.

Esperaría a que ella regresara en la sala de estar. Su tía ya estaba ahí, y ella rápidamente se quitó los lentes para leer que negaba necesitar y cerró su libro. Después de saludarla, Darcy dijo, "Entiendo que Kit y las jóvenes damas todavía están fuera. Esta debe haber sido toda una excursión."

"Así lo creo. Fueron a St. Paul, aparentemente planeaban reunirse con Frederica ahí."

La molestia de Darcy por la ausencia de Elizabeth se transfirió a su hermano. "Desearía que él no involucrara a Georgiana en más tratos con Frederica. Es un riesgo innecesario."

Lady Matlock dijo con suavidad, "Georgiana ya está involucrada y lo ha estado por años. Necesita representar su papel."

El abrupto sonido de la puerta del frente al cerrarse de golpe hizo que Lady Matlock elevara las cejas.

Un momento después Kit estaba de pie en la puerta, su cabello despeinado y respirando pesadamente. "¿No han regresado, entonces?"

Un mal presentimiento empezó a crecer en el estómago de Darcy. "¿Georgiana y Elizabeth? ¿No están contigo?"

Kit se dejó caer en una silla sin siquiera hacer una reverencia a Lady Matlock. Cubriendo su rostro con las manos, él dijo con desconsuelo, "Maldición, maldición, maldición, maldición, maldición"

Lady Matlock dijo remilgadamente, "Christopher, ¡tu lenguaje!"

A Darcy no le importó el lenguaje de Kit. "¿Qué ha sucedido? ¿Dónde están ellas?"

"Qué Dios me ayude, creo... creo que fueron arrestadas."

"¿Arrestadas? ¿Por los franceses?" demandó Darcy. Las manos de él rabiaban por asir a Kit por los hombros y sacudirlo.

"Sí, muy probablemente los hombres de Lamarque."

"¿Elizabeth y Georgiana bajo custodia de los franceses? La bilis le subió a la garganta. "¿Por qué? ¿Qué sucedió?"

"Yo... no lo sé precisamente. Creo que estaban con Andrew, trabajando en *El Lealista*."

Darcy no podía confiar en sí mismo lo suficiente para hablar. Elizabeth, arrestada por los franceses. Elizabeth, cuando él finalmente tenía un futuro con ella. Y Georgiana.

Lady Matlock vino a sentarse enseguida de Kit. "Necesitas decírnoslo todo, desde el principio." Era su voz de mando.

Kit dejó caerlas manos, revelando sus angustiados ojos. "Fuimos a St. Paul juntos, pero yo creí que alguien estaba siguiendo nuestro carruaje de alquiler. Asumí que debía estar observándome, así que cuando Georgiana y Elizabeth bajaron del carruaje en St. Paul, yo me aseguré de dejar ver que volvía a subirme. Me bajé en Cheapside Market y me lancé entre los puestos hasta que estuve seguro de haberlo perdido, luego tomé una ruta indirecta de regreso a St. Paul. Cuando no pude encontrarlas ahí, fui a la cripta donde almacenamos las copias de *El Lealista*. Nadie estaba ahí tampoco, así que corrí a Leadenhall Street. Freddie dijo que había hablado con ellas dos en la catedral y las había dejado a la entrada de la cripta." Sin aliento, él miró suplicante a su tía.

"¿No pudieron haber ido a alguna otra parte con Andrew?"

Kit sacudió la cabeza. "Me hubieran esperado, y había papeles desparramados alrededor de cripta. Pregunté a dos personas que estaban cerca si habían visto a oficiales franceses por ahí. Ambas dijeron que no, pero no me miraron a los ojos. Busqué en la cripta y encontré esto." Él produjo un pedazo de papel arrugado. Parecía el papel torcido que los apotecarios usaban para dosis de medicina en polvo.

Darcy lo tomó de su mano. El pavor lo llenó al ver las señales de polvo adentro. "¿Qué es?"

"Contenía arsénico. Andrew siempre lo llevaba en caso de ser arrestado porque sabía demasiado. Como fue atrapado con pilas de *El Lealista*, se lo habría tragado tan pronto como vio a los oficiales." Kit volvió su cabeza a un lado y cubrió sus ojos.

Lady Matlock dijo con brusquedad. "O pudiera haber sido un polvo para el dolor de cabeza."

"Probé el residuo. Dulce y metálico. Era arsénico." La voz de Kit temblaba.

Con voz tensa, Lady Matlock preguntó, "¿También Frederica lleva arsénico?"

Kit asintió sombríamente. "Como lo hago yo. Pero no importa. Si los franceses tienen a Georgiana, lo hemos perdido todo."

Si los franceses tenían a Elizabeth... Darcy ni siquiera podía contemplar la idea.

"Tonterías," dijo Lady Matlock, pero sin su acostumbrada energía. "Ella es tan solo un símbolo, y ni siquiera sabemos si están bajo custodia. Pudieron haberse ido antes de que Andrew fuera arrestado, o pudieron haber sido cuestionadas o liberadas, o pudieron haber sobornado a alguien para que las liberara. Pudieran venir en camino de regreso para acá en este momento."

Darcy se puso de pie. "Debemos organizar una búsqueda por ellas."

Kit sacudió la cabeza, "Freddie ordenó una búsqueda antes de irse, y ella tiene gente en todas partes."

"¿Antes de irse?" preguntó agudamente Lady Matlock.

"Antes de ir a ocultarse en caso de que alguien sea forzado a revelar la ubicación de la casa."

Lady Matlock se volvió hacia Darcy. "¿Pudiera tu amigo, el General Desmarais, ayudarnos?"

"Es demasiado pronto para ir con él," dijo Darcy. "Si han sido liberadas, no deseo atraer su atención a su conexión con Andrew. Si no hemos sabido nada para en la mañana, le preguntaré." Si no habían oído nada para en la mañana, su mundo se habría terminado.

Capítulo 15

Dos horas después, el mayordomo interrumpió las vueltas que daba Darcy para entregarle una carta sobre una bandeja de plata. "Para usted, señor, traída por un corredor. Un corredor francés."

Darcy la arrebató y la abrió. Luego cerró los ojos apretadamente, inhaló profundamente, y exhaló lentamente.

Abriendo los ojos, él dijo, "Necesito que un carruaje me lleve de inmediato a Carlton House."

"Sí, señor." El mayordomo hizo una reverencia y se retiró.

Kit se volvió sobre Darcy. "¿Aún ahora obedeces tan pronto Desmarais te hace señas con el dedo? ¿Le preguntarás al menos sobre Georgiana?"

Darcy lanzó la carta sobre una mesa lateral. "No hay necesidad," dijo él pesadamente. "Él la tiene."

"¿*Él* la tiene? ¡Entonces voy contigo!"

"No, tú te vas a quedar aquí en caso de que se sepa algo de Elizabeth. Él no dice nada de ella." Pero si Desmarais tenía a Georgiana, muy probablemente tenía a Elizabeth. El corazón de Darcy le latía tan fuerte que estaba medio sorprendido de que los demás no pudieran escucharlo.

"Él tiene razón." La voz de Lady Matlock podía sonar calmada, pero su palidez contaba una historia diferente.

"Mandaré avisar tan pronto como pueda." Darcy salió de la habitación antes de que Kit pudiera hacer más preguntas. No tenía respuestas para su hermano, solo una terrible premonición de desastre.

El viaje a Carlton House fue una pesadilla de temores y recriminaciones. ¿Por qué había permitido que Elizabeth y Georgiana salieran con Kit. ¡Debía haberles prohibido salir de la casa! ¿Podía alguien haber reconocido a Georgiana, o habían sido traicionados?

Tenía que calmarse. Necesitaría tener todo su ingenio en perfectas condiciones cuando hablara con Desmarais.

No fue llevado a ver al general directamente. Eso era una mala señal. En lugar de eso lo dejaron esperando en una diminuta antesala durante lo que parecieron horas, pero que su reloj de bolsillo decía que fueron solo diez minutos. Diez minutos de aguda agonía, preguntándose qué le estaban haciendo a Elizabeth. Si es que aún estaba viva.

Finalmente un lacayo lo llevó a la sala de estar amarilla. Georgiana, con los ojos rojos y el rostro bañado en lágrimas, estaba acurrucada en una silla en la esquina. Madame Desmarais se cernía sobre ella, intentando ofrecerle té.

Tan pronto como lo vio, Georgiana medio corrió, medio tropezó hacia él y se lanzó en sus brazos. ¿Representando a la retrasada? "¡Oh William, he sido tan mala!" gimió ella. "No quise ser mala. Elizabeth dijo que a ti no te importaría, pero el General Desmarais dice que si te va a importar mucho. ¡Lamento tanto haber sido mala! ¡Por favor no te enojes conmigo!"

Él palmeó su espalda. "Yo sé que no serías mala a propósito," dijo él vacíamente. "¿Estás herida?"

"No, estoy bien. Fueron un poco bruscos al principio, pero cuando Elizabeth les dijo quién era yo, fueron amables conmigo."

"¿Qué sucedió?" No había querido espetarlo así, pero había escuchado lo que le había dicho sin palabras: habían sido amables con ella, pero no con Elizabeth.

Desmarais se aclaró la garganta. "Quizá serías tan amable de venir conmigo a mi estudio, Darcy." No era una solicitud.

"Por supuesto." Darcy soltó a Georgiana. "No tardaré mucho."

"Pero..." La voz de ella tembló.

"Madame Desmarais estará aquí contigo. Ella es una dama muy amable, te lo prometo, y no dejará que te pase nada malo."

Darcy siguió a Desmarais a través de la gran biblioteca y entraron a una cámara mucho más pequeña también rodeada de libros, mucho menos ostentosa que los salones de estado. Darcy solo había estado allí una vez antes, la primera vez que se había reunido con Desmarais, cuando había sido traído para un gentil interrogatorio. No prometía nada bueno para la entrevista de hoy.

Desmarais se sentó en la pesada silla de piel detrás de su escritorio. "Darcy, ¿qué es lo que sabes de este triste asunto?"

"Nada. Elizabeth... la Señorita Gardiner... salió con Georgiana esta mañana. Iban a ir a visitar St. Paul, pero nunca regresaron. He estado frenético de preocupación. ¿Cómo entró usted en esto?"

El general ignoró la pregunta. "¿Sabe por qué fueron a St. Paul?"

"Elizabeth no lo había visto antes." Era débil, pero fue lo mejor que se le ocurrió.

"¿Ha escuchado sobre *El Lealista*?"

"Por supuesto. ¿Quién no lo ha hecho?" Darcy luchó para permanecer calmado en lugar de demandar una respuesta sobre Elizabeth.

"Fueron encontradas en la cripta con el hombre que lo publica. Su amiga la Señorita Gardiner estaba doblando copias mientras su hermana escuchaba cosas traidoras."

Darcy sacudió la cabeza. ¿Se vería como incredulidad verosímil? "¿La Señorita Gardiner doblando un periódico? Ella es una dama, no es una obrera."

"Ella tenía las manos manchadas de tinta. Darcy, lamento mucho decirte que fuiste engañado por ella. Ella está bajo arresto por traición."

Respirar. Necesitaba respirar. "No puedo creerlo. Debe haber un malentendido."

Desmarais colocó sus manos sobre su escritorio y enlazó sus dedos juntos. "No hubo un error. Ella admitió sus crímenes libremente y, cuando la interrogué más tarde, no dudó en decirme que lo ha estado usando, esperando obtener información que pudiera pasar a los rebeldes. Estaba orgullosa de ello. Su afecto por usted no era más que una simulación. Lo lamento." Su voz era suave pero firme.

"¿Dónde está ella? ¡Debo hablar con ella!"

"Está en una celda en prisión, y no, no puede hablar con ella. Solo lo heriría, mi amigo. Si hubiera algún jirón de duda en su historia, se lo diría. Lo engaño, y eso es todo. Ella es aparentemente una muy buena actriz."

Pero había sido Desmarais quien había visto las habilidades de actuación de Elizabeth, no Darcy. ¡Si tan solo pudiera gritarlo! Pero la única esperanza de Elizabeth era que él conservara la calma. ¡Buen Dios,

Elizabeth en una celda en prisión! No podría soportarlo. "No puedo, no lo creeré. ¿Qué está planeando hacer con ella?"

Desmarais suspiró y se frotó las sienes. "Será juzgada por traición. La evidencia es abrumadora, y ella ha confesado. Usted conoce el castigo."

La muerte. La bilis le subió a la garganta. "¿Por tan solo doblar un periódico? La mitad del país tiene una copia de *El Lealista*."

"No pilas completas de ellos, todo mientras platicaba como una vieja amiga con el hombre que lo publica, el que difunde mentiras sobre que la Princesa Charlotte está en Inglaterra. Él está fomentando un levantamiento, y ella sabe todo sobre ello."

"¿Pero merece ese crimen el mismo castigo que si ella hubiera matado un soldado? De seguro debe haber algo que usted pueda hacer."

El general sacudió la cabeza, con expresión dolida. "Hay diferencias en los crímenes, pero la ley dice que ambos son traición."

"Pero ¡usted liberó a Georgiana!"

"No la liberé, meramente la traje bajo mi custodia personal. Para su crédito, la única cosa correcta que hizo su Señorita Gardiner fue decir a los soldados quien era su hermana y la conexión de usted conmigo."

Por supuesto que lo había hecho, y entonces había confesado para distraer la atención de Georgiana. Justo lo que habría hecho él en su lugar. Ella moriría por eso, y él nunca tendría la oportunidad de decirle que la amaba. "¿En su custodia? ¿Significa eso que Georgiana está todavía bajo arresto?"

"Aun Lamarque tiene poco apetito por aprisionar a una niña retrasada que no hizo nada más que escuchar sobre traición que no podía entender. Ella aún está acusada de traición... ni siquiera yo estoy por encima de la ley... pero tengo pocas dudas de que el tribunal la encontrará inocente. Hasta entonces, debe permanecer conmigo."

Desastre sobre desastre. ¿Podría Georgiana mantener su acto día y noche? Si Desmarais tuviera la menor sospecha del premio que sostenía en su mano, sería el fin de todo por lo que él había trabajado.

Sin Elizabeth, difícilmente podía hacer que le importara.

Georgiana necesitaba protección. Pero ¿cómo? "Por supuesto que le agradezco el proporcionarle un lugar seguro, pero ella estará aterrorizada. No puede soportar estar separada de mí. Entra en pánico y con frecuencia deja de respirar cuando ve a un hombre en uniforme francés, desde el día en que tenía nueve años... pero no importa. Ella nunca ha pasado la noche separada de mí a menos de que Elizabeth estuviera con ella."

"No puedo liberarla a su custodia. ¿Tiene ella una doncella cuya presencia pudiera confortarla?"

"No. No le gusta tener sirvientes cerca de ella." No lo suficientemente cerca para adivinar su secreto.

"Entonces todo lo que puedo decir es que haremos nuestro mejor esfuerzo con ella."

Elizabeth sentenciada a muerte y Georgiana en el lugar más peligroso posible. La actuación de Georgiana no siempre era confiable, y Desmarais no era tonto. Darcy se jaló la corbata, intentando aliviar la sofocante presión. "Si mi tía estuviera dispuesta a venir aquí a quedarse con Georgiana, ¿lo permitiría usted?"

La boca de Desmarais se torció divertida. "Su tía, ¿la que se rehusó a ser presentada a mí?"

Una gota de sudor corrió por la parte de atrás del cuello de Darcy. "Entiendo. No se puede esperar que usted le ofrezca hospitalidad bajo las circunstancias." Debía sonar tan derrotado como se sentía.

"Ella sería bienvenida, pero ¿doblará su tieso cuello tanto así?"

"Por el bienestar de Georgiana, lo haría. Ella perdió a su propia hija, sabe." La familiar mentira salió con facilidad.

"Muy bien."

De alguna manera tuvo que forzar las palabras a salir. "Le agradezco su consideración y hospitalidad para mi hermana." Pero Elizabeth, su Elizabeth estaba perdida para siempre, todo porque él había entrado en su vida y la había arrancado de su hogar."

"Por supuesto. Desearía poder hacer más."

Darcy no pudo evitarlo. "No tengo derecho a pedirlo, pero le ruego me permita ver a Elizabeth, aun por unos cuantos minutos."

El general suspiró. "Lo lamento. Por usted, arreglaré que tenga unas cuantas comodidades, y si lo desea, pediré que su sentencia sea conmutada a ser transportada. Pero he visto lo que les sucede a las mujeres que son transportadas, y, si fuera una mujer que me importara, preferiría verla ahorcada."

"¿Se me permitiría ir con ella?" Él no había tenido la intención de decir eso.

"Darcy, mi amigo, ella no merece su lealtad. Desearía hacer esto más fácil para usted, pero no hay esperanza. Debe intentar olvidarla. Venga, ¿desea hablar con su hermana de nuevo antes de irse?" Era claramente su palabra final.

"Si pudiera." Pero las palabras eran cenizas en su boca.

DARCY DUDÓ CUANDO LLEGARON a Brook Street. ¡Si tan solo no tuviera que entrar a Darcy House! No que hubiera otra cosa que quisiera hacer, aparte de lanzarse al río, o quizá abordar un barco a Canadá... cualquier cosa para dejar atrás esta agonía. Pero si hubiera la más pequeña oportunidad de que su presencia pudiera ayudar a Georgiana, tenía que quedarse. No se engañaría sobre Elizabeth, sin embargo. El caso de ella no tenía esperanza, y era culpa de él.

Gravemente entró en la casa.

Kit salió corriendo de la sala de estar para encontrarlo. "¿Dónde está ella?"

Intentando mantener un semblante de normalidad para guardar las apariencias ante los sirvientes, Darcy entregó su sombrero al mayordomo. "Georgiana está segura. ¿Podemos discutir esto más en privado?"

Kit se ruborizó. "Por supuesto." Una vez que se cerró la puerta de la sala de estar, dejando solos a Darcy, Kit y Lady Matlock, él demandó, "¿Qué sucedió?"

¡Si tan solo Darcy pudiera esconderse de todos hasta que disminuyera la agonía! Pero esta entrevista no podía ser retrasada. "Fueron arrestadas junto con Andrew. Georgiana está pretendiendo ser retrasada. Desmarais la tiene bajo custodia en su casa en lugar de en prisión. Él dice que será encontrada inocente." Se volvió hacia tu tía. "Como no puede liberarla a mi custodia, le pregunté si estaría permitido que tú te quedaras con ella. Él estuvo de acuerdo con eso."

Lady Matlock asintió como si no hubiera nada extraordinario acerca de la solicitud. "¿Debo ir esta noche, o esperar hasta en la mañana?"

"Esta noche de ser posible. Georgiana está alterada, y no se me permitió hablar a solas con ella."

"Iré inmediatamente. Mi doncella puede empacar un baúl para mí que puedes enviar después. Y uno para Georgiana también, supongo. ¿Qué hay de Elizabeth?"

La niebla negra se cerró sobre él. "Para proteger a Georgiana, ella confesó a la traición y a espiarme. Desmarais no hará nada por ella." ¿No podían ellos adivinar el resto y evitarle la agonía de decirlo?

"Es una muchacha valiente," dijo su tía, como si fuera una elegía. "Pediré en mis oraciones por ella."

Darcy volteó su rostro a otro lado. No podía confiar en su voz.

Lady Matlock hizo una pausa en la puerta. "Kit, ¿hay alguna posibilidad de que Frederica pudiera ayudar a Elizabeth?"

"No. Hemos enfrentado esto antes. Sería demasiado riesgoso y casi de seguro fallaría. Además, no tenemos manera de comunicarnos con Freddie ya que está ocultándose. Hasta que ella crea conveniente comunicarse conmigo, estamos por nuestra cuenta."

"Ya veo. Darcy, hablaré de nuevo contigo antes de irme." Lady Matlock salió de la sala de estar.

Kit cerró la puerta detrás de ella. "¡Gracias a Dios Georgiana no está herida! Me estaba imaginando mucho peor."

Darcy miró a su hermano con incredulidad. Antes de ceder a la tentación de asesinarlo, Darcy dijo salvajemente, "Buenas noches, Kit."

"¡Espera! Sé que debe haber más sobre esto. ¿La está tratando bien Desmarais? ¿Nos permitirá visitarla?" Darcy se encogió de hombros. "Supongo que lo hará. No dijo nada en contrario."

"Nunca creí que estaría agradecido de que te hayas convertido en uno de los favoritos de Desmarais, pero tuviste razón en hacerlo. Lo salvó todo."

Después de una larga, seria mirada a su hermano, Darcy habló, enunciando cada palabra cuidadosamente. "Kit, vete de esta habitación antes de que te mate."

Pero Kit nunca había sabido cuando detenerse. "Lo sé. Es una maldita vergüenza lo de Elizabeth. Andrew Cobham es, o fue, uno de mis amigos más cercanos, y no es el primero que pierdo de esta manera. Uno aprende a no pensar demasiado sobre ello, o ninguno de nosotros podría continuar avanzando."

Seis años de precaución constante hicieron que un pensamiento se removiera en el cerebro de Darcy. "¿Andrew Cobham? Creí que solo usaban nombres de pila en caso de que fueran capturados. ¿Sabe él quién eres tú?"

Kit gruñó. "¡Tienes razón! ¡Por supuesto que sabe mi nombre; estuvimos juntos en Eton. Yo también tendré que desvanecerme. ¡Demonios!"

Algo se agitó dentro del pecho de Darcy, luego se desvaneció en la nada. "Vete, entonces."

Kit asintió. "Me habré ido dentro de media hora. Dile a Georgiana que... estoy pensando en ella." Él abrió la puerta y salió.

Involuntariamente Darcy lo llamó. "¡Kit!".

Su hermano metió la cabeza de vuelta. "¿Qué?"

"Ten cuidado." La voz de Darcy estaba ronca.

Una rara sobriedad hizo que Kit se viera mayor que los años que tenía. "Y tú también."

AL DÍA SIGUIENTE, DARCY hizo la obligatoria visita a Carlton House a ver a Georgiana. Aparte de sentarse muy cerca de él, ella parecía relativamente calmada. Lady Matlock platicó como si fuera una visita social normal, sin hacer referencia a la inusual situación. Él tomó el pastel que le ofreció Madame Desmarais, pero no tuvo apetito para comerlo. Le había dado su cena la noche anterior a Puck y la mayor parte de su desayuno.

Como toda la visita se llevó a cabo bajo la vigilante mirada de Madame Desmarais, su conversación fue limitada. Cuando Georgiana inevitablemente preguntó si habían sabido algo de Elizabeth, Darcy solamente le dijo que estaba bajo arresto. Se sintió aliviado cuando la media hora prescrita terminó y pudo irse.

Fue directamente con su abogado, el Sr. Baer, y le explicó las circunstancias de Elizabeth.

El Sr. Baer se quitó los espectáculos y los colocó sobre su escritorio. "Es una triste historia y demasiado común. ¿Qué es lo que quiere que yo haga?"

"Quisiera que contratara a un Defensor para defenderla." Si había cualquier cosa que él pudiera hacer, sin importar qué tan poco probable era que ayudara, él la haría.

El abogado suspiró profundamente. "No es posible. Ella será juzgada en un tribunal francés, si se le puede llamar ser juzgada. Ella será llevada, se leerán los cargos y se pronunciará la sentencia."

Darcy había temido algo así, pero la confirmación le robó el aliento y clavó otra daga en lo que quedaba de su corazón. "¿Puede usted determinar en qué prisión está detenida?"

"Posiblemente. No le hará a usted ningún bien. A los acusados no se les permiten visitas, y aunque usted puede ser capaz de sobornar su camino para entrar, las probabilidades están en su contra."

"De todos modos quiero saber." Aún si probaba no tener propósito, al menos sabría dónde estaba ella.

Su culpa lo llevó a continuación al salón de box del Caballero Jackson. Boxear no era su deporte favorito, aunque podía hacer un trabajo creíble en él. Hoy celebró los golpes y moretones que recibió, y lamentó cuando el Caballero le dijo que tenía que detenerse.

Volvió a casa adolorido. Después de sus años solo con Georgiana, había sido una delicia tener a su familia a su alrededor de nuevo. La despreocupación de Kit, el gentil manejo de su tía de todo el mundo, la música de Georgiana. Y la risa de Elizabeth. Por sobre todo lo demás, la risa de Elizabeth.

Ahora era tan solo una casa, vacía excepto por los sirvientes, y dentro de Darcy había un profundo, obscuro abismo donde alguna vez había estado la felicidad.

Él levantó la cabeza al sonido de arañazos. Puck se deslizó sobre el suelo e hizo su mejor esfuerzo por subirse a la pierna de Darcy. Ante el indudable horror de su mayordomo, Darcy se sentó en el suelo del vestíbulo y dejó que el cachorro trepara por encima de él.

Era lo que Elizabeth hubiera querido.

EL MAYORDOMO SE VEÍA molesto cuando entró al estudio de Darcy. "Señor, como me instruyó, he estado diciendo a los visitantes que no está en casa. El Sr. Bingley ha sido muy persistente, y ahora dice que si usted no lo ve, se quedará en la puerta hasta que lo haga. Él está empezando a llamar la atención de los vecinos. Sentí que debía informarle."

Algún día, cuando ya no tuviera que mantener secretos, Darcy contrataría personal decente en lugar de los menos inteligentes que podía encontrar. No podía hacer que le importara la vergüenza o los malos modales de Bingley. Esas cosas podían haber sido importantes para él alguna vez, pero no ahora. Aun así, Bingley debía tener algo de gran importancia qué decirle. Sería mejor que lo oyera de una vez. Mientras Bingley no le preguntara por Elizabeth, sería soportable. Apenas.

Intentaría no odiar a Bingley por haber sido capaz de casarse con la mujer que amaba.

"Hazlo pasar." Normalmente enderezaría su saco y revisaría su apariencia, pero no hoy. Sin duda parecía que había dormido con la ropa puesta. ¡Y pensar que alguna vez eso le hubiera preocupado!

Bingley aparecía igual de descuidado y su palidez era impresionante. "Gracias por recibirme. Me disculpo por ser una molestia."

"Bingley, lamento que te mantuvieran esperando. Acabo de saber que estabas aquí."

"Lo lamento tanto, Darcy. Sé que es inadecuado. Lo que hice fue imperdonable, pero no sabía qué otra cosa hacer. Tenía que ver por mí mismo que no habías sufrido daño."

"Bingley, ¿de qué estás hablando?" Él no tenía paciencia para dramas.

"¿No lo sabes?"

"Obviamente no."

Bingley se restregó las manos sobre el rostro. "Algunos soldados vinieron a interrogar a Jane acerca de dónde estaba Elizabeth. Algo sobre en un artículo en *El Lealista* que ellos pensaban que ella pudiera haber escrito. Jane negó saber nada, pero no le creyeron. Iban a arrestarla y a obligarla a hablar. Yo no podía soportarlo, así que los llevé a un lado y acordé decirles lo que yo sabía si dejaban a Jane en paz."

No. No podía ser. No Bingley. "¿Qué les dijiste?"

"Que Elizabeth se había ido con tu hermana y que tú eras el que más probablemente sabía dónde estaba. No les dije nada más sobre ti, ¡lo juro! Nada sobre tus, er, actividades. Dejaron en paz a Jane, pero nos pusieron guardias, así que no podía escribirte. Esta mañana dijeron que el guardia ya no era necesario. Tenía que venir a ver si te habían hecho daño."

Por eso era por lo que se habían hecho los arrestos. Debían haber estado siguiendo a Elizabeth, no a Kit, y era culpa de Bingley. Habían sido traicionados por su amigo.

Pero no tenía caso decir nada ahora. Era demasiado tarde. Débilmente él dijo, "Como puedes ver, estoy perfectamente bien."

"Yo... realmente lo siento. Si me hubieran amenazado a mí en lugar de a Jane, podía haberlo soportado. Pero ella ya ha sufrido tanto, y está en condición delicada. ¿Qué otra cosa podía hacer?"

¿Era Bingley realmente tan inocente? "Podías haberlos engañado."

"Yo... no pensé en eso. Ni siquiera hubiera sabido qué decir."

"Aparentemente no." Era afortunado para Bingley que Darcy estuviera demasiado paralizado para enojarse. "Regresa a Netherfield y cuida de tu esposa."

"Pero algo te preocupa. ¿Estás en problemas con las autoridades a causa de esto? ¿Es por eso por lo que no querías verme?"

Algo estalló dentro de Darcy. "Algo está de verdad mal," dijo él salvajemente. "Elizabeth y Georgiana fueron arrestadas ayer por traición, y Elizabeth va a ser ahorcada. Tendrás que perdonarme si no estoy de humor para recibir visitantes."

Bingley se quedó sin aliento. "¡No! ¡No puede ser verdad!"

La boca de Darcy se torció. "Puedes creer eso si te conforta."

"¡Oh Dios...! ¿Es a causa de lo que hice?"

"Bien podría ser, pero no necesitas preocuparte. Ella les dio un nombre falso cuando fue arrestada, así que tu querida Jane nunca sabrá la verdad y puede continuar creyendo que su hermana está en algún lugar de Escocia."

"Yo... yo... ¿no hay nada que pueda hacerse?"

"¿Crees que yo no lo he intentado? ¡Por amor de Dios, Bingley, vete y déjame en paz!"

"Si eso es lo que deseas. Pero quisiera..." Bingley no completó su oración. Salió de la habitación arrastrando los pies, con la cabeza baja.

Él no debió haber dicho nada. Eso era lo que Elizabeth hubiera deseado.

Darcy pensó que no era posible que nada pudiera hacerlo sentir peor. Otra pérdida que agregar a la lista... Elizabeth, Desmarais y ahora Bingley. Una más de sus amistades arruinada más allá de todo arreglo.

Él merecía perder a todos sus amigos. Si no hubiera cedido a la tentación aquella noche en Netherfield cuando le había dado la dirección al Sr. Tomlin, Bingley nunca hubiera adivinado su papel, y no hubiera podido enviar a los franceses tras Elizabeth. ¿Por qué, oh, por qué lo había hecho? Él había sabido cuales eran los riesgos. Él había pasado seis años evitando tomar el más pequeño riesgo... hasta que conoció a Elizabeth.

Pero ¿por qué habían buscado los franceses a Elizabeth en primer lugar? No era de sorprender que se las hubieran arreglado para ver a través del anonimato de su artículo, pero ¿por qué les importaría? Usualmente ignoraban historias como esa. ¿Por qué estarían interesados ahora?

Por supuesto. No les importaba el artículo. Solo querían a alguien que los pudiera llevar a Andrew. Desmarais mismo lo había dicho... el periódico estaba causando demasiada inestabilidad con sus reportes sobre que la Princesa Charlotte estaba en Inglaterra. El arresto de Elizabeth no había sido nada más que una idea de último momento.

Eso solamente lo hacía peor.

AL DÍA SIGUIENTE, DESMARAIS entró durante la visita de Darcy con Georgiana. "Darcy, es bueno verte. ¿Cenarás con nosotros mañana por la noche? Será una reunión pequeña, bastante informal."

Darcy escasamente podía soportar mirarlo. "Se lo agradezco, pero debo rehusarme. No estoy en disposición de socializar por el momento." Nunca había rehusado una de las invitaciones del general antes. No debía estarse arriesgando ahora, pero ya no le importaba.

El afable rostro de Desmarais se nubló. "Lamento escuchar eso. ¿Puedo quizá persuadirte de unirte a mí para un vaso de oporto en la biblioteca?"

"Será un placer," dijo Darcy sin inflexión. No tenía elección. La palabra de Desmarais era ley en Inglaterra.

"Muy bien." El tono de Desmarais le dijo a Darcy que él había entendido lo que había querido decir.

Darcy caminó con dificultad detrás de él hasta la ornamentada biblioteca. No debía esperar noticias, ya que las únicas noticias serían malas.

El general sirvió dos vasos de oporto y le pasó uno a Darcy. "Así que," dijo él, casi con suavidad. "¿Ha de terminar nuestra amistad entonces?"

Darcy bajó su oporto sin probarlo. "Le estoy muy agradecido. Sin sus esfuerzos, Georgiana estaría en prisión y enfrentando una sentencia de muerte. Nunca podré pagar esa deuda."

Desmarais se acomodó en su sillón favorito y dio un sorbo a su oporto, como siempre tomándose un minuto para apreciar el fino vino antes de hablar. "Eso no es lo que pregunté, pero es, supongo, una respuesta a mi pregunta. Lo lamento. Otra víctima en esta maldita guerra."

"Entiendo que debe comportarse de acuerdo con sus leyes, sin importar mis sentimientos en el asunto." Darcy ni siquiera podía hacer que le importara el qué tan amargado sonaba.

Con una triste sacudida de la cabeza, Desmarais dijo, "No sin importar tus sentimientos, sino a pesar de ellos. ¡Y pensar que yo había deseado verte enamorado un día! Pero no así. No así. Ella no te merece. Ella te engañó y se siente orgullosa de ello."

Un hombre sensible no hubiera dicho nada, pero la angustia había socavado el buen sentido de Darcy. "No, ella no me engañó. Yo conocía sus opiniones perfectamente bien y sabía que estaba en contacto con los Lealistas. No hice ningún esfuerzo por detenerla. Ella actuó para usted porque sabía que su caso ya no tenía esperanza, y quería protegerme de sospechas. Ahora usted puede arrestarme también."

El general elevó su vaso y examine el color de su oporto. "Darcy, siempre he sabido hacia dónde se inclinan tus simpatías. Tu familia es un nido de rebeldes. Tu padre huyó con la Princesa Charlotte. Tu tío estuvo en comunicación con el gobierno en exilio antes de su apoplejía sin duda ayudado por tu encantadora tía. Tu hermano ha estado hundido hasta el cuello en el movimiento Lealista por años, puedo pasar por alto sus pequeñas misiones de rescate ya que no ha sido capturado en una de sus excursiones a la frontera escocesa, y su amante parece limitarse a hacer inútiles listas. Tú mismo, no dudo, has deseado que nos vayamos al infierno más de mil veces, pero has enfrentado la realidad y obedecido la ley."

"Y esto es a donde me ha llevado." Él no debería estar diciendo estas cosas, no cuando Desmarais tenía la seguridad de Georgiana en sus manos. Pero el francés era un hombre honorable; el no castigaría a Georgiana por los pecados de Darcy. "¿Ya la han ahorcado?"

Desmarais se estremeció. "Aún no ha sido sentenciada. Los hombres que estaban con ellos todavía están siendo interrogados."

El corazón de Darcy dejó de latir por un momento. "¿Está ella siendo interrogada?" Él no podría soportarlo.

"Por supuesto que no. Te dije que me encargaría de que estuviera cómoda. Además, ella no parece saber nada de su líder, el misterioso Frederick. Es a él al que buscamos."

Iban a buscar por un largo tiempo antes de que se les ocurriera que el misterioso Frederick era una mujer, una a la que no le importaba más que hacer listas inútiles. "Gracias."

"Pero ella debe tener algo que ocultar. ¿Sabías que Gardiner no es su nombre real?"

Por supuesto. Los hombres de Lamarque habían estado cazando a Elizabeth Bennet y encontraron a Elizabeth Gardiner en su lugar. "Sí."

"¿Por qué está usando un nombre falso?" Era el tono que Desmarais usaba cuando estaba interrogando a alguien.

"Para que nadie pudiera encontrarla y devolverla a su familia. Ellos no son Lealistas."

Desmarais asintió. "Cómo lo sospeché. Es lo que le dije a Lamarque cuando preguntó. Pensé que era más sabio darle una respuesta que dejarlo intentar obtener una de ella."

Un escalofrío helado bajó por la espina de Darcy. "Aprecio su esfuerzo."

"Ah, no me gusta ver a Lamarque interrogar mujeres. Lo disfruta demasiado." Desmarais dio un largo sorbo a su oporto. "De nuevo, siento no poder ayudar más, doblemente si lo que dices es verdad y ella te aprecia. Pero no hay nada que yo pueda hacer más que esperar que algún día tú y yo podamos empezar de nuevo."

"¿Podría usted perdonar al hombre que permitió que la mujer que usted amaba fuera ejecutada?" dijo Darcy bruscamente.

El comportamiento tranquilo del general no cambió. "No, muy probablemente no. Es demasiado esperar amistad cuando tengo mi deber al Emperador y tu lealtad está en otra parte. Pero te deseo lo mejor, y continuaré trabajando para que tu hermana vuelva contigo. Es una lástima que la Señorita Gardiner la haya arrastrado en esto."

Darcy hizo regresar las palabras que amenazaban con desparramarse. Él era el que había arrastrado a Elizabeth a esto. No haría ningún bien decirlo y solamente expondría a Georgiana. No podía costear antagonizar a Desmarais, no cuando pudiera todavía haber la más leve posibilidad de ayudar a Elizabeth, aun si solamente fuera para que sufriera menos durante sus últimos días. "Entiendo. Esta situación no es ni su culpa ni la creó usted. Usted es simplemente la personificación de la ocupación francesa. Esa es la verdadera causa de esto. Si..."

"¡Detente!" ordenó Desmarais, sosteniendo su mano en alto. "Estás bordeando cerca de la traición al hablar, y no tengo deseos de verme forzado a actuar sobre ello."

Era un recordatorio aleccionador. Desmarais era un hombre de Napoleón antes que amigo de Darcy. "Por supuesto. Mis disculpas," dijo él rígidamente.

Desmarais palmeó su hombro. "No es nada."

Darcy dudó. "¿Sabe Lamarque sobre mi hermano?" Tendría que encontrar la manera de advertir a Kit. Él no podría soportar perder a Kit, también.

Desmarais sacudió la cabeza. "La respuesta de Lamarque a cualquier atisbo de problemas es el ahorcamiento, así que no comparto lo que sé con él. Creo que hay mejores maneras de resolver problemas. Ahora ve a ver a esa hermana tuya. Ella habla de ti constantemente."

Darcy inclinó la cabeza. "Sí, General."

"¿SEÑORITA GARDINER?" Era la voz de una mujer, una con acento francés, en la cerrada puerta de su celda. Sin particular prisa, Elizabeth bajó del banco que le permitía asomarse por la pequeña ventana. La concurrida calle, ocupada con los más pobres de Londres, no hubiera sido una escena atractiva en circunstancias normales, pero ahora era la cosa más interesante en su vida. Ella había aprendido a entretenerse sola inventando historias sobre los transeúntes, creando conversaciones con ellos en la cabeza. Le ayudaba a mantener la desesperanza a raya.

Después de no ver a nadie más que a sus carceleros por días, le tomó un momento reconocer a su visitante. "Madame Desmarais, qué amable de su parte visitarme." Al menos ella podría mostrarle a la francesa que todavía recordaba sus modales.

La cerradura se estremeció cuando el guardia dio la vuelta a la llave permitiendo que Madame Desmarais y su doncella entraran. La doncella llevaba una canasta. ¿Se atrevía ella a esperar que pudiera contener comida decente?

"Buen día, Señorita Gardiner," dijo Madame Desmarais. "Espero que haya estado tan bien como sea posible bajo las circunstancias."

"Estoy bastante bien, gracias." Elizabeth hizo un gesto a la única silla desvencijada que agraciaba su celda. "Como puede ver, mi alojamiento es más cómodo de lo que pudiera ser. Sospecho que debo agradecerle a su esposo por ello." Alguna vez ella no hubiera considerado que esta pequeña, blanqueada celda con muebles rudimentarios fuera remotamente cómoda, pero después de una sola noche en una celda en Newgate, era el paraíso.

"Él no me lo ha mencionado, pero espero que la hayan tratado bien."

"Mucho mejor de lo que merece un traidor, me imagino," dijo Elizabeth. "Me sorprende verla aquí." Impactada hubiera sido una mejor descripción. ¿Por qué estaba ahí Madame Desmarais? Solo se habían encontrado una vez la noche que ella había cenado en Carlton House, escasamente lo suficiente para ser considerada más que una conocida. Pero había muchas cosas sobre las que quería saber, y esta sería probablemente su única oportunidad de obtener respuestas.

Madame Desmarais hizo un gesto hacia la canasta de la doncella. "Le he traído unas cuantas comodidades... algunos pasteles, un libro, y una copia del *Repository* (Registro) de Ackermann. Espero que hará que el tiempo pase más rápido para usted."

¿Un libro? Ella daría casi cualquier cosa por un libro, aún si fueran los Sermones de Fordyce. "Es amable de su parte ser tan generosa, especialmente hacia una traidora."

Madame Desmarais sonrió con la misma calidez que había mostrado en Carlton House. "No puedo culparla por amar a su país más que al mío."

Elizabeth se las arregló para reír. "¡Me temo que soy una pobre excusa para una Lealista! Si uno va a ser ahorcado, ¿no debería ser por algún dramático intento de liberar al país? Pasaré a la historia como la intrépida mujer que fue ahorcada por doblar periódicos."

"¿Es eso lo que estaba haciendo? La querida Georgiana se altera tanto cuando ese día es mencionado, así que no me he atrevido a preguntarle. Pero me alegra ver que su sentido del humor está intacto."

Elizabeth aprovechó sus palabras. "¿Usted ha visto a Georgiana? No he sabido nada desde que su esposo se la llevó."

"Oh, sí. Ella está con nosotros en Carlton House. Mi esposo hizo arreglos para que ella permaneciera bajo su custodia personal hasta que pueda arreglar su libertad."

El alivio fue tan profundo que Elizabeth difícilmente pudo hablar por un momento. "Me alegra escucharlo. Gracias por cuidar de ella." Había tantas otras preguntas que desearía poder hacer, pero tan solo saber que Georgiana estaba segura era suficiente por ahora.

"Es una joven encantadora. Pero usted debe estar preguntándose por qué estoy aquí. He venido esperando rogarle me haga un favor."

Elizabeth hizo un gesto para indicar su celda. "No puedo imaginar qué estaría en mi poder hacer por usted, pero estaré feliz de intentarlo."

Madame Desmarais bajó su voz. "Es un asunto muy sencillo. ¿Estaría usted dispuesta a escribirle una nota a Darcy, diciéndole que quiere que coma?" Ella sonaba levemente ofendida.

Esta vez la risa de Elizabeth salió sin esfuerzo. "¿Qué coma?"

"Él no ha estado comiendo, sabe usted. He hecho que mi cocinera haga sus tartas favoritas cuando viene a visitar a Georgiana, pero él no las toca, y su hombre me dice que Darcy ha estado dándole sus alimentos al perro de usted. Se ve terrible, y mi esposo está preocupándose por eso. Darcy no me escucha a mí, pero pensé que si usted se lo pedía, pudiera tener más éxito."

"Estaré feliz de hacerlo." Había tantas cosas que deseaba poder decirle a Darcy, pero aún esta pequeña cosa era un tipo de conexión.

Madame Desmarais sonrió. "¡Sabía que usted lo haría! Mi esposo, él no está seguro si usted realmente apreciaba a Darcy, pero yo pude ver que lo hacía la noche que la conocí."

"Realmente lo aprecio. Muchísimo." Elizabeth parpadeó para evitar las lágrimas.

"Lo sé. Estos hombres, son un serio problema algunas veces, ¿no es así?" Ella se volvió hacia la doncella. "Marie, puedes darle a la Señorita Darcy la pluma y papel?"

"*Oui, madame.*" La doncella desempacó la canasta sobre la tabla que servía como una rudimentaria mesa.

"¿Puedo preguntarle una cosa?" preguntó Elizabeth impulsivamente. "¿Puede decirme cuándo será mi juicio? Es difícil, despertar cada mañana sin saber si es la última." Su voz escasamente tembló.

Madame Desmarais se vio abatida. "Lo siento, no lo sé. El tribunal se reúne una vez al mes, pero no sabría decirle cuando es."

Un enfriamiento recorrió la columna de Elizabeth. Ya habían pasado diez días.

CUANDO DARCY LLEGÓ para su visita diaria a Carlton House, el lacayo no lo llevó con Georgiana sino que lo llevo ante una Madame Desmarais que lucía preocupada. "Madame, ¿hay algún problema?"

"Sí, hay un problema, el mismo por el que le reprocho cada día. Usted no ha estado comiendo."

Por supuesto que no había estado comiendo. La comida le ahogaba y sabía a ceniza. ¿Cómo podía él olvidar que Elizabeth no tenía otra cosa que comida de la prisión? "Le aseguro que gozo de perfecta salud, pero intentaré comer más si es su deseo." No era cierto, pero estar de acuerdo parecía ser educado.

"Eso es lo que ha dicho todos los días. Como no me escucha a mí, tal vez escuche a alguien más." Ella le alargó una hoja de papel doblada.

Él no tenía energía para estos juegos. La tomó porque era menos problema que rehusarse. No tenía sello ni nada escrito por afuera.

"Ábrala, muchacho tonto. Es de su Señorita Gardiner."

PRESUNCIÓN Y OCULTAMIENTO UNA VARIACIÓN DE ORGULLO Y PREJUICIO

Darcy dejó de respirar. Desdobló la carta con manos temblorosas.

Mi queridísimo William:

¿Te sorprende que te llame así? Uno de los pocos beneficios de esperar a morir es que ya no necesito preocuparme por la propiedad. Por lo tanto diré cualquier cosa que desee, ¡y tú puedes despreciarme si te atreves! Pero tengo poco tiempo, y una misión qué cumplir.

Madame Desmarais me cuenta que no estás comiendo. Debes comer, lo sabes... si no por ti mismo, entonces por la gente que te necesita. Si no te cuidas, ¿cómo vas a cuidar de Georgiana? Puedes encontrar esto difícil de creer, pero Kit te necesita también, aunque preferiría morirse que dejar que lo sepas. Pero por favor, come por mí, aún si no tienes apetito o gusto por la comida; necesito creer que tú estás bien y cuidándote. Puedo tolerar lo que me toca mientras sepa que tú estás bien.

Madame está esperando, así que tengo poco tiempo. Te ruego que encuentres felicidad de nuevo algún día porque tú la mereces más que nadie que conozco. No te culpes por invitarme a Londres; ha sido un privilegio haber tenido las oportunidades que me has dado. No cambiaría los últimos meses por nada. Hay tanto que decir, pero no hay tiempo.

Piensa en mí cuando veas campanillas, y mi espíritu estará ahí contigo.

Tu Titania

Las últimas palabras se desdibujaron ante los ojos de Darcy. Le dio la espalda a Madame Desmarais, apretando la carta como si fuera su única esperanza de salvación. Pero nada podía salvarlo. Había perdido a Elizabeth, y aún si ella lo perdonaba por llevarla a su muerte, él nunca, jamás, se perdonaría a sí mismo.

Frotando la base de la palma de su mano contra sus ojos, se esforzó por respirar, como Georgiana en medio de uno de sus ataques de nervios. El dolor en su pecho parecía presionar contra sus costillas, pero él sabía la verdad. Él era una cáscara vacía con nada dentro de él más que un obscuro vacío, un lugar que una vez había estado lleno con amor y con la risa de Elizabeth. Y con campanillas.

Piensa en mí cuando veas campanillas.

Cómo si él alguna vez fuera a ser capaz de pensar en otra cosa.

Pero la magia ya no estaría ahí la siguiente vez que visitara un bosque de campanillas porque la magia era Elizabeth, dando vida y esparciendo alegría a todo lo que tocaba. Y pronto ella se habría ido, su chispa de vitalidad y su futuro robado por un largo de cuerda.

Él no había llorado cuando su padre y hermana lo habían dejado para irse a medio mundo de distancia. La noticia de la muerte de su padre no había traído lágrimas a sus ojos. No podía recordar haber llorado desde la mañana en que se sentó al lado del lecho de muerte de su madre un día soleado de primavera cuando las campanillas estaban en flor. Había creído que ya no quedaban lágrimas dentro de él.

Se había equivocado.

El clic del pestillo de la puerta sonó detrás de él. Madame Desmarais debió haber decidido darle algo de privacidad. Afortunada Madame Desmarais, que había hablado con Elizabeth, había estado en la misma habitación con ella, respirado el mismo aire que ella. Él nunca tendría esos privilegios de nuevo.

Todo lo que tenía era esta breve carta. La leyó completa de nuevo, escuchando la voz de Elizabeth en su mente. Aún mientras esperaba ser ahorcada, se las había arreglado para encontrar humor.

Mi queridísimo William.

¿Cómo podían esas tres pequeñas palabras simultáneamente llenar un vacío en su alma y clavarse en su pecho como un cuchillo retorcido en su corazón? Si tan solo pudiera regresar el reloj y hacer que se las dijera dos semanas atrás, hubiera sido uno de los mejores momentos de su vida. Si tan solo se hubiera dado cuenta antes que no necesitaba atarse a Georgiana para siempre, podía haber tenido la oportunidad de ver los labios de ella formar las palabras. Ahora era demasiado tarde.

Pasó sus dedos sobre las palabras que ella había escrito como si de alguna forma eso pudiera alcanzarla. Había un tenue punto redondo bajo el último párrafo... ¿sería una lágrima? Él presionó sus labios contra el punto, esa pequeña parte de Elizabeth que era todo lo que le quedaba.

Por todo lo que él sabía, ellos podían haberla ahorcado hoy después de la visita de Madame Desmarais. Su cuerpo, con el cuello en un ángulo anormal, pudiera estar apilado en un montón con los de otros traidores ejecutados.

Piensa en mí cuando veas campanillas.

El agudo dolor en su pecho no cedía. Se inclinó hacia adelante, descansando las manos en el alféizar de la ventana, pero no hubo diferencia. Nada podía evitar esta agonía de pérdida. Un obscuro futuro vacío se cernía ante él. Todos esos años de estar solo excepto por Georgiana, unos cuantos meses de glorioso descanso, y ahora estaba de regreso.

Pero tenía que recuperar la compostura. Georgiana podía entrar en cualquier momento. Él podía hacer esto; después de todo, se las había arreglado para ocultar sus sentimientos del mundo por años. Tenía que hacerlo.

Una vez más presionó sus labios sobre la carta y la guardó en el bolsillo más cercano a su corazón.

Su deber le esperaba. Era todo lo que le quedaba.

Capítulo 16

Tres días después, el sonido de alguien que tocaba la puerta distrajo la atención de Darcy de un reporte del administrador. Él solo estaba pretendiendo leerlo con la esperanza de que las palabras de alguna manera se hundieran en su cráneo, aun cuando no podía forzarse a que le importara lo suficiente para leer un párrafo completo. Todo lo distraía.... el sonido de una doncella moviéndose en la siguiente habitación, el crepitar del fuego, una mosca zumbando en la ventana, y por encima de todo, el omnipresente dolor paralizante de duelo y culpa.

¿Cómo podía él pensar en cosechas y la reparación del techo cuando no sabía si Elizabeth estaba viva o muerta? Era una crueldad adicional de los franceses mantener sus procedimientos en secreto. Él podía no saber nunca que había llegado el final.

Su mayordomo entró con una tarjeta sobre una bandeja de plata.

"No estoy en casa," dijo Darcy sin entonación. "Usted sabe eso."

El mayordomo se aclaró la garganta. "El General Demarais está aquí para verlo, señor."

Con un juramento, Darcy empujó la silla de su escritorio hacia atrás. No era la culpa del mayordomo; él no podía rehusar una orden de Demarais. "Lo veré en la sala de estar." ¿Significaba su presencia que lo peor había ocurrido o era este otro intento infortunado intento de seguir siendo amigos? Ni siquiera podía mirar al hombre sin ver con el ojo de su mente la imagen del cuerpo de Elizabeth pendiendo de un patíbulo. La, ahora familiar, nausea se elevó en su garganta.

La sala de estar estaba vacía, por supuesto, desprovista de la presencia de Elizabeth y su familia. Darcy no había entrado en ella desde el día de los arrestos. Ahora estaba rígidamente de pie en medio de la habitación llena de ecos.

Demarais entró caminando. "Gracias por verme, Darcy."

Cómo si tuviera elección. "Es un placer. ¿Puedo ofrecerle una silla?"

"Gracias." Demarais eligió la silla favorita de Kit y estiró sus piernas. "No me quedaré mucho tiempo. Vengo de hablar con Lamarque sobre tu hermana. Ha estado de acuerdo en retirar los cargos contra ella en lugar de sentar el peligroso precedente de encontrar a un prisionero inocente." Su labio se curvó con aversión.

"Gracias. Esas son buenas noticias." Ahora se preparó a sí mismo para las malas noticias. Las peores noticias.

Demarais frotó sus manos una con la otra como para limpiarlas. "Lamarque estuvo de acuerdo en que la Señorita Gardiner será, por supuesto, encontrada culpable y condenada a muerte, pero su sentencia será pospuesta indefinidamente."

No, él no podía permitirse tener esperanzas. Solamente le dolería más al final. "¿Qué significa eso?"

"Yo podría explicarlo en palabras bonitas, pero puesto de manera simple, ella vivirá como rehén por su buen comportamiento. Tenemos varios rehenes así. Mientras usted continúe apoyando a nuestro régimen, ella estará a salvo. Le dije a Lamarque la verdad… que yo temía que ejecutarla le llevaría a usted a unirse a los rebeldes. No podemos costearnos un levantamiento en el norte actualmente. Él estuvo de acuerdo en que ella podría probar ser más útil entre nuestras demás, ah, huéspedes."

Él no se atrevía a creerlo. "Mi primo, Richard Fitzwilliam, fue mantenido como rehén. Él sufrió grandemente y casi murió de esa experiencia."

"Eso fue en los primeros días de la invasión cuando cada comandante creaba sus propias reglas. Ya no somos tan bárbaros en nuestros métodos."

"Pero ella permanecería en prisión indefinidamente." Elizabeth podría preferir que la ahorcaran.

"No, no. No libre, pero no prisionera. Tenemos mejor alojamiento para nuestras huéspedes. Ella estará a bordo del *Neptune*, con varias otras damas. Ellas tienen varias cabinas para ellas mismas y la libertad de caminar en la cubierta. No es lujoso, pero tampoco es incómodo."

El Neptune, anclado en medio del Támesis, era solo accesible por lancha. Una prisión natural para las damas, ya que ellas nunca aprendían a nadar. "¿Se me permitirá visitarla?"

Demarais dudó. "Pronto. Después de que ella haya tenido oportunidad de asentarse. Puede escribirle y enviarle libros para pasar el tiempo. Las otras damas tejen bolsas y pintan acuarelas, y una tiene una pequeña arpa. No hay bordado, me temo... las agujas, usted entiende. Se le permitirá algo de su propia ropa y artículos de tocador. Todo será revisado antes de entregársele, incluyendo las cartas, lamento decir. No es ideal, pero es mejor que perderla para siempre, espero."

"¿Y qué debo yo hacer a cambio?" El estómago se le agarrotó. ¿Qué sucedería si el precio era traicionar a Kit o a Frederica?

"Nada más de lo que ha estado haciendo todo el tiempo. Colaborar con nosotros y mantener la paz." Demarais lo miró con expectación.

"¿Esto es un arreglo permanente, sin esperanza de que sea liberada?"

Demarais se encogió de hombros. "Si Inglaterra nos acepta mejor, si Lamarque es retirado a Francia, si en algún punto su lealtad se considera probada o si presta un gran servicio al Emperador... ¿quién puede decir qué puede suceder? Siempre hay esperanza, mi amigo."

Era tan poco para seguir adelante, pero Elizabeth estaría viva. Él podría verla de vez en cuando. El plomo pesado que había estado aplastando su pecho desde el arresto de ella disminuyó un poquito.

El general se puso de pie, enderezando su espada de gala. "Y por el amor de Dios, Darcy, usted debe comer algo. De otra forma la Señorita Gardiner escasamente lo reconocerá cuando la visite. Será usted solamente piel y huesos si no come."

"Comeré. Se lo prometo." Y sí lo haría, sin importar si se atragantaba. Le debía a Demarais mucho más que eso. Lamarque no debió haber estado de acuerdo en renunciar a uno de sus prisioneros con facilidad; el general debió haberle hecho concesiones para obtener este trato. Debía encontrar un poco de gratitud en su corazón; muy pocos amigos habrían hecho tanto por él, especialmente después de que él había desairado los esfuerzos del general por mantener su conexión.

Era difícil, pero él demostraría su aprecio de alguna manera. "Gracias."

DARCY SE APRESURÓ A bajar las escaleras para encontrar a Georgiana y a Lady Matlock en su bienvenida de Carlton House. "Bienvenidas a casa." Darcy intentó sonar alegre y falló abismalmente.

Su tía besó su mejilla calmadamente. Georgiana de pie detrás de ella, su postura rígida y las manos cerradas en puños.

"Georgiana, ¿qué sucede?" preguntó él.

Ella intentó responder, pero su respiración era tan rápida que ella no podía hablar. En lugar de eso hundió su rostro en sus manos.

Darcy puso su brazo alrededor de sus hombros y la guio a la sala de estar. "¿Qué es esto? No hay nada qué temer ahora. Estás a salvo. Ya acabó todo, y eres libre." Era mayormente verdad.

Lady Matlock dijo, "Ella está frenética por Elizabeth. El general nunca nos la mencionó, y nosotros pensamos que no era inteligente preguntar. ¿Ya ha sido sentenciada?" Ella dejó sin mencionar la segunda posibilidad.

"Todavía vive. Aunque fue encontrada culpable, decidieron mantenerla como rehén en lugar de ahorcarla."

Las cejas de Lady Matlock se dispararon hacia arriba. "¿En verdad? No había caído en cuenta de que tu influencia se extendía tan lejos, pero me alegro de ello."

Los hombros de Georgiana temblaban ahora, pero su respiración empezó a normalizarse.

Para darle tiempo de recuperarse, Darcy dijo, "Espero que hayan estado cómodas en Carlton House."

"Yo estaba bastante cómoda, pero fue difícil para Georgiana," dijo Lady Matlock. "Ella tenía que representar un papel todo el tiempo, y Carlton House en sí le trae recuerdos."

Por supuesto. Carlton House había sido la residencia de Prinny, así que Georgiana había nacido y había sido criada ahí. "Eso debió ser difícil. Me siento orgulloso de ti, querida, por mantener la compostura tan bien todos estos días."

Lady Matlock dijo con brusquedad, "Yo no estuve ociosa, tampoco. Debo hablar con Frederica, tengo bastante información que ella encontrará útil."

Él había temido esto. "Eso puede no ser posible. Ella y Kit se han ocultado, así que estás por tu cuenta. También, algo de lo que averiguaste es probable que sea falso. Demarais prueba a la gente de esa manera."

"Él no me dijo nada. Él conoce mis simpatías. Estas son cosas que escuché o que Madame Demarais dejó salir. Por ejemplo, ella dijo..."

"¡Détente!" Ordenó Darcy. "No más, te lo ruego."

Georgiana se congeló a medio sollozo.

Lady Matlock usó una bien educada mirada de leve sorpresa. "¿Cuál es el problema?"

Darcy la ignoró. "Georgiana, no has hecho nada malo. Estaba hablando con mi tía."

"Oh." La joven sacó un pañuelo y empezó a secarse los ojos, con los hombros hundidos.

"Pero esto es algo que debo decirles a ambas. No deseo saber nada sobre los Lealistas, incluyendo lo que estén haciendo Frederica y Kit, dónde lo estén haciendo o qué hayan descubierto o hecho por ellos. Quiero estar completamente ignorante de ello. La vida de Elizabeth depende de mi cooperación con los franceses. Necesito poder jurar que no sé nada de lo que ninguno de ustedes está haciendo."

Con una larga, seria mirada, Lady Matlock dijo, "¿Y qué hay de Georgiana? ¿Debe cambiar ese arreglo?"

"Por supuesto que no. Georgiana es mi hermana, y hare todo lo que esté en mi poder para mantenerla a salvo. Cualquier cambio en eso llamaría la atención." Viendo el rostro pálido de Georgiana, él agregó, "Además, la extrañaría demasiado. Ha estado demasiado callado aquí, así que me alegra que hayan vuelto."

La joven hizo un débil intento de sonreír. "Pero ¿Kit se ha ido?"

"Me temo que sí."

El rostro de ella se colapsó. Darcy debería haberlo esperado. Cuando recién había empezado a confiar en otros Kit y Elizabeth habían desaparecido. Esta vez el compartía su sentimiento de pérdida.

"¿UNA SILLA DE CONTRAMAESTRE?" Elizabeth hizo sombra sobre sus ojos para examinar la nave de guerra que se cernía sobre ella. "¿Cómo me ayudará una silla a subir a bordo?"

El marinero que había remado la lancha que la llevaba al barco dijo, "No es una verdadera silla, *Mademoiselle*. Es solo una tabla atada con cuerdas como un columpio. Usted se sienta en la tabla y la tripulación la izará."

Ella miró el artefacto dudosamente. "Muy bien. Espero que usted me sacará del rio si me caigo."

"Nadie se cae nunca. Solamente sujétese de las cuerdas a cada lado..." La voz de él se fue apagando cuando vio hacia abajo hacia sus manos amarradas. "No importa. Es muy segura."

Comparada con colgar de un cadalso, la silla del contramaestre era sin duda extremadamente segura. Y el barco no era más alto que los árboles a los que había trepado de niña, aunque sus manos no habían estado atadas entonces. Ella no les daría a los marineros franceses la satisfacción de ver su temor, así que se acomodó en el centro de la susodicha silla. "¿Bien?"

La tabla rebotó contra el costado del barco varias veces mientras ella era izada, luego dos marineros franceses la ayudaron sobre la baranda. Había cuerdas por doquier, corriendo del barco a los mástiles, y cañones sobre correderas. La cubierta se movió bajo sus pies. Estar a bordo de un navío de guerra era una nueva experiencia. Hoy esas habían sido abundantes.

Hubo un rápido intercambio en francés entre los marineros. Elizabeth captó el nombre del General Demarais, pero poco más. Había sido un día largo. Un día muy, muy largo. Pero estaba viva, que era más de lo que había soñado, y al aire libre por primera vez desde su arresto.

Ella siguió al joven teniente a lo largo de la cubierta hasta una escotilla. Cuatro damas elegantemente vestidas, cada una llevando un parasol, estaban de pie a una corta distancia, viéndose tan fuera de lugar en el barco como aves tropicales en una tormenta de invierno. Una de ellas señaló sus manos atadas y susurró a las demás, quienes soltaron risitas.

Elizabeth suponía que debía ser todo un espectáculo. ¿Quién podría esperar otra cosa después de dos semanas en prisión, usando el mismo vestido con el que la habían arrestado y sin tener nada más que sus dedos para peinar su cabello? Pero ella sonrió atrevidamente a las damas. No tenía nada de qué avergonzarse.

Unos escalones empinados llevaban abajo a otra cubierta con un techo bajo. Había varias puertas a cada lado de un corredor angosto. "Las cabinas de los oficiales, *Mademoiselle*. Se han arreglado para ser usadas por las damas. No es a lo que usted está acostumbrada, pero son lo mejor que tenemos." Él abrió una puerta lo suficientemente pequeña como para tener que agacharse para entrar. "Esta será su cabina."

Elizabeth se asomó dentro del pequeño espacio. Un par de literas cubrían una pared, con un pequeño guardarropa y un lavamanos contra la otra.

"Sus posesiones ya fueron traídas a bordo. Hortense, quien es la doncella para todas las damas aquí, ya las ha desempacado." Él hizo un gesto más allá de la cabina. "Más allá de esta mampara está un camarote para las damas. ¿Quiere que envíe por Hortense para que le ayude?"

"Gracias, eso sería encantador. ¿Es posible conseguir un aguamanil con agua? Agua fresca, quiero decir." Lavar la mugre de la prisión de sus manos y rostro sería un lujo increíble. "Oh, y si fuera tan amable..." Ella extendió sus manos atadas.

"Por supuesto, *Mademoiselle*." El produjo un cuchillo de su cinturón y aserró la cuerda hasta que ésta se partió. Y justo así, estaba libre. "Iré a buscar a Hortense."

Elizabeth masajeó sus muñecas donde las cuerdas habían rozado su piel. Lentamente se dio vuelta en su lugar, contemplando su nuevo entorno con el techo bajo y las paredes curvas. Hacía un mes lo hubiera encontrado confinado. Ahora el simple placer de poder caminar de una habitación a otra le parecía el epítome de la libertad. Una llamativamente bonita mujer joven con cabello rojo apareció por la puerta en la mampara. "¡Oh! Usted debe ser el nuevo huésped." Hizo una cara cuando dijo la última palabra. "Yo soy la Sra. Hayes. Estoy en la cabina junto a la suya."

"Me alegra conocerla. Espero que me dirá dónde encontrar todo y cómo funcionan las cosas aquí."

"¡Por supuesto! Estaré feliz de hacerlo." Su placer era obvio e inefectivo. "¿Qué le gustaría saber primero?"

"¿Podría usted mostrarme dónde está mi ropa? No puedo decirle cuanto ansío un vestido limpio. Y un cepillo... ¡he estado soñando con cepillos!" Al ver la mirada sorprendida de la mujer, Elizabeth dijo, "No siempre soy tan rara, se lo aseguro. Pero después de dos semanas en prisión, las cosas que una vez di por sentadas parecen un lujo."

"¿En prisión?" jadeó la Sra. Hayes. "¡Oh, no! ¿Cómo...? Pero supongo que no debo preguntar. Puedo decir por su acento que usted es una dama, así que no puedo imaginar cómo llegó a estar en prisión."

"No es un secreto. Fui arrestada por traición. Esta mañana fui sentenciada a ser ahorcada por el cuello hasta morir, luego me dijeron que en lugar de eso iba a venir aquí. Todavía no puedo terminar de creerlo." Elizabeth agachó la cabeza para entrar en la cabina.

"¿Traición? ¿Qué hizo?".

"Estaba ayudando a preparar copias de *El Lealista* para distribución." Súbitamente parecía más que ridículo, y ella empezó a reír descontroladamente. Luego, para su horror, su risa se convirtió en lágrimas. Ella se hundió en la litera y cubrió su rostro con sus manos.

"Lo lamento. No quise alterarla." La otra mujer presionó un pañuelo contra su mano. Era la tela más limpia que Elizabeth había tocado en días.

Tragándose las lágrimas, Elizabeth dijo, "Es tan extraño. He sido culpable de cosas que los franceses consideran crímenes terribles, ¡pero ellos iban a ahorcarme por doblar periódicos!"

La Sra. Hayes le dirigió una dudosa sonrisa. "¡Muy extraño en verdad! Pero venga, querida, encontremos para usted un vestido limpio que usar." Ella pasó apretadamente para abrir el pequeño guardarropa. "¿Le ayudo a quitarse su vestido?"

"Gracias. El teniente dijo que enviaría a una doncella, pero no puedo soportar la espera."

"No debe esperar. Hortense está mucho más interesada en coquetear con los marineros que en nosotras. Usted será afortunada si viene en menos de una hora."

"Entonces estoy doblemente agradecida," dijo Elizabeth con tristeza. Ella volvió su espalda para permitirle a la Sra. Hayes desabrochar los botones. "Y le aseguro que usualmente no soy una regadera."

Su nueva amiga le sonrió con indulgencia. "Si unas cuantas lágrimas es todo lo que sale después de dos semanas en prisión, ¡te considero en verdad muy calmada!"

"Eres muy amable." Era un enorme alivio poder hablar con una mujer comprensiva de su propia edad.

Titubeante, su nueva amiga dijo, "Pero si pudiera darte un consejo, yo no mencionaría lo que me acabas de decir a las demás damas a bordo del barco. Son muy propias y les encanta su propia importancia, y no es agradable encontrarse con falta de amabilidad en aquellos con los que debes pasar cada día."

"Me temo que ya tienen una mala impresión de mí. Me vieron con las manos atadas cuando llegué a bordo. Pero si piensan mal de mí por oponerme al dominio francés, no deseo tener su buena opinión."

La otra mujer bajó la mirada hacia las manos de Elizabeth. "¡Pobre de ti! Una vez que estés vestida, tengo una loción especial que te ayudará con tus muñecas. Y yo seré tu amiga de todos modos. Las demás no me aprueban. Yo era una actriz, sabes, antes de ser tan afortunada como para atrapar la atención de mi esposo."

"¡Una actriz! Espero que me cuentes sobre ello algún día. Sé que es una vida difícil, pero debe ser emocionante convertirte en alguien más cuando entras en escena."

"Es una sensación como ninguna otra. Pero, espera, todavía no se tu nombre."

"Soy la Señorita Gardiner, pero te ruego me llames Lizzy." Estaba cansada de responder a un nombre que no era el suyo.

"Y yo soy Molly. Puedo no ser muy propia, pero estoy encantada de tener una nueva amiga. Listo, ahora puedes quitarte el vestido. Ese fondo también debe irse." Ella desató el corsé y jaló el fondo por arriba de la cabeza de Elizabeth. "Aquí tienes uno limpio. ¿Qué vestido te gustaría? ¿Quizá el azul?"

"¡Cualquiera que esté limpio!" El nuevo fondo se sentía divino.

"Muy bien, el azul. ¿Se abrocha en la espalda? Sí, ya veo que sí." Molly sostuvo el vestido para que Elizabeth entrara en él. "Si no estás casada, ¿por quién estás siendo mantenida como rehén? El resto de nosotras es por nuestros maridos. "¿Es por tu padre?"

"Asumo que debe ser por el Sr. Darcy. Él es un amigo, y yo estoy bajo la tutela de su tía."

La otra mujer elevó las cejas. "Debe ser un muy buen amigo si cambia su comportamiento para mantenerte a salvo."

Elizabeth intentó deshacer el daño. "Su hermana está muy apegada a mí." No, eso solo sonaba tonto; su hermana hubiera sido una rehén más útil en ese caso. "Sí, es un buen amigo. Un muy buen amigo."

Molly le dirigió una sonrisa conocedora antes de volver su atención a los botones. "¿Quizá más que un amigo?"

"Quizá. Eso creo. Creí que estaba a punto de ofrecerme matrimonio. Ahora, de seguro, eso está fuera de consideración." Su voz tembló. ¡Cielos! ¿Iba a llorar por todo hoy?

"No quiero entrometerme," dijo la otra mujer con obvio desmayo. "Soy demasiado curiosa por mi propio bien, y no puedo resistir ver romance por todas partes. Prometo no decirle a nadie."

"No es tanto un secreto como algo que no me he permitido considerar. Lo extraño tanto, ¿sabe?"

"Oh, lo entiendo." Molly hizo una pausa. "Las otras damas aquí te dirán que tan solo me casé con mi esposo por su dinero, pero no es verdad. En verdad, hubiera estado dispuesta a casarme con un hombre por dinero, pero lo amo. Ellas no pueden entender cómo puedo amar a un hombre lo suficientemente mayor para ser mi padre, pero ningún hombre me trató jamás con tal ternura y respeto, y estaba lo suficientemente dedicado a mí como para ofrecerme matrimonio en lugar de *carte blanche*. Yo soy tan solo una joven pobre de los muelles que tuvo la fortuna de encontrar un puesto como actriz, pero él me trata como una reina. ¿Cómo podría no amarlo?"

"¡Ese es verdadero amor! Mi Sr. Darcy es joven y guapo, pero, como tú, eso no es lo que amo de él. Lo amo porque cuida tanto de todo, desde su hermano menor, que siempre intenta provocarlo, hasta de un cachorro que conoció por casualidad. Le importan hasta los franceses... bueno, unos cuantos, al menos."

"Me alegra que lo entiendas." Cuando la Sra. Hayes sonrió, su rostro se iluminó con extraordinario brillo. Ella debió haber sido una maravilla en escena.

"Pero su historia suena extraordinaria, casi como una novela. Espero que me cuente más sobre ella. Me encantan las historias. Cuando estaba en prisión, mantuve la cordura inventando historias. Quizá algún día las escriba." Elizabeth alisó su falda. ¡Ropa limpia al fin! Se sentó a quitarse las medias.

"Esta pudiera ser tu oportunidad. Hay poco que hacer aquí, así que tendrías mucho tiempo."

Hasta ahora, Elizabeth no había considerado su futuro a bordo del barco. Había sido suficiente simplemente estar viva y fuera de la prisión, pero tarde o temprano ella querría más. Si pudiera encontrar algo satisfactorio qué hacer, eso haría más fácil tolerar la monotonía. Georgiana estaba sin duda alterada por su ausencia; quizá podría escribir una fantástica aventura en la India para ellas dos, o cualquiera de las historias con las que se había distraído a sí misma durante años. Ella sonrió. "Quizá lo haga."

"¡Oh! No vi esto antes." Molly le alargó un sobre. "Estaba con tu ropa."

El sello estaba roto, pero la carta contenía dos hojas de papel escritas en la letra estrecha del Sr. Darcy. Ella contuvo la respiración, mitad ansiosa y mitad temerosa de leerlas. Madame Demarais claramente había creído que Darcy estaba sufriendo por su pérdida, y la conmutación de su sentencia era claramente para beneficio de él. Pero ella se había preguntado cuánta de su angustia era por ella y cuánta por Georgiana. Ahora podía averiguar la respuesta.

"Veo que esta es una carta especial, así que te dejaré sola para que la leas. Si deseas encontrarme después, estaré en nuestro camarote."

"Gracias por todo. Aprecio la bienvenida más de lo que puedo expresar." Pero sólo podía pensar en su carta.

Elizabeth cerró la puerta de la cabina detrás de Molly y abrió la carta con manos temblorosas.

Mi queridísima Elizabeth:

Como ves, estoy tomando permiso de tu carta para abordarte con igual intimidad. No tiene sentido protestar que tú solo me llamaste tu queridísimo William cuando asumiste que yo nunca tendría la oportunidad de contestar, ya que tengo la intención de aprovechar cualquier ventaja que pueda. Ya he guardado silencio demasiado tiempo. Me dicen que esta carta será abierta y leída antes de que llegue a ti. Alguna vez hubiera permitido que eso me limitara en lugar de permitir que otros ojos vieran mis tiernas palabras hacia ti, pero ya no más. En lo que a mí concierne, todo el mundo puede saber sobre mis sentimientos hacia ti, así que escribiré como si tus ojos fueran los únicos que la van a leer.

Hasta ayer recibí las noticias de que tu sentencia había sido cambiada. No hay palabras para expresar el alivio que he sentido. Espero que te estén tratando bien a bordo del barco. Si hay cualquier comodidad que desees, ya sea un libro en particular, alguna comida favorita o alguna prenda de vestir, sería mi gran privilegio enviártelo. Ya he elegido varios libros para ti, y Georgiana está teniendo gran cuidado al elegir la ropa que te enviaremos para que incluya tus favoritos ya que ella ansía poder ayudar. Georgiana te extraña casi tanto como yo. Ella volvió a casa ayer de una estancia extendida en Carlton House bajo la supervisión del General Demarais. Tú estás muy consciente de con cuanta facilidad ella se confunde, y no te sorprenderá saber que el cambio fue una gran conmoción para ella, aun cuando mi tía la acompañó durante su estancia. Ella también extraña a Kit ya que él ha ido a quedarse con unos amigos por un tiempo.

Puck también te extraña. Él ha sido mi casi compañero constante desde tu arresto, ya que he pasado casi todo el tiempo en casa, las circunstancias haciendo que mi disposición sea más antisocial que lo normal. Pero me alegra tener a Puck ya que él me recuerda nuestro primer encuentro. Él se está asentando aquí y hasta obedece mis órdenes la mayor parte del tiempo. Está bien, las obedece algunas veces. He descubierto durante nuestras caminatas por el parque que es peligroso permitirle acercarse a donde pueda olfatear un pato. Los patos parecen ser irresistibles para él, y cuando arranca tras uno, su habilidad de escuchar desaparece por completo. Por fortuna para los patos, él solamente quiere demostrar su habilidad, liberándolos después de atraparlos, así que el parque no se ha visto completamente despojado de patos.

Notarás que he dicho poco de cuánto te extraño. Tampoco tengo palabras para ello, y si intentara expresarlo, tú rápidamente llegarías a la conclusión de que estoy en una situación desesperada sin ti... y estarías en lo correcto. Durante el día puedo parecer en un estado de ánimo aceptable, pero extraño la música de tu risa, el estoque de tu ingenio, y la alegría y ligereza que trajiste a esta casa con tu presencia. Ninguna de estas cosas es nada comparado a lo que tú has sufrido, pero te aseguro que viene del corazón. Hay muchas más cosas que quisiera decirte, y lo haré cuando me permitan visitarte.

Quedo, como siempre, tu adorador súbdito,

Theophilus Thistle

Elizabeth presionó la carta contra su corazón.

PUCK HABÍA ENCONTRADO algo en las riberas del Támesis... un harapo atrapado en un palo, al parecer. Como siempre, el río estaba lleno de escombros y basura, con un olor pestilente elevándose de sus aguas.

Nada de eso molestaba a Darcy. Sus ojos estaban fijos a medio camino a través del rio donde el *Neptune* y el *Aquille* estaban anclados, con sus hileras de cañones apuntados directamente hacia Londres. Tan solo una salva de esas armas reduciría mucho de la ciudad a escombros. A través de la grisácea neblina, Darcy apenas podía distinguir las letras doradas en la proa, pero aun si entrecerraba los ojos no podía distinguir los detalles de las figuras individuales en la cubierta. ¡Maldita niebla!

Aun si no podía verla, Elizabeth estaba cerca, viva y bien. Eso tendría que ser suficiente.

Puck trotó hacia él, con el palo orgullosamente sostenido en su hocico. Darcy le acarició las orejas. El cachorro se echó a su lado y mordisqueó el palo con energía.

"¿Son tus ojos lo suficientemente buenos para verla?" Le preguntó Darcy al perro. "Quizá la próxima vez deba traer los binoculares."

Puck respondió con un quejido. Aún el cachorro podía sentir su humor.

"No podría estar más de acuerdo," dijo Darcy pesadamente.

"BIENVENIDOS A BORDO, caballeros," dijo el teniente naval con un fuerte acento francés. "Las damas están en el alcázar. Les ruego me permitan guiarlos hacia ellas."

"Gracias." Darcy no quería más que apresurarse al lado de Elizabeth, pero se volvió hacia el hombre sobriamente vestido detrás de él. "Quizá pudiera usted quedarse aquí hasta que haya hablado con la dama."

"Por supuesto," dijo el magistrado.

Darcy siguió al teniente a través de la impecable cubierta del *Neptune*. Todo en el barco estaba limpio y brillante, desde los mástiles hasta los barandales. La tripulación debía tener muchísimo tiempo para limpiar, ya que la única otra cosa que tenían que hacer era estar preparados para arrasar Londres en una descarga de fuego de cañón. Los cañones también se veían inmaculados. Darcy pasó la vista por el alcázar mientras se aproximaban, su pulso acelerándose. Dos damas que portaban parasoles los observaban acercarse, pero aún desde esa distancia él podía distinguir que ninguna era Elizabeth. Finalmente, mientras subía unos escalones hacia el elevado alcázar, la distinguió. Ella estaba de pie al lado de una dama pelirroja, con la espalda hacia ellos mientras miraban por encima de la popa.

Al sonido de sus pasos, ella se volvió, su guardada expresión floreciendo en una de profundo deleite. Ella se apresuró hacia él, con las manos extendidas, pero cuando el teniente se aclaró la garganta, se resbaló hasta detenerse a unos cuantos pies de él. Ella extendió las manos hacia el teniente, con las palmas hacia arriba.

El teniente asintió. "Sr. Darcy, necesitaré ver sus manos, también. Es el protocolo."

"Debemos mostrar que nuestras manos están vacías," dijo Elizabeth. "Ellos no quieren que yo le pase nada a usted, o viceversa."

El teniente agregó, "Aparte de tocarse las manos, deben mantenerse alejados el largo de una mano, y no susurrar."

Darcy frunció el ceño. "Ya me registraron en tierra, así que no necesita preocuparse."

El teniente se encogió d hombros. "Los registraron a todos, pero las reglas siguen siendo aplicables."

Entonces Elizabeth tomó sus manos, y Darcy perdió cualquier interés en el teniente y sus ridículas reglas. Todo lo que importaba era el brillo en los ojos de ella y la sonrisa que curvaba sus tentadores labios. La alegría se elevó en su interior, una flama que solo ardía en presencia de ella. No importaban las circunstancias. Estaba con Elizabeth.

Él ni siquiera le había hecho una reverencia. Mientras miraba sus hechiceros ojos, él dijo lo primero que se le ocurrió. "Saludos, orgullosa Titania."

Los labios de ella se movieron divertidos. "Theophilus Thistle, le doy la bienvenida a mi nuevo reino."

"Puck te extraña. Como lo hago yo."

Ella apretó las manos de él. "¿Todavía está contigo?"

"Sí. Él me trae recuerdos de ti. Está dentro de la casa conmigo la mayor parte del tiempo."

"Y se come tu comida, ¡si hemos de creerle a Madame Demarais! Y ¿estás bien? ¿Y tu familia?"

Darcy asintió. "Todos gozamos de buena salud. Georgiana quería venir conmigo hoy, pero pensé que todos los uniformes la alterarían." Y lo último que él quería era a Georgiana a bordo de una nave de guerra francesa.

"Te ruego le digas que mis pensamientos la acompañan." Elizabeth aflojó su apretón sobre las manos de él. "Ven, sentémonos en esa banca cerca del barandal. Quiero saber todo lo que ha ocurrido."

"Muy bien." Pero Darcy solo liberó una de las manos de ella. No le importaba cuán impropio se viera. El tocarla era una tabla de salvación para él. "¿Te dijeron ellos que vendría hoy?"

"No, ¡pero me alegra tanto!" Los ojos de ella examinaron el rostro de él. "Has perdido peso. Madame Demarais estaba en lo cierto."

"Un poco. Pero estoy comiendo más, aunque no sea más que porque el General Demarais dijo que no se me permitiría visitarte si no lo hacía."

Elizabeth bajó la voz. "¿Asumo que él fue responsable por el cambio en mi sentencia?"

"Sí. Pero no sé qué sucedió entre tu arresto y tu liberación, y te ruego que me lo digas para que pueda dejar de imaginarme cada posible horror que pudiera haber ocurrido." El contuvo la respiración. Sucedían cosas terribles en las prisiones de Londres.

Los ojos de ella se nublaron como si le doliera algo. "Debí haber sabido que te preocuparías. ¿Asumo que Georgiana te contó sobre el arresto? Después de que el General Demarais se la llevó, al resto de nosotros nos pusieron en una celda en Newgate. Son tan repugnantes como todo el mundo dice que son, pero yo estaba demasiado ocupada cuidando a Andrew para que me importara." Su expresión se hizo sombría. "Él tomó arsénico tan pronto como vio que íbamos a ser arrestados. Dijo que él era un terrible cobarde cuando se trataba de dolor, y que sabía demasiados secretos. Fue muy valiente, y parecía estar en paz con su decisión, pero sufrió mucho."

Darcy no pudo hacer más que presionar la mano de ella. "Lo lamento." Y Kit traía arsénico, también.

Elizabeth respiró hondo. "El General Demarais vino entonces a entrevistarme, me temo que le dije muchas cosas desagradables, incluyendo que te había engañado."

"Me dijo. Yo sabía por qué debías haberlo dicho."

"Después me pusieron en una celda más limpia a mí sola. Dijeron que era por órdenes del General Demarais. Habiendo terminado de confesar mi traición mil veces, agradecí la consideración. Después de eso fue solamente aburrido por días hasta que fui al tribunal a que me sentenciaran. Estaba esperando mi turno en el cadalso cuando el Coronel Hulot me sacó de ahí y me trajo para acá." Ella se estremeció.

"Tu tratamiento aquí... ¿cómo es?" Él tenía que saber todo lo que ella había sufrido.

"Nos tratan bien. Podemos caminar por el alcázar cuando lo permite el clima. Eso me permite hacer algo de ejercicio, aun cuando los días se han vuelto más fríos. Una de las otras damas se ha vuelto una buena amiga... aquella de allá, la bonita con cabello rojo. Ella es la esposa de..."

"Sin nombres," dijo el teniente bruscamente.

Elizabeth suspiró. "En cualquier caso, me cae muy bien. Y dos de las otras damas fueron sacadas del barco hace unos cuantos días, y eso me dio esperanza de que algún día pudiera ser mi turno."

"¿De verdad?" Eran las mejores noticias que él había escuchado en años.

"De verdad, aunque no sé por qué fueron liberadas. Y gracias por enviarme libros; he disfrutado leyéndolos."

Un alférez se acercó a ellos e hizo una reverencia. "El magistrado desea saber si va a requerir sus servicios."

Elizabeth vio asombrada. "¿Trajiste a un magistrado?"

"Necesitaré antes unos minutos," le dijo Darcy al alférez, súbitamente ansioso. Él volvió su cuerpo para estar de frente a Elizabeth, acunando su mano entre las dos de él. Por un momento él estudió sus manos entrelazadas, luego la miró. ¿Estaría ella infeliz acerca de su presunción? "Esto puede parecer muy súbito, pero no sé cuándo me permitirán visitarte de nuevo. Quisiera casarme contigo. Ahora. Hoy."

Los labios de ella se separaron y ella estudió el rostro de él. "¿Ahora? ¿No preferirías a una esposa que sea libre para vivir contigo?"

Él tocó los labios de ella con la punta de un dedo, un placer robado. Enronqueciendo la voz, él dijo, "Si eres mi esposa, te hace un rehén más valioso y anima a los franceses a mantenerte con vida. Por el momento, su creencia de que eres importante para mí descansa solamente en la palabra de Demarais, y si cualquiera pensara que yo he perdido interés en ti... ni siquiera quiero pensar en ello. Y..."

"¿Y?" hizo eco ella.

Él apretó su agarre sobre la mano de ella. ¡Si tan solo pudiera tomarla en sus brazos! Pero tenía que convencerla con sus palabras y nada más, y las palabras bonitas nunca le habían salido fácilmente. "No importa que no pueda vivir contigo ya que nunca me casaré con otra mujer mientras vivas, ni siquiera después. Desde la primera vez que te vi en tu trono de campanillas, has sido la única mujer para mí. Si nunca te viera de nuevo, eso no cambiaría. Al darte mi nombre, puedo darte más seguridad, pero también me dará felicidad y paz saber que eres mi esposa. Mi queridísima Elizabeth, te ruego que me concedas el privilegio de ser tu esposo."

Los ojos de ella estaban sospechosamente brillantes, pero ella no se veía infeliz. "Escasamente sé qué decir. Si estás seguro de que esto es lo que deseas y que es lo mejor, no deseo desperdiciar nada de nuestro precioso tiempo juntos discutiendo las ventajas y desventajas. Aceptaré tu palabra. No entiendo cómo lo has arreglado, pero mi corazón ha sido tuyo desde hace meses, y ahora puedes tener mi mano." Ella elevó sus manos unidas, sonriendo trémulamente.

La alegría se extendió dentro de él hasta que podía sentirla hasta en la piel "Gracias," dijo él suavemente, presionando sus labios contra el reverso de la mano de ella. "Debe ser una ceremonia civil, de acuerdo con la ley francesa, pero espero que algún día podamos celebrarla en la iglesia, a la manera inglesa." Hizo una señal al alférez de que trajera al magistrado.

Ella apretó las manos de él. "Francesa o inglesa, no importa. Lo único que importa es que tú deseas casarte conmigo."

Hubo un tipo de conmoción en la cubierta principal, pero a Darcy no le importó, no cuando podía contemplar los bellos ojos de Elizabeth.

"¡*Mon Dieu*!" dijo el teniente poniéndose en actitud de atención.

Elizabeth parecía igualmente ajena. "¿Sabe tu familia que planeabas esto?"

"Mi tía. Ella firmó los papeles a tu nombre, ahora que Demarais la hizo tu guardiana legal. También le dije a nuestro amigo, el Sr. Gracechurch." Él formó las palabras "tu tío" en silencio con los labios. "Y Demarais sabe ya que necesitaba su permiso para traer al magistrado. Creí más seguro no decirle nada a Georgiana, especialmente porque no sabía si tú estarías de acuerdo."

"Y si le hubieras dicho, hubiera deseado asistir. Espero que no haya tomado mi ausencia demasiado mal."

"No peor de lo que lo he hecho yo, mi amor." ¡Qué liberador era decir las palabras!

Elizabeth parpadeó rápidamente. "¡Te he extrañado tanto! En mi celda, pasaba horas pensando en todas las cosas que deseaba haberte dicho cuando tuve la oportunidad. Mi orgullo parecía algo tan tonto viendo atrás." Ella se enderezó de súbito, viendo más allá de él. "¿Estabas esperando compañía?"

Darcy siguió la mirada de ella y se rio. Nada podía alterarlo ahora, no ahora, ni siquiera uno de los pequeños trucos de Demarais. Porque había un grupo de tres personas ahí: el mismo Demarais, su esposa y un hombre mayor que le parecía vagamente familiar. "Para nada. No me di cuenta de que estaríamos formando un grupo para esto," le dijo él a Elizabeth.

Madame Demarais se aproximó a ellos, su esposo se quedó unos pasos atrás. "Señorita Gardiner, espero que perdonará esta terrible presunción.

No puedo imaginar que tenga usted sentimientos de aprecio hacia mi esposo, pero nuestros hijos no vivieron lo suficiente para casarse, y significaría mucho para nosotros si usted nos permitiera estar presentes hoy para la boda de Darcy. Por supuesto, si usted tiene objeción, respetaremos su decisión. Es su boda, después de todo."

Elizabeth sacudió su cabeza. "Son bienvenidos a unirse a nosotros." La voz le temblaba.

"Se lo agradezco," dijo Demarais. "Me he tomado la libertad de traer al Lord Alcalde, Sir Matthew Hayes, para que celebre la ceremonia en lugar del hombre que trajo usted. Usualmente él delega el deber a sus magistrados, pero creí que él estaría dispuesto a hacer una excepción en esta ocasión."

Madame Demarais agregó, "Y porque eres un viejo romántico."

¿Qué importaba quién los casara mientras estuvieran casados? Pero si Demarais deseaba que los casara Sir Matthew, Darcy no tenía objeción. "Sir Matthew, me siento honrado."

La amiga de Elizabeth, aquella cuyo nombre no le estaba permitido saber, dio varios pasos vacilantes hacia adelante, su mirada no en Demarais, sino en Sir Matthew. Súbitamente Darcy se dio cuenta dónde la había visto antes: en Drury Lane. Había sido un gran escándalo cuando el Lord Alcalde se había enamorado perdidamente de una bella actriz y se había casado con ella a pesar de su pasado. Entonces, después de menos de un año, él había empezado a asistir a eventos sin ella. Los chismosos susurraban que ella debía haber huido con un guapo lacayo. Aparentemente se habían equivocado.

Sir Matthew, evidentemente experimentado con el proceso, mostró sus manos vacías al teniente antes de acercarse a su esposa.

Sí, Demarais era definitivamente un viejo romántico. Y Darcy deseaba que todos se fueran para poder estar solo con Elizabeth.

Capítulo 17

Elizabeth descansó sus dedos sobre el papel que acababa de firmar. Elizabeth Darcy. Ese era ahora su nombre. Darcy... ¡su esposo!... deslizó su brazo alrededor de su cintura. "¿Cuánto tiempo queda antes de que deba irme?" le preguntó él al teniente.

"Diez minutos. Y solamente pueden tomarse de la mano, nada de eso." El teniente hizo un gesto hacia el brazo de Darcy.

¿Solo diez minutos y luego otras dos semanas antes de que ella pudiera verlo de nuevo? El pensarlo hizo que a Elizabeth le doliera la garganta.

"¡Vamos, son recién casados!" le reprendió el General Demarais. "Es una ocasión especial."

"Las reglas no tienen excepciones, señor," dijo el teniente rígidamente

Las cejas de Demarais se elevaron. "¿De verdad? ¿Y quién hizo esas reglas?"

"Monsieur Lamarque, señor."

Darcy una vez más la tomó de la mano, pero aprovechó completamente la distracción del teniente para rozar sus labios en la parte interna de la muñeca de ella.

Un placentero hormigueo subió por el brazo de ella. "Todavía no puedo creer que verdaderamente estamos casados," murmuró Elizabeth.

"Indeleblemente, mi queridísima, hermosísima Elizabeth. Hasta que la muerte nos separe." Él la observó intensamente.

"Es tan solo una sorpresa. Tú has tenido tiempo de acostumbrarte a la idea de nuestro matrimonio." La lengua de ella se sintió extrañamente torpe cuando dijo las palabras.

"Tú tendrás muchos años para acostumbrarte a eso." Darcy trazó con su dedo las líneas de la palma de ella. Aparentemente si todo lo que tenía permitido hacer era sostener la mano de ella, él tenía la intención de aprovechar al máximo.

El General Demarais le preguntó al teniente. "¿Quién está al mando de este navío?"

El pobre joven parecía querer hundirse a través de la cubierta. "El Capitán Rigaud, señor."

"Y creo que el Capitán Rigaud y el *Neptune* han sido puestos bajo mis órdenes. ¿No es así?"

"Sí, señor. Exactamente así."

Demarais asintió. "¿Está Monsieur Lamarque en su cadena de mando?"

"No, señor," chilló en teniente.

"Entonces ¿por qué insiste usted en seguir sus órdenes sobre las mías?" Demarais sonaba como si esto no fuera más que una discusión de sobremesa. "¿Puede hablar con libertad, Teniente."

El muchacho se humedeció los labios con la lengua. "Monsieur Lamarque, él es... atemorizante."

"¡Ah! Ahora llegamos al punto. ¿Lo amenazó?"

El teniente miró a sus pies y no dijo nada.

"¡Por supuesto que lo hizo!" dijo Demarais genialmente. "Lamarque es constitucionalmente incapaz de dar una orden sin hacer una amenaza. Sin embargo, él está consciente de que no puede tocar a ningún hombre bajo mis órdenes. ¿Entiende?"

"Sí, señor."

"Bien. Consideremos por qué mantenemos a estas damas como nuestras huéspedes. Es porque deseamos que sus esposos colaboren con nosotros, ¿sí? Todas estas ridículas reglas de Lamarque... no abrazos, no besos, ningún momento juntos a solas... ¿supone usted que estas reglas harían que sus esposos estuvieran más dispuestos a colaborar con nosotros?"

"N... No, señor."

"Correcto. Nosotros deseamos hacerlos felices. Ellos deben ser tratados como honrados huéspedes. Mientras no ponga en peligro el barco o interfieran demasiado con sus operaciones, no hay razón para negar sus solicitudes."

Elizabeth le susurró a Darcy, "¿Da él siempre órdenes en forma de lecciones?"

"Siempre que puede. Dice que los hombres obedecen mejor las órdenes que entienden, pero creo que él simplemente lo disfruta."

"El pobre muchacho va a tener pesadillas esta noche."

Darcy subrepticiamente mordisqueó la oreja de ella. "Si me permite más tiempo contigo, bien valdrá la pena."

Demarais continuó. "Ahora que hemos determinado que no hay razón para que nuestros huéspedes deban ser supervisados cada minuto, quizá usted y yo podamos continuar esta discusión en la cubierta." Él salió del camarote seguido por el teniente.

Molly se apresuró a través de la habitación y cerró la puerta. Los ojos de ella bailaban traviesos cuando anunció. "Tengo una idea. Creo que todos debemos cerrar los ojos y mantenerlos cerrados."

El rostro de Darcy casi se partió con el ancho de su sonrisa. "Sra. Hayes, esa es una idea realmente inspirada, y tengo la intención de ponerla en práctica de inmediato. Y si se me olvidara y abriera mis ojos por un momento, estoy seguro de que estaría ciego a todo excepto mi encantadora esposa." Él cerró ostentosamente los ojos.

"Eso, eso," murmuró el alcalde apreciativamente.

"Yo supongo que prometí obedecer," dijo Elizabeth maliciosamente mientras cerraba los ojos.

Una tibia mano acunó tiernamente su mejilla, elevando su rostro. Los labios de ella empezaron a hormiguear aún antes de sentir la presión de los de él contra ellos.

El masculino aroma a especias y pino de Darcy flotó hacia ella, llevándola de regreso al recuerdo de sus intoxicantes besos el día que habían caminado en el parque. Una vez más la lengua de él separó los labios de ella. Una descarga de necesidad pura hizo retroceder al mundo, todo menos la suave presión y sabor de él, dejándola ansiando más.

Las manos de ella subieron alrededor del cuello de él mientras él empezó a explorar la boca de ella, probando y atormentándola con cada vez más ardor hasta que ella no pudo contener su propia respuesta. Cada entrada agregaba al dolor que crecía dentro de ella, y ella apretaba su cuerpo contra el de él como si eso de alguna manera lo aliviara.

Ahora el brazo de él estaba alrededor de ella, la mano de él explorando su espalda antes de establecerse seductoramente en su cuello. La explosión de sensación mientras los dedos de él acariciaban su piel expuesta la hizo jadear.

Con un bajo gruñido de satisfacción, Darcy la llevó a su regazo. La nueva presión de sus fuertes muslos contra los de ella la hizo estremecerse con necesidad y ansia.

Ahora los labios de él trazaban las líneas de la mandíbula de ella, mordisqueando el lóbulo de su oreja, rozando el cuello de ella hasta asentarse en el tierno punto entre sus clavículas. ¡Oh, esto era un verdadero tormento! Exquisito, agonizante tormento, y ella esperaba que nunca se detuviera. Su cabeza cayó hacia atrás, dándole a él la libertad para mordisquear, para probar, para torturarla con abrumador deseo.

Un estruendo la arrastró de regreso a la realidad. No, no era un trueno, solo un estruendo golpeando la puerta. Ella se levantó apresuradamente del regazo de Darcy y puso sus manos sobre sus ardientes mejillas. ¿Cómo se vería?

Darcy, con los ojos obscuros de deseo, metió un rizo suelto de su cabello detrás de su oreja. Después de un rápido último beso, caminó hacia la puerta y la abrió para revelar a Demarais. "Pero, General," dijo Darcy arrastrando las palabras. "Debió tocar con más fuerza. Apenas pudimos oírlo."

Demarais palmeó a Darcy en el hombro. "¡Estoy seguro de que no lo hicieron! Ahora, caballeros, ¿podría solicitar unos momentos de su tiempo?"

"Por supuesto." Con una pesarosa mirada hacia Elizabeth, Darcy siguió a Demarais y al esposo de Molly.

"Bueno, eso fue un placer inesperado, aunque más corto de lo que yo preferiría." Molly se dejó caer enseguida de ella. El cuello de su vestido de alguna manera se había deslizado por completo de su hombro, y un lado de su cabello se había soltado.

¡Y pensar que a ella le había preocupado su propia apariencia! Cerrando firmemente su mente a lo que Molly y su esposo pudieran haber estado haciendo, Elizabeth enderezó el vestido de su amiga. "Voltéate para ver si puedo salvar algo de tu cabello."

Molly obedeció. "¿Qué supones que el general les está diciendo? Espero que no estén en problemas."

Elizabeth sacó los pocos pasadores que quedaban en el cabello de Molly. "Lo dudo. El General Demarais parece disfrutar dar sorpresas placenteras. Al menos lo hace con Darcy, pero debe ser más general que eso o no se habría molestado en traer a tu esposo hoy. No puedo ver que él se beneficie de otra manera."

"Yo ciertamente lo hice," dijo Molly con un suspiro. "Pensé que no le permitirían visitar por otra semana. ¡Y ahora tú estás casada, también! Es una pena que no puedas consumarlo, pero al menos tendrás algo si continúan permitiendo toda esta privacidad."

"Sí." El cuerpo todavía le dolía del deseo, pero no hubiera renunciado a esos cuantos minutos en sus brazos por nada.

Apenas se las había arreglado para dejar el cabello de Molly remotamente presentable cuando los caballeros regresaron. Sus esposos. La vista de Darcy hacía que los fuegos en su interior quemaran más.

Aparentemente no habían sido malas noticias, porque el mayor se veía radiante y Darcy... bueno, él no se veía precisamente radiante. Se veía mucho más como un tigre hambriento al que le habían prometido una particularmente sabrosa gacela para cenar. Elizabeth sonrió. Quizá debería escribir a Darcy como un tigre en una de sus tontas historias para Georgiana.

El esposo de Molly susurró algo en el oído de ella y eso la hizo dar un poco refinado grito de alegría y lanzar sus brazos alrededor del cuello de él.

Elizabeth se volvió con las cejas levantadas hacia Darcy. "¿Ha sucedido algo?"

Viéndose súbitamente tímido, él acunó la mano de ella en las dos de él. "Demarais ha ordenado un cambio en las reglas para visitarte. Ahora puedo venir una vez a la semana en lugar de una vez cada dos semanas, y en lugar de estar limitado a una hora, yo puedo..." Él hizo una pausa y sus mejillas enrojecieron. "Puedo quedarme hasta la siguiente mañana. Si tú estás de acuerdo, por supuesto. Sé que no es lo que tú esperabas cuando estuviste de acuerdo en casarte conmigo hoy, y no hay razón..."

Quizá Molly tenía la idea correcta. Elizabeth cortó la corriente de palabras de Darcy de la forma más eficiente posible.

"LA PROPIEDAD ESTÁ BIEN para los amantes que tienen la libertad de pasar cada noche juntos, pero no me importa desperdiciar mis cuantas preciosas horas con mi querido esposo siguiendo tontas reglas de propiedad," declaró la Sra. Hayes a los dos caballeros a la hora de la cena. "En lugar de eso propongo que cenemos en una taberna tipo Shakespeare."

"¿Una taberna tipo Shakespeare?" preguntó Darcy de manera inexpresiva. Ya era bastante raro compartir el camarote con la otra pareja, pero Demarais había dejado en claro que no se iban a retirar hasta que cambiara la guardia a las ocho campanas, ya que de otra forma los marineros estarían demasiado interesados en lo que sucedía detrás de las puertas cerradas. Las otras rehenes ya habían comido en lo que fue misteriosamente llamado la guardia del primer perro. Los barcos parecían tener un leguaje propio. Pero ¿cómo entraba en eso una taberna?

"Sí. Imagínese, si puede, que Sir John Falstaff está sentado por allá, con una regordeta cantinera en la rodilla, soportando burlas sobre sus exageraciones del Príncipe Hal. En la otra esquina unos tipos con cara de bellacos están cantando una ebria canción. Ahora sería totalmente adecuado si yo me siento en la rodilla de mi esposo y beso su mejilla." Ella unió las acciones a las palabras. El brazo de su esposo se deslizó alrededor de la cintura de ella mientras le devolvía el beso... en la boca.

Los labios de Darcy se arquearon. "Puedo ver el atractivo, pero no sé si Elizabeth..."

"Lizzy cree que es una excelente idea, como verá si se da la vuelta." Molly hizo un gesto hacia la puerta.

Se quedó con la boca abierta. La línea del cuello en el vestido de Elizabeth no había estado tan abajo antes, ¿o sí? Y su cabello definitivamente no había estado peinado de manera tan seductora, con un largo rizo de cabello castaño cayendo suelto sobre sus hombros, tentándolo a correr sus dedos a través de él. Y el arqueado gesto de los labios de ella envió un choque de deseo directo a su entrepierna.

"Muy atractiva, Sra. Darcy." Él permitió que su voz cayera en las últimas palabras.

La sonrisa de ella se hizo más amplia. "Espero que no te importe una escena de taberna. Pudo haber sido peor. Molly pudo haber insistido en las brujas en *Macbeth* en lugar de mozas de taberna."

"Estoy perfectamente feliz con esta elección." Feliz, sorprendido, asombrado, encantado y muy, muy desesperado por tocarla. ¿Qué tan lejos permitiría ella que llegara esto? El palmeó su rodilla invitadoramente.

Para su total deleite. Ella se sentó en ella y puso su brazo alrededor del cuello de él. Ella podía no estar tan relajada como su amiga parecía estar, pero sus ojos estaban iluminados de placer. Era totalmente inevitable que él tuviera que presionar sus labios contra el exquisito cuello de ella.

"¿Bien?" preguntó Molly.

"Muy bien en verdad," dijo Darcy. "Parece que usted tiene muchas ideas excelentes." Cualquier idea que le permitiera tocar a Elizabeth calificaba como brillante en su mente.

Sir Matthew rio por lo bajo. "Realmente lo hace."

"Usted me asombra, Sir Matthew," dijo Darcy. "Estaba bajo la impresión de que usted era un pedante con cara de póker y muy purista." De alguna manera el insulto parecía completamente benigno en este marco.

"Solamente en público," dijo Sir Matthew austeramente. "Y antes de conocer a una mujer que me enseñó a tomar placer en vida. Pero si usted alguna vez mencionara algo de esto, yo negaría cada palabra. Y yo estaba bajo la impresión de que usted era un simpatizante francés."

"Como usted, solamente en público. Ayuda a proteger a mis muchos parientes Lealistas, Pero entonces los franceses arrestaron a la mujer que me enseñó sobre la felicidad." Él presionó sus labios contra los de Elizabeth. ¡Oh, cuánto placer!

"Él es ambos," dijo Elizabeth en una inusitadamente seria voz. "Un Lealista de corazón, pero un simpatizante de todos, franceses o ingleses. Hasta que aprendí eso, creí que era un traidor. Aún después de conocer sus simpatías, no podía entenderlo hasta que estuve aquí en el *Neptune*. Él tiene la habilidad de ver a su enemigo y no ver a un monstruo, sino a un ser humano como él. Estoy intentando aprender algo de su filosofía."

Las cejas de Sir Matthew se elevaron. "En verdad. Y en honor de simpatizar con nuestros enemigos, propongo un brindis que me sorprende aún a mí." Él levantó su vaso de vino. "Al General Demarais, que gobierne por largo tiempo... ¡sobre el *Neptune*!"

Por alguna razón eso pareció tremendamente divertido. Después de que hubieron bebido, Darcy agregó, "Y a sus opiniones sobre cómo mantenernos colaborando."

"Especialmente esas," dijo Molly enfáticamente.

Darcy jaló a Elizabeth aún más cerca mientras bebía. Le dio una vista de lo más atractiva, pero más importante, la llevó más cerca de su corazón.

Sir Matthew bajó su vaso de vino. "Hablando de falsas impresiones, Darcy, ¿se ofendería si le ofreciera algún consejo no solicitado sobre tener a una esposa a bordo del *Neptune*?"

"Para nada." Quizá pudiera averiguar maneras de arreglar una mayor comunicación.

"Asumiendo que todavía no lo haya hecho, le aconsejaría que retrase anunciar su matrimonio. Manténgalo en secreto por ahora."

Darcy se puso rígido. "¿Y eso por qué?"

Sir Matthew hizo un gesto amargo. "Porque de otra manera cada vieja charlatana de sociedad lo visitará, preguntando solícitamente cuando puede conocer a su encantadora esposa, y como tenemos prohibido decirle a nadie dónde están nuestras esposas, usted no tendrá respuesta. Entonces ellas harán sus propias respuestas, y no serán agradables. Usted será el sujeto de las columnas de chismes, y todos pensarán lo peor de su esposa. El secreto protegerá el buen nombre de ella tanto como el suyo."

Darcy miró a Elizabeth. Al verla asentir lentamente, él dijo. "Ese es un buen consejo. Se lo agradezco."

Molly se estiró lánguidamente. "Ha sido bastante desagradable para mi esposo, pero es menos un problema para mí ya que no tengo reputación que pueda ser dañada si todo el mundo piensa que hui con un lacayo. Debes tener cuidado, Lizzy."

Elizabeth se rio. "Si alguna vez soy tan afortunada como para dejar este barco, le diré a los chismosos que pasé mi tiempo actuando escenas de Shakespeare, escribiendo historias geniales, y pretendiendo ser una moza de taberna."

Su cena llegó entonces y Elizabeth se movió para sentarse a su lado. Pero era aún un deleite poder rozar su mejilla o besarla cuando quiera que quería. El vino fluyó libremente, añadiéndose al tibio ambiente.

¡Qué raro era que él pudiera estar tanto anticipando ansiosamente su noche de bodas, y aun así sintiéndose más relajado y contento de lo que recordaba sentirse en años! La presencia de Elizabeth contaba mucho para ello, por supuesto, pero había algo más. No eran los cuentos de Molly de sus días en escena, ni siquiera el ocasional monólogo de Shakespeare que ella representaba para placer de todos, ni era el obvio orgullo del Sir Matthew en su esposa ni las taimadas puyas acerca de los señores franceses. Ni siquiera era la fácil risa de Elizabeth mientras bromeaba con él sobre el enfurruñado resentimiento de Kit hasta que se encontró a sí mismo contando historias sobre sus pleitos con Kit, presentados como historias divertidas sobre tratar con un rebelde hermano menor. Aún se burló de sí mismo relatando cómo había intentado tratar con el primer episodio de nervios de Georgiana, corriendo frenético por todos lados intentando un remedio tras otro hasta que por fin se le ocurrió simplemente hablar con ella. Todos los demás habían reído, como amigos.

¡Eso era! Estaba entre amigos y no representando un papel. Compartir la experiencia de la situación de rehenes había creado un lazo, y las payasadas de Molly habían eliminado la acostumbrada reserva de las reuniones con extraños. Él podía tan solo ser él mismo, con un secreto hecho a un lado, sin un falso rostro, ni un requerimiento de mantener una conexión positiva como era con Demarais.

Esto era lo que había esperado experimentar en Netherfield con Bingley, pero mientras que Bingley lo aceptaba con facilidad, Darcy aún tenía que representar el papel de simpatizante francés, y había estado demasiado metido en la preocupación por Georgiana para bajar la guardia.

Sin embargo, aquí estaba él con Elizabeth, la hija de un pobre caballero campirano, Sir Matthew, un joyero que había sido elevado a su actual posición, y Molly quien había crecido en los muelles y agraciado el escenario. Todos ellos personas que alguna vez él hubiera considerado por debajo de él. Cierto, el estigma de conexiones con el comercio había sido borrado por la invasión cuando los franceses habían volteado de cabeza a la sociedad inglesa con su *égalité* y *fraternité*, pero aun así él nunca hubiera podido imaginarse esta escena antes de esta noche.

¡Por Dios, era bueno estar entre amigos!

Pero cuando él finalmente estuvo en la puerta de la minúscula cabina de Elizabeth, algo de su usual reserva volvió. ¡Buen Dios! ¡El teniente francés no había estado bromeando cuando le advirtió a Darcy sobre lo angosto de la litera! Pero como Demarais había señalado, un hombre lo suficientemente motivado podía arreglárselas con casi cualquier cosa, y no había duda de que su motivación para hacer a Elizabeth por fin suya era más que suficiente. Pero ¿podía él hacerlo placentero para ella bajo estas circunstancias?

Escasamente había espacio para que ambos estuvieran de pie. Tendrían que caminar de lado uno del otro. Si estiraba sus brazos, muy probablemente podría tocar ambas paredes. Y cuando cerrara la puerta tras él, también estaría completamente obscuro.

Él se aclaró la garganta. "¿Estás segura de esto? Te he tomado por sorpresa, y no has tenido a tu madre para prepararte para esta noche."

Elizabeth se rio. "Eres muy considerado, pero no necesitas preocuparte. Aunque puedo ser bastante inexperta, las últimas dos semanas en la constante compañía de Molly me han enseñado mucho, algo de ello bastante sorprendente. ¡Algunas de las cosas que me dijo podrían sorprenderte aún a ti!"

Los labios de Darcy se movieron. "Ya estoy sorprendido." Él tocó la barbilla de ella con la punta de su dedo y trazó una línea a la sensible muesca en la base, permitiendo que su dedo se quedara ahí brevemente antes de continuar lentamente hacia abajo a la deliciosamente inmodesta línea del cuello de su vestido de moza de taberna.

"¿De que me haya dicho tales cosas, o de que yo la haya escuchado?"

Él enganchó la punta de su dedo bajo la tela y la escuchó jadear. "No de su parte. Un poco, quizá de la tuya, pero como probablemente seré el beneficiario de tu nuevo conocimiento, ciertamente no me voy a quejar por eso."

"Una vez yo hubiera estado sorprendida, pero en la prisión tuve mucho tiempo para reflexionar sobre experiencias que nunca tendría. Hasta hoy, creí que lo más cerca que estaría de compartir tu cama sería averiguar qué hubiera sucedido si lo hacía." La voz de ella era grave.

Darcy abandonó sus esfuerzos sensuales y asió los brazos de ella. "¿Qué tan difícil fue para ti, en verdad?" ¡Si él tan solo pudiera ver su rostro!

El cabello de ella rozó contra él cuando inclinó la cabeza y no habló por el espacio de varias respiraciones. "Muy malo," dijo ella suavemente. Pero entonces llevó sus manos a cada lado del rostro de él. "Pero no permitiré que arruine nuestra noche de bodas. Esta noche es tan solo para nosotros."

"Para nosotros," hizo eco él.

Las manos de ella se movieron hacia abajo por su cuello. "Estás demasiado formalmente vestido. ¿Cómo desato esta corbata?"

Él rio por lo bajo. "Permítame asistirla, orgullosa Titania."

Mientras él deshacía el nudo, las manos de ella se deslizaron dentro de su saco.

Capítulo 18

Desde su forzada estancia en Carlton House, la antigua ansiedad de Georgiana había vuelto cuando quiera que Darcy estaba ausente. Para reducir su preocupación, él había vuelto a su vieja costumbre de leer el periódico en la sala de estar en lugar de en su estudio para que ella pudiera estar con él. No que el periódico contuviera mucho de lo que pudiera ser llamado noticias, pero ocasionalmente él podía deducir algo de información de los retazos que los franceses consideraban permitir que los periódicos ingleses imprimieran. La ausencia de noticias de España probablemente indicaba que la guerra en el frente español no iba muy bien.

"¡Kit!" Georgiana se puso de pie de un salto y se apresuró a adelantarse.

Darcy puso el periódico a un lado antes de levantarse. Kit se quedó parado en la puerta, con una expresión seria en el rostro.

Justo cuando parecía que Georgiana estaba lista para abrazar a Kit, Lady Matlock se aclaró la garganta. La joven se contuvo y extendió mejor sus manos.

Kit tomó las manos de ella en las de él, pero pareció renuente a hacerlo, y las soltó rápidamente.

La luz en los ojos de Georgiana pareció disminuir. "Estoy feliz de ver que estás bien," dijo ella formalmente.

Lady Matlock dijo, "Christopher, ya era hora de que aparecieras. Tengo alguna información importante que relatarte."

¡No esto de nuevo! Darcy le dio la mano a su hermano, "Kit, a mí también me alegra, pero debo ausentarme de cualquier discusión política. Te ruego no lo consideres un desaire. Las damas pueden explicarte por qué no deseo saber sobre tus actividades."

Georgiana se mordió el labio. "Tienen a Elizabeth como rehén."

Kit se volvió hacia su hermano, su expresión finalmente mostrando algo. "Oh, digo yo. ¿Está viva? Me alegro."

"Como me alegro yo," dijo Darcy. "Ahora, si me disculpas…"

Kit levantó su mano. "Todavía no. Hay algo que debes saber. Los franceses ya están conscientes de ello."

Debía ser algo grave para dejar a su sonriente hermano tan pálido y serio. "¿Qué sucede?"

Kit abrió la boca, la cerró de nuevo, dejó caer la barbilla y se cubrió los ojos. "No puedo hacer esto," murmuró, como para sí mismo.

Ahora verdaderamente preocupado, Darcy preguntó. "¿Estás en problemas? ¿Necesitas ayuda?"

Kit sacudió su cabeza y se enderezó, con el rostro blanco y mostrando una determinación que Darcy nunca había visto en él antes. Él dio un paso hacia Georgiana y se dejó caer sobre una rodilla como si estuviera preparándose para proponerle matrimonio. De seguro su hermano era más sensato que eso, aún si tenía sentimientos por ella.

En lugar de tomar la mano de ella, Kit inclinó su cabeza. Sus palabras casi no se escuchaban y eran desesperanzadas. "Su Majestad."

Darcy se puso rígido. Georgiana, o más bien, la Princesa Charlotte, era Su Majestad. Solamente la reina podía ser Su Majestad.

La falda de Lady Matlock susurró cuando ella se hundió en una profunda caravana, la que solamente se usaba en la presencia del monarca.

Oh.

Darcy debía hacer una reverencia como mínimo, pero una mirada hacia Georgiana, quien tenía la barbilla levantada, el rostro cenizo y los ojos llenos de lágrimas, le dijeron que ella necesitaba a un hermano más que a otro súbdito. Se apresuró a su lado y puso sus brazos a su alrededor.

Ella presionó su rostro contra el hombre de él. Pobre niña. Más que a cualquiera de sus poco confiables padres, ella había amado a su abuelo, el rey, el que siempre la había adorado. Aun después de todos estos años, debía ser una terrible pérdida saber de su muerte. ¡Maldito Kit! ¿No podía haberlo anunciado con más gentileza? Viendo la cabeza inclinada de su hermano, la razón era súbitamente obvia, Kit estaba demasiado cercano a Georgiana. Ahora él tenía que establecer una distancia entre ellos. Una cosa era coquetear con una princesa disfrazada que podían nunca tomar su lugar por derecho. Hacerlo con una reina reinante era otra historia. La joven levantó la cabeza, dejando una mancha húmeda en la solapa de Darcy. En una voz aguda que casi era firme, ella dijo. "Deja eso Kit, y Lady Matlock también. Dentro de estas paredes, nada ha cambiado."

Lenta y rígidamente Kit se levantó, su expresión lúgubre. Darcy entrecerró los ojos hacia su hermano. Si él decía. "Como desee Su Majestad," Darcy se iba a asegurar de que lo lamentara.

En lugar de eso Darcy tomó el liderazgo. "Nada ha cambiado. Hasta que digas otra cosa, eres Georgiana Darcy, yo soy tu hermano, y estás con tu propia familia de confianza."

Los hombros de ella se relajaron. Mirando hacia Kit, ella repitió con fiereza. "Nada ha cambiado. Nada." Ella respiró hondo pero retuvo un fuerte agarre en la mano de Darcy. "Nada. Excepto que ahora tengo una guerra que ganar."

Lady Matlock dijo bruscamente. "Muy cierto. Quizá estaremos más cómodos si todos nos sentamos."

Pero a pesar de lo que Darcy había dicho, nada podría ser lo mismo de nuevo. Algunos reflejos no podían ser superados, así que nadie se movió hasta que Georgiana se hubo sentado.

KIT SE HUNDIÓ EN EL sofá más cercano. ¿Cómo podía ella decir que nada había cambiado? Ella era reina ahora. Su reina. Siempre había habido un golfo entre ellos, aún si él había pretendido otra cosa por un tiempo, pero ahora ese golfo era un enorme abismo. Él no podía olvidar eso, no importaba cuánto doliera.

El incómodo silencio persistió hasta que Charlotte... el ya no podría pensar en ella como Georgiana, y él necesitaba aprender a pensar en ella como Su Majestad... se puso de pie de un salto y caminó hacia él. Él intentó ponerse de pie, pero pequeñas manos lo empujaron hacia abajo por los hombros. ¿Qué iba a hacer él? Los buenos modales demandaban que se levantara; la obediencia insistía en que se sentara. La determinada expresión de Charlotte decidió el asunto. Él se sentó.

Inclinándose hacia él, ella susurró en su oído. "Si no dejas todas estas tonterías en este momento, Kit Darcy, te besaré enfrente de todos ellos, y si tú no me besas de vuelta, te haré colgar por alta traición. ¿Me entendiste?"

El témpano que acuchillaba su pecho pareció derretirse. Ella no había cambiado. Con algo que era casi una sonrisa, él encontró los ojos de ella por primera vez, luego se deslizó a un lado en el sofá y palmeó el espacio junto a él. Ella se sentó con un pequeño resoplido.

"¿Mejor?" preguntó él calladamente.

"Mucho."

La fría mirada de Lady Matlock sugería que ella no se había perdido su juego, ni estaba complacida con él.

"Kit, me pregunto cómo te enteraste de estas noticias. ¿Sabes cualquier detalle?"

Complacer a su tía era la menor de las preocupaciones de Kit. "Interceptamos un mensaje de Francia. Su Majestad aparentemente se cayó por el barandal de su balcón. Murió instantáneamente y no sufrió." Él miró a la joven junto a él. "Eso fue hace tres días. No sabemos por qué los franceses están manteniendo en secreto el asunto por cuánto tiempo planean hacerlo, pero esa parece ser su intención."

Lady Matlock asintió. "Yo haría lo mismo en su lugar. Ellos saben que Inglaterra está madura para un levantamiento. Con todos pensando que la Princesa Charlotte ha vuelto, estarían pidiendo problemas si intentaran coronar a Jérôme Bonaparte ahora. Mientras todo mundo crea que el Rey George está vivo, pueden mantener la paz mientras están en una mejor posición para defenderse."

"Eso es lo que Frederica cree," dijo Kit. "Ella espera que podamos estar listos para aprovechar el momento cuando las noticias por fin se sepan, pero es una cuestión de qué tan rápido podemos prepararnos."

"¿No dijo Frederica que era demasiado pronto para un levantamiento?" preguntó agudamente Lady Matlock.

"Ella realmente se sentía así," dijo Kit cuidadosamente. "Pero ciertas cosas han cambiado recientemente. Me disculpo por no poder discutir nada específico."

Las cejas de Darcy se juntaron. "¿Está Richard todavía con ustedes?"

Kit encontró los ojos de su hermano. "Sí. De hecho él es, er, responsable por ubicar esos específicos que no puedo explicar. Pero Frederica tiene una solicitud para ti, William. Cuando llegue el momento, necesitaremos estar seguros de que Demarais no pueda comunicarse con sus tropas. ¿Podrías ubicarlo y mantenerlo en un lugar seguro, ya sea en Carlton House o en otra parte?"

La expresión de Darcy se tornó sombría. "No. No quiero tener nada que ver con esto."

"El éxito del levantamiento puede depender de ello," le urgió Kit. "Muchas vidas también pueden depender de mantener lejos a Demarais. No te estoy pidiendo que lo mates."

"Estás en lo correcto en que vidas dependerían de ello, incluyendo una vida que valoro altamente. Tendrás que encontrar a alguien más." Las palabras de William tenían filo, uno que había denotado peligro en el pasado.

Kit se forzó a seguir adelante. "Nadie más tiene tu libertad de acceso a Demarais." De seguro William entraría en razón.

Una voz junto a él habló, todavía algo aguda. "No lo presiones. William, creo que sería mejor si nos dejaras."

William inclinó su cabeza. "Te lo agradezco." Recogió el periódico que había estado leyendo cuando llegó Kit. En la puerta, él miró hacia atrás sobre su hombro. "Por cierto, Kit, Demarais me habló sobre ti."

Eso no eran buenas noticias. "Mis disculpas. He intentado mantener el nombre de la familia fuera de mi trabajo."

"No importa. Demarais sabe que tú estás ayudando a fugitivos a escapar a Escocia, y lo deja pasar por mi causa. Dijo que mantenías a una amante que rara vez sale de la casa, y que su único interés en ti es que él cree que tú tomas órdenes del misterioso Frederick."

¿El francés había sabido lo que él estaba haciendo todo el tiempo? ¿Y dónde habían vivido Frederica y él? ¡Buen Dios! Las manos de Kit se cerraron en puños, pero no podía dejar ver su ira. Era mejor cubrirla con diversión. "No puedo esperar a contarle a Freddie que ella es mi amante," dijo él, arrastrando las palabras. "Qué bueno que hemos abandonado la casa en Leadenhall Street. Tu querido amigo probablemente estará menos divertido con mis actuales actividades."

"Solamente lo menciono porque pensé que desearías saber qué información tiene él. Te deseo que te vaya bien, Kit, aún si no puedo ayudarte con Demarais." Darcy le dirigió una mirada seria y salió de la habitación.

Kit hizo una larga exhalación. ¡Maldición! Todo dependía de esa única pequeña pieza del plan. "Frederica va a estar lívida," dijo él, más para sí mismo que para nadie más.

"¿Sabías que Georgiana y yo pasamos casi dos semanas en Carlton House?" preguntó Lady Matlock, al parecer ociosamente. "Tomé nota de muchas cosas, incluyendo el número de guardias, dónde estaban estacionados y cuando eran cambiados, cuando estaban presentes los sirvientes, y cuando al general y a su esposa les gustaba estar juntos y solos. Quizá lo más importante, me hice amiga de Madame Demarais, quien se ha sentido sola aquí en Inglaterra. No sería nada notable si yo fuera a visitarla."

¿Podría funcionar? Su tía podía ser más sutil que cualquiera de ellos cuando quería. Pero después de un momento Kit sacudió la cabeza. "Esos horarios serían muy útiles, pero Frederica nunca nos permitiría ponerte en camino del peligro."

Su tía elevó una delicada ceja. "¿Debes decirle que yo estaría tomando el lugar de Darcy?"

"¡Ella me desollaría si lo descubriera!"

"Entonces es afortunado que tú no te acobardes fácilmente, ¿no es así?"

¿No conocía ella a su propia hija?

Junto a él, Georgiana... no, Charlotte... dijo, "Es mi voluntad que Lady Matlock deberá tomar el papel de William, y que a Frederica no se le informe del cambio. Puedes decírselo, si surgiera la pregunta."

Kit suspiró derrotado. Él podía pretender que nada había cambiado, pero todo había cambiado.

AUN CUANDO EL DÍA ERA frío y el viento fresco, Elizabeth sugirió pasar parte de la visita de Darcy en el alcázar. En un día así, la parte menos privada del barco permitía la conversación más privada ya que era difícil para cualquier escucharlos cuando el viento se robaba sus palabras.

"¿Disfruta Georgiana mis cartas?" preguntó Elizabeth. "¿O cree que mis pequeñas historias son tontas? Como ella no puede responderme, no tengo sentido de ello."

"Ella adora tus cartas, especialmente las historias. Espero que no sea tedioso para ti escribir cartas tan largas."

Ella frotó sus manos una con otra para calentarlas. "Para nada. Disfruto escribiendo las pequeñas historias de India, y ya que tú me enviaste ese libro de viajes en la India, hasta son un poco exactas. No sé qué le contaría a ella si no fuera así. ¿Con qué tanta frecuencia puedo escribirle que caminé por el alcázar y hablé con las mismas tres damas que lo hice ayer y todos los días?"

"Yo dependo de tus cartas y deseo oírlo todo, aún si todos los días es lo mismo. Pero Georgiana sí necesita la distracción."

"¿Sucede algo?"

Darcy hizo un gesto. "Desde tu arresto, su ira y amargura hacia los franceses es peor. Ella te extraña muchísimo y los culpa. Me preocupa permitirle hablar con cualquiera que no sea mi tía por temor a lo que pueda decir. Y también hay otras cosas que la preocupan."

"¿La ausencia de Kit?"

"Solamente en parte." Él se inclinó cerca de ella y le habló directamente en el oído. "¿Recuerdas haber oído sobre el viejo al que quiere tanto, el que planeaba heredarle su hacienda?"

Un viejo. ¿Qué viejo conocía Georgiana? Y la única cosa que ella iba a heredar era Inglaterra. "¡Oh! ¿El que tiene períodos de locura?"

"Ese mismo. Aparentemente murió recientemente, pero su familia lo ha mantenido en secreto para proteger la herencia. Kit supo de alguna manera sobre ello y vino a decirle."

¡Buen Dios! ¿El rey había muerto y nadie lo sabía? Eso significaba que Georgiana era ahora la reina. Un estremecimiento recorrió la espalda de Elizabeth. "Eso debe ser difícil para ella."

"Muchísimo. Ella siente su pérdida, y las nuevas responsabilidades pesan sobre ella."

"Y sobre ti, sospecho."

Él suspiró pesadamente. "Sí. En la mayor parte nada ha cambiado, pero se siente diferente. Y ella está más impaciente ahora. Quiere que suceda algo y está frustrada sabiendo que pueden pasar años antes de que lo haga."

"Pobre niña. ¿Y tú todavía no le has dicho que estamos casados?"

Darcy sacudió la cabeza. "Ella podría decir algo donde los sirvientes pudieran oír."

Elizabeth miró a lo lejos sobre el Támesis. "Es extraño para mí pensar que nadie allá sabe de nuestro matrimonio, ya que por supuesto todo el mundo en mi propio pequeño mundo en este barco está consciente de ello."

"Desearía que todos lo supieran. Algunas veces escasamente me parece real. Paso mis días como un caballero soltero y siento como si lo hubiera soñado. Es un alivio venir aquí y no tener que pretender."

"¿Qué hay del General Demarais? No necesitas pretender con él."

Darcy se encogió de hombros. "Estoy asistiendo a cenas en Carlton House de nuevo, pero excepto por el Coronel Hulot, quien te trajo aquí, ninguno de los otros invitados lo sabe. Demarais es... bueno, es difícil."

"¿Cómo?"

La voz de Darcy era baja. "Él desea que todo sea como era antes entre nosotros, y no puedo hacerlo. Sé perfectamente bien que hizo todo lo que estuvo en su mano para salvarlas a ti y a Georgiana y que pagó un precio por ello. Hubiera hecho más si hubiera podido. Aun así yo siento como si no pudiera perdonarlo aunque no haya hecho nada malo."

Elizabeth frotó su mano. "Ya no puedes pretender que no están en lados opuestos de la guerra."

"Sí, eso es exactamente. Demarais lo sabe también. Una noche cuando alguien se refirió a mí como partidario de los franceses, Demarais se rio y dijo que yo no era para nada un partidario, sino un Lealista que tenía el buen juicio de reconocer cuando su lado estaba derrotado." Darcy se quedó en silencio.

"Espero que se hará más fácil con el tiempo. Es difícil saber que le debo mi vida, siendo todavía una prisionera."

Darcy habló de nuevo en el oído de ella. "Pude ser que no suceda nada, pero él le ha escrito a Napoleón y le pidió que retire a Lamarque. Hasta mandó a su esposa a París a argumentar su caso."

Conmocionada, Elizabeth preguntó, "¿Por mi causa?"

Darcy sacudió la cabeza. "No. Lamarque ha atemorizado a la gente de Londres con sus espías, arrestos sin sentido y ahorcamientos, y como resultado, mucha gente que había aceptado a regañadientes el dominio francés, ahora están murmurando sobre una revuelta. Demarais está preocupado de que el comportamiento de Lamarque vaya a desencadenar una rebelión."

"¿Es verdad?"

"¿Quién podría decirlo? Es verdad que hay más inquietud ahora que la que había hace un año antes de que llegara Lamarque. Yo difícilmente soy un juez imparcial, sin embargo, ya que es él quien te mantiene aquí."

Elizabeth inclinó la cabeza. "No," dijo ella calladamente, "Pero ese es el menor de sus crímenes. Al menos estoy viva y puedo estar contigo ocasionalmente."

MOLLY DESCENDIÓ SOBRE Elizabeth tan pronto como salió al alcázar. "¿Por qué te has estado escondiendo en tu cabina toda la mañana? Usualmente tú estás afuera mucho antes que yo. Espero que esto signifique que tú has estado escribiendo." Ella adoptó una pose dramática. "Muero por saber qué sucede después con la Princesa Rosalinda."

Elizabeth levantó las manos. "Me temo que te he fallado. La cena de anoche no parece haberme caído bien, así que he estado en mi litera."

Molly la miró dudosamente. "Parece que muchas cenas de aquí te han caído mal últimamente." Ella se rio. "¿O quizá debería yo culpar a tu viril esposo por tu súbitamente sensible paladar?"

Elizabeth abrió la boca para responder, luego la cerró otra vez. Con seguridad Molly debía estar equivocada. Apenas había pasado un mes desde su boda, y con las visitas de Darcy limitadas a una vez por semana, era muy poco probable. "Creo que es culpa del cocinero," dijo con firmeza.

Molly apuntó un dedo hacia ella. "Entonces no tienes excusa para no escribir el siguiente capítulo. No puedes dejar a la pobre Princesa Rosalinda en el pajar para siempre, no con su malvado tío persiguiéndola."

Era afortunado que Molly no pudiera adivinar que las aventuras de la Princesa Rosalinda no salieran completamente de la imaginación de Elizabeth. "Está bien, haré mi mejor esfuerzo para sacar a la pobre Rosalinda del pajar hoy."

Molly bajó la voz. "Las damas superiores están escuchando. Ellas pueden decir que tu historia es una tontería, pero tampoco pueden esperar el siguiente capítulo." Ella hizo un gesto con la cabeza hacia las otras dos rehenes.

Elizabeth se rio. "Solamente porque están tan aburridas desde que sus elegantes amigas fueron liberadas." Tanto ella como Molly habían intentado bromear con los marineros para hacerlos contarles por qué dos de las rehenes habían sido liberadas, pero los franceses o ignoraban las razones o eran inusualmente discretos. No que fuera a hacer una diferencia en su propio caso ya que, a diferencia de las demás, ella había cometido un crimen, pero pudiera significar una esperanza para Molly.

Y Elizabeth deseaba que Molly se fuera, aunque extrañaría a su nueva amiga desesperadamente. Quedarse en el *Neptune* era tanto una sentencia de muerte como ser arrestada por traición lo había sido. Solo no sucedería tan pronto. Podía tomar años, pero tarde o temprano los Lealistas se levantarían en contra de los franceses y, como Frederica había dicho, su primer paso tendría que ser destruir las dos naves de guerra en el Támesis. Elizabeth nunca le había contado a Molly sobre su suerte. Después de todo, ¿qué bien le haría saber que tenían una espada en la garganta?

Molly cruzó los brazos. "Supongo que no puedo objetar a compartir a la Princesa Rosalinda con ellas... siempre y cuando yo sea la que lo lea primero."

Secretamente halagada por la insistencia de su amiga, Elizabeth dijo, "Te prometo que siempre lo obtendrás primero."

ELIZABETH SE SENTÓ con cautela en una silla dorada. Después de tres meses a bordo del Neptune, el suelo en tierra parecía moverse bajo ella, y después de meses de no ver nada más que las simples líneas del barco donde todo era de madera, cuerda o agua, la colorida ornamentación de Carlton House lastimaba sus ojos.

Desde atrás de su escritorio, el General Demarais despidió con un gesto a los guardias que la habían escoltado desde el barco. "Espero que no tenga objeción a que mi esposa se una a nosotros ya que usted prometió que este no era un asunto político."

"Ninguna." De hecho, estaba agradecida por la presencia de la otra mujer.

"Bien. Yo valoro la opinión de ella en asuntos personales."

Madame Demarais le dirigió a ella una sonrisa. "Lo que mi esposo quiere decir es que no puede soportar las lágrimas de una mujer, y yo estoy aquí para defenderlo en caso de que usted empezara a llorar."

"Entonces debo disculparme por adelantado. Haré mi mejor esfuerzo, pero últimamente casi todo me hace llorar. Eso no quiere decir nada; ayer lloré por un ave en vuelo." Elizabeth se esforzó por usar un tono ligero.

Los ojos de Madame Demarais se abrieron desmesurados. "¡Oh, cielos! ¡Oh, cielos!"

Las cejas del general se unieron mientras estudiaba a su esposa. "¿Qué sucede?"

"Nada, nada. Veamos qué es lo que la Sra. Darcy tiene que decir."

"Muy bien." El no pareció satisfecho con esa respuesta. "¿Cómo puedo serle de asistencia, Sra. Darcy?"

Elizabeth tragó con dificultad. "Gracias por aceptar verme. No sé si usted pueda ayudarme o no. Tengo un problema y deseaba preguntarle a usted antes de hablar con el Sr. Darcy."

Las cejas de Demarais se elevaron. "¿Darcy no sabe sobre este problema? ¿Se espera que lo mantenga en confidencia?"

Ella bajó la mirada. "No estoy en posición de dictar términos."

"Aún más curioso. ¿Puedo preguntar cuál es el problema?"

"Parece que estoy gestando," dijo Elizabeth sin rodeos, las siempre presentes lágrimas empezando a llenar sus ojos. De alguna manera se las arregló para parpadear y evitarlas.

El general sonrió. "¿Usted está *enceinte*? Eso no es un problema, sino causa de celebración."

"Para mi esposo, quizá, él se alegrará de tener un hijo o hija," dijo Elizabeth. "Menos para mí, ya que, presumiblemente, me quitarán a mi bebé."

"¡Oh, Dios!" murmuró Madame Demarais.

Demarais levantó su pluma y ausentemente dio golpecitos con ella en la orilla del escritorio, una, dos, tres veces. "Eso es en verdad un problema."

Elizabeth siguió adelante. "Sé que hay poco que se pueda hacer al respecto. Mi inquietud es por el Sr. Darcy. Cuando se lo diga, él estará infeliz acerca de la situación y querrá encontrar la forma de cambiar las cosas. Me imagino que se preocupará por ello y eventualmente aparecerá a su puerta con la esperanza de que pueda ayudarle. Yo deseo ahorrarle esos días preocupantes y la decepción diciéndole de inmediato qué podemos y qué no podemos esperar. Eso es lo que espero que usted pueda decirme."

"¿Qué información busca?" *Tap, tap, tap*.

"¿Me quitarán al bebé tan pronto nazca, o se le permitirá permanecer conmigo por un corto período de tiempo? Tendrá que vivir con su padre, lo sé, pero ¿se le permitirá visitarme?" Ella se las arregló para hablar con no más que un temblor en su voz.

Madame Demarais silenciosamente presionó una taza de té en sus manos.

Esa pequeña amabilidad fue más de lo que Elizabeth podía soportar. Volteando su rostro a otro lado, cubrió sus ojos con una mano. "Lo lamento," dijo ahogadamente. "No tomaré más de su tiempo. Quizá pudiera enviarme su respuesta."

El General Demarais dijo lentamente. "Usted entiende, espero, que usted no es mi prisionera, sino de Lamarque. Como tal es limitado lo que puedo decir respecto a su situación."

Decidida solo a escapar, ella asintió con la cabeza y se puso de pie. Súbitamente un dolor quemante envolvió su mano. ¡Buen Dios, se había escaldado con el té! Rápidamente dejó la taza y sopló sobre su mano para enfriarla, pero el dolor se intensificó.

Madame Demarais tomó su mano y la examinó con un chasqueando la lengua. "*Mon cher*, te ruego seas tan amable de mandar por algo de agua fría. Déjame esto a mí. Yo cuidaré de ella."

El sonido de pasos que se alejaban indicó la partida del general.

"¡Su pobre mano!" dijo Madame. "Lo siento tanto. No debí haber servido el té mientras todavía estaba tan caliente. Siéntese, querida, y puede llorar tanto como quiera ahora. Yo hacía lo mismo cuando estaba *enceinte*. Todo me hacía llorar."

"Es usted muy amable," dijo Elizabeth de forma poco expresiva. "Fue completamente culpa mía por ser tan torpe."

"¡Tonterías! Oh, aquí está el agua. Ponga su mano en este tazón y se sentirá mejor."

"Debo volver al barco." Aunque el agua sí le alivió el dolor.

"Si lo desea." Madame Demarais sonaba triste. "Creo que usted estaría más cómoda si me permitiera poner una tintura y vendas en su mano, pero depende de usted. Solo desearía, por Darcy, que usted no nos odiara tanto."

Sorprendida, Elizabeth levantó la vista. "No los odio a ustedes, solo a lo que representan. Deseo que mi país sea libre."

"¿Odiarnos hará eso más probable? No, no se moleste en contestar. Ninguno de nosotros es libre. Su rey y su Parlamento trabajaban por sus propios intereses, no los de ustedes, y es lo mismo en todos los países. Su rey es más alemán que inglés; ¿es un emperador francés mucho peor?"

Elizabeth bajó la mirada a la enrojecida piel de su mano. "¿Un emperador francés que envía a nuestros jóvenes a morir en tierras extranjeras para mayor gloria de Francia? ¿Qué nos cobra impuestos hasta nuestro último penique para pagar por su ejército de ocupación?"

"Esas cosas son injustas, estoy de acuerdo, pero todo es cuestión de grados. ¿No enviaba su Parlamento a sus jóvenes a morir? Cuando recién llegamos aquí, los asilos para pobres estaban llenos de personas a punto de morir de inanición, todo para que los impuestos pudieran pagar por edificios ridículos como este. Es muy hermoso, pero yo, veo lo dorado y los techos pintados y me pregunto, cuantos ingleses sufrieron y murieron para que su Príncipe Regente pudiera deleitar sus ojos con ellos. En Francia hemos al menos intentado detener estos abusos, pero eso hizo de Inglaterra nuestro enemigo." Ella le dio una pequeña toalla a Elizabeth. "Tome; puede secar su mano, y la dejaré regresar al barco sin molestarla con mis sermones."

Elizabeth levantó su mano del agua, pero no tomó la toalla. "El Sr. Darcy ha dicho muchas de las mismas cosas," dijo ella en voz baja. "Y usted tiene razón en que nuestro gobierno estaba lejos de ser perfecto. Yo no debería juzgar a las personas simplemente por el país en el que nacieron, y usted y su esposo han sido muy generosos conmigo."

Madame Demarais dijo más enérgicamente, como si lamentara su arrebato anterior, "Nos esforzamos por hacer lo mejor que podemos en un mundo muy imperfecto. Mi esposo hará lo que pueda por usted."

"Sé que no puede ser mucho." Elizabeth dudó antes de encontrar la mirada de Madame Demarais. "Si usted todavía está dispuesta a vender mi quemadura, lo apreciaría." ¿Aceptaría la mujer francesa su oferta de paz?

"Me alegra. Esas miasmas en el río no pueden ser saludables para las lesiones." Madame Demarais hizo una señal a un sirviente. "Vendas y aceite de lavanda, si fuera tan amable."

Cuando el sirviente salió, la francesa dijo, "Me gustaría preguntarle algo, solo entre nosotras dos, mujer a mujer. No puedo prometer nada, pero si mi esposo pudiera encontrar algún lugar donde usted pudiera ser mantenida con su hijo, ¿estaría dispuesta a dar su palabra de no intentar escapar?"

Si no le doliera tanto la mano, Elizabeth pudiera haberse reído. "Madame, solo entre nosotras, mujer a mujer, yo sé nadar. Soy bastante buena. Hubiera podido deslizarme por un lado del *Neptune* cualquier noche sin luna y nadar hacia la costa, pero sé que si lo hiciera, el Sr. Darcy sufriría por ello. Sí, le daría mi palabra."

"Bien. No se haga muchas ilusiones, pero veré si algo puede hacerse. No me gusta esta idea de separar a madre e hijo."

Los ojos de Elizabeth una vez más se llenaron de lágrimas. "Gracias. Muchísimas gracias."

EL JOVEN TENIENTE NAVAL entró a la sala de estar del barco con un mensaje. "Sra. Darcy, la buscan en cubierta."

"¿A mí?" ¿Cuál era el significado de esta inusual solicitud? "¿Quién me quiere ahí?"

"Un soldado." Él se encogió de hombros como para indicar la poca importancia de cualquier miembro del ejército sobre la armada.

Elizabeth puso a un lado la última hoja de *Las Historias de la Princesa Rosalinda*. "Muy bien."

"Yo voy contigo, también," dijo Molly. La sospecha destelleó en sus ojos.

"Como desees."

Elizabeth siguió al teniente hacia arriba al alcázar. La bruma matutina por fin se había disipado, aunque seguía haciendo frío.

Un oficial con casaca azul le hizo una reverencia y le entregó una carta. "Del General Demarais."

El corazón de ella empezó a latir más rápido. ¿Serían buenas o malas noticias? El sobre estaba sellado, aunque las cartas eran regularmente abiertas y leídas antes de ser entregadas. Debían aplicar reglas especiales al general. Ella rompió el sello con un dedo para encontrar una carta escrita en una letra pulcra, femenina que debía haber pertenecido a Madame Demarais.

Mi estimada Sra. Darcy:

Mi esposo me informa que ha hecho arreglos alternos que pudieran ajustarse mejor a usted después de que nazca su bebé. Usted estaría bajo su custodia y tendría sus propios apartamentos en Carlton House. Tendría libertad de salir a los jardines y andar por todo Carlton House, excepto en aquellas ocasiones en que eventos especiales se estén llevando a cabo. Lamento decirle que a insistencia de M. Lamarque, estas mismas limitaciones serían aplicables a su bebé. Su esposo tendría, como siempre, la libertad de entrar y salir cuando quisiera de Carlton House, pero no podría quedarse a residir. Si en algún punto el quisiera llevarse a su hijo de Carlton House, se requeriría que usted volviera al barco y que...

Una ensordecedora explosión derribó a Elizabeth. Fuego llovió a su alrededor.

Capítulo 19

Darcy entregó su sombrero y guantes a su mayordomo. "¿Está la Señorita Georgiana en la sala de estar?" Él había mantenido corta su visita a su abogado a propósito, para reducir su ansiedad.

"No, señor. Su tía la ha llevado fuera."

Raro. Ellas habían planeado estar en casa todo el día cuando él salió. "¿A dónde fueron?"

"Pidieron el carruaje para que las llevara a Carlton House, señor."

Y aún más raro. Aunque habían ido a visitar a Madame Demarais una vez antes, ellas habían esperado una invitación. Uno no simplemente llegaba a Carlton House. "Ya veo."

"El Sr. Christopher estuvo aquí por un corto tiempo, pero tuvo que irse."

¿Kit había estado ahí? Su hermano solamente había regresado dos veces a Darcy House, cada vez en una misión. ¿Qué había querido hoy?

Un presentimiento lo atrapó. "¿Estuvo aquí antes de que salieran las damas?"

"Sí, señor. Ellas no decidieron salir sino hasta después de su visita."

Kit había venido, y luego Lady Matlock había decidido ir a visitar Carlton House. ¿Podía ser posible que ella estuviera tomando su lugar en el plan de Frederica para distraer a Demarais?

No. Ella podría hacerlo, pero no hubiera llevado a Georgiana con ella. Eso sería demasiado peligroso, a menos de que ella tuviera un propósito propio, como con frecuencia lo tenía.

Darcy arrebató su sombrero y guantes de vuelta. "Saldré de nuevo."

Muy probablemente Lady Matlock había ido a intentar obtener algún tipo de información para Kit y nada le sucedería a Georgiana, pero él no podía estar seguro. Y había habido algunos grupos raros de hombres en las calles mientras cabalgaba a casa. Si hubiera cualquier posibilidad de que este fuera el largamente esperado levantamiento, él tenía que sacar a Georgiana de Carlton House antes de que terminara con la cabeza en un nudo corredizo.

"DARCY, ¡QUÉ ENCANTADORA sorpresa!" dijo Madame Demarais. "Su tía no había mencionado que usted se uniría a nosotras."

Darcy lanzó una mirada venenosa a Lady Matlock, quien se veía tan imperturbable como siempre. "Ella no lo sabía. Cuando descubrí que ella y Georgiana habían venido de visita, decidí unirme a ellas."

Y justo a tiempo, después de lo que había visto en las calles, ahora que estaba poniendo atención. Hombres merodeando y rehusándose a encontrar su mirada, voces bajas, y casi ningún niño en las calles. Carlton House tenía menos de la mitad de su número usual de guardias, y había pocos sirvientes en los pasillos. Iba a suceder. Y la peor parte era que él no podía ver una forma segura de extraer a Georgiana de la situación. Si las calles estaban a punto de hacer erupción, estaría más segura aquí que en las calles. ¿En qué, en nombre de Dios, había estado pensando su tía para traerla con ella?

Georgiana usaba su cara de retrasada, pero sus ojos iban de lado a lado. No, esta no era una visita social.

Madame Demarais dijo, "¿Gusta una rebanada de tarta de almendras, Darcy? Es la que tanto le gusta."

"Eso sería agradable." Darcy dudaba poder comer un bocado, pero se vería raro si se rehusaba, especialmente ya que a Madame Demarais todavía le preocupaba el si él estaba comiendo suficiente. "Nadie puede igualar las tartas de su cocinero."

"¿Más para ti, *mon cher*?" preguntó la francesa a su esposo, quien sacudió bruscamente su cabeza. "No le pongas atención, Darcy. Está frenético por alguna tontería acerca de un incendio en las barracas."

Eso explicaba la disminución de soldados de guardia en Carlton House. "Espero que sea fácilmente extinguido."

"Madame Demarais, antes de que Darcy llegara, nos estaba contando sobre las nuevas modas de París," dijo Lady Matlock. "¿De verdad están usando corpiños entrelazados? Qué medieval."

"Los lazos son más decorativos que otra cosa. Solo recogen algo de la tela al frente para crear una ilusión de profundidad. A los caballeros les gusta, por supuesto, ya que aprietan el corpiño."

Lady Matlock dijo, "No me gustaría ver a Georgiana usando tal cosa."

"¡Por supuesto que no! Ella es demasiado joven para ese tipo de moda."

Darcy se forzó a morder la tarta de almendra, con cada músculo de su cuerpo en tensión. ¿Qué estaba planeando Lady Matlock?

Lady Matlock mantuvo la conversación andando mientras la campana de una iglesia comenzó a repicar en la distancia, uniéndosele otra unos minutos más tarde, y luego otra. ¿Era esa la señal? Rogó porque Elizabeth estuviera segura bajo cubierta lejos de cualquier lucha. Los Lealistas pudieran estar ya abordando las naves para evitar que los cañones pudieran ser disparados.

Ahora las campanas de las iglesias se oían de todas direcciones. En alguna parte afuera, un hombre gritaba. Darcy no podía distinguir las palabras ya que la habitación daba al jardín. Demarais frunció el ceño e hizo una señal al lacayo que estaba de pie enseguida de la puerta, quien hizo una elegante reverencia y partió.

"¿Sucede algo?" preguntó Madame Demarais.

Su esposo replicó, "Es poco probable, querida. Algún agitador, sin duda."

Lady Matlock dijo plácidamente. "No es inusual que más de una iglesia repique las campanas si alguien respetado se ha ido de este mundo. Espero que no sea alguien que conozco."

"¡Espero que no!" exclamó Madame Demarais.

Ahora la gritería estaba más cerca, y la voz de un hombre bramó. "¡El Rey ha muerto! ¡Larga vida a la Reina Charlotte!" siguió una ráfaga de disparos.

Madame Demarais se congeló a medio camino de elevar su taza de té.

Demarais se puso de pie de un salto. "Les ruego me perdonen. Debo dejarles."

"Creo que no." Lady Matlock, quien había elegido el asiento más cercano a la puerta, estaba ahora de pie entre él y la única salida del salón. Ella produjo una pequeña pistola de su cuerpo y la amartilló. "Me disculpo por esta extrema descortesía, pero debo solicitar que se siente, General. Por favor mantenga sus manos a plena vista. Tú también, Darcy. No quiero tener que dispararte tampoco."

Darcy la miró con asombro, pero colocó sus manos sobre sus rodillas.

Una expresión de incredulidad pasó por el rostro del General Demarais. Entonces sonrió y dio un pequeño paso hacia adelante. "Con seguridad, Madame, no hay necesidad de violencia."

"¡Deténgase ahí!" ordenó Lady Matlock. "Le aseguro, señor, que sé cómo usar esto y lo haré si es necesario. Y aunque a mí se me tiene en cuenta como alguien que dispara no más que razonablemente, la joven dama detrás de usted nunca falla."

Demarais miró atrás de él sobre su hombro hacia donde Georgiana estaba de pie, con los hombros hacia atrás, pistola en mano. Cuidadosamente él subió las manos con las palmas hacia Lady Matlock, y se retiró para sentarse junto a su esposa. "Aplaudo su valor, Madame, pero no tiene esperanza de éxito. Mis soldados saben qué hacer en caso de un levantamiento, aún si yo no estoy disponible."

Un ensordecedor estruendo sonó hacia el este. Lady Matlock dijo en tono de conversación. "¿Suponen ustedes que eso haya sido el Depósito de Armas Deptford? Lo sabremos pronto, me imagino. Es, por supuesto, posible que perdamos, pero se me ha dado una tarea simple: asegurarme que usted permanezca en esta habitación. No tengo intención de fallar. Georgiana, querida, ¿serías tan amable de cerrar la puerta con llave?"

Georgiana se deslizó hacia la puerta, manteniendo su pistola apuntada hacia Demarais, bajándola solamente el tiempo suficiente para dar vuelta a la llave en la cerradura. Otra explosión siguió entonces, una aún más ruidosa, y una serie de disparos y más gritos.

Demarais miró con tristeza a Darcy y suspiró profundamente. "¿*Et tu*, Darcy?"

Antes de que Darcy pudiera hablar, su tía dijo, "De hecho, no. A él se le pidió atraerlo a un lugar aislado, y él se negó. Él no supo que yo me ofrecí a tomar su lugar. Pero no me volvería a él por ayuda si fuera usted. Le tiene algo de lealtad, pero no traicionará a su familia."

El General Demarais enroscó el labio superior. "¡Qué amable de su parte mantener sus propias manos limpias, pero aun así vino hoy a tomar parte en esta pequeña emboscada. Tenía mejor opinión de ti, Darcy."

Como Darcy tenía que mantener sus manos a plena vista, no podía apuñarlas. En lugar de eso enterró sus uñas en sus muslos. Era verdad; él no había hecho nada para detener esto. Su lealtad era para Inglaterra.

"Sí, Darcy, ¿cómo *supiste* lo que planeábamos?" preguntó su tía.

"No hiciste ningún esfuerzo para cubrir tus huellas. Los sirvientes me dijeron que Kit había venido a hablar contigo, luego ordenaste el carruaje para que te llevara a Carlton House. Era obvio lo que planeabas. Vine tras de ti con la esperanza de detenerte antes de que pusieras el cuello de Georgiana en una soga. ¿Qué, en nombre de Dios, estabas pensando para permitirle que te ayudara?" demandó Darcy. "¡Si este levantamiento falla, ella morirá!"

"Estoy muy consciente de eso," espetó Lady Matlock.

"Entonces ¿por qué la trajiste?"

"Ella insistió. No se mueva, General; soy bastante capaz de mantener mi pistola apuntada hacia usted mientras discuto con mi sobrino."

Darcy no podía creer lo que estaba oyendo. "¿Porque ella insistió? ¡Pudiste haberla encerrado en su habitación!"

Los ojos de Lady Matlock se dirigieron hacia Georgiana. "Ella fue muy insistente. Dominante, podría uno decir."

Georgiana dijo, "Tenía mis razones para desear estar aquí, William."

"Razones o no, ¡yo te hubiera encerrado!"

"Tu preocupación por tu hermana es conmovedora," dijo el General Demarais arrastrando las palabras. "Me alegra saber que mi seguridad no era una inquietud para ti. Me ahorrará el pesar de perder tu así llamada amistad."

Darcy lo fulminó con la mirada. "Usted me dijo que cooperara con usted. Lo hice. Nunca estuve de acuerdo en detener el levantamiento de alguien más por usted."

Lady Matlock sacudió su cabeza con tristeza. "Darcy, cálmate. General, es tan solo por cortesía hacia Darcy que usted ha sido tomado vivo en lugar de que alguien le disparara en la calle... a un riesgo sustancioso tanto para Georgiana como para mí, puedo agregar. Yo tomé ese riesgo porque usted había sido amable con Georgiana. Mantenerlo a punta de pistola puede parecer un pobre pago a la hospitalidad que usted nos mostró, pero le aseguro, la alternativa le hubiera gustado mucho menos." Ella frunció los labios. "Pero me disculpo por comportarme de forma tan maleducada cuando no he recibido otra cosa que cortesía de parte de usted. Usted ha hecho difícil mantener mi ilusión de que todos los franceses son villanos."

"Es amable de su parte decirlo." La voz de Madame Demarais se oía algo vacilante mientras observaba a Georgiana con los ojos entrecerrados. "¿No es retrasada, entonces, Señorita Darcy?"

La joven elevó su barbilla. "Ni retrasada, ni Se..."

"¡Georgiana!" La voz de Lady Matlock resonó como disparo de pistola. "Este no es el momento. Estuviste de acuerdo en seguir mis órdenes."

La joven se calmó pero se veía amotinada.

"Su señoría, ¿por cuánto tiempo tiene la intención de mantenernos prisioneros?" Demarais habló en un tono ligero, sociable.

"Hasta que reciba otras instrucciones, o, si eso falla, hasta que lleguen sus soldados a llevarme a prisión. Espero que no sea mucho tiempo. No soy tan joven como lo fui alguna vez."

Demarais se recargó, aparentemente relajado. Entonces bramó en una voz apta para escucharse por encima de un campo de batalla, "¡*Aidez-moi*!"

Lady Matlock podía moverse con sorprendente rapidez para una mujer con hijos crecidos. En un instante estaba detrás de la silla de Demarais, con su pistola presionada contra la sien de él. "Georgiana, vigila la puerta."

Nada sucedió. Afuera, los gritos de "¡*Vive l'empereur*!" y "¡*Vive la France*!" empezaban a verse superados por gritos de "¡Reina Charlotte!" y "¡Por Inglaterra!"

Un toque en la puerta hizo saltar a Georgiana. Lady Matlock llamó, "¿*Qui est là*?"

"Richard. Déjame entrar."

Lady Matlock dudó. "¿Qué día naciste?"

"El 17 de diciembre, durante una tormenta de nieve," gruñó Richard.

Lady Matlock asintió en dirección a Georgiana. "Déjalo entrar. Hubiera mentido si hubiera sido hecho prisionero."

Georgiana trabajó con la cerradura hasta que la puerta se abrió. Detrás de ella estaba Richard usando la librea de lacayo de Carlton House.

Richard se le quedó viendo a la joven, claramente desconcertado por su presencia. Se las arregló para hacerle una tiesa reverencia.

Lady Matlock dijo heladamente. "Te tomaste tu tiempo en llegar. Mi brazo está bastante fatigado." Ella cambió su pistola a su mano izquierda y sacudió la derecha.

Richard estiró la mano y tomó la pistola de ella. "Si todo va bien, Kit estará aquí para tomar mi lugar pronto. Es mi segundo al mando, pero no confié en él para infiltrar este lugar. Kit todavía tiene reparos acerca de acuchillar a un inocente sirviente, así que mejor lo puse a cargo de la lucha en la calle. Madame, debo decir que sus horarios valieron su peso en oro."

Demarais miró hacia Darcy. "¿Otro pariente? Ahora estoy pagando por mi indulgencia hacia su familia," dijo él amargamente. "El Emperador me advirtió que yo era demasiado confiado. Debí haberlo escuchado."

Richard se volvió hacia Demarais con manifiesta furia. "¿Qué indulgencia? Si no las damas no estuvieran presentes, le diría precisamente qué tan viciosamente me trataron sus soldados cuando fui su rehén. Si hubiera sido solamente mi decisión, usted sería arrastrado por las calles detrás de una carreta hasta morir, y yo aún lo consideraría un castigo inadecuado."

"¡Richard!" lo amonestó Lady Matlock. "No hay necesidad de ser grosero."

Atrapado entre las acusaciones de Demarais y la hostilidad de Richard, Darcy dijo, "Richard, el General Demarais no estaba al mando entonces. General, este es mi primo, el Coronel Richard Fitzwilliam."

"Teniente General Fitzwilliam, actualmente," dijo Richard. "Wellington ha estado repartiendo comisiones de campo bastante liberalmente."

"¿Wellington?" dijo Demarais fríamente. "Supongo que eso explica unas cuantas cosas."

"Wellington en tierra y Nelson por mar," dijo Richard con entusiasmo.

En la distancia, una voz familiar gritó, "¿Dónde están?" Era Kit.

"¡Aquí!" llamó Georgiana.

Kit derrapó hasta detenerse afuera de la puerta y entró, sosteniendo una pistola y usando un espantoso saco rojo. Una sonrisa se dibujó en su rostro. "¡Oh, bien hecho!" Entonces vio a Georgiana parada junto a la puerta.

"¡Buen Dios! ¿qué estás haciendo tú aquí?"

"Olvida eso," dijo Richard. "Reporte."

"Londres es nuestro," dijo Kit. "Mantenemos la ciudad y los puentes. Los depósitos de armas en Deptford y Greenwich han sido destruidos, y las tropas francesas restantes se han refugiado en Westminster Abbey. La multitud está inquieta, y no podría decir qué sucederá."

Richard asintió. "Bien. Tomaré tu lugar ahora, entonces. Tú sabes qué hacer aquí. ¿Están tus hombres afuera?"

"Sí," dijo Kit. "Esperándote."

Asintiendo con la cabeza, Richard caminó hacia afuera, su cojera apenas se notaba.

Kit se volvió hacia Demarais. "General Demarais, Lord Wellington estará aquí en menos de una hora para aceptar su rendición. ¿Desea darme su palabra, o debo hacer que lo aten?"

Demarais se rio desagradablemente. "Tendrá que perdonarme si no tomo su palabra sobre la situación." Él levantó sus manos, con las muñecas juntas.

Kit hizo una señal a alguien afuera, y un hombre entró con un largo de cuerda. Kit dijo, "Ate las manos del general."

"No," dijo Georgiana firmemente, con la cabeza en alto. "Él no será atado."

Kit dudó. "Sería más seguro..."

Georgiana sacudió la cabeza. "Él arregló que me liberaran de prisión y salvó mi vida. Yo pago mis deudas."

Con las cejas juntas, Kit miró hacia el general y de regreso a la joven. Con un suspiro, hizo una seña para que el hombre con la cuerda se alejara. "Quédate afuera de la puerta por si te necesito."

El General Demarais inclinó la cabeza y estudió a Lady Matlock. "Usted cede cuando ella insiste. Ahora él hace lo mismo. ¿Por qué, me pregunto, ustedes dos aceptan órdenes de una joven?" Él se volvió hacia Georgiana. "¿Cuantos años tienes, niña?"

Ella levantó la barbilla. "Dieciséis."

Una sonrisa incrédula tocó los labios del general. "Te tuve bajo arresto en mi propia casa, y te dejé ir. Quizá merezco lo que el Emperador tiene reservado para mí."

Madame Demarais puso su mano sobre el brazo del general. "¿Qué quieres decir?"

Él sacudió la cabeza. "Te lo explicaré después... si hay un después. Darcy, este joven tiene un inusual gusto en ropa, ¿es su hermano? ¿Uno real?"

El desdén en la voz de Demarais hería, aun cuando Darcy no había hecho nada de lo que tuviera que avergonzarse. "Él es mi hermano, sí." Y su levita era de un verdaderamente horrible tono de rojo. Kit usualmente tenía mejor gusto que eso.

Un hombre con el brazo en un cabestrillo manchado de sangre entró y le entregó a Kit un pedazo de papel.

Después de revisarlo, Kit se volvió hacia Demarais. Luces de victoria han sido encendidas en Chatham, Dover y Portsmouth."

"De nuevo, necesitaré más aseveración que su palabra," dijo Demarais fríamente. "Asumo que han tomado el *Achille* y el *Neptune*, ya que no he escuchado el cañón."

Kit asintió. "Ambos navíos están en el fondo del Támesis."

"¡No!" exclamó Darcy, horrorizado. Se puso de pie de un salto. "¡Demonios Kit, Elizabeth está en el *Neptune*!"

Kit se encogió. "¿Elizabeth estaba ahí? ¡Dios, William lo siento! Tenía que hacerse; no podíamos permitir que las naves dispararan sobre la ciudad."

"¿Hay sobrevivientes?" demandó Darcy.

Kit miró en dirección de Lady Matlock antes de responder. "Incendiaron los almacenes de pólvora," dijo él disculpándose. "Los cascos explotaron. Nadie pudo haber sobrevivido."

La boca de Demarais se torció. "Darcy, me disculpo por sospechar que estaba usted involucrado en esto. Le ruego perdone a un viejo hombre amargado."

Un quieto sollozo de Georgiana fue lo único que rompió el silencio.

Horror y una obscuridad helada, vacía. "¿Había sentido Elizabeth algún dolor? ¿La había matado la explosión o se había ahogado? Difícilmente importaba; ella estaba muerta, y hubiera estado viva si él nunca hubiera entrado en su vida. Y Kit, el hermano que finalmente había redescubierto, decía que tenía que hacerse. ¿Podría Darcy mirarlo alguna vez sin recordar este momento?

Él empujó con el hombro a Kit en su camino a la puerta, buscando ciegamente escapar a un lugar donde pudiera contemplar los escombros de su vida en privado. Solamente el sonido de su tía llamándolo por su nombre lo detuvo.

"Darcy, debo rogarte que te quedes. Georgiana y yo requeriremos tu compañía para volver a Darcy House, especialmente dado el tumulto en las calles."

Él quería rehusarse. ¿Cómo podía nadie esperar que él cumpliera con su deber en este momento? Pero no tenía los medios para rechazar su solicitud. Sin una palabra, él cruzó a la ventana donde podía al menos dar su espalda a los demás. ¿Cómo podía el sol de la tarde seguir brillando sobre el cuidadosamente recortado jardín del patio?

Esperar noticias de la ejecución de Elizabeth había sido una pesadilla, pero la realidad era aún peor. Se le había dado un poco de esperanza y un momento de felicidad, y ahora se lo habían arrebatado. Elizabeth se había ido. Bingley lo había traicionado, Demarais le había fallado y ahora Kit se había unido a las filas de aquellos que habían destruido a la mujer que amaba. ¿Qué le quedaba? ¿Richard, el primo que no había visto en cinco años, y tan solo durante una breve reunión desde entonces? Pemberley, dónde no había puesto pie por aún más tiempo, donde los sirvientes y los arrendatarios debían sentir que los había abandonado? Sus demás amigos o habían muerto en la invasión o le habían dado la espalda por colaborar con los franceses.

La conversación continuó detrás de él, pero era un borrón para él. Darcy solamente se movió cuando alguien dijo su nombre. No, no su nombre. Él había dicho Mayor Darcy. Cansadamente se volvió, listo para corregirlo, pero el hombre había estado hablando con Kit. ¿Kit, un mayor? Ridículo.

Todavía con lágrimas en sus ojos, Georgiana dijo. "¿Una comisión, Kit?"

Kit se ruborizó. "No precisamente. Wellington dijo que yo era un mayor, así que soy un mayor, al menos por ahora." Él miró hacia su hombro y con tristeza sacó una masa de galones dorados de su bolsillo. "Se suponía que me pusiera estas charreteras una vez que empezara la lucha, pero se me olvidó por completo."

Georgiana sacudió la cabeza. "¡Es por eso por lo que tu saco es rojo! Me estaba preguntando por qué; no es un color que normalmente usas."

"Mi sastre dijo lo mismo, aunque con palabras más fuertes, pero difícilmente podía decirle que era porque había escasez de uniformes rojos."

Georgiana tomó las charreteras de sus manos y las sacudió. "¿Cómo van? Oh, ya veo los pines. Quédate quieto, Kit." Ella tuvo que ponerse de puntas para asegurar la primera charretera a su hombro.

Estaba desenredando la segunda cuando Wellington, usando una real casaca roja, entró. Kit intentó saludar, una difícil operación con Georgiana asegurando una charretera sobre su hombro. Wellington le dio un asentimiento rápido y dijo. "Oí que Londres es nuestro."

"Todo está bien, señor, y hecho de acuerdo con sus planes. Perdimos a unos cuantos hombres en una escaramuza cerca de Aldgate, y más en las barracas... una docena de ingleses, más o menos cuarenta franceses. Toda una tropa fue derribada por una muchedumbre de londinenses usando sus manos desnudas y cuchillos de cocina, y muchos soldados solitarios encontraron la misma suerte. Jérôme Bonaparte, el así llamado Regente, se ha atrincherado dentro de Hampton Court. El palacio está rodeado de leales ingleses, y no hay escape posible."

"Bien. Dejemos que se pudra ahí." Los ojos del hombre mayor recorrieron la habitación, asentándose sobre Demarais. "¿El General Demarais, asumo?"

Demarais inclinó la cabeza. "General Wellington."

"El día es nuestro. Sus barcos en Great Yarmouth, Chatham, y Portsmouth están en manos inglesas, o si no, hundidos. Lord Nelson domina el canal. Esperamos noticias del norte, pero no anticipo problemas ahí. Le insto a que se rinda y ordene a sus tropas deponer las armas antes de que más de ellos pierdan sus vidas."

Demarais permaneció inmóvil por un minuto y luego se volvió hacia Darcy. "Parezco tener una escasez de sirvientes por el momento. Darcy, ¿pudiera abusar de usted para que me traiga mi espada? Está en mi estudio;

usted sabe dónde encontrarla." Él hubiera usado el mismo tono para pedir una taza de té.

Como desde una gran distancia, Darcy se las arregló para asentir. A una señal de Wellington, uno de sus soldados siguió a Darcy cuando salió de la habitación, cruzó la biblioteca e hizo funcionar el pestillo sobre la puerta del estudio. La espada de batalla descansaba contra un costado del escritorio. Era más pesada de lo que él había esperado.

Volvió y se la entregó a Demarais.

"Se lo agradezco, Darcy." Demarais tomó la espada en su funda con ambas manos y la extendió hacia Wellington. "Ordenaré a mis hombres que depongan sus armas. Tiene mi palabra de que no intentaré escapar, con la condición de que garantice la seguridad de mi esposa."

Wellington tomó la espada. "Me alegra garantizar la seguridad de ella. No hacemos la guerra contra mujeres o niños. Acepto su palabra y le devuelvo su espada."

El teatro estándar de la rendición.

Era verdad. Los franceses estaban derrotados. Era todo lo que Darcy había soñado por años, y ahora ni siquiera le importaba. Él daría cualquier cosa por volver atrás el reloj.

"Kit." La voz de Lady Matlock cortó a través del silencio resultante. "Habiendo recuperado a Inglaterra, creo que hay una presentación importante que has olvidado hacer." Ella miró señaladamente a Georgiana quien estaba colocando el último pin en la charretera de Kit.

Kit encontró brevemente los ojos de Georgiana. Luego dio un paso lejos de ella e hizo una reverencia formal de la corte, el dramático efecto algo entorpecido cuando su charretera se resbaló a un lado de su hombro. "Su Majestad, ¿puedo tener el honor de presentarle al General Lord Wellington, comandante de sus tropas... tal como están. General, está usted en la presencia de Su Majestad la Reina Charlotte Augusta."

Madame Demarais dejó salir un chillido "¡Pero si ella es la Señorita Darcy!"

Wellington se veía asombrado.

Georgiana... no, Charlotte... con la espalda recta y la barbilla levantada, dijo, "General, yo... Nosotros le agradecemos sus esfuerzos en nuestro nombre." Su voz escasamente tembló.

"Su Majestad, es mi gran honor servirle a usted y a Inglaterra." Wellington finalmente hizo su reverencia y dirigió una mirada fulminante a Kit. "¿En qué, en nombre de Dios, estabas pensando para permitirle estar aquí?"

"Ya hemos tenido esta discusión," dijo Lady Matlock. "Y ya que está aquí, usted bien puede hacer uso de su presencia. Parece que las multitudes afuera están inquietas. ¿Quizá Su Majestad pudiera hacer una breve aparición ante sus súbditos para que puedan estar seguros de su presencia y seguridad? La columnata que da a la calle pudiera ser apropiada para la situación."

Kit suspiró. "General, ¿conoce usted a la Condesa de Matlock? Ella sin duda ya ha planeado cada detalle de esto."

Wellington asintió. "Madame, si usted es la madre de Lady Frederica, debo asumir que estamos en manos muy capaces. Sería una excelente idea ayudar a calmar a la población, si Su Majestad está dispuesta."

"Yo... Estamos dispuestos." La joven respiró profundamente y luego habló apresuradamente. "Hay un asunto que debe tratarse primero. En Francia, todo el poder reside en el Emperador. Nosotros no somos tan ignorantes aquí en Inglaterra donde creemos que el poder debe residir en un gobierno electo legalmente. Como por el momento no tenemos ese gobierno, cae sobre nosotros, como Soberana Reinante, ordenar la formación de un gobierno. Confiamos esta responsabilidad..." La voz le falló por un momento, "... a un comité formado por Lord Wellington, Lady Frederica Fitzwilliam, y el Sr. Fitzwilliam Darcy, con elecciones a llevarse a cabo en el lapso de un año."

Kit exclamó, "¡Oh, bien hecho!"

Ella le dirigió una mirada de soslayo. "He tenido seis años para planear ese discurso."

Lady Matlock se adelantó para pararse frente a ella. Produciendo de alguna manera una tiara de su retícula, la colocó sobre la cabeza de la sorprendida joven. "Ahora te ves como una reina."

Darcy forzó a su voz a trabajar. "Me siento honrado por su oferta, pero debo, le ruego, declinar."

Georgiana... no, Charlotte... se vio sorprendida y consternada, pero Lady Matlock fue la que respondió. "Podemos discutir esto después. Por ahora la gente necesita ver que tienen una reina y un ejército. O al menos un general y un mayor." Ella los apresuró a todos a salir de la habitación.

Tan pronto como se hubieron ido, la compostura de Madame Demarais se vino abajo. Las lágrimas empezaron a rodar por sus mejillas y ella se cubrió el rostro con un pañuelo, sus hombros estremeciéndose silenciosamente.

Demarais puso su brazo alrededor de ella. "Ya, ya. No será tan terrible, *ma petite*. Ya lo verás."

"Sí, lo será, ¡y tú lo sabes! ¡Oh, *mon Dieu, mon Dieu*!"

Darcy volvió a su ventana, mirando hacia afuera para darles al menos la ilusión de privacidad. Él intentó no escuchar su conversación en francés en voz baja. Era más simple que lo normal evitarla, ya que el fantasma de la voz de Kit continuaba haciendo eco en sus oídos. *Tenía que hacerse.*

Elizabeth pudo hasta haber estado de acuerdo con Kit. Darcy no podía. Descansó su frente contra el marco dorado de la ventana. Odiaba lo dorado.

"Darcy, mi amigo," dijo Demarais. "Debo pedirle un gran favor. Con toda probabilidad, Wellington me intercambiará con Francia donde encontraré la suerte que el Emperador reserva para generales que fallan tan espectacularmente como lo he hecho yo. Aun si mi esposa no comparte mi suerte, quedará en la miseria y será marginada. Ella estaría más segura en Inglaterra bajo un nombre falso que en Francia. ¿Estaría usted dispuesto a proporcionarle un muy modesto ingreso y protegerla de represalias?"

Darcy se volvió lentamente. Más deber, pero él le debía muchísimo a Demarais. "Pudiera ser difícil..."

Demarais interrumpió, con voz helada. "No es importante. Olvide que dije nada."

"No, eso no es lo que quise decir. Me alegrará hacer arreglos para un lugar donde ella viva y un ingreso. La parte de la protección es más difícil porque no planeo quedarme en Inglaterra. Le entregaré Pemberley a mi hermano. Aun así, no puedo imaginar que Georgiana... la Reina... permitiría que su esposa sufriera ningún daño."

"¿Dejará Inglaterra? Ah, *mon frère*, ahora le entiendo completamente. ¿Puedo preguntar a dónde irá?"

Darcy se encogió de hombros. "A Canadá, al menos al principio. Tengo una hermana allá... una de verdad, quiero decir, la que usted ha estado vigilando durante los últimos seis años."

"Si usted pudiera encontrar la forma, Canadá sería un mejor lugar que Inglaterra para mi esposa. A nadie allá le importarán mis pecados."

¿Podría él alguna vez escapar del pasado? "Si ese es su deseo y el de ella, me sentiré honrado de acompañar a su esposa a Canadá."

Demarais cerró los ojos. "Se lo agradezco. Ha aliviado la más pesada de mis cargas. El cielo le recompensará su amabilidad."

Un ensordecedor tumulto de vítores desde afuera evitó que Darcy respondiera. Wellington debía haber presentado a Charlotte a las multitudes. A menos alguien estaba feliz.

Un cuarto de hora más tarde, Kit, Lady Matlock y Charlotte volvieron a la sala de estar. Esta vez, ella era incuestionablemente Charlotte y no Georgiana. Georgiana hubiera estado atemorizada, pero Charlotte estaba riendo, sus mejillas sonrojadas y los ojos brillantes. Se veía como una extraña.

"¡Eso fue emocionante!" confió la joven. "Al principio estaba preocupada, pero la multitud vitoreó cada vez que agité mi mano o sonreí. ¿Y quién podría no sonreír bajo estas circunstancias?"

Darcy podía nunca sonreír de nuevo. Sospechaba que el General y Madame Demarais sentían lo mismo.

Kit sonreía también. "Estuviste perfecta. Nadie pudo haberlo hecho mejor. Yo, por otra parte, acabo de ser degradado. Hace una hora yo era responsable de tomar toda la ciudad, pero Wellington ahora dice que mi único deber es mantenerte segura y formar una guardia real. Creo que me gusta más este trabajo."

Más prueba de que el papel de Darcy había terminado. Él había sido el único responsable de la seguridad de Georgiana; ahora que se había transformado en Charlotte, ya no lo necesitaba. Ella era ahora responsabilidad de Kit.

La joven miró hacia Kit. "Serás perfecto para eso. También evitará que salgas corriendo."

"Yo nunca quise salir corriendo."

Ella parecía estar a punto de estallar con energía. Sus pies la llevaron al lado de Darcy. "¡Oh, William! ¡Desearía que hubieras estado ahí! Hubieras estado orgulloso de mí!"

"Estoy orgulloso de ti," dijo él rígidamente. "Pude escuchar los vítores y supe que eran para ti."

El rostro de ella se desanimó a pesar de los esfuerzos de él por disfrazar sus sentimientos. "William, ¿estás enojado de que haya sugerido que debes ser parte de la planeación del gobierno? Harías tan buen trabajo, y no hay nadie en quien confíe más. Y después de todo lo que has hecho, mereces ser parte de la victoria."

Él no se atrevió a estropear su triunfo. "Gracias por considerarme, pero no podría darle la atención que se merece. Pemberley necesita mi atención después de todos estos años."

"¿No puede tu administrador hacerse cargo de Pemberley? Lo ha hecho por años, después de todo. YO estaría mucho más feliz de tenerte cerca."

"Lo lamento, pero no puedo." Él ni siquiera podía inventar una buena excusa.

La cansada voz de Demarais era suave. "No puede hacerlo porque está planeando una nueva vida para sí mismo en Canadá. Intenta darle Pemberley a su hermano. Lo lamento, Darcy, pero si ella es reina ahora, necesita saber la verdad."

Darcy no podía soportar ver la reacción de ella, así que en lugar de ella miró a Kit, cuya mandíbula caída y ojos descomunalmente abiertos eran casi cómicos.

Pequeños puños se apretaron en sus solapas. "¡No! ¡Te lo ruego, no! ¡No puedo soportarlo!" Su respiración se había vuelto rápida y superficial en el familiar patrón. "No puedo hacerlo sin ti."

Él palmeó su espalda, fulminando a Demarais con la mirada sobre la cabeza de ella. "Subestimas tu propia fuerza. Por mucho tiempo, yo era todo lo que tú tenías. Ahora tienes a Lady Matlock, Kit, Frederica, Lord Wellington, y pronto tendrás docenas de cortesanos y damas de honor. Toda la población de Londres ya te adora. Escasamente notarás mi ausencia." Después de todo, ella parecía no haber notado la muerte de Elizabeth por más de unos cuantos minutos.

"Ellos no son lo mismo." Ella jadeaba para respirar ahora. "Ellos se irán, como todos los demás. Aún Elizabeth se fue, y ahora tú quieres dejarme también."

Ella estaba empezando a caer contra él. Con un suspiro de frustración, la levantó en sus brazos y la llevó a un diván. "Acuéstate quieta ahora, y trata de respirar más lentamente."

Madame Demarais aún bajo su propio terrible estrés, fue la primera en llegar al lado de la joven. Ella secó el sudor frío de su frente y le canturreó tranquilizadoramente. "Todo estará bien, *ma petite*. Todo estará bien."

Kit parecía congelado. "¡Un médico! ¡Debemos mandar por un médico de inmediato!" Él sonaba frenético.

Darcy le dirigió una mirada de disgusto. "No hay necesidad. Esto ha sucedido muchas veces antes. Todo lo que necesita es descanso y consuelo." No había estado tan mal en mucho tiempo, pero no tenía caso decir eso ahora.

Lady Matlock se sentó en la orilla del otro lado del diván. Tomando la mano de la joven en las dos suyas, ella le dijo de forma tranquila pero pragmática, "Ahora escúchame, querida. Voy a decirte algo muy importante, así que debes escuchar cuidadosamente. Los hombres no son como tú y yo. Cuando un hombre sufre una gran pérdida, su mente deja de funcionar y dice las cosas más ridículas. En unos cuantos días, ellos usualmente recuperan la cordura. Mientras tanto, tú debes ser lo suficientemente generosa como para ofrecer simpatía, pero lo suficientemente inteligente como para prestar poca atención a lo que dicen y esperar a que pase la tormenta."

La difícil respiración de Georgiana no evitó que hablara. "No William. Él no es así."

"Shh, *chérie*, tú tía tiene razón," dijo Madame Demarais. "Todos los hombres son así, incluyendo Darcy."

"¡Un minuto!" dijo Kit. "No todos nosotros..."

Lady Matlock le dirigió una mirada que hubiera congelado los fuegos del infierno. "¿Me estás contradiciendo?"

El nuevo Comandante de la Guardia Real arrastró su bota por la orilla de la alfombra. "Er... no, madame. Por supuesto que no."

La condesa asintió con satisfacción. "Entonces sirve de algo y siéntate al lado de Su Majestad y habla con ella. William, regresa a Darcy House. No estás ayudando aquí, y ya que Kit está ahora protegiendo a Su Majestad, él puede protegerme a mí al mismo tiempo."

"Yo también quiero regresar a Darcy House," dijo la joven lastimeramente.

"Tú debes discutir eso con Kit, pero en cualquier caso, no puedes dejar este lugar hasta que tengas suficientes guardias. Darcy, te dije que te fueras."

Darcy salió de la habitación sin una palabra. ¿Cómo se atrevía su tía a tratarlo como a un niño, especialmente en un momento como este? Él era quien había mantenido segura a Georgiana. Él era el que sabía qué hacer cuando ella estaba alterada. Él era el que...

Él era el que había perdido a Elizabeth.

Su ira se evaporó, dejando un pozo de desaliento.

Una rara variedad de hombres estaba a un lado de la puerta del frente. No parecían comportarse ni como sirvientes ni como soldados. Presumiblemente eran los hombres de Kit. Darcy se abrió paso a través de ellos, asió su sombrero y guantes, y salió al patio.

Afuera los gritos y vítores eran mucho más ruidosos. A través del creciente crepúsculo podía ver a la multitud de personas más allá de las puertas de Carlton House. Otro obstáculo que tendría que pasar.

Ellos lo habían visto. Varios señalaban en su dirección.

Darcy entró de nuevo en la casa. "Tendré que salir por la puerta trasera. Uno de ustedes debe venir conmigo para cerrarla detrás de mí."

La mayor parte de ellos se pusieron más o menos firmes, obviamente complacidos de tener algo qué hacer. Tres de ellos lo siguieron a medida que caminaba por los salones de estado y en el patio trasero. ¿Cuántos hombres podía tomar volver a asegurar una puerta?

Afortunadamente, el callejón más allá de la puerta trasera estaba tranquilo. Darcy escapó sacando la vuelta a la multitud en Pall Mall.

Usualmente las calles de Londres estarían empezando a quedarse vacías a esta hora del día, pero hoy era diferente. Aún en esta fina parte de Londres, pequeños grupos de hombres estaban merodeando la calle, retando a todos los que pasaban, no fuera a ser que un francés disfrazado se les escurriera por en medio. El cuerpo de un soldado francés en la cuneta estaba casi cubierto por la basura que le habían lanzado. Varias puertas, aún aquellas de finas casas citadinas, habían sido pintarrajeadas con una gran T roja. T por traidor, suponía Darcy. ¿Cuánta violencia habría mañana, a medida que ciudadanos leales tomaran venganza por su propia mano? Muy probablemente habría una T en su propia puerta.

Ya estaba completamente obscuro para cuando llegó a Darcy House. No había una T roja en su puerta… esa era una bendición menor. Él abrió la puerta, solamente para ser recibido por dos de sus lacayos sosteniendo garrotes en obvia amenaza. Su mayordomo se apresuró a adelantarse. "Mis disculpas, Sr. Darcy, pero ha habido rufianes vagabundeando por las calles. Pensé que era mejor estar preparado."

El vacío dentro de Darcy no le dejó nada para conversación amable, así que solamente asintió lacónicamente.

"Si me permite preguntar, señor, ¿pudo encontrar a la Señorita Darcy? Hemos estado preocupados por ella."

¿Qué posible respuesta podía darles? Su personal pronto averiguaría quien era en verdad Georgiana, pero él no podía soportar dar la explicación. "Ella no está herida." Él no podía decir lo mismo de él.

Capítulo 20

Las riberas del Támesis tenían bastante mala reputación durante el día. Visitarlas de noche era imprudente, por decir lo menos. A insistencia de su valet, Darcy tomó la precaución de dejar todas sus cosas valiosas en Darcy House y ocultó una pequeña pistola en el bolsillo de su abrigo. No haría ningún bien si algún salteador decidía meterle un cuchillo entre las costillas, pero llevarla con él era más fácil que explicar que realmente no le importaba su seguridad. Todo lo que le importaba era acercarse tanto como pudiera al lugar donde Elizabeth había respirado por última vez.

Llevó a Puck porque el perro había amado a Elizabeth, también. Pero él sabía la verdad: necesitaba al perro para su propio confort.

Su cochero se negó a dejarlo después de que él bajara cerca del río. "No podrá conseguir un carro o silla de alquiler en esta parte de la ciudad, señor."

"Pueden pasar algunas horas antes de que yo desee regresar." Si es que alguna vez deseaba regresar.

"No importa, señor. El Sr. Jamieson espera que yo me quede."

Llevando una pequeña linterna, Darcy caminó con cuidado a lo largo de la rivera hasta que encontró la burda banca donde se había sentado antes. La neblina que subía desde el río era un obstáculo casi tan grande para la visibilidad como la obscuridad. A Puck no le importaba, corriendo en círculos alrededor de Darcy y pausando para meter la nariz en el río.

Darcy se hundió en la banca. No podía ver nada del río. La obscuridad y la neblina ocultaban cualquier señal de los barcos hundidos. ¿Era el Támesis lo suficientemente profundo como para cubrir los altos mástiles?

Pero ¿qué importaba nada de eso? Elizabeth se había ido, la brillante chispa que iluminaba sus ojos apagada para siempre. Un día alguien podría tropezar con su cuerpo, pero si ella había estado atrapada en una cabina, sus restos pasarían la eternidad dentro del naufragio. Él no tendría ni siquiera una tumba qué visitar.

Y él era el que la había llevado a este punto. Todo había sido por culpa de él. La peor parte era recordar cuánto había disfrutado tenerla en Londres, las bromas de ella en la sala de estar, su caminata en Hyde Park, escuchar juntos mientras Georgiana tocaba el pianoforte.

Elizabeth había pagado el último precio por los momentos de placer de él. Si él no la hubiera persuadido a permanecer en Londres, ella estaría ahora segura en Escocia. Él debía haber considerado el peligro para ella, pero se había vuelto complaciente después de ocultar a Georgiana a plena vista todos esos años. Había sido un tonto.

Puck embistió su pierna con la cabeza. Darcy ausentemente le rascó detrás de las orejas. "¿Qué vamos a hacer sin ella?" le preguntó al perro con desaliento. "Nuestra Titania está..." Ni siquiera podía decirlo, ni siquiera a un perro en medio de la noche. Se suponía que la reina de las hadas era inmortal, pero la magia de ella había fallado.

El perro no respondió más que inclinando la cabeza en la mano de Darcy. Después de acurrucarse brevemente, el perro se quedó inmóvil, oliendo el aire, y levantó una pata.

"¡Oh, no!" Darcy asió el collar alrededor del cuello de Puck. "No hay cacería de patos para ti, no esta noche. Y ninguna cantidad de gimoteos me hará cambiar de opinión. Tú vas de regreso al carruaje."

Pero mientras Darcy se ponía de pie, Puck se escapó, dejando su collar colgando en la mano de Darcy, y corrió ribera abajo. Darcy lo llamó pero no hubo respuesta. Con un juramento, Darcy asió la linterna y siguió al perro.

¿Cómo iba a encontrar a Puck en la obscuridad? El miedo lo apuñaló. ¿Por qué había sido tan tonto como para traer al perro con él? Primero había causado la muerte de Elizabeth, y ahora había perdido al perro de ella.

Él gritó el nombre de Puck mientras trepaba sobre pilas de restos flotantes, rasguñando feamente su mano en algo afilado. Algunos desechos ocultos lo atraparon, y cayó sobre sus manos y rodillas en el sucio lodo de la ribera. "Maldito perro," murmuró mientras buscaba donde pisar con seguridad.

Esta era una persecución sin esperanza. Puck podía brincar sobre obstáculos por los que Darcy apenas podía pasar. El perro podía estar a media milla de distancia a estas alturas. La desesperanza luchaba con la impotencia en él, pero no podía perder también al perro de Elizabeth.

Cuando estaba a punto de darse por vencido, escuchó un ladrido familiar. "¡Puck! ¿Dónde estás?"

Otro ladrido, pero no más cerca. Darcy se limpió las enlodadas manos en sus pantalones y siguió adelante. Sonaba cerca cuando Darcy chocó con un muelle decrépito que sobresalía en el Támesis, dejándolo sin aire. Él se inclinó, con las manos sobre las rodillas, hasta que se recuperó lo suficiente para empujarse sobre el muelle.

Puck ladró de nuevo, sonando esta vez como si estuviera a su lado. Darcy se dio una vuelta lentamente, manteniendo la linterna en alto, pero no vio nada. ¿Dónde estaba el maldito perro?

Los ladridos le llegaban como por debajo de sus pies. El idiota del perro debía haberse metido bajo el muelle. Darcy intentó descolgarse por el lado lejano, pero la manga de su saco se atoró en un clavo. Intentó liberarse sin éxito. "¿Puck? ¿Estás ahí?"

"¿William?" Era la voz de una mujer, una que él conocía en lo profundo de su alma.

La manga de Darcy se rasgó cuando él brincó hacia abajo hundiéndose hasta los tobillos en el lodo. No le importaba. "¡Elizabeth! ¿Eres tú?" Él extendió la linterna hacia adelante en la total obscuridad bajo el muelle.

Ella estaba acurrucada con Molly Hayes contra uno de los pilones que soportaban el muelle. Su cabello colgaba en rizos húmedos, despeinados, con lodo embarrado en sus brazos. Él no podía ver la expresión en su rostro porque la mitad de él estaba oculto bajo la cabeza de Puck mientras éste la lamía con entusiasmo. Darcy nunca había visto nada más hermoso.

Dejándose caer sobre sus manos y rodillas, Darcy avanzó más allá de Puck y jaló a Elizabeth a sus brazos. "¡Buen Dios, Elizabeth! ¡Creí que estabas muerta!"

"Casi lo estuve. William tú estás tan... tan... tibio." La voz de ella era débil, y estaba helada como hielo en sus brazos.

Él la liberó solo el tiempo suficiente para quitarse el abrigo. "Pon tus brazos aquí." Apretó el abrigo alrededor de ella y la abrazó de nuevo. "Y pon tus manos contra mi pecho. Las entibiará."

"Pero Molly..."

"Estoy más tibia que tú, Lizzy, porque tú me has estado dejando estar en el punto más protegido," dijo la Sra. Hayes tenazmente, pero ella también estaba temblando.

Este no era el momento de pensar en las apariencias. Darcy se quitó la levita y la sostuvo para ella mientras ella batallaba para ponérsela.

¿Cuánto tiempo habían estado aquí sentadas en la neblina nocturna, empapadas? "¿Qué sucedió? ¿Cómo escaparon del *Neptune*? ¿Fueron lanzadas fuera?"

"Yo salté. Cuando explotó el Achille, supe que el Neptune sería el siguiente. Todos estaban en el barandal, intentando ver el naufragio a través de todo el humo. Entonces... ¿qué estaba diciendo?"

"No importa. Todo lo que importa es que estás viva."

"Ella salvó mi vida," dijo la Sra. Hayes. "Asió mi mano y me dijo que no había tiempo para explicar y que teníamos que saltar inmediatamente. Llegamos al barandal opuesto. Yo perdí el valor una vez que estuve de pie sobre el barandal, pero Lizzy saltó y me jaló con ella. Golpeamos el agua... ¡nadie me dijo nunca que duele aterrizar en el agua desde una gran altura!... y por supuesto nos hundimos muy profundo, y todo explotó a nuestro alrededor, como una tormenta de madera y clavos y cosas peores." Ella se estremeció. "Pero me agarré del pedazo de madera más cercano, y por gran fortuna era ese barril." Ella señaló hacia la orilla del agua. "Con su ayuda, pudimos llegar a la superficie, pero yo estaba segura de que nos ahogaríamos."

Elizabeth dijo, "Había humo por todas partes, y nosotros tosíamos sacando agua, y era difícil respirar, como Georgiana durante uno de sus ataques."

"Pero la marea estaba bajando," continuó la Sra. Hayes. "Nos llevó con ella. Elizabeth pudo haber nadado a la playa pero no quiso dejarme. Para cuando llegamos aquí, estaba obscuro y decidimos que debíamos escondernos hasta que amaneciera."

Puck se había subido al muelle, y ahora tenía a su gente favorita al alcance. Con entusiasmo empezó a lamer primero la mejilla de Darcy, luego la de Elizabeth.

Darcy intentó alejar al cachorro, pero sin muchas ganas. "Puck, te mereces comer en un plato de oro por el resto de tu vida por lo que has hecho esta noche. Pero no necesito babas de perro por toda la cara."

Elizabeth rio amortiguadamente. "Yo sí. El agua del río es repugnante y asquerosa. Ser lamida por un perro es una gran mejoría."

LA CUALIDAD BRUMOSA, como de sueño estaba empezando a desvanecerse de la mente de Elizabeth para cuando Darcy se las arregló para llevar a las dos mujeres a la calle más cercana. "¿Dónde estamos?"

"En algún lugar al este de la Torre, creo." Darcy miró calle arriba y calle abajo, manteniendo una mano de apoyo alrededor del hombro de ella.

"Pero ¿qué pasa con el toque de queda? Si los soldados franceses nos encuentran, sabrán que vine del barco."

"¿El toque de queda?" Él sonaba perplejo, lo que era raro tomando en cuenta cuántos años habían tenido toque de queda. "Por supuesto, tú no lo sabes. Londres ha sido liberado; los únicos soldados franceses que quedan han tomado asilo en Westminster Abbey."

Ella se detuvo tan abruptamente que él trastabilló. "¿Es verdad? ¿Somos libres? ¿Qué sucedió? Sabía que el levantamiento debía haber empezado, pero ¿ya terminó?"

Las cejas de Darcy se juntaron. "No sé los detalles. Una vez que oí que el Neptune estaba hundido, dejé de escuchar lo demás. Pero se ha terminado, y Demarais se ha rendido. Kit podrá decirte más; estuvo en medio de todo. Wellington está comandando las fuerzas en tierra y Lord Nelson tiene la flota."

"¿Wellington? ¿Nelson? ¡Pensé que habían muerto hace mucho! ¡Oh, estas son las mejores noticias!"

"Permítame diferir." La mano de Darcy acunó la mejilla de ella. "Encontrarte viva son las mejores noticias."

Si Elizabeth no hubiera estado tan fría y mojada, ella hubiera podido vivir en ese momento por siempre.

Un muchacho pasó por un lado de ellos. ¿Qué estaba haciendo despierto a esta hora?

Darcy lo llamó. "¡Hey, muchacho! ¿Quieres ganarte un chelín?"

"¿Qué? Sí, señor, si es tan amable."

"Dejé mi carruaje en St. Katharine's Way. ¿Puedes correr allá y decirle al cochero que dice el Sr. Darcy que debe venir aquí?" Darcy miró alrededor. "Dondequiera que sea aquí."

Los ojos del muchacho se abrieron desmesurados "¡Cor! ¿Es usted realmente el Sr. Darcy?"

"¿No lo acabo de decir?"

"¿*El* Sr. Darcy? ¿El que ocultó a la princesa todos esos años?"

Elizabeth, viendo a Darcy entiesarse, dijo "Sí, él es ese Sr. Darcy."

"¡Cor! ¡Espera a que les cuente a mis amigos! ¡Iré a buscar su carruaje en un santiamén!"

"¡Un momento! ¿Hay alguna casa pública respetable cerca donde pueda llevar mientras a las damas? Tienen frío y están mojadas."

El muchacho entrecerró los ojos hacia las mujeres en la obscuridad. "Oh, lo lamento. Creí que eran hombres con esos sacos. Mala noche para nadar, ¿o no? Pero pueden ir al Royal Oak allá en la esquina, el que tiene las velas en la ventana. Es el lugar de mi má', ella se encargará de ustedes."

"Bien. Ahora puedes irte."

El muchacho salió a la carrera.

"¿En dónde supones que oyó sobre mí? Darcy tomó el brazo de Elizabeth y la dirigió hacia la taberna.

Los dientes de Elizabeth empezaron a castañear. "No tengo idea."

"No más plática. Debemos calentarte."

Molly dijo, "¡Espere! ¿Qué fue eso sobre la princesa?"

"Te lo contaré después," dijo Elizabeth. "Cuando nos hayamos calentado."

La posada estaba solamente iluminada por unas cuantas velas y un fuego moribundo, pero la luz deslumbró a Elizabeth después de tantas horas de obscuridad. Media docena de hombres y mujeres estaban sentados en las mesas en el bar. Una mujer con un delantal tallaba una mesa con un trapo mientras varios clientes retrasados se quedaban sobre su cerveza en otra. El murmullo de la conversación cesó abruptamente cuando ellos entraron.

Sin importarle las miradas de los clientes, Elizabeth se apresuró hacia el fuego, seguida de cerca por Molly. ¡Ah! ¡Calor! Ella solamente deseaba que pudiera calentarla por todos lados al mismo tiempo.

La mujer del delantal se apresuró hacia ellos. "Ahora, ¿qué significa todo esto, eh? Esta es una casa respetable, y no voy a tener a gente extraña viniendo aquí a esta hora con malas intenciones."

Darcy dijo rígidamente, "Mi buena mujer, somos bastante respetable. Su hijo ha ido a buscar mi carruaje y sugirió que podíamos esperar aquí."

La mujer pareció dudar, quizá debido al cultivado acento de Darcy, pero no era de sorprender que tuviera dudas. Darcy escasamente parecía un caballero en mangas de camisa y con lodo cubriendo sus botas y rodillas, dos damas desaliñadas usando sus sacos y sin duda apestando con el olor del Támesis, y un cachorro medio crecido siguiéndolos.

La anfitriona puso sus manos sobre sus caderas. "Cualquiera puede decir que tiene un carruaje, pero no lo creeré hasta que lo vea. Ahora, salgan de aquí."

"Oh, déjalos quedarse," exclamó uno de los clientes. "No todos los días tenemos una nueva reina."

Queriendo llorar ante la sola idea de salir de nuevo a las calles, Elizabeth lanzó un disparo en la obscuridad. "Él es el Sr. Darcy." Había funcionado con el muchacho, después de todo.

La mujer dio un paso hacia atrás. "¿No *el* Sr. Darcy?"

"Sí," dijo Elizabeth amablemente. "El que escondió a la Princesa Charlotte todos estos años. Acaba de salvar nuestras vidas sacándonos del rio. Estábamos en el *Neptune* cuando explotó ¿sabe?" Ella intentó ignorar la rígida expresión de incredulidad de Darcy. Si significaba que podía quedarse junto al fuego, estaba dispuesta a decir casi cualquier cosa.

Un hombre con una barba hirsuta dijo, "Pero... Pero se supone que la dama en el *Neptune* está muerta. La Señorita Gordon, o cualquiera que haya sido su nombre."

"Yo soy la Señorita Gardiner, y estuve a punto de morir, se lo aseguro." Ella se había acostumbrado a ser la Sra. Darcy, pero si la Señorita Gardiner podía tener un lugar junto al fuego, ella usaría el nombre.

La dueña de la posada jadeó. "¿La que escapó con la princesa y se ocultó en un pajar?"

"Esa misma. Georgiana... así llamábamos a la princesa cuando estaba disfrazada... dijo que si el Rey Charles podía ocultarse en un roble todo el día, ella podía ocultarse en un pajar toda la noche." Elizabeth intercambió una mirada cautelosa con Darcy. ¿Cómo podía esta gente saber todas estas cosas?

"Bueno, ¡así es diferente, entonces! Vengan conmigo damas, y tú también, Peg Jones. Debemos dejar a estas damas secas y limpias. George Mason, tú atiende el bar y consíguele algo de beber al Sr. Darcy." Ella condujo a Elizabeth y a Molly atrás del bar y a una benditamente tibia cocina. Los otros clientes ya estaban amontonándose alrededor del Sr. Darcy y haciendo preguntas.

En la cocina, una sorprendida mesera del bar se tapó la boca con la mano al verlas. La anfitriona la mandó corriendo a traer un tazón con agua y toallas y a la mujer llamada Peg a encontrar ropa seca.

¡Ropa seca! ¡Sonaba celestial!

Elizabeth se las arregló para lavar su propia cara y manos, pero entonces la anfitriona se encargó de ella personalmente, desvistiéndola hasta su fondo y secando su cabello. Molly, claramente considerada un personaje menor, fue dejada a merced de la mesera.

Peg Jones milagrosamente produjo dos vestidos del diario en color café y fondos para acompañarlos. "No a lo que ustedes damas pueden estar acostumbradas, pero al menos están secos."

Elizabeth miró a los simples vestidos de lana, con lágrimas de gratitud en los ojos. "No puedo decirle cuán agradecida estoy. Esto es perfecto, y me sentiré orgullosa de usarlo."

"Igual yo," dijo Molly.

"Y ¿quién es usted?" preguntó la anfitriona, como si notara a Molly por primera vez.

"Molly Hayes," dijo ella humildemente.

Elizabeth dijo, "La Sra. Hayes es la esposa del Lord Alcalde."

La pobre mesera gritó como horrorizada de que sus humildes manos hubieran tocado a la esposa del Alcalde. "¡No lo sabía!"

La anfitriona pareció menos impresionada, o quizá la rescatista de la princesa simplemente calificaba más alto que la esposa del Lord Alcalde.

Mientras empezaba a vestir a Elizabeth, ella preguntó, "¿Cómo es ella, la pequeña reina?"

¿Qué querría saber la gente común sobre ella? Presumiblemente no acerca de su ocasional petulancia o sus ataques de nervios. "Ella es un poco más baja que yo, con cabello rubio, y cuando está concentrada pensando, ella siempre envuelve su dedo en uno de sus rizos. Su cabello es corto, sin embargo, apenas le llega a los hombros, porque tuvimos que cortarlo cuando escapamos."

"¿Es verdad que se vistió como muchacho?" Los ojos de Peg Jones estaban abiertos desmesuradamente.

Esa era una pregunta fácil. "Solamente cuando no hubo otra opción. Ella fue muy valiente al respecto y estaba preparada para hacer cualquier cosa para servir a Inglaterra y a su gente. Se veía muy atractiva como muchacho, sin embargo."

Las mujeres suspiraron felizmente. "Y el hermano del Sr. Darcy, ¿es verdad que está locamente enamorado de ella?"

¡Buen Dios! ¿Dónde, en nombre del cielo, habían escuchado eso ellos, cuando hacía apenas unas cuantas horas desde que se había ganado Londres? "No puedo repetir sus confidencias, pero él es su más ferviente partidario."

"¡Oohh! ¿Es guapo?" se aventuró la mesera.

"¡Oh, sí! Tiene el cabello obscuro como su hermano y una sonrisa cautivadora."

"Espero que la reina se compadezca de él. Después de todo, él la ha amado por tanto tiempo."

¿Por tanto tiempo? ¡No hacía medio año que Kit conoció a Georgiana! Pero ahora Elizabeth sabía la fuente de toda esta información. Sin importar quién hubiera repetido la historia a estas mujeres en particular, Lady Matlock ya estaba claramente preparando a la población para que Georgiana... Charlotte... se casara con Kit. Con el derrocamiento de los franceses, Lady Matlock habría cambiado sus planes para el futuro de la reina tan rápidamente como podría cambiar sus guantes. Richard Fitzwilliam habría salido del cuadro y Kit estaba dentro. ¿Qué pensaría Kit de su nuevo papel en esta saga?

Finalmente estuvieron secas y presentables, aunque parecían más mujeres comunes de lo normal, y Elizabeth había averiguado que la buena cerveza fuerte sabía mucho mejor que el agua del rio. Por supuesto, casi cualquier cosa lo haría.

De regreso en el bar, Elizabeth descubrió a Darcy sentado en una mesa con los otros clientes, sosteniendo un tarro de cerveza y todavía respondiendo preguntas con sorprendente amabilidad. Puck estaba sentado a sus pies. Cuando se puso de pie al verla, sus ojos eran cálidos.

"Te extrañé," le dijo él suavemente cuando llegó al lado de ella. "El carruaje ya está aquí."

Mientras que los bebedores de cerveza discutían juntos muy cerca, Darcy pagó a la propietaria varias veces lo que el servicio requería. Elizabeth prometió regresar la ropa tan pronto como fuera posible. Entonces, recordando lo que Georgiana había hecho después de su noche en el pajar, ella se quitó un anillo de plata del dedo meñique y se lo dio a la mujer. "Esto es para recordar esta noche, y usted puede mostrarlo para probar que estuvimos aquí. La princesa me lo dio."

"¡Oh, Señorita Gardiner, no podría!" Pero la anfitriona estaba viendo el anillo como si fuera una reliquia sagrada.

"Quiero que lo tenga, y si la princesa... la reina estuviera aquí, ella diría lo mismo."

"Bendiciones, señorita, y Dios bendiga a Su pequeña Majestad, también."

El hombre que había sido nombrado encargado del bar se levantó de entre el grupo, metió sus pulgares en su cintura y se dirigió a la anfitriona. "Hemos estado platicando aquí, y creemos que en honor de este día, y de lo que dijo la reina acerca de esconderse en el pajar como el Rey Charles en el roble, este bar deberá ser llamado El Pajar Real en lugar de El Roble Real." Un murmullo de aprobación se extendió.

La expresión de la anfitriona se iluminó mientras se volvía hacia Darcy y Elizabeth. "Apenas me atrevo a preguntar, pero ¿les importaría?"

Aguantándose las ganas de reír, Elizabeth dijo, "Me sentiría honrada."

Con un rostro de solemnidad de póker, Darcy dijo, "Necesitará un nuevo letrero, entonces." Él agregó dos monedas más a la pila.

Morderse el labio fue la única manera en que Elizabeth pudo mantener un rostro serio, pero cuando el carruaje salió de la posada, ella ya no pudo reprimir su risa. Entre carcajadas, ella se las arregló para decir, "Me siento como si fuéramos personajes en alguna historia antigua como las historias del Rey Arturo. Casi esperaba que llegara Sir Lancelot cabalgando."

Darcy bajó los ojos hacia ella con una mirada arrebatada. "Creí que nunca volvería a escuchar tu risa de nuevo."

Molly se aclaró la garganta como para recordarles que todavía estaba ahí. "Lizzy, acerca de la Princesa Rosalinda y el pajar," dijo señaladamente.

"Er, sí. La Princesa Rosalinda y la Princesa Charlotte tienen mucho en común, me temo. Desearía poder habértelo dicho antes. ¿Recuerdas que cuando nos conocimos te dije que era culpable de hacer cosas mucho peores que doblar periódicos? ¡Ahora sabes qué tanto peores!"

"Quizá deberías contarme la historia ahora ya que todo mundo en Londres parece saber más que yo," bromeó Molly.

La historia tomó la duración del viaje a Mansion House, donde Darcy entregó a Molly en las manos de un agradecido hasta las lágrimas y no muy sobrio Lord Alcalde, todavía despierto a pesar de las torres que repicaban la media noche y ya vestido en negro luctuoso. Mientras abrazaba a su esposa, él dijo, "Darcy, si alguna vez hay cualquier cosa que pueda hacer por usted, no importa lo que sea, estaré feliz de hacerlo. Se lo debo todo. Cuando escuché las noticias acerca del *Neptune*, pensé que mi mundo se había terminado."

Una vez de regreso dentro del carruaje, Darcy rodeó a Elizabeth con sus brazos y dijo, "Su gratitud está fuera de lugar porque no hice más que llevarla hasta él. Pero entiendo cómo se siente. Todavía no puedo creer que tú estás viva y aquí conmigo."

"Y que estamos libres de los franceses," dijo Elizabeth, conteniendo un bostezo. "Puede que me tome algún tiempo para verdaderamente creer eso." Ella descansó su cabeza sobre el hombro de él. ¿Cuánto tiempo hacía desde que se había sentido tan segura y feliz como lo hacía en ese momento? ¡Si tan solo pudiera quedarse en sus brazos para siempre! "Ni siquiera te he agradecido por encontrarme."

"Puck se merece el crédito por eso." Darcy hizo un gesto hacia el perro que dormía en el asiento opuesto. Normalmente a Puck no se le permitía subirse a los asientos del carruaje, pero esta noche Darcy le hubiera permitido cualquier cosa.

"Bueno, entonces, te agradezco por pensar en traer a Puck para buscarme."

Los brazos de Darcy se apretaron alrededor de ella. "No esperaba encontrarte. Ya había enviado a sirvientes a preguntar si había algún sobreviviente de los barcos, y reportaron que no había ninguno. Pero yo simplemente no podía permanecer lejos. Tenía que estar cerca de ti." Él presionó los labios contra la parte de la frente de ella que podía alcanzar. Era cierto... ella estaba viva, y pronto estaría viviendo con él en Darcy House como su esposa. Él había intentado evitar imaginar eso o hubiera sido demasiado doloroso despertar todos los días en una cama vacía.

La respiración de Elizabeth era lenta y uniforme. ¿Se había quedado dormida? Darcy se mantuvo perfectamente inmóvil para evitar despertarla. Ella debía estar exhausta, y necesitaba descansar si iba a evitar un resfriado. Y de esta manera él podía deleitarse en la indescriptible alegría de abrazarla muy cerca. Él era el hombre más afortunado del mundo.

"ELIZABETH, MI QUERIDÍSIMA, mi adorable Elizabeth."

Ella apenas escuchó las palabras de Darcy a través del velo del sueño, pero la ternura en su voz la atrajo. Sin siquiera abrir los ojos, ella inclinó la cabeza hacia él. ¡Oh, el placer de su beso! Quizá pudieran permanecer en el carruaje para siempre, justo así.

Ni siquiera le importó a ella que cuando el carruaje se detuvo, no hasta que escuchó el clic del pestillo de la puerta cuando se abrió, seguido por oírlo cerrarse con firmeza. Ella se enderezó abruptamente, ahora completamente despierta. ¿Los había visto el cochero de los Darcy actualmente besándose? "¡Oh, Dios!"

"Oh, Dios, en verdad." Darcy no sonaba ni un poquito arrepentido. "Es seguro abrir ahora, Symons."

Cuando la puerta se abrió esta vez, los ojos del cochero estaban fijos firmemente sobre el suelo. Mientras ponía los escalones, Symons dijo,

"Hasta aquí nada más podemos llegar, señor. Creo que usted pudiera necesitar lidiar con esto."

Elizabeth sacó la cabeza. Todavía estaban a una corta distancia de Darcy House, pero a pesar de lo tarde de la hora, Brook Street estaba llena de gente, algunas llevando linternas. Una línea de hombres con rifles estaba de pie al final de la cuadra.

Darcy descendió del carruaje y caminó al hombre armado más cercano. "¿Qué es esto?" demandó él. El tipo dijo, "Lo lamento, señor, nadie entra sin la aprobación del mayor."

"¿Este es el Mayor Darcy? Vaya a preguntarle entonces," refunfuñó Darcy.

"¡Tonterías!" Era la cordial voz del Sr. Cartwright, el vecino de Darcy, el que lo había menospreciado por sus políticas. "Darcy, por favor permítame el gran privilegio de estrechar su mano. No podría estar más orgulloso si fuera mi propio hijo. Usted, ahí, deje pasar a Darcy. Él es el que ocultó a la princesa."

Elizabeth estaba ya empezando a cansarse de escuchar eso.

El hombre armado se enderezó abruptamente. "Lo lamento, señor. Fue mi error, Sr. Darcy. Puede pasar directamente."

La muchedumbre dentro de la barrera ya estaba volteando hacia Darcy. El Sr. Cartwright gritó, "¡Dejen pasar al Sr. Darcy!"

Elizabeth bajó rápidamente del carruaje, cerrando la puerta rápidamente para mantener a Puck adentro. Darcy le dio el brazo, aún si ella parecía más una sirvienta que su huésped.

El hombre armado la miró con recelo. "¿Quién es la dama, señor?"

"Yo soy la Señorita Gardiner, y no estoy muerta," dijo Elizabeth, si todo mundo sabía los detalles de cualquier manera, ella bien podía ahorrar tiempo. Es decir, todos los detalles excepto su matrimonio.

"¡Otra bendición en este bandito día!" exclamó Cartwright.

Multitud se partió frente a ellos. Varias mujeres estaban sentadas en una entrada, cortando banderas francesas a la luz de una linterna y cosiendo los retazos para formar la familiar bandera de Gran Bretaña. Otra bandera pendía junto a la puerta de Darcy House, esta un montón de rojo, azul y amarillo burdamente cosidos. Elizabeth entrecerró los ojos para verla. ¿Se suponía que era el estandarte real? Alguien debió haber estado ocupado.

Una mujer cerca de Darcy preguntó, "¿Es ella en verdad la Señorita Gardiner del *Neptune*?"

Darcy colocó su brazo alrededor de la cintura de Elizabeth y se volvió para enfrentar a la multitud. Esta era una pregunta que él estaba feliz de responder. "Ella ha sido conocida como la Señorita Gardiner, aunque fue bautizada como Señorita Elizabeth Bennet, hija de Thomas Bennet de Longbourn. Pero estoy orgulloso de anunciar que su nombre correcto es Sra. Darcy y lo ha sido estos últimos tres meses."

Dispersos vitoreos fueron interrumpidos por siseos pidiendo silencio. "¡Su Majestad está tratando de dormir!" siseó un tipo.

Darcy mantuvo abierta la puerta para Elizabeth. Llegando a casa con él.

La puerta apenas se había cerrado tras ellos cuando una nube de tela blanca y cabello dorado corrió escaleras abajo y se lanzó contra él con tal fuerza que él trastabilló. "¡Gracias a Dios que estás de regreso! ¡Estaba tan preocupada!"

Devolviendo el abrazo de la joven él dijo, "Georgiana... o supongo que debería decir Charlotte o Su Majestad..."

"¡No!" El rostro de la chica estaba hundido en el cuello de él, pero su voz era perfectamente audible. "Debes llamarme Georgiana, igual que siempre."

"Está bien, entonces, Georgiana, puede ser que quieras soltarme el tiempo suficiente para ver quién..."

"¡Elizabeth! ¿En verdad eres tú?" Kit se apresuró escaleras abajo casi tan rápido como Georgiana lo había hecho. Todavía estaba vestido con ese ridículo saco rojo, pero su cabello lucía como si las aves hubieran estado anidando en él. "¡Estás viva!"

"¡Oh, Elizabeth!" exclamó Georgiana, con lágrimas llenando sus ojos. "Me alegra, ¡me alegra tanto!" Ella empezó a abrazar a Elizabeth pero se retiró al último segundo, arrugando la nariz. "¡Hueles horrible!"

"Esencia del Rio Támesis. Todavía está en mi cabello," dijo Elizabeth con una risa. "Creo que volveré al agua de lavanda; no me gusta este nuevo aroma."

Kit la tomó de ambas manos. "¡Gracias a Dios estás a salvo! William se volvió loco cuando creyó que habías muerto... hasta quería dejar Inglaterra completamente." Él le dirigió a Georgiana una mirada preocupada, como si deseara retirar sus palabras.

"Pero ahora te quedarás, ¿no es así?" rogó Georgiana.

"Tendré que. Acabo de anunciar al mundo que Elizabeth y yo estamos casados, y no creo que mi esposa desee emigrar." Y él nunca planeaba permitirle dejar su lado.

"¿Casados?" preguntó Georgiana con incredulidad. "Pero ¿cómo?"

"Nos casamos en secreto a bordo del *Neptune*," dijo Elizabeth con una sonrisa. "Hace casi tres meses."

"¿Y no me lo dijiste?" Georgiana sonaba herida.

Darcy sonrió. "Lo lamento. Quizá aprendí demasiado bien el hábito de mantener secretos, aun cuando no debería."

Elizabeth palmeó el brazo de Georgiana. "Espero que estés feliz por nosotros de todas maneras. Estoy tan contenta de verte de nuevo. No me iría de aquí por todos los tigres y elefantes del mundo."

"No puedes irte ahora que eres mi hermana. Nunca creí que podía suceder." Georgiana enredó un rizo alrededor de su dedo. "Aunque supongo que no puedes ser mi verdadera hermana ya que William no es verdaderamente mi hermano. Pero será igual que ser hermanas, ¿o no?"

Kit se acercó sigilosamente a Darcy. "Debo advertirte, ella bebió bastante brandy. Estaba tan alterada cuando descubrió que no estabas aquí, y nada de lo que yo decía la calmaba," dijo él en voz baja. "No tengo idea de cómo se las arreglan Elizabeth y tú."

Georgiana jaló su rizo, claramente pensando profundamente. "¡Ya sé! Seremos verdaderamente hermanas después de todo. Después de que me case con Kit, es decir." Ella sonrió beatíficamente.

La mandíbula de Kit cayó, dejándolo de pie con la boca abierta. "Yo... yo..."

Elizabeth dijo, "Yo no me preocuparía demasiado. Es el brandy el que habla, sin duda."

Georgiana le dirigió una mirada confundida. "No, no lo es. Lo decidí hace meses. Kit es la elección lógica, y a mí me gusta."

Kit se pasó la mano por entre el cabello, dejándolo aún más desordenado, y volvió una mirada indefensa a su hermano. "¿Se lo puedes explicar?"

Darcy sacudió la cabeza. "Quizá deberíamos discutir esto en la mañana."

"¿Qué? ¡Esto es una locura! Tú sabes perfectamente bien que ella no puede casarse conmigo."

Georgiana se mordió el labio. "Si tú no deseas casarte conmigo, no insistiré." La voz le tembló.

"No tiene nada que ver con mis deseos," dijo Kit desesperadamente. "Tú no puedes casarte conmigo. Yo no soy nadie. Tú debes casarte con un príncipe, me guste o no."

La joven sacudió la cabeza con fiereza. "No. Inglaterra no debe tener un Príncipe Consorte extranjero, no ahora, así que debo casarme con un inglés. Y necesito producir herederos, porque si algo me sucede, los mocosos de Jérôme Bonaparte tendrán pretensión al trono. Debo casarme rápidamente. ¿Por qué tomar tiempo buscando un esposo cuando tengo uno perfectamente bueno justo aquí?"

"Pero tu matrimonio es un asunto de estado, no solo una preferencia personal. ¡Ni siquiera eres mayor de edad!"

"¿Qué diferencia tiene mi edad? No hay Regente hasta que tengamos un gobierno para elegir uno. Quizá... Lady Matlock, ¿sería tan amable de servir como mi Regente hasta entonces?"

"Por supuesto, querida, aunque escasamente necesitas uno," dijo Lady Matlock.

"¿Puedo casarme con Kit?"

"Sí, y estoy de acuerdo en que debes hacerlo rápido. Kit, por favor cierra la boca antes de que alguien te confunda con un pez."

Kit se hundió para sentarse en los escalones, con la cabeza en las manos. "¡No puedo creer esto! Y ninguno de ustedes parece siquiera sorprendido."

Georgiana se sentó junto a él y palmeó su rodilla. "Tú simplemente necesitas tiempo para acostumbrarte a la idea. No será tan malo, ya verás."

Kit volvió su cabeza hacia ella, manteniendo las manos arriba para que nadie más pudiera ver su rostro. "Yo nunca dije que sería malo."

La joven resplandeció. "¡Oh, bien! ¡Estabas empezando a preocuparme!"

Lady Matlock dijo, "Quizá podamos sentarnos mientras discutimos lo que deberá suceder mañana en la mañana. Estoy demasiado cansada para estar de pie por mucho rato, y Elizabeth parece estar medio dormida sobre sus pies."

"Ya es la mañana," murmuró Darcy.

El reloj de la repisa de la chimenea repicó una vez como para estar de acuerdo con él.

Capítulo 21

Elizabeth se había acostumbrado a sentir su cama mecerse en el *Neptune*, pero no estaba moviéndose cuando se despertó. ¿Sería un día inusualmente calmado en el río? También parecía más suave que su litera en el *Neptune*. Pero ella podía escuchar a los marineros entrenando como de costumbre... ¿o no? Las voces daban órdenes en inglés, no en francés, y no golpeaban pasos por encima.

Sus ojos se abrieron repentinamente. ¿Dónde estaba? Empujando la lujosa ropa de cama, se sentó y contempló el nada familiar mobiliario con incrustaciones y las paredes con diseños chinos. Ella todavía estaba usando el vestido de lana café del bar. Tembló cuando recordó el día anterior... barcos que explotaban, la lucha por mantenerse a flote en el Támesis, el respiro en el bar, y finalmente Darcy House. Pero ella no reconocía esta habitación.

"Buenos días, Sra. Darcy. ¿Quiere su chocolate caliente ahora?" La alegre doncella no le era familiar.

"Er... sí," dijo Elizabeth. "¿Estoy en lo correcto al pensar que esta es Darcy House?"

"La habitación del mismo Sr. Darcy, madame. El Sr. Darcy la cargó hasta aquí cuando se quedó dormida abajo. Dijo que querría bañarse esta mañana, así que me tomé la libertad de ordenar que le calentaran agua. ¿Debo preparar su baño ahora?"

"Un baño sería celestial." Elizabeth frotó sus brazos cuando salió de la cama. "No recuerdo verte aquí antes. ¿Eres nueva?" Ella hubiera recordado a esta chica. Los sirvientes de Darcy House, seleccionados por su falta de curiosidad, nunca mostraban este tipo de iniciativa.

"Sí y no, madame," dijo la joven mujer. "Trabajo para el Sr. Cartwright en la casa de enseguida. La mayor parte del personal de él está ayudando aquí hoy. Cuando su Sra. Reynolds averiguó anoche que tenía que alimentar y alojar a dos docenas de soldados, rogó a nuestra ama de llaves que la ayudara. El Sr. Cartwright se enteró de ello y pidió voluntarios para ayudar aquí, y por supuesto, todo mundo se ofreció. ¡Es un gran honor! ¿La ayudo a quitarse ese vestido?"

"Gracias. Es bueno de parte del Sr. Cartwright ser tan generoso," dijo Elizabeth.

La doncella desabrochó rápidamente el simple vestido de lana. "¡Nunca lo había visto tan feliz! Tan pronto como supo las noticias, empezó a organizar a los vecinos. Todo el mundo está ayudando a proporcionar comida y alojamiento para los soldados, y cada casa envió lacayos para estar en la guardia real de honor. El Mayor Darcy los está entrenando ahora. Y todas las mujeres de la cuadra, desde las señoras de las casas a las sirvientes de menor rango, están cosiendo tabardos para los lacayos para que hagan juego, y nuevos estandartes reales, también. Mi propia señora cortó su vestido de satín amarillo para el primer estandarte." La chica soltó una risita. "No quedó muy bien, porque lo hicieron tan a la carrera, pero estaba colgado dos horas después de que llegara Su Majestad, y eso es lo que importó."

Elizabeth salió del vestido con un encogimiento de hombros y empezó a desamarrar los amarres de su fondo. Su corsé debía estar en el bar. "¿Y todo esto tenía que hacerse en una noche?"

"¡Por supuesto!" dijo la doncella ansiosamente. "Esos monstruos franceses verán cómo honramos a Su Majestad. ¿Qué tal si ella desea salir hoy, y no tenemos a la guardia real lista? ¡Toda Inglaterra nos está observando!"

"Por supuesto," dijo Elizabeth solemnemente mientras salía del áspero fondo. "De algún modo asumo que Lady Matlock debe ser parte de esto también."

"Oh, sí. Su señoría está reunida con el General Wellington, Lady Frederica, y algún otro caballero acerca de recuperar el control del país o algún asunto así. Lady Matlock le dijo al Sr. Cartwright que cuando tuviera todo en la cuadra bajo control, debía empezar a planear la coronación. ¡La coronación! ¿Puede creerlo? ¡Y pensar que estamos actualmente en la misma casa que la reina! Esto es lo más emocionante que me ha pasado nunca."

La chica la ayudó a ponerse una bata de satín que Elizabeth no reconoció. Por supuesto; la suya debía estar en el fondo del Támesis, junto con todas las posesiones que no había estado usando y el manuscrito de *Los Cuentos de la Princesa Rosalinda.* Una punzada la acuchilló. Todos los marineros que había llegado a conocer, el torpe teniente que extrañaba a su novia en Francia, y las últimas dos orgullosas rehenes... todos se habían ido en un instante. La novia del teniente lo esperaría en vano. Esas molestas y siempre presentes lágrimas le escocieron los ojos. La chica terminó finalmente de abotonar la bata. "Listo. Eso está mucho mejor. El Sr. Darcy desea hablar con usted antes de que se bañe. ¿Puedo decirle que pase?"

El corazón de Elizabeth se brincó un latido. "Sí, hazlo pasar."

Su esposo venía a verla, y ella no estaba usando nada más que una bata con su cabello suelto sobre los hombros. Y todavía con el olor del Támesis. ¡Qué poco romántico!

Entonces Darcy entró con toda la seguridad de un hombre entrando a su propia habitación. Se detuvo en corto cuando la vio, con los ojos obscureciéndose y un rubor subiendo por sus mejillas. "Elizabeth." Él sonaba medio estrangulado.

Súbitamente preocupada, ella preguntó, "¿Sucede algo?"

"No. Nada en absoluto." Él sacudió la cabeza como para aclararla. "La doncella no debe haberse dado cuenta que nosotros no hemos todavía..."

El espíritu de ella se elevó. "¿Todavía no hemos vivido bajo el mismo techo como esposo y esposa?" preguntó ella débilmente.

Las comisuras de los labios de él temblaron. "Algo así." La voz de él era ronca.

Ella pasó la punta de su lengua por sus labios resecos. "Entiendo que me cargaste hasta aquí anoche. Mis disculpas por quedarme dormida durante la discusión."

Él se movió sobre sus pies. "Después del día que tuviste, me asombra que hayas durado tanto."

Incapaz de resistir el anhelo creciendo dentro de ella, ella dio un paso hacia él. "¿Asumo que esta es tu habitación?"

"Nuestra recámara," corrigió él. "Yo dormí en el vestidor anoche, o lo poco que quedaba de noche cuando subí."

"Pudimos haber compartido la cama."

"Elizabeth," gruñó él, extendiendo una mano y pasando un mechón de cabello de ella por sus dedos. "Tu casi habías muerto, casi te ahogaste, casi te congelaste y estabas exhausta. Yo quería que descansaras. Y no confiaba en mí mismo para mantener esa resolución si hubieras estado al alcance de mi brazo. Soy tan solo humano."

Una onda de calor se asentó en el vientre de ella y se extendió hacia abajo. "Ya veo."

Darcy juró por lo bajo. "Se suponía que uno de los hombres de Wellington me llevara a Carlton House hace media hora, pero no podía soportar dejarte hasta haber hablado contigo, no después de casi perderte ayer. Él está todavía dando vueltas por el piso de abajo, y me temo que si tan siquiera te toco, todavía estará esperando dentro de una hora."

Ahora la boca de ella estaba tan seca que era difícil formar palabras. "¿Por qué vas tú a Carlton House?"

Los labios de él se torcieron. "Voy a reunirme con Demarais y el hombre de Wellington para determinar la mejor forma de manejar a nuestros muchos prisioneros franceses. Es una cuestión bastante urgente, ya que mucha gente ha decidido tomar la justicia en sus propias manos."

"Eso suena importante." Y ella necesitaba desesperadamente un baño. Ella colocó las manos sobre el pecho de él, causando que él inhalara profundamente. "Te daré tan solo un beso, y después de eso, debemos esperar hasta esta noche." Ella inclinó la cabeza hacia atrás y rozó sus labios contra los de él.

¿Cómo podía un toque tan leve llevar placer a través de todo el cuerpo de ella?

Él cubrió las manos de ella con las suyas. "Esta noche, entonces. Tú tienes más autocontrol que yo."

"Y yo tengo un baño esperándome que me permitirá finalmente quitarme lo último del hedor del rio. Eso no puede suceder lo suficientemente rápido."

Darcy gruñó como si le doliera algo. "Ahora en verdad debo irme, o no lo haré nunca."

Ella inclinó la cabeza a un lado. "¿Dije algo que no debería?"

"Baño. Tú. En la misma oración. Ten piedad de mí, te lo ruego."

Las mejillas de ella ardieron. "Esta noche, Theophilus Thistle," dijo ella con firmeza, señalando hacia la puerta.

"Esta noche, orgullosa Titania," susurró él.

LOS PISOS DE DEBAJO de Darcy House le recordaron a Elizabeth un día de mercado, con gente yendo y viniendo en todas direcciones y un murmullo de conversación por todas partes. El comedor estaba lleno con una mezcla de lo que debían ser soldados, dada la cantidad de armas que cargaban. En el desayunador, tres oficiales uniformados alegaban sobre un mapa extendido sobre la mesa. Sirvientes y mensajeros se apresuraban por los pasillos. El cambio de la placidez normal de Darcy House era impactante.

En la sala de estar, Georgiana practicaba su música en solitario esplendor.

"¡Elizabeth!" gritó la joven, poniéndose de pie de un salto y corriendo a abrazarla. "Todavía no puedo creer que de verdad estés aquí. Quería verte cuando desperté, pero William no me dejó. Dijo que necesitabas descansar, pero yo no puedo entender cómo era posible que pudieras dormir con todo este alboroto."

"No creo que el disparo de un cañón sobre mi cama hubiera podido despertarme. Pero siento como si hubiera vuelto a una casa completamente diferente." Elizabeth señaló a su alrededor con un gesto.

"Es muy extraño, ¿no es así? Y raro... hay tanta gente, y ninguno de ellos me habla más allá de 'Sí, Su Majestad' o 'No, Su Majestad.'"

"Quizá estén demasiado ocupados hablando uno con otro," dijo Elizabeth con tacto.

"¡Ciertamente están haciendo eso! Mi tía... excepto que ya no es mi tía, ¿o sí?... Lady Matlock, Lady Frederica y el General Wellington están decidiendo el futuro del país, qué leyes francesas todavía aplican, y si los distritos parlamentarios deben ser cambiados. Yo quería tomar parte, pero Lady Matlock dice que mi presencia estaba poniendo nervioso a

Wellington. El desayunador es el cuartel general militar, pero eso es solo temporal. El Sr. Cartwright está haciendo arreglos para ponerlos en su casa y para re-acantonar a los soldados en otras casas."

"Suena como si el Sr. Cartwright hubiera estado muy ocupado."

Georgiana soltó una risita. "Lady Matlock dice que él es el mayordomo del Palacio de Brook Street, pero él empieza a tartamudear cuando quiera que le hablo."

"¿El Palacio de Brook Street?" Elizabeth no pudo evitar reírse.

"El General Wellington lo llamó así de broma, pero de alguna manera el nombre se le quedó. Lady Matlock quería que nos quedáramos en Carlton House ahora que me he declarado, pero Wellington dijo que tenía que regresar aquí hasta que él pudiera instalarme en Hampton Court. Cualquier otra cosa atraería la atención al hecho de que Jérôme Bonaparte está todavía allí y yo no. Pero a mí simplemente me alegró volver aquí de cualquier manera, aunque ya no es mucho como hogar." Ella sonaba melancólica.

"Sí parece extraño."

Georgiana saltó sobre las puntas de sus pies. "Pero ahora que ya estás lista, ¿vamos afuera?" Me gustaría agradecer a los vecinos que nos ayudaron anoche."

Elizabeth contuvo una sonrisa. "Una idea muy amable, pero creo que sería más apropiado que ellos vinieran a ti ahora." Lady Matlock debió fallar en incluir lecciones en protocolo real en la instrucción de Georgiana sobre el comportamiento de una dama.

"Tonterías. Eso es lo que mi padre o abuelo hubieran hecho, pero yo no tengo intención de ser ese tipo de reina. La gente necesita ver que estoy viva y que me importa lo que les pasa." Ella asió la mano de Elizabeth y la jaló hacia la puerta.

"¡Debes al menos tener un guardia!" protestó Elizabeth.

"¡Oh, está bien! Kit está afuera en la calle de cualquier manera, y es su trabajo protegerme."

Sin duda eso explicaba el súbito deseo de salir.

Mientras la joven ataba su gorro, dijo. "Oh, Invité a tu tía y tío a venir si quieren. William les estaba mandando un mensaje diciendo que estabas viva, así que le pedí que agregara eso. Puede ser que estén muy ocupados, por supuesto."

Elizabeth se rio. "Te das cuenta de que una invitación de la reina es el equivalente de una orden, ¿verdad?"

Los dedos de Georgiana se congelaron en los lazos. "¡Oh Dios! No había pensado en eso. Espero que no sea muy inconveniente para ellos. Solo pensé que querrían verte."

Compadeciéndose de la joven, Elizabeth dijo, "Estaré extremadamente feliz de verlos en cualquier caso, así que te agradezco por invitarlos." Pero tendría que recordar que la incertidumbre de Georgiana no había desaparecido.

"Oh, bien. ¿Cuál es el nombre de pila de tu tío?"

"Edward. ¿Por qué preguntas?"

"Por ninguna razón. Solo tenía curiosidad."

El mayordomo hizo una reverencia tan profunda mientras abría la puerta que Elizabeth temió por su equilibrio, pero se alegró de salir. El murmullo de conversación y las pisadas en la casa estaban causándole dolor de cabeza.

El brillante sol la hizo parpadear, y ella jaló la visera de su gorro para dar mejor sombra a sus ojos. La calle estaba llena de pequeños grupos de hombres y mujeres conversando, algunos con rostros que ella vagamente reconocía. Había una barricada improvisada de ladrillos y piedras sueltas al final de cada lado de la calle, dejando una angosta vía por donde personas y carretas podían entrar y salir. Un guardia con un rifle bloqueando una abertura se hizo a un lado para permitir el paso de un trabajador con un gran paquete.

Elizabeth siguió a Georgiana al pavimento donde Kit estaba ejercitando a una docena de lacayos en nuevos tabardos, ligeramente disparejos. Nadie parecía estarles poniendo atención a ninguna de las dos hasta que Georgiana tocó el brazo de Kit.

Cuando Kit se volvió a ver quién era, empezó a sonreír. Luego, aparentemente recordando su posición, hizo una seña a sus tropas y graciosamente hizo una completa reverencia de la corte. En malograda igualdad, la tropa de lacayos cayó sobre una rodilla. Como olas en un estanque, las personas más cercanas a ellos hicieron reverencias y caravanas, seguidas por aquellas más allá, hasta que Georgiana estuvo rodeada por un cuadro viviente congelado.

Elizabeth se preguntó frenéticamente si debía unirse a la veneración. ¿Cuál era el protocolo para una persona que acompañaba a la reina de una habitación a otra? Ella nunca le había dado la menor importancia al asunto. Tendría que preguntarle a Lady Matlock.

"Continúen como estaban, se los ruego," dijo Georgiana claramente. "Me alegra ver a tantos de ustedes aquí, Deseo agradecer a cada uno de ustedes que ha proporcionado asistencia y apoyo a Darcy House, y por lo tanto a mí, durante este tiempo de gran cambio."

El cuadro viviente se desintegró a medida que la gente se enderezaba, pero todos los ojos siguieron fijos en Georgiana. La joven había olvidado el uso del 'nosotros' real pero por las eufóricas expresiones de los que estaban más cerca de ellas, sus súbditos hubieran estado igual de encantados si ella hubiera recitado rimas infantiles.

Georgiana habló en voz baja con Kit, y él ordeno a dos lacayos permanecer de pie directamente detrás de ella mientras él la escoltaba de un grupo de gente a otro. Elizabeth la observó mientras dirigía unas cuantas palabras a cada persona. Cualesquier otros temores que Georgiana pudiera tener, ella estaba perfectamente adaptada por naturaleza a esta tarea. Elizabeth se sentía feliz de permanecer atrás y observar. Su chocolate caliente matutino no le había caído bien al estómago. No se había sentido enferma por las mañanas por al menos dos semanas y había esperado que esa indisposición hubiera quedado en el pasado, pero parecía que no.

Aun así, cuando un par de rostros familiares aparecieron por la barricada, Elizabeth olvidó su incomodidad y se apresuró hacia adelante. Lágrimas de felicidad llenaron sus ojos mientras esperaba impaciente a que el guardia admitiera al Sr. y la Sra. Gardiner.

Tanto como amaba a su tío, Elizabeth extrañaba el maternal cuidado de su tía. Mientras abrazaba a la Sra. Gardiner, las mejillas de ambas estaban húmedas, y hasta los ojos del Sr. Gardiner estaban brillantes.

"Oh, Lizzy," exclamó la Sra. Gardiner. "¡Este es en verdad un día de maravillas! ¿Es aquí donde has estado todo este tiempo? ¡Cómo me he preocupado por ti!".

"Aquí o a bordo del *Neptune*. ¿Te ha dicho todo mi tío?"

"Sí que lo he hecho," dijo el Sr. Gardiner efusivamente. "La nota del Sr. Darcy de esta mañana probablemente preservó mi vida. ¡Tu tía no estaba complacida conmigo por mantener tantos secretos!"

Entonces Georgiana llegó junto a ella, viéndose más como una joven dama que como la reina. El Sr. Gardiner, reconociéndola, hizo su reverencia, y la Sra. Gardiner siguió su ejemplo un poco tardíamente, con las mejillas ruborizadas de un delicado rosa.

Georgiana dijo, "Sr. Gardiner, le agradecemos haber venido tan pronto."

"Es mi muy grande honor, Su Majestad. ¿Puedo tener también el honor de presentar a mi esposa?"

"Sra. Gardiner, es un placer. Elizabeth me ha contado tanto sobre usted." Volviéndose hacia Kit, Georgiana agregó en un tono de voz que tenía la intención de que se escuchara. "Cuando estaba huyendo por mi vida, el Sr. Gardiner arriesgó la suya para llevarme a un lugar seguro y ayudarme a encontrar al Sr. Darcy de nuevo."

La mirada de confusión de Kit era comprensible, ya que él ya sabía esto bastante bien, pero respondió diligentemente, "Sr. Gardiner, toda Inglaterra tiene con usted una deuda de gratitud."

Los ojos de Georgiana bailaron. "Mayor Darcy, su espada, si me hace el favor."

"¿Perdón?" dijo Kit sin comprender.

Ella extendió su mano. "Su espada." Eso era definitivamente una orden.

Frunciendo la frente, Kit sacó su espada y extendió la empuñadura hacia ella.

La punta de la espada bajó mientras ella ajustaba el inesperado peso de la misma. "Sr. Gardiner, si fuera tan amable de arrodillarse," dijo ella resueltamente.

Los ojos de Elizabeth se abrieron desmesuradamente. De seguro ella no estaba planeando... Justo entonces su estómago se revolvió de nuevo. Con la cabeza dándole vueltas, ella se asió del codo de su tía para mantener el equilibrio.

Asombrado, su tío obedeció, inclinando la cabeza. La embelesada multitud se acercó más.

Georgiana usó ambas manos para estabilizar la espada mientras tocaba primero un hombro, luego el otro y de regreso al primero. "Por servicios extraordinarios a la corona, usted será conocido de ahora en adelante como Sir Edward Gardiner. Puede levantarse, Sir Edward."

Un murmullo de aprobación se elevó alrededor de ellos.

La voz de su tío era vacilante. "Se lo agradezco, Su Majestad. No merezco el honor, ya que no hice más que mi deber, pero siempre haré mi mejor esfuerzo para servirla."

La frente de Elizabeth se llenó de sudor a medida que su mareo pasaba a ser verdadera nausea. De alguna manera mantuvo una sonrisa en su rostro por el bien de su tío.

Georgiana estaba hablando de nuevo a la Sra. Gardiner... no, su tía sería ahora Lady Gardiner. De una rara manera desconectada, Elizabeth se preguntó como recibiría su madre estas asombrosas noticias. Ella se había quejado amargamente por semanas después de que Sir William Lucas había sido nombrado caballero.

Su madre, Lydia. ¿Qué sucedería con su hermana más chica ahora que su así llamado esposo estaba muy probablemente prisionero?

Un súbito, poderoso calambre la hizo apretar su sección media. "Kit," dijo a través de los dientes apretados. "Ayúdame a regresar a la casa, te lo ruego."

Las cejas de él su unieron mientras le ofrecía su brazo. "¿Qué sucede?"

"Enferma." Fue todo lo que pudo forzar a salir. Se las arregló para caminar junto a él por lo que pareció ser una enorme distancia mientras un dolor punzante le apretaba el estómago. ¡Si tan solo cediera el calambre! Finalmente sus pies decidieron por sí mismos dejar de moverse.

Kit bajó la mirada para verla. "¿Puedes caminar?"

Cuando Elizabeth sacudió la cabeza miserablemente, él la levantó en sus brazos y la llevó adentro.

DARCY SE APRESURÓ A subir los escalones hacia Darcy House, excitado como niño de escuela por ver de nuevo a Elizabeth. Su felicidad era tal que ni siquiera le molestaron los varios extraños que parecían haber acampado en su casa. Pero ¿dónde estaba su familia? La sala de estar estaba vacía, y era muy temprano para cenar. Al fin encontró a su tía en el estudio examinando un fajo de papeles, sus detestados anteojos incapaces de ocultar las líneas de fatiga en su rostro.

"Oh, eres tú." Su tía ni siquiera hizo el intento de ocultar sus anteojos, una clara señal de agotamiento. "¿Llegaron el General Demarais y tú a alguna conclusión?"

"A una cuantas, pero quisiera ver a Elizabeth primero. ¿Dónde está ella?" Él no había querido ser tan abrupto, pero no podía soportar otro momento de retraso antes de sostenerla en sus brazos.

"En cama. Está enferma."

Darcy retrocedió. "¿Enferma? ¿Qué le sucede?"

"¿Qué esperabas después de darse un remojón en esa letrina que llamamos el Támesis? Realmente, no era una cuestión de si se enfermaría, sino de cuándo."

El miedo se enroscó dentro de él. "¿Han llamado al doctor?"

"Ya vino y se fue. Dice que ella deberá estar bien, pero que se sentirá incómoda por un día o dos." Su tía se quitó los anteojos y agregó señaladamente, "También dijo que no deberá tener impacto en su condición."

"¿Su condición? ¿Qué significa eso?"

"Significa, si no me equivoco, que Elizabeth está embarazada," dijo Lady Matlock secamente. "El doctor parecía creer que yo ya estaba enterada de esto. Veo que también es una sorpresa para ti."

¿Una sorpresa? Era más bien como si le hubieran echado un balde de agua fría en la cabeza. ¿Podría ser verdad? "Te ruego me disculpes. Deseo ver a mi esposa."

Salió corriendo de la habitación y subió las escaleras de dos en dos. Cuando llegó a su recámara, Darcy caminó directamente hacia la cama donde yacía Elizabeth. Una palangana esmaltada estaba junto a ella sobre el cubrecama. Su palidez era un impactante cambio después de sus rubores matutinos.

Los labios de ella formaron una débil sonrisa. "William," dijo ella suavemente.

Él se sentó en la orilla de la cama y tomó la mano de ella en la suya. "Mi pobre amor. Lo lamento tanto."

"Como lo lamento yo," dijo ella con una mera sombra de su broma habitual. "El doctor dice que es mi propia culpa. No debí nadar en el Támesis. No le pareció divertido cuando le pregunté si hubiera sido mejor que me ahogara."

"A mí me alegra mucho que hayas elegido nadar."

Los ojos de ella perdieron el enfoque. "John Lucas debió estar sonriendo mientras me veía desde el cielo. Él me enseñó a nadar un verano, junto con su hermana Charlotte. Él salvó mi vida."

Por eso, Darcy hasta le perdonaría al finado John Lucas el conservar un punto en el corazón de Elizabeth.

Él acarició un rizo húmedo retirándolo de la frente de ella. ¿Debía esperar antes de preguntarle? No, no podría soportarlo. Vacilantemente él dijo, "¿Hay... es verdad que estás...?"

Los ojos de ella brillaron hacia él. "¿Lo dejó escapar el General Demarais? Había esperado decírtelo yo."

"No. El doctor dijo algo sobre ello. Pero ¿Demarais sabe también?"

Ella empezó a asentir y luego puso su mano sobre la cabeza. "Sí. Yo le pedí ayuda y él fue muy amable conmigo. Él iba a encontrar la forma para que yo pudiera permanecer con nuestro bebé, pero eso ya no importa ahora. En cualquier caso, espero que no te importe."

"¿Acerca del bebé? Lejos de ello. Nada podría hacerme más feliz."

Ella cerró los ojos. "Bien."

El corazón de él estaba con ella. "Mi pobre amor. ¿Hay algo que pueda traerte para que te sientas mejor?"

"Mi tía me ha estado cuidando de manera excelente." Ella hizo un débil gesto hacia la ventana, su voz poco más que un susurro ahora. "Ella tuvo la mala fortuna de venir precisamente cuando me enfermé."

Darcy levantó la mirada para descubrir al Sr. Gardiner y a su esposa sentados cerca de la ventana. Al menos él asumía que sería la Sra. Gardiner. Su presentación en la boda de Bingley había sido tan breve que no podía recordar su cara. El Sr. Gardiner estaba revisando un pesado tomo mientras la Sra. Gardiner clasificaba una pila de papeles.

La Sra. Gardiner dijo, "Sr. Darcy, es un placer verle de nuevo. Nuestra llegada aquí fue memorable por decir lo menos, pero me alegra ser de asistencia para Elizabeth."

Darcy miró la pila de papeles. "Parece que no es la única asistencia que usted está dando. ¿Fue Lady Matlock o Lady Frederica quien la reclutó?"

"Ambas, actualmente, con la asistencia de Su Majestad," dijo el Sr. Gardiner secamente. "No me había dado cuenta qué tan peligroso era hacer una aparición por aquí."

Elizabeth volvió su cabeza a un lado. "Ustedes deben decirle lo que sucedió. Yo estoy demasiado cansada."

"¡Y yo aun difícilmente puedo creerlo!" dijo la Sra. Gardiner con un toque de diversión. "Ellas llamaron a mi esposo y le hicieron preguntas sobre su negocio, con qué países comercia y cómo esperaba que eso cambiara ahora que somos el enemigo de Napoleón otra vez."

El Sr. Gardiner rio por lo bajo. "Yo solo podía pensar que sospechaban que había cometido alguna malversación, pero eso no tenía sentido cuando su hermana... perdóneme, la reina... acababa de honrarme más allá de mi mérito. Luego su señoría me preguntó si estaba todavía dispuesto a servir a mi país, y cuando dije que estaría feliz de hacerlo, me dijo que yo era el Ministro de Comercio interino." Él sacudió la cabeza al recordarlo. "Le dije que no estaba calificado y ella dijo que yo estaba más calificado que ella. Eso, y una historia probada de lealtad a la reina, pareció ser todo lo que se requería."

La Sra. Gardiner señaló al pesado libro. "De ahí la necesidad de refrescar su memoria acerca del Sistema Continental y el embargo de Napoleón."

"Debo decir, Sr. Darcy, que su tía es una mujer totalmente extraordinaria," agregó el Sr. Gardiner.

"En verdad lo es," dijo Darcy.

Elizabeth jaló la manga de él. "Hay una cosa que puedes hacer por mí." Las líneas de dolor en el rostro de ella le rompieron el corazón.

"Cualquier cosa. Cualquier cosa en el mundo."

"Escríbele a mi familia. Diles lo que ha sucedido." Ella cerró los ojos de nuevo.

"Por supuesto. Lo haré esta noche." Él acarició la mano de ella. ¡Si tan solo él pudiera quitarle el dolor!

"Gracias. Ahora... vete."

La Sra. Gardiner se apresuró al lado de la cama y puso una tela fresca sobre la frente de Elizabeth. "Edward, tú también debes irte. Les avisaré a ambos cuando ella esté lo suficientemente bien para verlos de nuevo."

"Pero..." protestó Darcy.

La Sra. Gardiner le hizo un gesto para que se fuera. "No necesita preocuparse. Estos episodios son desagradables, y dudo que Elizabeth quiera testigos. ¡Rápido, vamos!"

Cuando salieron de la habitación, el Sr. Gardiner sacudió la cabeza de manera desconcertada. "¿Alguna vez tiene la extraña sensación de que esto debe ser un sueño y mañana se despertará y descubrirá que se ha ido?"

"Frecuentemente," dijo Darcy calladamente. Pero Elizabeth estaba aquí con él, y estaba esperando a su hijo.

El sonido de arcadas detrás de la puerta lo hizo estremecer en solidaridad.

Capítulo 22

Un radiante Sir William Lucas entró caminando a la sala de estar de Longbourn, agitando un periódico ante los habitantes. "¡Tu Lizzy! ¡Tu Lizzy es una heroína!"

El Sr. Bennet apretó ambas manos sobre sus sienes. "¡Con suavidad, mi amigo! Me permití demasiados brindis a la salud de la Reina anoche."

"¡Entonces no todavía no sabes!" Sir William empujó el periódico en la mano del Sr. Bennet y señaló a la mitad de una columna. "¡Ahí! Empieza ahí."

El Sr. Bennet buscó a tientas sus anteojos en el bolsillo. Al no encontrarlos, sostuvo el periódico a unas cuantas pulgadas de sus ojos. "¡Buen Dios!"

Sir William rio por lo bajo. "Sigue leyendo, sigue leyendo."

La Sra. Bennet tocó sus ojos con un pañuelo con encaje. Fastidiosamente ella dijo, "Estoy segura de estar tan feliz como todos acerca de la Reina Charlotte, pero ¡oh, mis nervios! Ahora que los franceses se han ido, Longbourn de nuevo será cedido a alguien más, y yo me quedaré a vivir en los arbustos después de la muerte del Sr. Bennet. ¿Y qué será de la pobre Lydia ahora que se llevaron a su esposo?"

"¡Buen Dios!" El Sr. Bennet levantó la mirada hacia Sir William. "¿Es posible que esto sea verdad?"

"¡Lo has leído tú mismo!"

La Sra. Bennet gimió, "¿Qué pasa? Mis nervios, ¡oh, mis nervios!"

El Sr. Bennet le dio a ella el periódico. "Léelo por ti misma. Yo no puedo darle crédito."

Con aire de ser muy sufrida, la Sra. Bennet lo tomó. Sus labios se movieron mientras leía. "¡Oh, esa muchacha! ¡Siempre encontrando una forma de estar en medio de los problemas! ¿Por qué no pudo quedarse aquí como lo hicieron sus hermanas? ¡La vergüenza de que su nombre aparezca en el periódico! ¡Mis pobres nervios!" Pero ella continuó leyéndolo.

Sir William pareció impactado. "Mi querida dama, ¡su hija es una heroína! Usted debería estar orgullosa de ella."

"¡Oh! ¡Oh!" exclamó la Sra. Bennet, abanicándose. "¡Mira esto! ¡Está casada con el Sr. Darcy! ¡Esa inteligente muchacha! ¡Tan solo piénsalo! Sra. Darcy... qué bien suena eso. ¡Y cuánto dinero tendrá para sus gastos! ¡Oh, debo decírselo a mi hermana Phillips enseguida!" Ella se apresuró a salir de la habitación.

El Sr. Bennet recuperó el periódico que ella había dejado caer. "Bueno," dijo él secamente, "espero que el éxito de Lizzy en capturar al Sr. Darcy ayudará a mi querida esposa a perdonarla por su insolencia en rescatar a la Princesa Charlotte."

Kitty se puso de pie de un salto. "¿*Lizzy* rescató a la Princesa Charlotte? ¡Entonces todo esto es su culpa!"

El Sr. Bennet guiñó el ojo a Sir William. "Ya no hay guapos oficiales con encantadores acentos, ¿ves?"

"No se preocupe, Señorita Kitty," dijo Sir William. "Tener una hermana que es la amiga particular de la reina puede traerle mejores pretendientes que soldados franceses comunes. Y solo piense, ¡nuestra Lizzy está con la misma reina!"

DARCY BESÓ LA FRENTE de Elizabeth. "Tienes una visita especial, mi amor. ¿La puedo invitar a entrar?

"Mientras no esté impactada de encontrarme en la cama." Elizabeth sonaba más como su vivaz persona normal ahora. "¿Quién es?"

Mientras él sostenía la puerta abierta, su hermana Jane se asomó en la habitación.

"¡Jane!" Elizabeth empujó el cubrecama y se puso de pie, extendiendo abiertos sus brazos. La cabeza le dio vueltas, y ella se asió del poste de la cama.

Moviéndose rápidamente, Darcy asió su otro codo y la ayudó a volver a sentarse en la cama. "Puedes saludar a tu hermana desde ahí," le dijo severamente.

"Aguafiestas," bromeó ella, pero entonces sus brazos estaban alrededor de su hermana. "¡Jane, queridísima Jane! Gracias, gracias por venir a visitarme. ¡Te he extrañado tanto!"

"Oh, Lizzy." Una lágrima rodó por la mejilla de Jane. "Pero ¿qué te sucede? ¿Estás enferma?"

"Recuperándome de las secuelas de mi remojón en el Támesis. Hoy es el primer día que no me siento enferma, solo tan débil como un bebé. Y hablando de bebés, ¿voy a ser una tía pronto?" Ella miró significativamente al abultado abdomen de Jane.

Un rubor rosado subió por las mejillas de Jane. "Sí, pero son viejas noticias."

"¡No para mí! ¿Está el Sr. Bingley aquí?"

Una sombra cruzó la expresión de Jane. "Me está esperando más allá de la barricada. Él pensó que era mejor así."

"¿Mejor? ¿Cómo?" Elizabeth le envió una mirada inquisitiva a Darcy.

Una línea apareció entre las cejas de él. "Quizá yo deba hablar con él e invitarlo a entrar."

"¿Lo haría?" Las palabras de Jane sonaron como un ruego.

"Por supuesto." Darcy hizo una reverencia y salió.

"¿Sucede algo?" preguntó Elizabeth.

Jane miró hacia atrás sobre su hombro. "Ellos discutieron, pero no sé de qué se trató. Mi querido Bingley lo ha tomado muy mal. Pero tú... tú debes contarme todo lo que ha sucedido. ¡Simplemente no podía creerlo cuando Bingley me enseñó el periódico! He intentado con tanta frecuencia imaginar qué pudo haber sido tan urgente como para hacer que te fueras sin decir palabra, pero ni en mis más locas fantasías me imaginé algo como esto."

"No creo que ninguna otra cosa hubiera sido suficiente. Nunca olvidaré el momento cuando el Sr. Darcy me dijo la verdad."

"¡Y pensar que ella me visitaba con tanta frecuencia en los establos! Si hubiera sabido quién era ella, nunca hubiera podido mantener el semblante. ¿Cómo lo haces? ¿Qué le dices?"

Con una sonrisa triste, Elizabeth dijo. "Mucho el tipo de cosas que siempre le dije. Al principio no podía olvidar por un momento quién era ella, pero cuando vi lo difícil que era todo para ella y la ayudé a través de sus ataques de nervios, empezó aparecer más como una difícil hermana pequeña a quien tenía que manejar. Se siente tan raro ahora cuando veo a todos hacer caravanas y portarse como si ella estuviera en un plano más alto de existencia que nosotros los mortales."

"¿Ataques de nervios? ¿La reina?" Jane sonaba horrorizada.

"¿No recuerdas con qué facilidad se asustaba? Ella es una rara mezcla de partes, mitad voluntariosa, mitad aterrada, como lo estaría cualquiera enfrentado con el constante temor de ser descubierto todos esos años."

"Aun así, ¡pensar que tú has estado con la reina todo este tiempo! Quiero que me cuentes todo lo que sucedió. Todo lo que sé de los periódicos es que tu dormiste en un pajar, fuiste arrestada y estuviste prisionera en el *Neptune*."

Elizabeth se acomodó contra las almohadas. "Escasamente sé dónde empezar. El Sr. Darcy me dijo la verdad minutos antes de ser arrestado..."

DARCY PUSO UN VASO de brandy en la pequeña mesa junto a Bingley. Él se lo hubiera entregado a su amigo si Bingley no hubiera estado tan abiertamente evitando su mirada. Bingley no lo había mirado a la cara desde que Darcy lo había encontrado afuera de la barricada y lo había invitado a entrar. Había necesitado cuatro invitaciones ya que Bingley había rehusado las primeras tres.

Bingley podía nunca perdonarlo por sus duras palabras, pero por Elizabeth, Darcy haría su mejor esfuerzo por hacer las paces. "¿Recibiste mi carta cuando la sentencia de Elizabeth fue conmutada?"

"Sí. Pero no necesitas pretender ninguna calidez hacia mí. No la espero, ni la merezco. Si quieres decirle a Jane lo que hice, adelante. Elizabeth inevitablemente lo mencionará tarde o temprano en cualquier caso."

Darcy sacudió la cabeza. "Elizabeth no sabe que tú jugaste ningún papel en su arresto, y no veo razón para cambiar eso. Pero si lo supiera, ella entendería tu deseo de proteger a su hermana."

Bingley jaló su corbata como si encontrara difícil respirar. "Tú no habrías hecho lo que yo hice."

"¿Cómo puedes decir eso cuando la falta fue mía por descuidarme lo suficiente como para que tu pudieras adivinar lo que yo estaba haciendo? Si yo no hubiera sido tan indiscreto, tú no hubieras sabido nada que pudieras decirles acerca del paradero de Elizabeth. Cualquier culpa descansa sobre mis hombros, no sobre los tuyos."

Bingley volteó el rostro hacia otro lado. "Tú no les hubieras dicho nada a los franceses. Tampoco, me imagino, Elizabeth les dio a los franceses ninguna información cuando fue arrestada."

"De hecho, ella confesó muchos grandes crímenes, algunos de los cuales nunca ocurrieron. Averigüé después que algunos de los Lealistas, incluyendo a mi hermano, llevaban arsénico con ellos en todo momento en caso de que fueran arrestados. Ellos estaban conscientes de que los franceses podían hacerlos hablar. Cualquiera es susceptible a la presión correcta."

Bingley se dio vuelta sobre su talón y estrelló su puño contra el marco de la ventana. "¿No lo entiendes? Tengo que vivir con el conocimiento de que la traicioné, aún si ahora está viva y libre, me imagino que hubo otros arrestados con ella que no fueron tan afortunados. Sus muertes estarán siempre en mi consciencia. Hasta hace dos días, creí que nada podría posiblemente hacerme sentir peor de lo que ya lo hacía, entonces averigüé la verdadera identidad de Georgiana. Nuestra reina pudo haber muerto a causa de mi cobardía, y su sangre hubiera estado en mis manos. No trates de hacerme sentir mejor. No lo merezco." Él pareció ahogarse con sus palabras. "No merezco el amor de mi esposa."

Darcy nunca había visto así a su amigo. "¡Ya basta, Bingley! Te estás culpando por cosas que nunca ocurrieron. Solamente tu esposa puede determinar si la mereces, y yo diría que ella piensa que sí."

Los ojos de Bingley dieron vuelta por la habitación desordenadamente. "No si supiera lo que he hecho."

Darcy tomó una respiración profunda e hizo su propia confesión. "Todo lo que le ha sucedido a Elizabeth, cada tristeza que ha sentido desde por dejar a su familia hasta por ser sentenciada a la horca, es mi culpa. Si yo no me hubiera involucrado con ella, nada de eso hubiera sucedido. Yo conocía el riesgo. En ese primer baile, sabía que mis atenciones hacia

Elizabeth podían poner a Georgiana en riesgo, y lo hice de todas maneras. Y Elizabeth me ha perdonado. Es por eso por lo que sé que Jane te perdonaría."

Bingley apretó las manos en puños. "¿Averiguamos? ¿Dónde están ellas?"

Darcy esperaba que esto no fuera un terrible error. "Arriba. Te llevaré"

Bingley lo siguió a la habitación donde Elizabeth estaba ahora reclinada en la cama, todavía pálida pero sorbiendo algo de vino, con su hermana sentada junto a ella.

"¡Sr. Bingley!" exclamó Elizabeth cuando entraron. "Qué amable de su parte unirse a nosotras."

Bingley dijo abruptamente. "Hay algo que debo decirles. A ambas. Fue mi culpa que usted fuera arrestada. Sucedió cuando los soldados franceses vinieron a Netherfield a preguntarle a Jane si sabía dónde estaba. Cuando ella negó saber nada, ellos iban a arrestarla para interrogarla. Yo hice un trato con ellos. A cambio de dejar en paz a Jane, les dije que Darcy sabía cómo encontrarla. Su arresto, su aprisionamiento, la muerte de sus amigos... todo es mi culpa."

Hubo un momento de sorprendido silencio, y luego Elizabeth soltó un gorgoteo de risa. "¡No otro de esos!"

Bingley se le quedó viendo. "¿Qué quiere decir?"

"Usted y Darcy son muy parecidos. Él siempre está diciéndome que todo es su culpa. Fue su culpa que yo tuviera que dejar a mi familia. Su culpa que yo estuviera sola. Su culpa que mi reputación estuviera arruinada. Su culpa que yo fuera mantenida como rehén. Sin duda también cree que fue su culpa que Napoleón nos invadiera, y estoy segura de que se culparía por la Revolución Francesa, ¡si no fuera por el hecho de que solamente tenía seis años por entonces!"

Darcy nunca había amado más a Elizabeth que en ese momento. "Fui un niño de seis años muy precoz."

"¿Lo ve, Sr. Bingley? Todo lo que me sucedió fue porque en 1805 Napoleón engañó a nuestra flota para que saliera corriendo en una cacería inútil hacia las Indias Occidentales, dejando el Canal desprotegido para que él pudiera invadirnos. A menos de que usted haya causado ese evento, me temo que no es su culpa. Su tarea más importante era proteger a Jane, y usted hizo eso"

Pero el labio inferior de Jane Bingley estaba temblando. "¿Es por eso por lo que has estado tan distante e infeliz todo este tiempo? ¿Lo es, Charles?"

Bingley asintió. "Me he odiado a mí mismo, y sabía que tú me odiarías, también."

Jane se puso de pie y avanzó hacia él como un ángel vengador. "He sido miserable estos últimos dos meses. Creí que debías haber conocido a otra mujer y que te arrepentías de haberte casado conmigo."

Bingley se le quedó viendo con la boca abierta. "¡Por supuesto que no! Casarme contigo ha sido lo mejor que he hecho jamás. Ni siquiera he mirado a otra mujer desde que te conocí."

Los labios de su esposa se unieron en una línea delgada. "¡Entonces debiste haberme dicho lo que había sucedido!"

Darcy le dio un codazo a Bingley. "Creo que la respuesta correcta es que fuiste un idiota y tratarás de hacerlo mejor la próxima vez."

Bingley miró de Jane a Darcy y de regreso. "Soy un idiota, y no te merezco. Pero te amo más que a nada."

Justo entonces un remolino de cabello rubio voló a través de la puerta. "¡Jane!" exclamó Georgiana con deleite. "Acabo de saber que estabas aquí. Sr. Bingley, es un placer verle."

Jane se congeló, con la boca abierta para responder, e hizo una caravana baja. La reverencia de Bingley fue poco característicamente torpe.

"¡Oh, dejen eso!" exclamó la joven. "Cuando estemos en privado, les ruego se abstengan de todas esas tonterías."

La sonrisa de Jane lucía forzada. Los dedos de Bingley se movían nerviosamente.

Georgiana enlazó su brazo con el de Jane. "Ven, Jane, deseo oír todo lo que has hecho desde la última vez que te vi en los establos. Podemos pretender que estamos de regreso allá bebiendo ese horrible té, pero tenemos mejor té esta vez."

Jane le lanzó una horrorizada mirada a su hermana.

Elizabeth dijo, "Como puedes ver, Georgiana ha cambiado mucho de la joven nerviosa que conociste al principio."

La animación de Georgiana se apagó. "¿Dije algo equivocado?"

Elizabeth sonrió. "Para nada, querida. Simplemente eres más exuberante de lo que solías ser. Es algo bueno, aunque quizá algo sorprendente para alguien que no te ha visto en un tiempo."

"Oh. Supongo que sí." Pero Georgiana se veía dudosa.

"Y, por supuesto, Georgiana también ha estado privada de compañía estos últimos días, con Lady Matlock resucitando ella sola al gobierno y el hermano más joven del Sr. Darcy intentando crear una guardia real de lacayos disparejos. Naturalmente ella está encantada de tener un visitante."

La expresión de Georgiana se iluminó. "Oh, sí, debo presentarte a Kit. Él está muy ocupado, como dice Elizabeth, pero una cosa buena de ser reina es que él no puede enojarse si lo interrumpo."

"Muy cierto," dijo Elizabeth. "Pero a pesar de todos esos placeres reales, creo que también extrañas ser simplemente Georgiana Darcy."

La joven arrugó la nariz. "¿Es eso horrible de mi parte?"

"Para nada," dijo Elizabeth. "Es muy comprensible, y tú serás una mejor reina porque puedes entender lo que es no ser tratada como la realeza. Solo lo menciono para que Jane pueda entender que ella tomará el té simplemente con Georgiana Darcy, no con Su Majestad la Reina Charlotte Augusta."

"¡Oh, sí, si fueras tan amable!" dijo Georgiana. "Nadie le dice nunca nada interesante a la reina."

Jane dijo valientemente. "Estaré feliz de visitar a mi antigua amiga Georgiana. Lizzy, ¿debo volver por unos cuantos minutos antes de irme?"

"Eso me gustaría mucho." Pero los círculos bajo los ojos de Elizabeth se veían más pronunciados ahora. Encontrar la energía para tener visitas claramente le había costado algo.

Jane lanzó una última mirada de pánico de regreso hacia ella mientras salía con Georgiana.

Darcy tomó la silla que Jane había desocupado e hizo un gesto a Bingley hacia la otra.

"¡No sé cómo te las arreglas!" exclamó Bingley. "Hablarle a ella de esa manera, quiero decir. Yo no podría bromear así con ella ahora que sé quién es. ¡Todavía no puedo creer que la mismísima Princesa Charlotte vivió bajo mi techo todo ese tiempo! O cómo te las arreglaste para ocultarlo por tanto tiempo."

Darcy se relajó un poco. "Espero que no estés enojado conmigo por mantenerlo en secreto."

Bingley sacudió la cabeza vigorosamente. "¡Para nada! Nunca quiero saber otro secreto. Es demasiado peligroso. Pero nadie en Meryton me cree cuando les digo que no lo sabía." Él sonaba agraviado.

Darcy rio por lo bajo. "¡Pobre Bingley! Intentaré dejar en claro que nunca te otorgué mi confianza... ni a nadie más, de hecho."

"¡Por favor, hazlo! La principal razón por la que venimos a Londres fue para ver a Lizzy, por supuesto, pero nos esfumamos de Netherfield de prisa para escapar de todos los vecinos que convergieron en nosotros, queriendo que les dijéramos cada palabra que Georgiana dijo jamás. No me sorprendería si hubieran convertido Netherfield en un santuario para cuando regresemos. ¡Si tan solo pudieran haberlos visto! Tocando los muebles disimuladamente, ¡o la manija de la puerta que ella pudo haber tocado! Un día fue todo lo que pude tolerar."

Elizabeth se había inclinado hacia atrás contra las almohadas y ahora dijo soñadoramente. "Me lo puedo imaginar. He visto qué tan diferente me ve la gente ahora, como si fuera algún tipo de ser especial a causa de mi conexión con ella. Pero he sido tantas personas diferentes en los últimos meses que casi había olvidado quien era Elizabeth Bennet."

Darcy dijo con calidez. "Elizabeth Bennet es la Sra. Darcy."

Elizabeth sonrió. "Ciertamente lo soy. Sr. Bingley, ¿se ofendería si cierro los ojos mientras ustedes platican? Mi fuerza no es lo que debería ser."

"Quizá debería dejar que descansara," dijo Bingley.

Ella sacudió la cabeza. "Todavía no, se lo ruego. Me gustaría mucho escuchar noticias de mi familia. Jane no parecía desear hablar de ellos."

"Oh." Bingley súbitamente parecía no saber qué hacer con sus manos. "Ellos están todos bien. Lydia está de regreso en casa ahora. Ella volvió a casa cuando su esposo y el cuartel fueron capturados, pero Mary eligió permanecer con su esposo en cautiverio."

Viendo la pregunta en la expresión de Elizabeth, Darcy preguntó, "¿Se casó ella entonces con el Capitán Bessette?"

"Hace un mes. Sorprendió a todos cuando él empezó a cortejarla, pero ella parecía muy feliz. No sé lo que le sucederá a ella ahora. Las mujeres que se casaron con soldados franceses no están siendo tratadas con mucha amabilidad."

Darcy se recargó en su silla. "Esperemos que eso cambie pronto. No se ha anunciado todavía, pero a los soldados franceses que se casaron con mujeres inglesas se les dará la opción de jurar lealtad a la reina y permanecer aquí en lugar de volver a Francia cuando se arregle el intercambio de prisioneros por los ingleses reclutados por los franceses."

"No el esposo de Lydia," dijo Bingley con certeza. "Él volverá a su otra esposa en Francia, si no me equivoco. El esposo de Mary, sin embargo, podría elegir quedarse. Es un tipo decente."

"En verdad lo es," dijo Darcy. "El Capitán Bessette será pronto traído a Londres para asistir al General Demarais en su nueva tarea... convencer a nuestros prisioneros franceses a cooperar con sus captores. Es más probable que ellos escuchen a sus propios oficiales, pero hay pocos oficiales franceses en los que podamos confiar que sean honestos y mantengan su palabra, y él es uno de ellos. Esperamos hacer que los soldados trabajen en reconstruir algo de lo que han destruido mientras esperamos a que Napoleón los reclame."

Bingley arrugó el ceño. "Es un buen plan, de seguro, pero me sorprende que los franceses todavía estén dispuestos a trabajar contigo, Darcy."

Darcy mantuvo su rostro sin expresión. "Muchos de ellos están enojados conmigo, por supuesto. Algunos prefieren dirigir su ira contra Wellington y los ingleses que actualmente pelearon con ellos. El General Demarais me ha conocido por años y entiende por qué hice las elecciones que hice." Actualmente no había sido así de simple, pero Darcy dudaba que Bingley estuviera preparado para una explicación completa. Demarais no lo había rechazado categóricamente, pero había habido dolorosas tensiones entre ellos. El Coronel Hulot, quien había asistido a muchas cenas con Darcy en Carlton House, se rehusaba ahora a hablar con él. Darcy podía ser un héroe para los Lealistas, quienes lo habían despreciado, pero había sido con un precio.

"Le agradezco las novedades de mis hermanas, pero algo no está bien en Longbourn. ¿Es Kitty o mis padres?" Elizabeth sonaba fatigada.

Bingley miró impotentemente a Darcy, quien asintió dando su permiso. "No es nada serio. Solo que sus padres no han respondido a las noticias de sus aventuras como uno podía haber esperado."

Elizabeth no parecía sorprendida. "¿Cómo así?"

"Su madre primero estaba molesta, especialmente con la pérdida del marido de Lydia, pero la ha perdonado desde que averiguó que se había casado con Darcy. En cuanto a su padre, él está..." Bingley dudó, como si buscara una forma amable de darle las noticias.

Elizabeth dijo tajantemente, "Él está enojado y habla cortantemente con cualquiera que ose molestarlo."

"Bueno, sí. Y como su familia también ha estado inundada de visitantes, ha sido molestado con bastante frecuencia."

Darcy tomó la mano de Elizabeth y habló suavemente. "Lo lamento, mi amor."

"Es lo que esperaba," dijo Elizabeth. "A nadie le gusta que lo dejen fuera de un secreto de esta magnitud, y no todo el mundo lo toma con tanta gracia como lo ha hecho el Sr. Bingley. Sospecho que mi padre siente que lo traté mal y le robé la oportunidad de ser un héroe, mientras al mismo tiempo se alegra de que él no tuvo que moverse para ayudar."

Bingley se sentó más derecho. "De hecho, sus quejas son mayormente con Darcy. ¡Lo lamento, viejo! Su queja constante es que Darcy tuvo más atención en pedirle un cachorro que a su hija."

"Hubiera estado complacido de pedir su bendición. Como estaban las cosas, solo pude hacer la siguiente mejor cosa y preguntarle al Sr. Gardiner. Le escribiré al Sr. Bennet con sinceras disculpas por mi presunción y para decirle que solamente mi deber para con la reina pudo prevalecer sobre mi deseo de pedir su permiso," dijo Darcy con desagrado. "Había planeado hablar con él de cualquier modo para extenderle una invitación. He hecho arreglos para que nosotros tengamos una boda inglesa apropiada en cuatro días... asumiendo que estés lo suficientemente bien, mi amor. Bingley, espero que tú y Jane puedan asistir."

Elizabeth abrió los ojos. "¿Pudiste conseguir una licencia?"

"Desafortunadamente no. Nadie en Doctor's Common tiene la autoridad todavía de expedir una, así que, hasta que lo hagan, se está ordenando a los clérigos honrar el papeleo francés."

"Pero el papeleo de nuestra ceremonia francesa tiene mi nombre como Elizabeth Gardiner. Corregir eso era todo el propósito de la segunda ceremonia."

Darcy sonrió. "Resulta que nuestro papeleo está todo en orden después de todo. Visité a mi muy buen amigo el Lord Alcalde y le expliqué nuestro dilema. Él milagrosamente encontró el documento que ambos firmamos antes de la boda declarando que Elizabeth Gardiner había sido bautizada Elizabeth Bennet."

Las cejas de Elizabeth se juntaron. "Pero no hubo tal documento."

"Lo hay ahora, aunque tu firma se ha desvanecido por completo y tendrás que firmarlo de nuevo. Él también va a ayudar a Frederica y a Wellington, ya que también se casaron bajo nombres falsos." Darcy sacudió la cabeza, todavía atónito con la pareja. Wellington podía ser quince años mayor que Frederica, pero él claramente la hizo feliz de nuevo. Ella merecía eso después de todos esos años. Por supuesto, Richard había declarado que era la única oportunidad de ella de casarse con un hombre que estuviera tan fascinado por la ubicación de los depósitos de armas y los movimientos de las tropas como lo estaba ella.

Elizabeth asintió. "Molly siempre dijo que su esposo era un hombre amable. ¿Puedo atreverme a esperar que ella goce de mejor salud que yo?"

"Sí, la vi brevemente. Cuando le conté de tu enfermedad, ella dijo que, habiendo pasado sus primeros años en los muelles, ya había experimentado todas las enfermedades que el Támesis tiene almacenadas. Pero ella insiste en que debes volver a escribir la historia de la Princesa Rosebud."

"La Princesa Rosalinda," dijo Elizabeth con una sonrisa cansada. "Creo que todo mundo ya sabe cómo termina esa."

CHARLOTTE LUCAS COLOCÓ los zafiros de los Darcy alrededor del cuello de Elizabeth y se hizo hacia atrás para examinar su trabajo. "Eso. Toda lista para tu boda. Estoy tan contenta de haber llegado a tiempo para ayudarte."

Elizabeth admiró su reflejo. "Mucho mejor que mi primera boda. Esa no incluyó zafiros o ni siquiera un vestido bonito."

Desde la puerta, Darcy dijo. "Tú te veías más bella que en mis sueños de cualquier manera."

"¡Sr. Darcy!" exclamó Charlotte. "¡Usted no debe ver a la novia antes de la boda!"

"Pero nosotros ya estamos casados, ¿o no?" replicó Darcy. "Mi amor, ¿ya le preguntaste? Georgiana está impaciente por su respuesta."

Charlotte volvió una mirada de sospecha hacia Elizabeth.

Elizabeth sacudió la cabeza. "Todavía no. ¿Tengo tiempo de hacerlo antes de que debamos irnos?"

Darcy consultó su reloj. "Todavía tenemos un cuarto de hora."

Elizabeth tomó la mano de su amiga. "Muy bien. Esto puede sorprenderte, Charlotte, pero Georgiana desea ofrecerte un puesto como dama de compañía. Ella pensó que era más probable que aceptaras si yo te lo pedía."

Charlotte palideció. "¿A mí? ¡Pero si escasamente me conoce, y no soy nadie!"

"Tú puedes haberla conocido solamente por un corto tiempo cuando ambas visitaban a Jane en los establos, pero eres una de las pocas personas que la conoció primero como Georgiana Darcy. Eso es de más importancia de la que te puedes imaginar. Ahora todos a los que conoce ven solamente a la reina y lo que ella puede hacer por ellos, no a la joven que ha pasado por unos cuantos años difíciles y dolorosos. Ella necesita personas a su alrededor que puedan reconocer ese lado de ella. Espero que aceptes porque deseo verte más, y, con franqueza, tener a otra persona sensible que pueda compartir su cuidado sería un tremendo alivio."

Charlotte entrecerró los ojos. "¿Estás bromeando conmigo, Lizzy?"

"Estoy hablando en serio, y también lo hace Georgiana... quiero decir, Su Majestad. Pero entenderé si no deseas dejar a tu familia y a Meryton atrás."

Charlotte dudó, luego una mirada determinada llenó sus ojos. "Si la reina lo desea, me sentiré honrada de aceptar."

Elizabeth la abrazó. "¡Me alegra tanto!"

Epílogo

"¡No de nuevo!" Kit se hundió en su silla.

Elizabeth lo miró con simpatía. "Harías mejor en ceder de buena gana. Hemos hecho todo lo que pudimos. Todos los periódicos nos dicen que el Mayor Darcy es ahora Christopher, Duque de Sussex y pronto será el Príncipe Christopher. Hemos animado a los clérigos a que recen desde el púlpito por Christopher Darcy. Hasta hemos mandado sirvientes a los bares a pagar rondas de bebidas en honor del futuro Príncipe Christopher. No ha hecho ninguna diferencia. Para el pueblo tú siempre serás Kit Darcy."

"Pero Príncipe Kit suena ridículo. No soy un niño de escuela," protestó Kit.

Elizabeth no pudo suprimir una sonrisa. "Príncipe Christopher realmente suena más majestuoso, y puedo entender que lo prefieras. Pero Inglaterra se enamoró primero de ti como el apuesto Kit Darcy. Su Majestad la Reina Charlotte Augusta es cada pulgada un intimidante personaje real para ellos, pero el Príncipe Kit es el hermano menor de toda Inglaterra. Tu humanizas a la reina. Kit, es bastante embarazoso qué tanto la gente adora la sola idea de ti. Ellos quieren usar tu apodo porque te aman."

Kit gruñó. "Ellos solamente creen que me aman. Ninguno de ellos tiene la menor idea de quién soy realmente. Me siento como un actor representando un papel a lo largo de todo el día."

"Todos lo hacemos," dijo Darcy. "Pensé que una vez que Inglaterra fuera nuestra, yo podría dejar de pretender ser alguien que no soy. Pero no, ahora es aún peor porque todos piensan que soy algún tipo de héroe."

Elizabeth volvió ojos suaves sobre su marido. "Tú eres un héroe. Solo que no por las razones que ellos creen."

"Creo que era más feliz como un Lealista clandestino y esperaba todos los días ser asesinado por los franceses," gruñó Kit. "Al menos tenía un propósito entonces. Ahora solo soy un soldado de juguete en exhibición."

"Kit, escúchame," dijo Elizabeth. "Tú tienes un propósito. Tú y Georgiana, o más bien Charlotte, son el pegamento que mantiene junta a Inglaterra después de que los franceses nos destrozaron. Tú estás sirviendo a tu país."

"Es verdad," dijo Georgiana… la verdadera Georgiana Darcy, antiguamente de Canadá. "Vine a Inglaterra después de que los franceses fueron derrotados, pero todavía había lucha entre ingleses. Vecino contra vecino mientras intentaban reclamar sus antiguas tierras y bienes; el Norte se volvió contra el Sur; los Lealistas intentando desposeer a aquellos que habían sido forzados a trabajar con los franceses. La única cosa que todos tenían en común era que al final del día levantaban juntos un vaso a la salud de la Reina Charlotte y su Mayor Kit. Sin un gobierno en funciones, Inglaterra pudo fácilmente haber caído en la guerra civil, pero ustedes dos son el símbolo que nos mantuvo juntos."

Elizabeth palmeó sus manos. "¡Bien dicho!" Ella aún no conocía bien a esta nueva Georgiana. Era retador tener de repente a dos hermanas de cabello rubio de dieciséis años cuando las dos respondían tanto a Georgiana como a Charlotte, pero aparte de eso, las dos jóvenes tenían poco en común. Georgiana Darcy todavía no había perdido la traza de acento canadiense, pero se movía y hablaba con la suave confianza que mostraba años de práctica en pertenecer a la realeza. Había indicios de vez en cuando de que ella no siempre sentía la confianza que representaba… quizá algo que tenía en común con la verdadera Charlotte. Aun así, si las dos chicas entraran juntas en un salón lleno de completos extraños, todos pensarían que Georgiana Darcy era la reina, no la excitable, alegre joven que William había protegido todos aquellos años.

"Todavía creo que no es justo," gruñó Kit. "Nosotros derrotamos a los franceses, pero Demarais es el que consigue vivir en pacífica obscuridad en Pemberley como tutor de niños locales en latín, mientras nosotros tenemos que pretender ser algo que no somos. Algunas veces me pregunto si verdaderamente somos los ganadores."

Darcy dijo moderadamente, "Puedo asegurarte que Demarais se sentía tan incómodo con su fama como te sientes tú. Él simplemente tenía más práctica con ella."

"Y Frederica," continuó Kit. "Ella hizo mucho más de lo que hice yo, pero pocas personas saben de ella excepto como la Duquesa de Wellington."

"Freddie siempre prefirió permanecer en las sombras," dijo Darcy. "Pero estoy de acuerdo contigo. Ella ha sido muy afortunada de haber quedado al margen de la fama que merece."

Elizabeth, con la mano en su abultado abdomen, dijo ásperamente. "William, tú eres tan malo como Kit. Georgiana... la que usa la corona, quiero decir... me ha estado molestando acerca de tu título, y ella jura que si no eliges uno, te dará tantos que no podrás caminar por el peso de todas las cadenas de tus cargos."

William elevó una ceja. "Estoy impaciente por el título de 'Padre.'"

"No pude escuchar bien eso," dijo Elizabeth señaladamente. "Kit, ¿te sonó a ti como que dijo el Conde de Curbar y Vizconde Castleton?"

Los ojos de Kit se iluminaron con picardía. "Podría haber jurado que él dijo Marqués de Derby, también."

Elizabeth sacudió la cabeza juiciosamente. "No, estoy segura de que yo hubiera oído si él hubiera dicho Marqués."

"Muy bien," dijo la Georgiana reina desde la puerta. "Curbar y Castleton será. Eres muy poco amable conmigo, William. Dar honores es la mejor parte de ser reina."

Kit murmuró de buena manera. "Yo pensé que era poder decirle a la gente qué hacer."

"No, tonto," replicó la reina. "Pero vine a anunciar que he completado los planes para mi nueva Orden, y que ustedes serán todos investidos en ella mañana después de nuestra boda."

Las cejas de Elizabeth se dispararon hacia arriba. "¿Todos nosotros?"

"Sí. Es una orden verdaderamente única. Me he estado muriendo por decirles por semanas. La Orden del Pajar solo será superada por la Orden de la Jarretera, y se le dará exclusivamente a aquellas personas que conocieron mi verdadera identidad mientras estaba ocultándome, sin importar su sexo o rango. Ustedes cuatro, Frederica, Lady Matlock, Sir Edward Gardiner, la Sra. Reynolds y por supuesto el Sr. y la Sra. Simmons, ya que fue su pajar en primer lugar. Todos ustedes recibirán un privilegio especial, el cual es abstenerse de todo reconocimiento público de mí como reina... sin reverencias ni caravanas, sin 'Su Majestad'."

Kit se rio. "¿Quieres decir igual que como es ahora?"

"Oh, ¡cállate, Kit! Es en serio."

"La Sra. Reynolds nunca estará dispuesta a ignorar tus cortesías reales," bromeó Kit. "Se siente demasiado orgullosa de ellas."

"¡Ella se las arregló bastante bien por seis años!"

Elizabeth empujó su voluminoso cuerpo para levantarse de la silla y besó la mejilla de la reina. "Gracias. Es muy conmovedor. ¿Quién se hubiera imaginado que la noche que pasamos en un pajar se convertiría en el símbolo más amado de tu reino?"

"Admito que yo no estaba tan encariñada con él en ese momento," dijo la joven. "Estuve quitándome pedacitos de paja todo el día siguiente. ¡La paja da comezón!"

Kit levantó un vaso de vino. "Por el pajar real."

Los ojos de Elizabeth súbitamente se abrieron desmesuradamente. "Puede que yo tenga un pequeño problema con tu plan." Su voz se oía tensa.

Las cejas de la reina se unieron. "¿Cuál es? ¿Crees que la gente se sentirá ofendida de que esté incluyendo mujeres?"

"No." Elizabeth cerró los ojos apretados y luego volvió a abrirlos. "Yo no creo que vaya a poder asistir a tu boda mañana, después de todo."

"¡Pero tienes que! ¿Te sientes mal?" preguntó la chica.

Darcy se levantó de un salto. "¿Qué sucede?".

Elizabeth colocó una mano sobre su protuberante estómago. "Parece que el futuro Vizconde de Castleton, o quizá la futura Lady Charlotte Darcy, cree que él o ella debe tomar precedencia sobre una boda real. Yo no creo estar en posición de discutir."

Darcy palideció. "¡Pero no se supone que sea por otro mes!"

Una sonrisa parpadeó por el rostro de Elizabeth. "Vas a tener que hablar de eso con tu hijo o hija. Y sospecho que vas a poder hacerlo mañana."

Mañana iba a ser un día muy atareado.

Nota Histórica

He mantenido la discusión de la historia, tanto real como alterada en este libro, al mínimo para evitar interrumpir la línea de la historia, pero una gran cantidad de investigación histórica acerca del período Napoleónico se necesitó para este libro. Además de la ficticia invasión de Gran Bretaña, he empleado una inexactitud deliberada. En 1805 Arthur Wellesley todavía no recibía el título de Marqués (y después Duque) de Wellington, así que él hubiera sido conocido como el General Wellesley, no como el General Wellington. Me tomé la libertad de usar su último título en este libro porque muchos lectores no reconocen que Wellesley es la misma persona que Wellington. He usado el término "Inglaterra" en lugar de "Bretaña" en la historia porque ese era el uso general de la época.

Napoleón estuvo muy cerca de invadir a Gran Bretaña. De 1803 a 1805 mantuvo a un ejército de 20,000 hombres conocido como la *Armée d'Angleterre* entrenado y listo en puertos del Canal, junto con una flotilla construida para el propósito que incluía 2,000 barcazas de invasión para acarrear tropas. Muchos historiadores creen que él hubiera tenido éxito en conquistar a Inglaterra si hubiera podido cruzar el Canal, y durante esa época los británicos vivían aterrorizados ante la posible invasión. El gran plan de Napoleón dependía de ganar el control del Canal Inglés brevemente distrayendo a la Marina Real con una finta. Las flotas francesa y española romperían el bloqueo británico en Brest y Toulon, navegarían a través del Atlántico con la marina británica en persecución, y retornarían rápidamente para destruir a las pocas naves británicas que quedaran en el Canal. En realidad, solamente la flota de Toulon se las arregló para romper el bloqueo y seguir el plan, así que la mitad de la marina británica permaneció en su lugar para defender el canal.

PRESUNCIÓN Y OCULTAMIENTO UNA VARIACIÓN DE ORGULLO Y PREJUICIO

Después de este fracaso, Napoleón convirtió la fuerza para la invasión en la base para su *Grande Armée* y marchó con ellos al este en la Campaña de Ulm. Contrario a la creencia popular, la invasión ya había sido cancelada para cuando se peleó la Batalla de Trafalgar en octubre de 1805, una victoria que consolidó el control británico sobre el Canal, pero que no evitó una invasión. Para el propósito de este libro, he asumido que la finta de Napoleón funcionó. Hay una ironía oculta en el sentimiento de culpabilidad de Nelson por haber estado enfermo durante esta época; él estaba, de hecho, a cargo del bloqueo en Toulon el cual rompieron los franceses, y cayó en la finta de Napoleón y siguió a la flota francesa a través del Atlántico. En mi historia de fondo alterado, la flota del Almirante Collingwood fracasó en mantener el bloqueo en Brest, lo que sí hizo en realidad, ocasionando que el canal fuera dejado indefenso.

Las condiciones ficticias en la Inglaterra ocupada se basan en las descritas en la Prusia y Alemania ocupadas por los franceses, incluyendo los muy altos impuestos sobre la población de acuerdo con el plan de Napoleón de hacer que los países ocupados pagaran por sus propias fuerzas de ocupación, así como por sus guerras. La historia de que Jérôme Bonaparte se casara con la Princesa Amelia, hija de George III se basó en la verdadera historia de su vida. Napoleón creó el Reino de Westphalia, declaró a su hermano Rey, y lo casó con una princesa de uno de los estados constituyentes para mejorar su reclamación... aun cuando la primera esposa de Jérôme todavía estaba viva y el Papa se había rehusado a anular su matrimonio. Su tenencia de este como rey terminó con la invasión de los ejércitos prusiano y ruso. El uso de naves de Guerra con cañones apuntados a ciudades fue una táctica que Napoleón uso en otra parte para mantener la rebelión a raya. Poner rehenes a bordo fue de mi propia invención.

El descubrimiento de que la Princesa Charlotte Augusta de Gales tenía, de hecho, la edad exacta de Georgiana Darcy durante los años de *Orgullo y Prejuicio* inspiró mucha de la trama de este libro. La verdadera princesa Charlotte fue muy popular con la gente y mucho más una extravagante e impulsiva cabeza de chorlito que lo que yo la he representado. Su amor por la vida era también extravagante: su primer enamoramiento a los 14 años fue con un primo ilegítimo que cabalgaba junto a su carruaje todos los días y se sentaba a conversar con ella por un largo de tiempo indecoroso.

Cuando él fue enviado lejos, su lugar fue tomado por el apuesto Teniente Charles Hesse. La madre de Charlotte descaradamente fomentaba este romance, pasando cartas entre los dos y animando al Teniente Hesse a que se colara a las propias habitaciones de ella en Kensington Palace para encuentros ilícitos con su hija. Llegó tan lejos como para encerrar a Charlotte y a Hesse en su propia recámara, diciendo, "Los dejo para que se diviertan." Charlotte tenía nada más quince años entonces.

La Princesa Charlotte tuvo varios otros romances tempestuosos en sus años adolescentes y tuvo un ampliamente publicado episodio en el que huyó para escapar de un matrimonio no deseado. Mi elección de que Charlotte indujera a Kit a besarla deliberadamente está no solo de acuerdo con su carácter, sino que es, de hecho, algo nada sorprendente para la princesa histórica. La Charlotte real no sufría un trastorno de ansiedad hasta donde yo sé; yo inventé eso para mantener a 'Georgiana' más calmada que lo que la Princesa Charlotte jamás estuvo, sin destrozar por completo su personalidad real. Charlotte nunca llegó a ser reina debido a que murió prematuramente al dar a luz, como resultado de mala práctica médica y de los sangrados y purgas frecuentes que le aplicaron durante su embarazo para reducir sus "espíritus." Si no hubiera sido por eso, hubiéramos tenido la Era de Charlotte en lugar de la Era Victoriana. Para más detalles y referencias sobre la Princesa Charlotte, por favor vea mi publicación en el blog acerca de ella en Austen Variations, http://austenvariations.com/the-other-princess-charlotte-2/.

Todos mis personajes franceses en Inglaterra son puramente ficticios, incluyendo al General Demarais. Los generales de Napoleón tenían una alta tasa de mortalidad, con casi 50% de sus más de 2,000 generales muriendo o siendo seriamente heridos, lo que dejaba muchas aperturas para que oficiales merecedores fueran promovidos. He sacado piezas de la historia de Demarais de las biografías de otros generales Napoleónicos. Los líderes militares Lealistas en Milford Haven son todos personajes históricos.

Aun así, hasta un historiador aficionado obsesivo perderá detalles y contexto, y sin duda he equivocado algunos detalles importantes. Todos los errores históricos son míos.

Reconocimientos

Como siempre, no podría haber escrito este libro sin la asistencia de muchas personas. Dave McKee, Nicola Geiger, MeriLyn Oblad, y Susanne Barrett me dieron retroalimentación sobre la versión final y me salvaron de muchos errores de tecleado. David Young ayudó con el lado histórico y corrigió mi limitado francés. Sara Rakhmanov sugirió el título perfecto para este libro aun antes de saber lo que Darcy estaba ocultando. Muchos lectores en Austen Variations dieron ánimos y opiniones útiles en la primera parte del libro, y no se enojaron mucho cuando los dejé colgados con el descubrimiento de la verdadera identidad de Georgiana Darcy.

Mi familia, como siempre, merece infinito agradecimiento por su paciencia y apoyo.

Acerca de la Autora

Puede que Abigail Reynolds sea una autora de libros muy vendidos y una doctora en medicina, pero no puede seguir una línea recta ni con regla. Originaria del norte del estado de Nueva York, estudio ruso y teatro en el Bryn Mawr College y biología marina en el Marine Biological Laboratory en Woods Hole. Después de un período en la administración de artes escénicas, decidió asistir a la escuela de medicina, y empezó a escribir como pasatiempo durante sus años como médico en la práctica privada.

Siendo amante vitalicia de las novelas de Jane Austen, Abigail empezó a escribir variaciones sobre *Orgullo y Prejuicio* en 2001, y luego expandió su repertorio para incluir una serie de novelas enmarcadas en su amado Cape Cod. Sus más recientes publicaciones son los libros mejor vendidos (best seller) a nivel nacional *Alone with Mr. Darcy (A Solas con el Sr. Darcy)*, *Mr. Darcy's Noble Connections (Los Ilustres Vínculos del Sr. Darcy)*, *Mr. Darcy's Journey (El Viaje del Sr. Darcy)*, y *Mr. Darcy's Refuge (el Refugio del Sr. Darcy)*. Sus libros han sido traducidos a cinco idiomas. Es miembro vitalicia de JASNA, vive en Cape Cod con su esposo, su hijo y una colección de animales. Sus pasatiempos no incluyen dormir o limpiar su casa.

Pemberley Variations[1]
Austen Variations[2]

---

1. http://www.pemberleyvariations.com

2. http://www.austenvariations.com

También por Abigail Reynolds

The Pemberley Variations
(Las Variaciones de Pemberley)

What Would Mr. Darcy Do?
(¿Qué Haría el Sr. Darcy?)

To Conquer Mr. Darcy
(Para Conquistar al Sr. Darcy)

By Force of Instinct
(Por la Fuerza del Instinto)

Mr. Darcy's Undoing
(La Perdición del Sr. Darcy)

Mr. Fitzwilliam Darcy: The Last Man in the World
(El Sr. Fitzwilliam Darcy: El Último Hombre en el Mundo)

Mr. Darcy's Obsession
(La Obsesión del Sr. Darcy)

A Pemberley Medley
(Una Combinación de Pemberley)

Mr. Darcy's Letter
(La Carta del Sr. Darcy)

Mr. Darcy's Refuge
(El Refugio del Sr. Darcy)

Mr. Darcy's Noble Connections
(Los Ilustres Vínculos del Sr. Darcy)

The Darcys of Derbyshire
(Los Darcy de Derbyshire)

The Darcy Brothers (co-author)
(Los Hermanos Darcy (coautora))

Alone with Mr. Darcy

ABIGAIL REYNOLDS

(A Solas con el Sr. Darcy)

Mr. Darcy's Journey
(El Viaje del Sr. Darcy)
Conceit & Concealment
(Presunción y Ocultamiento)
The Man Who Loved Pride & Prejudice
(El Hombre que Amaba Orgullo y Prejuicio)
Morning Light
(Luz Matinal)

www.ingramcontent.com/pod-product-compliance
Lightning Source LLC
Chambersburg PA
CBHW030134060726
47499CB00014B/258